KB266847

어둠의 색조

1

ALL THE COLOURS OF THE DARK

어둠의 색조

1

크리스 휘타커

장편소설

김해온 옮김

위즈덤하우스

차례

나의 열 사람을 위하여

해적 그리고 벌 치는 아이

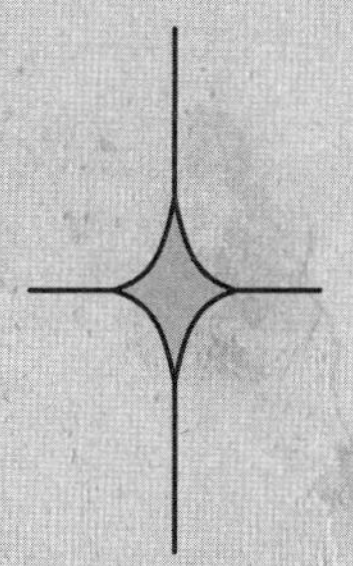

1975

해적 그리고 벌 치는 아이

1

부엌 위의 평평한 지붕에서 패치*는 밀집된 대왕참나무와 스트로브 잣나무 틈새로, 작은 마을 몬타 클레어에 사계절 내내 그림자를 드리우는 세인트 프랜시스 산맥**을 내다보았다. 열세 살인 소년은 오자크 고원 너머에 황금이 있다고 전적으로 믿었다. 더 밝은 세상이, 자기가 오기만을 기다리고 있노라고.

같은 날 오전, 숲에 누워 죽음과 가까워지면서 소년은 마음속으로 그 아침의 풍광을 붙들고 색이 번질 만큼 꽉 움켜쥐었다. 그 풍경이 그렇게 아름다울 리 없다는 것을 알았기에. 자기 삶에서 그 무엇도 그렇게 아름다운 적이 없었다는 것을 알았기에.

소년은 지붕에서 자기 방으로 내려가 삼각 모자를 쓰고 조끼를 입고 네이비색 바지 끝단을 양말에 욱여넣은 뒤 무릎 부분을 부풀려 해적 반바지처럼 보이게 만들었다. 벨트에는 작은 단검을 꽂았는데, 합금이었으나 숙련된 대장장이가 만든 것이었다.

같은 날 경찰들은 소년의 생활을 하나하나 헤집으면서 소년

---

* Patch, 외눈 안대라는 뜻이다.
** 미국의 동남쪽 미주리주 동남부에 있는 산맥으로 오자크 고원은 이를 포괄하는 넓은 지역이다.

이 해적에 심취해 있었다는 것을 발견할 터였다. 소년은 날 때부터 외눈이었는데 어머니가 소년에게 단검과 외눈 안대에 대한 환상을 심어주었던 것이다. 그런 아이들한테는 종종 불꽃처럼 반짝이는 허구가 너무 가혹한 현실을 누그러뜨려 주기도 했기에.

소년의 방에서 경찰들은 석고보드에 난 구멍을 감추려고 핀으로 꽂아놓은 검정 깃발과, 문 없는 옷장, 고장 난 선풍기, 스티플턴 오디오를 발견할 것이었다. 세인트 루이스에서 열린 벼룩시장에서 소년의 어머니가 발견한 골동품 보물 상자, 영화 소품으로 쓰는 금화, 복제품인 단발식 화승총도. 경찰들은 폭죽 한 묶음과 1965년 6월자 〈플레이보이〉가 무슨 증거물이라도 되는 양 봉투에 담을 터였다.

그런 뒤 경찰들은 외눈 안대들을 볼 것이었다.

소년은 안대들을 주의 깊게 살펴보다가 은색 별이 새겨진 보라색 안대를 골랐다. 안대들은 어머니가 만든 것이었고 몇 개는 살에 닿으면 간지러웠지만 보라색 안대만큼은 공단처럼 보드라웠다. 전부 합해 열여덟 개였는데 그중 하나에는 해골과 기울어진 십자 모양 뼈다귀가 새겨져 있었다. 소년은 혹시라도 언젠가 미스티 마이어에게 말을 걸 용기가 난다면 자기 결혼식 날 그 안대를 해도 괜찮을지 생각했다.

소년은 모자를 벗었다. 소년의 머리카락은 여름철에는 밝아져 흰 빛깔이 감돌았고 겨울에는 모래 빛이 되었다. 소년은 정수리 부분만 빼고 머리를 빗어 그 부분이 꼭 안테나처럼 삐쳐 오르게 만들었다.

소년이 부엌으로 가니 어머니가 앉아 있었다. 야간 근무 때문에 어머니는 안색이 죽어 있었다.

"머리카락으로 신호라도 잡으려는 거야?"

어머니가 말하며 손바닥으로 머리를 매만지려 했다.

"크리스코* 좀 주련."

소년이 몸을 숙여 피하자 어머니가 웃었다. 패치는 어머니의 웃음소리가 좋았다.

지난 주말 어머니는 소년을 데리고 일자리를 알아보러 브랜슨에 갔다. 아이비 머콜리는 현재 상태에 만족하는 것이 가장 큰 죄악이라도 되는 듯, 아깝게 떨어질 만한 일자리를 쫓아다녔다. 소년이 포드 페어레인에 꼭 필요한 만큼의 기름을 넣으면 어머니는 흥분으로 차 안을 가득 채우고는, 제인 폰다 스타일의 섀기 커트로 머리를 매만지고 아들의 손을 잡으면서 *"이번엔 될 거야"* 라고 말했다. 어머니가 면접을 보는 동안 소년은 낯선 도시들에서 홀로 기다렸다.

어머니는 달걀 요리를 내놓았고, 소년은 부모로 살아가는 것이 얼마나 힘든 일일지 헤아리며, 가난한 아이들이란 다들 좋은 의도로 낳았으나 때때로 후회의 원천이 되는 존재가 아닐까 생각했다.

"오늘이 내 인생 최고의 날이 될 거예요."

소년이 말했다.

소년은 그 말을 자주 했다.

앞으로 무슨 일이 벌어질지 알 수 없었으므로.

---

* 제과, 제빵 등의 식품가공용 원료로 사용되는 쇼트닝의 상표다.

2

소년은 우편 배달원 소리를 듣고 혹시 학교에서 또 편지를 보냈을지 몰라 후다닥 문으로 달려갔으나, 어머니가 소년에게서 봉투를 가져가더니 눈을 감고 봉투에 입을 맞췄다.

"세인트 루이스 소인이네."

한 달 전, 어머니는 미주리 식물원에 면접을 보았고 패치는 식물원 부지에 있는 타워 그로브 하우스*의 그늘에서 이상적인 가족들을 보며 웃고 있었다.

소년은 숨을 참고 기다렸으나 어머니는 축 처진 모습으로 돌아왔다.

모자가 사는 몬타 클레어의 셋집은 원래 임시 거주지였으나 어느새엔가 뿌리가 자라나면서 어머니의 발목을 휘감았고, 어머니가 아무리 여성 해방을 외치며 그것들을 도끼로 내리찍어도, 아무리 큰 목소리로 밥 딜런의 노래를 부르며 시대가 변하고 있다고 되뇌어도 소용없었다.

"실패할 때마다 뭔가 얻는 게 있는 법이에요."

소년이 말하며 편지를 구겨버렸다. 소년은 냉장고의 빈 선반

---

* Tower Grove House, 식물원 설립자인 헨리 쇼Henry Shaw가 지은 시골집 건물로 식물원의 일부가 개방되어 있다.

들을 훑어보았다.

"블랙 바트 로버츠는 생전에 거의 500척을 나포했어요. 처음에는 그 남자도 해적한테 붙잡힌 신세였죠. 그런데 그 남자를 붙잡은 해적들이 전설적인 항해사가 될 그 남자의 가능성을 알아보고 살게 해준 거예요. 얼마 안 가서 그 사람을 선장으로 뽑았고요."

어머니는 이따금 소년을 자기 실패들의 총합인 듯 바라보았다. 소년은 밤마다 비쩍 마른 팔이 타들어갈 때까지 녹슨 아령을 들어 올리며, 어린 시절을 뒤로 밀어내려 애썼다.

어머니는 소년의 조끼를 벗기고 바지를 바로잡은 뒤 손바닥으로 머리를 가지런히 만져주며 소년의 광대뼈에 난 멍 자국을 보았다.

"싸웠구나, 조셉. 나한테는 네가 전부라는 걸 잊지 마."

어머니는 안대를 만지려고 했으나 소년이 어머니의 손목을 붙잡자 힘을 풀었다.

"그거 참 안됐네요."

소년이 웃었다.

때때로 소년은 어머니의 침대 밑에서 앨범을 꺼내 어머니 삶의 굴곡을 짚어보았다.

"너 아침 먹어야 돼."

소년이 접시를 어머니 쪽으로 밀었다.

"아침을 깜빡하고 가면 학교에서 먹을 걸 준다고요."

소년이 너무 쉽게 거짓말을 했다.

"걱정되니? 내 귀여운 해적. 이제 더는 문제 일으키면 안 돼. 훔쳐도 안 되고 싸워도 안 돼. 새로운 학교에서 새롭게 시작하는 거야, 알겠지?"

"문제에 빠지지 않는 해적이 있으면 한번 말해봐요."

"엄마 지금 장난하는 거 아니야, 조셉. 학교에서 이러쿵저러쿵하는 건 듣고 싶지 않다고. 여기 왔던 그 여자, 꼭 엄마가 널 신경도 안 쓴다는 것처럼 쳐다보더구나."

어머니 아이비가 소년의 얼굴을 손으로 받쳐 들었다.

"약속하렴."

소년은 자기가 먼저 싸움을 건 적은 없다고 말할 수도 있었다.

"앞으로는 문제 일으키지 않을게요."

"세인트랑 같이 가니?"

소년이 끄덕였다.

아이비는 이 이야기를 먼저 현장 대응 요원에게, 그다음으로 닉스 서장에게 들려줄 터였다. 그들에게 집 주변에서 아무도 보지 못했다고 말할 것이었다. 어두운 색 밴도 못 봤다고. 로즈우드로路가 여느 때처럼 느릿느릿 깨어나는 모습 외에는 아무것도 못 봤다고.

그리고 나중에, 상황이 더 나빠지고 나면, 아이비는 자신이 아들의 삶을 얼마나 많이 놓치고 있었는지 생각할 것이었다.

3

길 건너편에서 로버츠 씨가 새 잔디깎이를 밀었다. 로버츠 가족의 집은 매년 봄 새로 칠을 했는데 미늘판을 댄 벽은 흰색으로, 박공은 네이비색으로 칠했다. 그날 밤 로버츠 가족들은 경찰 드라마 〈하와이 파이브-오〉*를 시청하는 대신, 포치에 앉아 경찰들이 머콜리네 집을 쑤석이는 걸 지켜보았다. 로버츠 부인은 신경을 가라앉히려고 각자의 잔에 버번을 조금 따랐고 로버츠 씨는 *그 녀석한테 안 좋은 일이 일어나는 건 시간문제일 뿐이었다*고 했다.

초록색 잔디. 반짝반짝 광이 나는 세단들. 축 늘어져 꼼짝도 않는 깃발들. 패치가 사는 집은 높았고 어쩌면 한때는 웅장했겠으나, 한 세대 동안 방치된 결과 볕에 바래버렸다. 그 거리에 유일한 셋집이던 그곳에서 패치는 잡초를 뽑고, 홈통에 쌓인 낙엽을 치우고, 폭풍이 지나갈 때마다 지붕에 망치질을 했다. 그게 자신이 아닌 다른 누군가의 미래를 닦아주는 일이라는 걸 모르는 것처럼. 패치는 휘파람을 불며 일했고, 지나가는 이웃들에게 고개를 끄덕여 인사했다. 웃으면서. 언제나.

이튿날 아침 경찰들은 바로 그 거리를 걸어가며 집집마다 문

---

* Hawaii Five-O, 1968년부터 1980년까지 방영된 CBS 경찰 수사 드라마다.

을 두드린 뒤 질문을 던지고, 앞으로 오랫동안 마을을 망가뜨리게 될 사건들을 하나하나 끼워 맞출 터였다.

언론사 밴들은 작은 경찰서 앞에 진을 치고 닉스 서장을 압박할 테고, 서장은 카메라 플래시 앞에 서서 엉성하게 작성된 발표문을 더듬거리며 읽을 터였다. 그날 하루 동안 패치는 〈세인트루이스 포스트 디스패치〉의 1면 기사 자리를 두고, 제럴드 포드 암살을 시도한 리넷 프로미* 사건과 다툴 것이었다.

소년은 긴 막대기를 발견해 허공에 대고 칼처럼 휘두르다가 막대기를 총으로 바꿔서 다가오는 함대에 경고 사격을 했다.

"포격을 준비하라, 바다 할망."

과부 앤더슨이 한가로이 걸어가는 걸 보고 소년이 말했다. 그녀는 포격을 준비하지 않았다.

중심가 입구에서 소년은 주위를 둘러보며, 양쪽 무릎이 다 찢어진 파란 멜빵바지와 한 가닥으로 땋은 머리의 세인트를 찾으려 했다. 소녀는 모리슨 씨네 집 사과나무에 올라가 잘 익은 사과를 골라서 딸 때 머리를 땋아야 머리카락이 눈을 가리지 않는다며 매일 그 머리를 했다.

소년은 5분 동안 소녀를 기다리다가, 캔을 하나 발로 차며 중심가로 걸어갔다. 커트 가우디** 카우보이의 목소리를 최대한 흉내 내며 코멘트를 했다.

"패치 머콜리, 킥으로 70야드를 날린 최초의 외눈 소년입니다."

레이시스 다이너 앞에 포드의 체리색 선더버드가 서 있었다. 척 브래들리와 녀석의 형들이 차에 기대 있었다.

"바이킹 자식들."

패치가 속삭였다. 소년이 돌아서려는데 척이 소년을 발견하고는 두 형을 쿡 찔렀다.

경찰들은 이틀이 지난 뒤에야 척과 척의 형제들에게 찾아갈 테지만, 아이들의 알리바이를 확인하는 데는 30분밖에 안 걸릴 것이었다.

패치는 상점들 뒤편 골목길로 숨었다.

소년은 발소리를 듣고 돌아섰다가 세 녀석을 발견하고 구석으로 물러났다.

"도망갈 데가 없네."

척이 말했다. 척은 키가 크고 나이도 소년보다 많았으며 제법 잘생겼다. 형들도 척의 복사판이었다. 척은 미스티 마이어와 사귀었는데 미스티는 패치가 유치원생 때부터 푹 빠져 있는, 모두가 우러러보는 미녀였다.

척과 형들이 좀 더 다가왔다. 패치는 더 물러나다가 차가운 벽돌이 등에 닿는 걸 느꼈고, 바로 그 순간 그것이 등을 찌른다고 생각했다.

소년은 벨트에서 단검을 꺼내 손잡이를 꽉 쥐었다.

"네놈이 그걸 쓸 턱이 없지."

척이 말했으나 패치는 척의 목소리에 묻어나는 의심을 감지했다.

패치는 무릎을 떨며 칼날을 응시했다.

"1718년 11월, 로버트 메이너드가 마침내 전설 에드워드 티치를 붙잡았어. 너희는 티치를 블랙비어드라고 알고 있을 거야."

척이 두 형을 흘끗 보았다. 둘 중 하나가 웃음을 터뜨렸다.

"메이너드는 딱 이렇게 생긴 단검으로 블랙비어드를 스무 번 벴어. 그런 다음 머리카락을 한 움큼 쥐고 목을 싹둑 잘라버렸지."

"넌 해적이 아냐. 외눈박이 머저리지."

"메이너드는 블랙비어드의 머리통을 바우스프릿°에 매달아서 자기를 건드리면 어떻게 되는지 보여줬어."

소년이 단검을 내밀었다.

그러고는 녀석들을 향해 걷는데 심장이 쿵쿵거렸다. 녀석들은 겨우 닿지 않을 만큼만 물러났다. 1미터쯤 지나, 소년은 달렸다.

협박하는 말들이 소년을 따라왔다.

소년은 안전해질 때까지 멈추지 않았다.

* bowsprit, 범선의 뱃머리에 달린 앞으로 쭉 뻗은 장대로 돛을 많이 달려고 설치한다.

4

소나무들이 황금빛 햇살과 푸른 그림자를 뚫고 솟아 있는 숲에서 소년은 가벼운 솔잎들을 흔들며 마을 경계를 에두르는 탐방로를 따라 걸어갔다. 저 멀리 러스 힐스˙가 미주리강을 감싼 모습, 도시 위로 낮게 피어오르는 공장의 연기, 은색 사일로들이 점점이 박힌 농경지가 눈에 들어왔다.

흙받이 없는 닷지 한 대가 휠도 없이 땅에 푹 빠진 채 자연의 힘에 분해되도록, 아이들이 차창을 과녁 삼도록 방치되어 있었다.

박태기나무의 가느다란 가지에 걸린 전단지 속에서 짙은 분홍색 꽃들에 감싸인 채 웃는 지미 카터의 모습은 그가 표를 얻어내야 하는 사람들과 자신이 비슷한 계층이라는 듯 셔츠 소매를 걷어 올린 상태였다.

호수가 눈에 들어왔다. 흐릿한 안내판에 암류가 있다는 경고가 적혀 있었다. 여름철이면 아이들이 미끌미끌한 에메랄드빛 바위에서 물로 뛰어들었다. 콜슨이라는 소년이 수영하러 물에 들어갔다가 돌아오지 못한 일이 있었는데, 소문에 따르면 소년은 호수 바닥에 살면서 소녀들이 물속에서 발을 차는 걸 지켜보

˙   Loess Hills, 미주리강을 따라 형성된 풍적토 언덕 지대다.

다가 순식간에 손을 뻗어 소녀를 잡아간다고 한다.

패치는 납작한 돌로 물수제비를 뜨며 돌이 여섯 번 튕기는 걸 헤아렸고, 둥근 물결은 갈대 쪽으로 퍼져나갔다.

소년은 옛 몬타 클레어 기찻길의 붉게 변하고 뒤틀린 녹슨 선로를 따라 양팔을 벌린 채 균형을 잡으며 걸어갔다.

가위꼬리딱새가 앉아 있다가 획 하고 날아갔다.

비명 소리에 소년은 멈춰 섰다.

처절한 비명이었다.

가파른 계곡 아래쪽에서 소년은 네이비색 밴을 어렴풋이 보았으나 덤불이 너무 빽빽해 좀 더 다가갔다. 어쩌면 개조한 차, 아니면 포드 같았다.

소년은 흙바닥에 무릎을 꿇다가 소녀를 봤다.

미스티 마이어.

한순간 소년은 미스티 마이어가 웬 남자애와 데이트를 하러 나갔는데 남자애가 미스티의 뜻을 잘못 받아들인 상황이라고 짐작했다. 미스티 마이어는 소년과 같은 수학 수업을 들었고 동갑이었으나 나이가 더 많다고 착각하기 쉬웠다.

그때 남자의 등이 보였는데, 그는 뜨거운 날인데도 모자를 쓰고 있었다.

패치는 주변에 누가 없는지 보려고 필사적으로 두리번거렸다. 이 상황에 대처할 수 있는 누군가, 책임감을 덜어줄 수 있는 누군가, 곤경에 빠진 소녀를 발견했다는 중대한 짐을 나눌 누군가를.

다시 비명.

소년은 속삭이듯 욕을 내뱉고, 한 손을 들어 외눈 안대를 건드리며 실버 텅 마틴과 와일드 네드 로를 떠올렸다. 두려움을 모르는 자들을.

소년은 움직였다.

미스티가 비명을 지를 때 패치는 경사면을 미끄러져 내려갔다.

소년은 몸을 낮게 숙이고 새총을 가져올 걸 그랬다고 생각하며 돌을 하나 주웠다.

3미터쯤 떨어진 곳에서 남자가 소년의 소리를 듣고 돌아섰다.

바라클라바를 써서 눈 말고는 보이지 않았다.

패치는 숨을 멈추고 돌을 던진 다음 자세를 낮춘 채 남자의 무릎으로 달려들어 그를 쓰러뜨렸다.

"뛰어."

패치가 외쳤다.

미스티는 두려움에 근육이 마비되어 선 채로 얼어붙었다. 셔츠는 찢어졌고 가방은 흙투성이였다. 악몽 속으로 끌려 들어온 듯 정신이 나가 있었다.

남자가 몸을 돌려 소년을 덮쳤다.

"뛰어."

패치는 폐에서 숨이 다 빠져나가 겨우 속삭였다. 목에 손이 닿는 걸 느끼며 미스티에게 눈으로 애원했다.

정신 좀 차려.

마침내 소녀가 패치를 봤다.

소녀는 키가 컸고 육상 스타였다. 눈이 마주치자 소녀는 돌아서서 팔을 휘저으며 숲을 가로질러 질주했다.

남자가 일어나서 소녀를 따라가려 했지만 패치가 곧바로 맞섰다.

패치는 그날 아침 두 번째로 단검을 꺼냈다.

남자가 소년의 손목을 붙잡더니 비틀었다.

햇빛이 날에 반사되었고 이윽고 단검이 패치의 배를 찔렀다.

소년은 다시 땅에 자빠져 상처를 움켜쥐었고, 숲이 일순 밤으로 바뀌었으나 달과 별은 보이지 않았다.

다음 날 수색대가 숲을 뒤지다가 은색 별이 있는 보라색 외눈 안대를 발견할 터였다.

닉스 서장은 반경 160킬로미터 내에 있는 모든 악한을 조사할 터였다.

소년의 어머니는 완전히 무너져 내릴 것이었다.

소년의 가장 친한 친구 세인트는 희망이 모두 사그라지고 한참이 지나서도 거리를 돌아다니며 또 다른 곤경에 빠져들 터였다.

아직 그 누구도 자신의 삶이 어떤 비극으로 변해갈지 알지 못했다.

5

같은 날 세인트는 새벽에 일어나, 살금살금 계단을 내려간 다음 뒷문 쪽 포치로 나갔다.

일곱 블록 떨어진 곳에서 패치도 같은 일출을 바라보았다.

세인트는 눈을 비볐고, 풀 밑에서 불길이 타오르기라도 하는 것처럼 안개가 피어올랐다.

그 집에 이사 온 뒤 소녀가 아침마다 하는 일이었다.

집으로 다시 들어가려는데 소리가 들렸다.

아니, 들리지 않았다.

소녀는 맨발로 축축한 뜰을 가로지르다가 벌집에서 조금 떨어진 곳에 멈춰 섰다.

세인트는 쪼그리고 앉아 벌집에 남은 낙오된 벌들을 들여다보았다.

소녀는 주변을 둘러보며 키가 큰 자기 집과 이웃집들, 나무 우듬지를 살폈다.

소녀의 눈이 휘둥그레졌다.

벌들이 사라진 것이었다.

집에 돌아간 소녀는 낡은 계단을 쏜살같이 올라 할머니의 침실로 들이닥쳤다.

"누가 벌들을 훔쳐갔어요."

소녀가 헐떡이며 말했다.

노마가 늘 앉는 창가 자리에서 고개를 돌렸다.

"너 안경을 안 꼈잖아. 어쩌면 벌들은 잘 있는데 네가 못 보는 걸 수도……."

세인트가 방에서 뛰어나갔다.

"이도 좀 닦고."

노마가 소리쳤다.

소녀는 나선형 계단을 올라 다락에 있는 자기 방으로 갔다. 소녀는 침대 협탁에 놓인 둥근 안경을 집어 들고, 늘 놀란 것처럼 눈이 커다랗게 보이는 두꺼운 안경알 너머로 세상이 또렷해지는 걸 지켜보았다.

소녀는 데님 멜빵바지를 입었다. 양쪽 무릎 모두 새로 덧대어 있었다.

세인트는 검지에 치약을 발라 양치질했다. 일전에 패치가 화석이라며 건네준 것에서 흙을 털어내기 위해 칫솔을 써버린 탓이었는데, 알고 보니 그것은 화석이 아니라 말라버린 개똥이었다.

밖으로 나간 소녀는 할머니가 텅 빈 벌집 앞에 서서 하늘을 향해 눈을 가늘게 뜨고 있는 모습을 발견했다.

할머니 노마가 목을 가다듬었다. 은빛 머리칼은 짧았고, 가늘지만 탄탄한 팔 근육은 강철 같은 내면을 암시했다.

"그런데 대체 왜……."

"개미들 때문일지도 몰라요. 하지만 녀석들은 내가 덫을 놓았는데."

세인트가 나직하지만 두려운 목소리로 말했다.

"그럼 그 녀석들은 아니겠구나."

"누가 계속 방해하거나 하면 벌들이 다른 데로 가버리기도 해요. 하지만 난……."

노마가 한숨 쉬었다.

"너 날마다 벌들 앞에 앉아 있잖아, 어떤 날은 몇 시간이고."

"벌들도 이젠 날 알아본다고요. 4년이나 됐는걸요."

"스컹크 때문일지도 모르지."

노마가 말했다.

세인트가 몸을 곧추세웠다.

"썩을 놈의 스컹크. 가서 새총 가져올게요."

"예전에 웨인 카운티에서 벌 치는 사람 기사를 읽었는데…… 그 남자가 벌집들을 훔쳐서 체포되었다더라."

세인트가 우뚝 멈췄고, 작은 코가 으르렁대듯 찡그러졌다.

"누가 내 벌들을 훔쳤다는 거예요?"

소녀는 서성거렸고 할머니 얼굴에 확 번져버린 후회를 알아채지 못했다.

"루이스 씨가 틀림없어요."

세인트가 내뱉듯이 말했다.

"그 늙은 부제가? 그 양반은……."

"그 욕심쟁이 당뇨병 늙다리……."

"말조심."

노마가 주의를 줬다.

"지난번에 내가 가판 차렸을 때도 샘플을 세 개나 가져갔다고요. 투실투실한 손가락을 쪽쪽 빨아 먹으면서, 꿀은 한 통도 안

샀다니까요. 그래서 내가 패치한테 시식하는 사람 수를 제한하라고 했잖아요. 내가 그 집에 가서……."

"가기는 어딜 간다고."

"그럼 닉스 서장님한테 갈래요. 서장님이라면 그 뚱뚱한 늙다리한테 수갑을 채울……."

"그만."

세인트가 돌아서더니 옆문으로 뛰어나갔다.

노마는 한숨지으며 고개를 저었다.

6

세인트는 자기 집 뒤쪽으로 조개껍질처럼 펼쳐진 숲과 그 너머에 있는 툼스의 농장 근처를 한 시간이 넘도록 터벅터벅 걸어 다녔다. 그리고 이따금 발걸음을 멈추고 자기 벌들의 낮은 웅웅 소리가 들려오기를, 정찰대 벌들이 새 집을 찾는 동안 녀석들이 커다란 느릅나무 같은 데 모여 있기를 간절히 빌었다.

중심가에 도착했을 즈음에는 땋은 머리가 조금 흐트러져 있었고 땀이 윗입술에 점점이 맺히기 시작했다. 자그마한 경찰서에 다다른 소녀가 루이스 씨를 체포해서 신속하게 목을 베라고 요구하려는 찰나, 미스티 마이어가 한 경찰관 앞에 서 있는 모습을 목격했다.

어리고, 무서워하며 숨을 헐떡이는 모습.

양 무릎이 까져 있었다.

미스티가 뼈가 없어져버린 것처럼 무너지는 순간, 쌓여 있던 서류들이 펄럭였다. 경찰관이 소녀를 붙잡아 의자에 앉혔다.

"숨 좀 쉬어."

경찰관이 소녀 앞에 무릎을 꿇으며 말했다.

"걔가 거기 있어요."

미스티가 환하게 밝은 길거리를 흘끗 돌아보았다. 세인트를 보지도 않고 그 뒤쪽을 뚫어져라 바라보는 소녀의 몸이 떨리고 있었다.

세인트는 미스티의 팔에 난 붉은 자국을 알아챘다. 손자국이었다. 커다란 손. 한쪽 눈가도 살짝 부어 있고, 셔츠도 목 부위가 찢어져 있었다.

"이제 안전해. 밖엔 아무도 없어."

경찰관이 말했다.

"그게 아니에요."

미스티가 여전히 헐떡이며 말했다.

"걔가 날 구했다고요."

"누가 널 구했다는 거지?"

미스티는 물을 한 모금 마셨다. 도톰하고 빨간 입술이 거의 백금처럼 밝은 머리카락에 대비되었다. 빛나는 것을 이미 많이 타고난 소녀에게 후광까지 더해진 것이었다.

세인트가 뒤돌아서며 벌들 문제를 다음으로 미룰까 하던 찰나, 미스티 마이어의 말을 듣고 피가 차가워지며 소름이 돋았고, 그 순간부터 세상이 달라지리라는 걸 알아차린 것 같았다.

"그 해적 남자애요."

미스티가 말했다.

세인트는 두 사람 쪽으로 다가갔다. 본능에 이끌려. 본능과 그 차가운 두려움에 이끌려서.

"걔가 남자를 쳤어요. 하지만 남자가 너무 컸어요."

미스티가 말했고 눈물을 쏟아냈다.

세인트는 맥박이 빨라지는 걸 느꼈다.

"조셉 머콜리?"

경찰관과 미스티 두 사람 모두 고개를 돌려 세인트를 보았다. 세인트는 자그마한 체구로 그곳에 서 있었고, 주근깨가 박힌 작은 코에 안경이 걸쳐 있었다. 쇄골은 도드라졌고, 두툼하게 땋은 머리는 한쪽 어깨에 걸려 있었다. 세인트는 가느다란 줄에 걸린 소박한 십자가 목걸이를 하고 있었다. 소녀의 할머니는 예전에 패치한테도 그것과 짝이 맞는 목걸이를 주었다.

"걔 지금 어디 있어?"

세인트가 말했다.

경찰관이 쭈그려 앉자 밝고 티 하나 없는 셔츠가 부푼 근육 때문에 꽉 끼었다.

세인트는 쇼크에 대해, 충격으로 이성적인 사고가 멈추는 상황에 대해 잘 알고 있었다. 그걸 알게 된 건 학교가 끝나 집에 돌아갔는데 할아버지가 부엌에 누워 있고, 할머니가 반죽을 치대듯이 무표정한 얼굴로 할아버지의 가슴을 누르는 걸 발견했을 때였다.

"미스티."

세인트는 웃어보려 했다. 할아버지는 좋은 웃음이라고, 1월의 아침을 빛나게 하는 웃음이라고, 미주리의 겨울 한가운데서도 봄이 떠오르게 하는 웃음이라고 했었다.

"그 일이 어디서 있었던 거니, 미스티?"

경찰관이 물었다.

경찰관이 떨림을 가라앉히려고 재킷을 가져다가 소녀를 감싸주는 동안 미스티는 아무 소리도 내지 않았다.

"제기랄, 패치는 대체 어디 있냐고!"

세인트가 말하자 경찰관이 벌떡 일어섰다.

“공터에. 옛날 기찻길 옆.”

미스티가 말했다.

세인트는 경찰관이 무전 치는 소리를 듣고 중심가를 질주했고, 사람들의 시선을 끌며 불꽃처럼 숲으로 내달렸다.

7

나무들이 흔들렸고, 세인트가 늘어진 버드나무 가지들을 헤치고 지나갈 때, 위로 뻗은 손처럼 솟아오른 뿌리들이 한 걸음 한 걸음 조심하라고 주의를 주는 듯했다.

소녀는 떨리는 사시나무들을 지나갔다. 흰색 몸통은 가늘고 단단했고 거무스름한 자국들이 나 있었다. 금속으로 된 낡은 안내판이 나왔으나 다 녹슬고 글자도 너무 흐릿했다. 숲이 빽빽해졌다. 세인트는 먼지와 크리스마스 냄새를 맡았다. 비가 내리면 이따금 세인트와 패치는 물줄기가 합류하는 지점까지 5킬로미터쯤 걸어 올라가 종이배를 띄우기도 했다.

빛이 나무들에 가려지면서 야트막한 언덕이 평탄해질 때 소녀의 마음은 친구에게 가 있었다 ─그런 특징이 있는 아이치고 친구가 너무 많이 웃는 것을 떠올리며, 아들이 그런 특징 때문에 고통받지는 않기를 바랐기에 그 애 어머니가 해적들 이야기를 해주었다는 것을 떠올리며.

자신의 숨소리가 소녀의 귀를 가득 채웠다.

소녀는 공터 가장자리를 지키는 쓰러진 나무들을 빠르게 지나갔다. 고개를 들고 주위를 무던히 살펴보았지만, 계곡 초입에 도달해서야 발견할 수 있었다.

소년의 티셔츠.

피.

8

소문이 마을을 갉아먹었다. 주민들이 숲 끝자락에 모이는 통에 부드럽게 굴러가던 지역 상권이 우뚝 멈춰버리며 중심가가 죽어갔다. 아이들은 힘껏 페달을 밟다가 벌게진 뺨으로 자전거를 내동댕이쳤고, 자전거 바큇살에 달린 구슬들이 빙글빙글 돌아갔다. 아이들은 주민들 행렬에 동참해 자신의 유년시절에 그림자를 드리울 죽은 아이가 발견되기를 하릴없이 기다렸다.

세인트는 사람들과 동떨어진 채, 닉스 서장이 순찰차를 몰고 죽 늘어선 지역 언론사 사람들을 지나쳐 가는 걸 바라보았다. 경찰관들이 이미 트래픽 콘과 차단 테이프로 통제선을 쳐놓고 언론 관계자들을 그 뒤로 물러나게 해둔 상태였다.

닉스 서장은 차에서 내리더니 모자로 해를 가렸다. 평소 같으면 서장의 콧수염 아래에는 웃음이 걸려 있을 터였다. 서장이 지켜보는 가운데 세인트는 누군가 타이어 자국을 촬영하는 걸 바라보았다. 자국은 이미 단단하게 굳어, 화석 같은 악몽이 되어 앞으로 몇 주 동안 세인트에게 찾아올 터였다.

세인트는 머리를 들어 서장의 잘생긴 얼굴을 쳐다보다 다시 진흙으로 고개를 숙였다. 둔한 아픔이 뱃속에서 퍼져나갔다. 앙상한 두 어깨에 얹힌 긴장감은 점점 자라나, 자기가 누군지도 모를 때까지 소녀를 잠 못 이루게 할 터였다. 그 숲은 구석구석 아련한 추억으로 가득했고, 소녀는 울지 않으려고 애썼다. 소녀와 패치가 나무 막대기 총을 들고 가상의 악당들을 쫓던 일. 풍나무의 구불구불한 가지에 거꾸로 매달린 소녀가 소년에게 눈이 하나뿐이라서 균형이 엉망일 테니 해볼 생각도 말라고 경고했던 일. 소녀가 틀렸다는 걸 증명하기 위해 소년이 한 발로 서 있으려고 했던 일. 소년이 다시 일어나도록 소녀가 도운 것도.

닉스 서장이 세인트 앞을 지나쳐 가며 다른 경찰관들에게 소리쳤다.

"지명수배야. 망할 카운티 전체를 촘촘하게 봉쇄했다. 42번 고속도로에서 86번 고속도로까지, 플래시 불빛을 받지 않고서는 들어올 수도 나갈 수도 없어."

"35번 주간 고속도로."

세인트가 속삭이듯 한 말을 커다란 서장이 듣고 소녀에게 다가갔다.

"너 버스 운전기사 손녀냐?"

소녀가 끄덕였다.

"그 녀석이랑 친구야?"

소녀가 다시 끄덕였다.

"녀석이 용감한 일을 했어."

소녀는 그 애는 그렇게 강한 애가 아니라고 소리 지를 뻔했다. 소녀가 심한 독감에 걸려 아팠던 겨울, 소년이 소녀 방의 창밖으로 난 낮은 지붕에 밤새 앉아 있었다고 말할 뻔했다. 새벽에 노마가 시퍼렇게 된 소년을 발견하고 안으로 들여 몸을 녹이게 했다고. 소녀가 자신의 곤충 모텔이 텅 비었다고 안달하자 소년이 여섯 시간이나 들여 좀벌레, 하늘소, 심지어 긴꼬리산누에나방까지 잡아다 주었다고. 소년이 오직 필요한 것만 훔칠 뿐, 갖고 싶은 걸 훔치지는 않았다고.

흰색 포드 토러스 순찰차 뒤쪽에서 개들이 뛰어내렸다.

비명이 그들을 덮쳤다.

경찰관 한 명이 자기 자리에 버티고 서서, 한 팔로 아이비 머콜리의 허리를 감싼 채 그녀가 빠져나가지 못하게 하느라 애를 먹고 있었다.

닉스 서장이 경찰관에게 손을 흔들자 경찰관은 고맙다는 듯 아이비를 풀어주었다. 아이비는 천천히 다가왔고, 봉투에 담긴 피 묻은 셔츠를 보기 전까지는 정신을 놓지 않았다. 아이비는 항상 단정해 보였고, 심지어 야간에 청소를 할 때도 마찬가지였다. 화장실 바닥에서 오줌을 문질러 닦고 마호가니 책상에서 담뱃재를 훔칠 때도.

아이비가 몸을 반으로 접었다가 뒤로 젖히며 듣는 이 모두에게 아로새겨질 애통한 비명을 내질렀다. 그날 밤 뜰에 앉아 따뜻한 날씨에도 몸을 떨고 있던 세인트에게, 메아리쳐 들려올 소리. 마을 곳곳으로 소식이 전해지던 때 울지 않으려고 애쓰던 소녀에게.

마을 주민 패티 레이번이 그 밴을 봤다는 소식이었다.

밴은 오른쪽으로 꺾어 35번 고속도로로 진입했다.

패치는 사라졌다.

9

그 첫날밤은 그때까지 세인트가 알던 어떤 밤과도 달랐다.

소녀는 앞쪽 포치에 책상다리로 앉아 있었고 발바닥에는 흙이 시커멓게 붙어 있었다. 할머니는 서 있었고 경찰차 한 대가 흐릿하게 불을 밝히고 지나갔다. 노마는 위로도, 상투적인 말도 건네지 않았다. 세인트는 할머니보다 더 겁나거나 본받을 만한 강인한 여성을 알지 못했다.

소녀는 바비큐 연기도 맡지 못했고 성당의 등불도 보지 못했으며, 한번 다녀가면 잊지 못할 만큼 아름다운 몬타 클레어의 초록도 보지 못했다. 패치는 작은 마을 위를 지독한 스모그처럼 뒤덮었고, 여자들은 아이들을 집으로 들여보내고 그 소식이 자기네 집 대문을 넘어오지 못하게 막았다. 세인트는 피코와 레너드 크리크에서 경찰들이 오던 순간순간이 자기 안에 스며드는 것을 느꼈다. 닉스 서장은 소녀의 친구 사진, 외눈 안대를 하고 활짝 웃고 있는 사진으로 경찰들을 무장시켜 내보냈다.

밤 9시가 되자 할머니가 계단을 올라가며 세인트에게 늦게까지 깨어 있지 말라고 했다. 금방 돌아올 녀석을 맞이하려면 기운이 있어야 한다는 말이었다.

밤 10시가 되자 세인트는 녹슨 스파이더 자전거에 올라타고 중심가 쪽으로 페달을 밟으며 할머니의 엄격한 통금 시간을 어겼다.

중심가는 레이시스 다이너 바깥에 모인 주민들로 환했다. 소녀는 앨던 장례식장 앞에 자전거를 세우고, 사람들이 제퍼슨 시티와 시더 래피즈에서 들어온 소식들, 심지어 어매너 콜로니스에서 온 소식도 있다고 하는 소리에 귀 기울였다. 그날 밤에 소녀는 책장 위에 매달린 지도에 핀을 꽂았다.

파이크 크리크에서 한 남자를 잡았다던데.

나도 들었어.

론 아널드 에너지 센터에서 2교대 한 알리바이가 있대.

그럴 수도 있지. 중서부에서 폭풍 때문에 냉각탑이 무너졌다더라고.

그런 식이었다.

소녀는 구경꾼 무리를 피해 경찰서 창가로 다가갔고, 안을 들여다보니 분주한 상황 같아서 마음이 조금 놓였다. 전화벨이 울렸고 경찰관들이 지도 주위에 모이거나 파일들을 조사했다. 제일 안쪽에서는 닉스 서장이 감당하기 버겁다는 듯 콧마루를 쥐고 있었다.

미주리주에서는 지난 여덟 달 동안 여고생 두 명과 대학생 한 명이 실종되었다. 당시 경찰들이 몬타 클레어 고등학교에 방문해 조심해야 한다고, 엄지손가락을 벨트에 넣고 모델 39권총을 손가락으로 건드리며 강조했다. 한동안 마을은 걷잡을 수 없는 두려움에 사로잡혔고, 그 때문에 세인트는 해가 지면 뜰 밖으로 나갈 수 없게 되었다.

경찰들이 그 악마 놈을 잡을 거다, 그때 당시 할머니는 의자를

흔들고 말보로를 한 모금 빨아들이며 말했다.

"집에 가, 꼬마야. 너 못 들었냐, 나쁜 놈이 저기 어딘가에 돌아다니고 있다니까."

피코에서 온 경찰관이 소녀를 지나치며 말했다.

10

밤 11시가 되자 소녀는 자전거로 중심가를 달렸다. 계곡에 새겨놓은 듯한 몬타 클레어 마을은 완만한 산줄기를 따라 올라가며 퍼져나가는 모양이었고, 도로들은 경사진 널따란 녹지에 단정하게 깔려 있었다.

소녀는 페달을 멈춘 채 달리다가, 다시 힘차게 페달을 밟으며 오르막이 시작되는 곳까지 간 뒤 버지니아 블루벨과 금관화와 도깨비망초로 수놓인 구불구불한 거리로 들어섰다. 빌어먹을 놈의 다채로운 색깔들. 커다란 집들에서 뿜어져나온 온기의 덩어리가 소녀를 덮쳤다. 경사가 너무 가팔라지자 소녀는 덤불이 무성한 곳에 자전거를 내던지고 남은 200여 미터를 걸어 올라갔다.

너 대체 어디 있는 거야, 패치?

가파르고 구불구불한 진입로를 오르자 넓은 스투코와 크리스털 유리창이 눈에 들어왔다. 작은 탑들이 파란색 슬레이트 지붕에 얹혀 있고, 그 아래 포치는 자연석으로 쌓은 뒤 위쪽을 고재로 마감했다. 나무는 그렇게 아름다운 뭔가를 장식하려고 먼 거리를 이동했다는 게 드러날 정도로만 옹이가 깊게 나 있었다. 세인트가 뒤돌아서니 저 아래 마을에서 불꽃이 피어나고 있었다.

세인트는 마이어가家의 집을 이렇게 가까이서 본 적이 없었다.

그러나 소녀는 그 집을 알았다. 마을 사람이라면 누구나 알았다.

소녀가 문을 두드리기도 전에 열렸다. 한 남자가 문을 꼭 채우듯 서 있었고, 소녀는 남자의 지친 눈을 보았다. 그의 뒤로 파빌리온을 떠받치는 트러스와 쪽모이세공 마루를 밟고 있는 그의 맨발을 보았다.

소녀는 뒤범벅된 긴장감을 내리눌렀다.

"마이어 씨."

마이어는 그날의 일 때문에 그동안 그가 마을에 대해, 그리고 그곳에서 딸이 어떤 존재였는지에 관해 알고 있던 모든 게 송두리째 날아가버린 듯 무감정하게 소녀를 바라보았다.

"미스티 친구구나."

딸의 생활에 관해 아무것도 모른다는 듯 그가 말했다.

뒤쪽에서 등불이 비쳐 소녀의 그림자가 뾰족한 어둠을 만들어냈다.

"지금 그 애……."

"걘 지금 잔다. 너도 이렇게 늦게 돌아다니면 안 돼."

세인트는 마이어가가 소유한 모든 것을 보지 않으려 했고, 대신 그들이 얼마나 많이 잃을 뻔했는지 생각했다.

소녀는 뒤를 흘끔 돌아봤고 스트로브 잣나무의 우듬지를 겨우 알아볼 수 있었다. 그 아래서 패치 머콜리는 마이어의 딸을 구했다. 세인트는 눈을 깜빡이며 눈물을 삼켰다.

"걔랑 할 얘기가 있어요."

"자고 일어나면 닉스 서장이랑 얘기할 거다. 애 어머니가……."

마이어가 마른침을 삼켰다.

"이제 집에 가거라."

세인트는 돈을 계급으로, 분노를 힘으로 착각하는 사람들이
있다는 걸 알았다.

마이어가 문을 닫았을 때 소녀가 느낀 것은 그의 두려움뿐이
었다.

11

그날 밤 소녀는 한숨도 자지 않고 지도를 뚫어져라 보며 노란색 형광펜으로 밴이 지나간 길을 표시했다. 선반에는 책이 넘쳐났고, 벽에는 포스터도 사진도 전혀 붙어 있지 않았다. 소녀는 화장도 안 하고 향수도 안 뿌렸으며 옷도 학교와 교회에서 입을 것뿐이었다.

새벽에 소녀는 할머니가 참나무 테이블에 앉아 있는 걸 발견했고, 할머니의 눈을 보니 그날 아침에 몬타 클레어에서 출발해 여섯 개의 마을을 지나 파머 밸리의 용광로가 남긴 흔적을 통과하며 버스를 운전해야 하는데도 잠을 안 잔 것이 틀림없었다.

"벌들은요?"

세인트가 묻자 할머니가 고개를 저었다.

세인트는 위층으로 올라가 수건을 물에 적셔 얼굴과 겨드랑이를 닦고, 벌써부터 벌게진 눈과 지저분하게 삐져나온 머리칼들을 바라보았다. 소녀는 앞니가 삐뚤삐뚤했는데, 옛 힌턴 농장의 옥수수 밭에서 패치를 뒤쫓다가 교정 장치를 잃어버린 탓이었다. 그리고 나중에 소녀가 패치를 붙잡았을 때 둘은 팔뚝이 서로 맞닿도록 붙어 앉아 있었다. 소녀는 자기 얼굴뿐 아니라 패치의 얼굴도 떠올렸다—머리카락이 난장판이었고 너무 마르고 예뻤다는 것, 그리고 녀석이 바로 그 웃음을 던질 때면…….

하느님, 그 녀석이 오늘 돌아오게 해주세요.

할머니가 달걀 요리를 했지만 둘 다 먹지 않았다.

"오늘 학교는 쉰다더라."

노마가 말했다. 세인트의 어머니가 세상을 떠난 날 흐른 뜨거운 눈물이 고랑을 만들어낸 듯, 할머니의 눈가에는 깊은 주름이 새겨져 있었다.

"어차피 갈 생각도 없었어요."

세인트가 안경알 위로 할머니를 보는 모습이 마치 꾸짖는 말이 날아오기를 기다리는 듯했다. 소녀는 이제까지 하루도 결석한 적 없었다. 어떤 사람들은 그게 노마가 손녀를 엄하게 대하기 때문이라고 여겼지만, 이따금 소녀는 사실 더 재미없는 이유라고 생각했다. 사실 세인트는 배우는 게 좋았다.

"녀석을 찾을 거다. 그럴 거야."

노마가 말했다.

아침식사 후 세인트는 숲으로 갔다.

닉스 서장이 밤늦게 지원을 요청했다. 성공이 곧 실패인 암울한 일을 함께해줄 사람들이 필요하다는 얘기였다.

몬타 클레어는 이에 화답했고 백 명에 가까운 사람들이 무거운 침묵 속에서, 그들이 이미 아는 내용을 닉스 서장이 되풀이해 말하는 것에 귀 기울였다. 열을 맞춰서 걷고, 입은 다물고 눈은 뜨십시오.

닉스 서장은 제일 적격한 사람들로만 추렸고, 그가 소녀에게 고개를 저었을 때 소녀는 마른침을 삼켰다.

소녀의 뒤편에서는 오십 명 남짓한 농부들과 일꾼들과 근엄한 얼굴에 여드름이 난 10대들이 흥분을 가라앉히려 애쓰고 있었다. 각다귀들이 흙에서 피어올랐고 사람들은 되는대로 녀석들을 쫓아내며, 소년의 피 묻은 옷가지를 발견하는 스릴에 집중했다.

12

하얀 꽃이 핀 산사나무들을 지나 소녀는 로즈우드로路를 따라 올라갔다. 집들은 오래되고 커다랬고, 머콜리네 집을 찾기는 쉬웠다. 그 집 뜰을 지켜주는 루브라참나무에 패치가 해골과 뼈다귀 십자가를 새겨놓았기 때문이었다.

세인트는 색이 바랜 나이키 운동화를 신었고 잔디깎이들이 웅웅대는 소리를 듣지 못했다. 호즈 씨는 집 울타리를 반쯤 칠하다 만 채로 내버려뒀다. 앳킨슨네 집은 쌍둥이 아이들의 줄넘기가 앞뜰에 놓여 있었다.

아이비 머콜리는 자기가 음전한 사람이지만 적절한 옷이 없다는 걸 보여주고 싶기라도 한 듯 가슴이 푹 파인 말쑥한 드레스를 입었다.

세인트는 아이비를 따라 목재 패널과 벽돌 모양의 벽지, 잔혹할 만큼 장식적인 벽에 쳐놓은 모래색 커튼을 지나 집 안으로 들어섰다. 세간이 갖춰진 임대 주택, 그중에서도 최저가라는 사실을 보란 듯이 드러내는 부조화였다.

세인트는 아이비의 엉덩이가 흔들리는 것을 바라봤고 때로는 그런 걸음걸이를 따라 하려고도 했다.

"하느님 맙소사, 세인트."

아이비가 말하자 소녀는 담배 연기와 보드카와 향수 냄새가 희미하게 풍기는 그녀의 품에 안겼다.

수도꼭지에서 꾸준히 떨어지는 물방울이 꼭 긴장을 한층 끌어올리는 메트로놈 같았다.

"닉스 서장님 말로는 수색 팀이 이 집에 다시 올 거라던데요."

세인트가 말했다.

"뭘 찾겠다고? 넌 녀석이 또 훔쳤다고 생각하니?"

세인트는 고개를 저었으나 사실 고작 일주일 전에 패치가 의사인 툼스의 집에 갔을 때 그의 가방에서 금제 커프스 단추를 훔쳤다는 걸 알고 있었다. 소녀는 패치와 함께 두 마을 떨어진 곳에 있는 전당포에서 9달러를 받아왔다.

"좀 보자, 세인트. 너 지금 몇 살이지?"

세인트가 몸을 살짝 곧추세웠다.

"열셋이요."

아이비가 단단하면서도 아름다운 미소를 지었다. 담배에 불을 붙이는 그녀의 손이 떨렸다. 세인트는 아이비의 엉덩이가 불룩한 것을 주목했고, 팔꿈치 위쪽도 마찬가지로 통통하다고 생각했다. 이따금 세인트는 자기도 언젠가는 여자가 될 수 있을지, 또 자기에게는 그날이 더 느닷없이 찾아오지는 않을지 궁금해했다. 같은 학급에 있는 다른 애들은 마치 선주문을 넣은 것처럼 가슴이 생겼는데 세인트만 주문 기회를 놓친 듯했으니까. 대체로 세인트는 가슴이 있어봤자 달리거나 올라갈 때 몸이 무거워질 뿐이고, 풀러턴네 집 앞쪽 포치 밑으로 기어 들어가 동전을 찾기는 거의 불가능해질 뿐이라고 생각했다.

"사람들이 오늘 녀석을 찾아낼 거야."

아이비가 연기를 깊이 머금은 채 말했다.

"그놈이 데려가려던 건…… 그런 남자들이 여자애들한테 무슨 짓을 하는지는 다들 알잖아. 루이스 카운티의 여자애들도 그렇고, 그 대학생 애도 그렇고."

아이비가 차분하게 말했다. 심지어 세인트도 아는 얘기였다.

"남자들은 대부분 점잖은 척 연기하지. 나머지는 그만큼 연기를 못할 뿐이고."

아이비는 창문 쪽으로 연기를 뿜었다.

"오늘 숲에 사람들 많이 왔던?"

세인트가 끄덕였다.

"그 계집애가 사라졌어야 하는 건데. 마이어네는 가진 것도 더럽게 많잖아."

아이비는 말을 멈추더니, 세인트의 눈에는 안 보이는 청중들에게 사과라도 하는 것처럼 한 손을 들었다.

"미스티…… 그 앤 괜찮니?"

"그런 거 같아요."

"나도 오늘 숲에 가고 싶었는데 닉스가 안 된다더라. 혹시 연락이 올지도 모른다나. 연락은 좆같은 무슨 연락."

아이비의 욕에 세인트의 뺨이 살짝 달아올랐다.

아이비는 손을 뻗어 세인트를 나무로 만든 부엌 의자에 앉히더니, 세인트로서는 절대 따라갈 수 없을 만큼 능숙하게 머리를 다시 땋아주었다. 마치 모녀 사이에서만 전수될 수 있는 기술인 것처럼.

"녀석은 살아 있어. 아니라면 내가 느꼈을 거야."

아이비가 말했다.

13

밤 10시에 세인트는 트럭에 기대 수색대를 지켜보았다.

"녀석은 죽었어."

소녀가 고개를 돌리니 척 브래들리와 그의 친구 두 명이 보였다.

작은 웃음소리도 들렸으나 멀리까지 퍼져 나가지는 않았다. 습관적으로 나온 웃음인 것처럼, 심지어 그 애들도 지금 상황에서는 웃으면 안 된다는 걸 아는 것처럼.

"젠장, 마을에 있는 기자들 말이야, 꼭 그 자식이 영웅인 것처럼 말한다니까."

"망할 도둑 새끼인데. 그놈이 존슨네 차고에 침입했던 거 기억나. 잔디깎이를 훔쳤지."

"이제 24시간 지나지 않았나? 다들 알잖아, 그거 지나면 어떻게 되는지…… 놈은 죽었어."

척이 말했다.

세인트가 침을 삼키는데 척이 소녀를 돌아보았다.

"남자 친구가 그립냐? 네 레즈비언 할머니한테 가서 울어."

"그만들 해."

세인트가 툼스 선생을 올려다보았고, 선생은 소년들을 쫓아 버렸다. 선생은 스포츠 재킷을 입은 채 누구보다 친절한 웃음을 짓고 있었다.

"티 선생님."

소녀가 말했다.

그가 돌아봤다.

"피가 그렇게 흥건했는데……."

"출혈은…… 실제보다 훨씬 심각하게 보일 때가 많아."

닉스 서장이 다가와 툼스의 팔을 부드럽게 건드리더니 그를 수색대로 돌려보냈다.

닉스 서장은 무릎을 꿇고 소녀와 눈높이를 맞췄다. 소녀는 서장에게서 나는 오드콜로뉴 냄새와 그 아래에서 풍기는 땀내를 맡았다.

"탐문을 좀 해봤는데. 너랑 그 녀석…… 가까웠지. 가족이나 마찬가지지?"

"당장 녀석을 찾아오셔야 해요."

소녀가 말했다.

"범인은 여자애를 데려가려고 했어. 그런데 대신 네 친구를 잡아갔지. 우린 그걸 좋은 신호로 생각한다. 믿음을 잃지 마라."

소녀가 새미를 발견했다. 몬타 클레어 미술관의 술고래 관장인 그는 풀 먹인 흰색 셔츠에, 단추 다섯 개짜리 조끼와 끈 달린 납작한 구두를 맵시 있게 차려입었다. 눈을 보니 그도 잠을 잘 못 잔 게 틀림없었고, 마치 온 마을이 같은 심정인 듯했다.

"마이어네 딸애는 어떤가?"

새미가 물었다.

닉스 서장이 뭐라고 대답하려는데 외침이 들려왔다.

한 여자가 손을 들자 모두들 동작을 멈췄다.

닉스는 세인트를 붙잡아두려고 했다. 그러나 소녀는 그의 손아귀에서 빠져나가 달려갔고 그걸 보더니 우뚝 멈췄다.

닉스는 장갑을 낀 다음 작은 천 조각을 밝은 데로 들어 올렸다.

세인트는 보라색과 은색 별을 보고 소리를 지를 뻔했다.

그들은 그 숲을 사흘간 수색할 것이었다. 겹겹이 쌓인 층층나무들을 지나, 인동덩굴 향과 미국 풍년화 향, 엘더베리 향을 들이마시면서. 수색대원 수는 줄겠지만 세인트는 그들과 함께하면서, 동네 아이들에게 도와달라고 간청할 것이었다.

소녀는 매일 밤, 몇 시간 이상 자지 않을 터였다.

그곳에서 그들의 여름이 죽어가는 순간순간을 지켜볼 것이었다.

14

세인트는 파인힐 세머터리 거리의 키 큰 집으로 이사한 그날 랑그스트로스식 벌통을 발견했다. 벌통은 작은 관목과 다육식물, 구근식물들 아래 묻혀 있었다. 소녀는 헛간에서 녹슬어가는 손도끼를 가져다가 길을 텄고, 할머니는 이삿짐을 도와줄 일꾼들과—서스펜션이 엉망이어서 회전할 때마다 한쪽으로 기울어지는 유홀 이삿짐 트럭에 타고 온 먼 친척 두어 명—일하느라 바빴다.

소녀는 상자를 뚫어져라 보았다. 결이 흐릿해진 프레임 열 개가 20밀리미터 두께의 목재로 만들어져 있었는데, 하나하나 무척 깔끔하게 재단되어 소녀는 손가락으로 표면을 매만져보았다. 그해 여름은 예측할 수 없을 만큼 제멋대로여서, 벌링턴에서 폭풍우를 지나고 나니 제퍼슨 시티에서는 폭염이 덮쳤고, 할머니와 손녀는 차창을 열어 벽처럼 꽉 막힌 공기와 뭔가 달라질 거라는 희망을 받아들였다. 소녀는 뒤뜰과 장난감방, 해가 져도 돌아다닐 수 있는 동네라는 얘기에 넘어가버렸다.

웃통을 벗어버린 친척들이 소녀의 침대 프레임을 용을 쓰며 다락으로 옮기는 동안 소녀는 할머니를 뜰로 끌고 갔다.

"벌통이구나……."

노마가 말하더니 돌아서서 가기 시작했다.

"할머니 나……."

"안 돼."

몬타 클레어에서 보낸 첫해의 상당 기간을 투입하고 나서야, 세인트는 벌을 치는 게 좋은 생각이라고 할머니를 설득할 수 있었다. 소녀는 도서관에서 책을 빌려 아침마다 꿀 이야기를 하며 입을 짭짭거렸고, 꿀벌들을 쫓아 뜰을 돌아다니며 벌이 하나도 무섭지 않다고 노마를 설득했고, 심지어 일벌 한 마리가 소녀에게 덤벼들어 귓불에 침을 박았을 때조차 눈물이 흐르지 않게 막아냈다.

"이제 만족하냐?"

노마가 세인트를 무릎에 앉히고 침을 뽑으면서 말했다.

"엄청요."

세인트가 훌쩍였다.

소녀는 용돈을 모아 잡지 〈벌통과 꿀벌〉을 주문했으나, 〈미국 꿀벌 저널〉 1년치를 구독하기에는 5달러가 부족했다.

세인트는 체계적으로 공략해, 토요일 아침마다 노마가 운전하는 버스에 올라타 할머니 바로 뒷자리에 앉은 뒤 할머니 귀에 대고 꿀벌들에 관한 근사한 이야기를 늘어놓았다. 소녀는 자기들이 먹는 음식 세 입 중에 한 입은 꽃가루 매개자에 의존한다는 것을 얘기했다. 서양뒤영벌의 뇌가 양귀비 씨만 하다는 것도. 화밀생산을 도우려고 자기가 벌써 프림로즈, 부들레야, 금잔화를 심었다는 얘기도 했는데, 화밀생산이라는 말이 진짜 있는지도 확신이 없었지만 노마는 따지지 않았다.

그런 다음 소녀는 비장의 수를 꺼내놓았다. 8자 춤˙. 어쩌면 그
것은 벌들의 소통 수단이었을 수도 있고, 꿀벌의 삶을 찬양하는
몸짓일 수도 있었지만—과학자들도 확신하지 못했다—세인트
는 노마가 버스를 몰아 퍼레이드 힐을 올라갈 때 버스 가운데 통
로에 서서, 몸을 살짝 쪼그린 채 입으로 붕붕 소리를 내면서 엉덩
이를 흔들었다.

"하느님 맙소사."

노마는 이런 신성 모독에 해당하는 표현을 원래 안 쓰는 사람
이었다.

다음 주, 그것이 앞으로 200년 동안 세인트의 크리스마스 선
물이자 생일 선물이 될 거라는 다짐과 함께, 노마는 분빌에 있는
업체에 연락해서 꿀벌을 주문했다.

두 사람은 여름 내내 뜰에서 보냈다. 세인트는 노마가 프레임
에 철사를 매다는 걸 뚫어져라 보았고, 할머니가 묻기도 전에 시
가 상자용 작은 못을 건네주었고, 할머니가 땀을 흘리기 시작하
자 아이스티를 가져다주었다. 벌통 보수에 관해 접할 수 있는 제
한된 설명을 읽으며 벌집을 보강하고, 마대를 교체하고, 망할 꽃
가루 채집기에 욕을 해댔다.

"할머니는 어떻게 할 줄 아는 게 그렇게 많아요?"

할머니가 울퉁불퉁한 면을 문지르려고 블록 대패를 집어 들
자 세인트가 말했다.

"넌 생전에 할아버지한테도 그런 걸 물었냐?"

세인트가 고개를 저었다.

•   waggle dance라고 하는데, 꿀벌들이 꿀의 위치를 알릴 때 엉덩이를
    흔드는 동작을 가리킨다.

노마는 하던 일을 계속했다.

세인트는 진입로에 서서 세 시간을 기다리다가 흰색 밴이 다가오는 모습에 꺅 하고 소리를 질렀다.

"왔어요."

소녀는 새된 소리로 외치며 집으로 달려 들어가더니 할머니의 손을 붙잡고 끌어당겼다.

노마는 벌들이 온 날 밤에 잠도 못 자고 뜰로 나가서 벌들을 살펴보다가, 벌들이 붕붕 소리를 내는 통에 세인트를 깨웠다.

"저 녀석들 왜 잠을 안 자는 거지?"

노마가 말했다.

세인트는 반바지와 조끼를 입은 채 어둠 속에 서서 눈을 비볐다.

"벌통을 식히는 거예요. 다들 동시에 날갯짓을 하는데 그게 선풍기 같은 소리가 나거든요."

"난 또 녀석들이 죽는 줄 알았지 뭐냐."

집으로 돌아가면서 세인트는 할머니 손을 잡았다.

"벌들 걱정하시는 거 보니 다행이네요, 할머니."

"20달러야. 꿀은 얻어내야지."

노마는 벌통 옆 나무 위에 작은 천으로 차양을 만들었고 세인트는 그 아래에서 숙제를 하면서 일벌들을 지켜보았고, 때로는 〈내 맘의 주여 소망 되소서〉나 〈때 저물어 날 이미 어두니〉를 부르기도 했다.

세인트는 친구를 사귀지는 않았으나 아이들에게 웃음을 건네기는 했고, 답을 알면서도 굳이 손을 들지 않을 때도 많았고, 벌통을 구경하라고 학급 소녀들을 하나하나 초대한 뒤, 저녁에 시간을 들여 벌들을 여기저기 그려 넣고 반짝이 풀과 주름 종이를 붙이며 초대장을 꾸미기도 했다.

소녀는 수벌 탈출구를 기막히게 설치하느라 스무 번이 넘게 쏘여 아침 식탁에 퉁퉁 부운 얼굴로 웃으며 나타났다.

좋은 시절이었다. 8월에 내린 비 덕분에 날이 완전히 건조해지지 않았고, 1973년 9월에 할머니가 짐 크로치*를 애도하는 동안 소녀는 마지막 꽃꿀을 받았다. 벌들이 꿀을 보호하기 위해 밀랍으로 프레임을 막았고, 슈퍼** 두 개가 가득 찼다. 소녀는 벌비***를 살 돈이 없어서, 노마가 안전하게 부엌 창에서 구경하는 동안 벌들을 흔들어 털어냈다. 다음 날 아침에는 할머니가 꿀 저장고로 바꿔놓은 옛 창고에 남아 있는 낙오된 벌들을 내보내줘야 한다는 것도 잊지 않았다.

초가을, 시행착오를 반복하며 꿀뜨기에 실패하고 꿀 거르기에 애를 쓴 끝에 소녀는 마침내 첫 수확물을 통에 담았다. 두 사람은 자기들이 먹을 꿀을 조금 남겨두었다. 소녀는 꿀 치는 일에 조금이라도 관심을 보이고 잠재적으로 친구가 될 가능성이 있는 소녀 몇 명에게 꿀을 나눠주고, 나머지는 중심가 한가운데에 놓인, 깅엄 테이블보를 깐 접이식 테이블 위에 올려두었다.

술꾼 새미가 몬타 클레어 미술관에서 나오더니 노점상 허가증을 보여달라고 요구했을 때, 노마가 차고에서 콜트 파이선 권총을 가져오겠다고 윽박질렀다.

세인트는 마을 주민들을 향해 활짝 웃으며 그레엄 크래커에

<hr>

* Jim Croce, 1973년 9월에 비행기 사고로 서른에 세상을 떠난 가수다.

** 꿀이 저장되는 공간을 가리킨다.

*** 벌을 그릇이나 자루 등에 쓸어 담을 때 쓰는 비를 뜻한다.

잼을 발라 시식해보라고 했고, 8자 춤만 빼고 온갖 수를 써가면서 꿀단지를 다섯 개 팔았다.

"이윤은 재투자할 거예요. 저장 탱크도 하나 사고, 새로운 애벌레판이랑 어쩌면 세 번째 슈퍼도 살 수 있을지 몰라요. 수익을 좀 생각해보세요. 허니 머니라고요."

노마가 인상을 썼다.

"엄밀히 말하면 넌 엄청난 손해를 본 거야."

여름방학 마지막 날 세인트가 부드러운 풀밭에 배를 깔고 엎드린 채 두 발을 뒤로 접고 있을 때, 소년이 옆문에 서서 소녀를 빤히 보고 있는 게 눈에 들어왔다.

세인트는 그 애를 학교에서 봐서 알고 있었다. 한쪽 눈에 안대를 하고 있어 잊을 수가 없는 애였다.

소년은 청바지와 티셔츠 차림이었고, 하품하면서 팔을 들어 올리자 양팔 아래쪽에 구멍이 나 있었다.

세인트가 일어서서 노려보며 소년을 쫓아내려는 찰나, 소년이 들고 있는 작은 카드가 보였다. 그것은 소녀가 직접 만든 것으로, 꿀벌의 이동 경로를 반짝이 풀로 표시하고 탈지면을 군데군데 뜯어 붙인 카드였다. 가까이서 보니 소년이 원래 카드에 쓰인 소녀의 이름을 대충 지우고 자기 이름을 써놓은 거였지만.

"꿀 때문에 왔는데."

소년이 말하며 자기가 받을 꿀단지가 어디 없나 하는 눈길로 소녀의 뒤쪽을 응시했다.

"아."

"이 초대장을 받았는데, 이거 있으면 시식도 할 수 있고 시설도 구경할 수 있지 않나."

소년은 멍청이인 게 틀림없었다.

소년은 벌통을 발견하고서 길게 휘파람을 불었다.

"마누카꿀, 맞지?"

"마누카꿀은 호주랑 뉴질랜드에서 생산되는 거야."

소년은 하나뿐인 눈을 감은 채 끄덕였고 마치 자기가 소녀를 시험하는 듯 굴었다.

소년은 뼈만 앙상했고 머리카락은 길었다. 진흙과 캔디 냄새가 희미하게 풍겼고 싸우는 도중에 끌려 나온 것처럼 주먹이 긁혀 있었으며, 허리를 두 번 감은 허리띠 안쪽에는 나무 단검이 꽂혀 있었다.

소녀가 그만 가라고 하려는데 소년이 웃음 지었다. 그리고 그것은 소녀가 몬타 클레어에 이사 온 뒤 또래에게 처음으로 건네받은 웃음이었다. 게다가 그 웃음은 근사했다. 보조개에, 단정한 치아.

"듣자하니 이 근방에서 최고의 꿀이라던데……."

"내가 여섯 달을 꼬박 일해서 얻은 거야."

소녀가 말했다. 소년은 제정신이 아닌 건 분명했지만 정말로 관심을 보인 첫 번째 아이였고, 그래서 소녀는 소년의 손을 잡고 랑그스트로브식 벌통 쪽으로 끌고 갔다. 그리고 기회를 놓치지 않고 벌들에 관한 지식을 능숙하게 뽐내며 소년의 혼을 쏙 빼놓았다. 소년은 다 알던 것들이라고 재빨리 응수했다. 가끔은 도무지 말도 되지 않는 소리로 화답했다.

"그래서 이 녀석들은 순수한 꿀벌 맞아?"

소년이 말했다.

소녀는 들리지 않는 척했다.

꿀 저장고로 갔을 때 소년은 선반을 보고 두 눈이 휘둥그레졌다. 스무남은 단지가 있었고 일부는 금빛으로 은은하게 빛났다.

소녀는 소년에게 단지 하나를 건네고 기다리라고 한 다음, 부엌으로 돌아가 숟가락 하나와 크래커 조금, 냅킨 몇 장과 꿀 앞치마를 챙겼다.

세인트가 돌아가 보니 소년은 부델리아 밑에 앉아 있었는데, 단지는 반이 비었고 소년의 손은 꿀범벅이었다.

소녀는 성큼성큼 다가가서 양손을 작은 엉덩이에 얹고 노려보았다.

소년이 고개를 들어 소녀를 보는데 턱에서 꿀이 흘러내렸다.

"있잖아, 난 이게 내가 이제까지 본 것 중에 가장 달콤한 건 줄 알았거든…… 근데 널 본 거야, 베키."

"베키는 대체 누군데?"

소년은 머리를 긁적이며 머리카락에 꿀을 묻혔다. 그러더니 초대장을 꺼냈다.

"베키 토머스는 원래 그 초대장을 받은 애잖아."

소녀가 말했다.

"음…… 그럼 내 이름은 누가 적은 거지? 어쩌면 운명이 끼어들었나 보네. 큐피드가 화살을 쏜 거야."

패치는 왼손 검지와 엄지로 동그라미 모양을 만들더니, 오른손 검지를 그 안에 밀어 넣었다.

"그게 뭔데?"

세인트가 말했다.

"나보다 나이 많은 애들이 이렇게 하더라. 큐피드 화살이 내 심장에 콱 박힌다는 뜻이라고 생각하는데."

소녀가 눈을 굴렸다.

"이거 닭에 발라도 될걸. 아니면 돼지갈비라든지. 우리 같이 사업해야겠다. 허니 허슬러스. 먼저 이 지역을 접수하고, 그런 다음 전국으로 나가는 거야. 어쩌면 남미에도 진출하고. 아주 중독적인데."

소년은 그루밍하는 고양이처럼 손 전체를 핥았다.

노마의 무시무시한 그림자가 다가오자 둘은 고개를 들었다.

"버스 기사님이네요."

패치가 말하며 노마에게 끈끈한 손을 내밀었다.

노마가 고개를 돌려 세인트를 쏘아보았다.

세인트는 어깨를 으쓱했다.

"큐피드가 보냈다는데요."

이번에도 패치는 왼손 검지와 엄지로 동그라미를 만들고, 오른손 검지를 그 안에 넣었다.

"내 집에서 나가거라."

노마가 말했다.

15

나흘이 지나고, 소녀는 예전 모습의 흔적만 남아버렸다.

잠도 거의 안 자고 음식도 거의 안 먹었고, 동틀 무렵부터 땅거미가 질 때까지 숲을 걸어 다녔으며, 경찰서에 찾아가서 마치 경찰관들에게 상기시켜줄 필요가 있다는 듯 나무 의자에 앉아 있었다. 경찰들은 집에 돌아가라고 말하는 것도 진작에 지쳐서 관둬버렸다.

그 주는 진전이 있었다는 느낌으로 마무리되었다—청소년 실종 사건들의 패턴 파악, 제보 카드, 학교 사건 파일 조사 등으로 광분했다.

"이 녀석."

코테즈 경관이 사소한 비행 기록을 뒤적이며 그것들이 마치 훨씬 큰 문제로 이어지는 통로라는 듯 말했다. 열린 셔츠는 그을린 가슴을 드러냈고 구레나룻은 타르 덩어리처럼 빽빽했다.

"해적 행세죠."

하크니스 경관이 답했다.

"그래서 훔치는 건가요?"

"아뇨, 훔치는 건 가진 게 쥐뿔도 없어서 그런 거고요. 녀석 집 봤잖아요."

"그 녀석, 단검을 가지고 다니다가 여럿이 덤벼드니까 그걸 꺼내 들었던데요. 배짱은 있군요."

"결국 이 꼴이잖아요."

코테즈가 웃었다.

세인트는 그들이 어떻게 웃을 수 있는지, 어떻게 블랙 커피를 홀짝이고 페이스트리를 먹고 축구 얘기를 할 수 있는지 의아했다.

소녀는 인물 패턴 분석에 관해 들은 적이 있었고, 존 스토크스와 그의 이력에 대해서도 들어보았다. 소녀는 그런 남자들이 존재한다는 것을 알았고, 어떤 아이든 일정 나이가 되면 그걸 깨달았다.

"애 어머니가 출생신고서도 못 찾았다던데요. 어떻게 그럴 수가 있는지. 그래도 그 엉덩이는 아주 그냥."

코테즈가 말했다.

세인트는 금요일에 〈더 트리뷴〉의 기자 데이지 크리슨을 만나러 갔는데, 적어도 데이지는 몬타 클레어 보험사 위층의 어수선한 사무실에서 실소하며 소녀를 쫓아내지는 않았다. 오히려 시간을 내 귀 기울이면서 마을에서 가장 부유한 소녀를 구한 해적 소년에 대해 더 알려고 했다. 세인트는 거기 두 시간 동안 앉아서 아는 걸 전부 쏟아놓았다.

"그러니까 그 애는 꿀을 좋아하는구나."

데이지가 정리하면서 말했다.

세인트는 데이지에게 그 사건을 포기하지 않겠다는 약속을 받고 자리에서 일어났다.

"상금을 걸면 어때요?"

세인트가 물었다.

또 다른 약속이 돌아왔다. 세인트가 마을 사람들에게서 돈을 걷어낼 수 있으면, 데이지가 그 기사를 전면에 싣고 포스터를 인쇄해서 이웃 마을에도 전하겠다는 거였다.

그 무엇도 마음을 가라앉혀주지 못했다. 혈관을 타고 흐르는 둔한 통증은 이미 늦었다고 말하고 있었다.

나흘은 너무 긴 시간이었다.

16

소녀가 흰색 블라우스에 네이비색 멜빵바지를 입고 아래층에 내려가 보니 할머니가 탁자에서 〈더 트리뷴〉을 읽고 있었다.

"너무 말라 보이는구나."

노마가 말했다.

세인트는 돌출된 엉덩이뼈를 내려다보았다.

"난 괜찮아요."

"손톱 밑에 때 끼었다."

"맨날 그런걸요."

"웨지 샌들을 신어. 성당 가야지."

쉬고 있는 돌 아래서 세인트는 성자들 그림으로 장식된 형형색색의 유리창 앞에 서서 다른 사람들과 함께 노래하지도 않고 늙은 성직자의 말에 귀 기울이지도 않았다. 신부는 자기들의 신이 복수하는 하느님이 아니라고 설교했고, 세인트는 염병할 왜 아니냐고 따지고 싶은 마음이 들끓었다.

사람들이 우리를 돕지 못하고 위안을 주는 것들이 사라진다는 찬송이 울려 퍼지는 와중에 잔혹할 만큼 갑작스레 침묵이 깔리며, 아이비 머콜리가 뒤쪽으로 조용히 들어와 앉았다. 아이비는 코듀로이로 된 A라인 드레스를 입고 단추를 위쪽까지 채웠다. 짙은 색 머리카락은 뒤로 묶었다. 눈에서 감정이 드러나지 않게 할 방법은 사람들과 눈을 마주치지 않는 것뿐이었다.

소녀와 같은 반 아이인 지미 월터스가 체인 하나짜리 향로를 들고 있었지만 세인트는 연기는 못 보고 그 애가 건네는 웃음만 보았다.

소녀는 그 애를 무시했고 할머니는 그 모습에 혀를 찼다.

"널 보고 웃었잖니."

노마가 말했다.

"향을 너무 많이 들이마셔서 뇌가 고장 났나 보죠. 자기가 웃는 줄도 모를걸요."

노마가 한숨 쉬었다.

"친구는 여러 명 사귀어도 괜찮아."

"나한테는 한 명이면 돼요."

신부가 실종된 아이를 위해 기도했다. 그러자 세인트도 차가운 바닥에 무릎을 꿇었고 두 손을 어찌나 꽉 쥐었는지 뼈가 갈리는 듯했다. 소녀는 짧은 생애 동안 하느님께 청할 것이 그다지 없었지만, 지금은 자신을 온전히 바쳐, 스스로도 아직 이해하지 못하는 약속을 했다. 친구가 안전하게 돌아오게 해주신다면 지키겠노라고.

예배가 끝나자 소녀는 여기저기 흩어진 일회성 애도객들 사이를 지나쳐 갔다.

미스티 마이어는 네이비색 드레스를 입고 플랫 슈즈를 신고서 화장도 전혀 하지 않은 모습이었다. 입술은 도톰했고 머리카락은 풍성했다.

두 소녀는 메쌓기로 쌓은 돌에 앉았다.

"너 해적이랑 친구지."

미스티가 말했다.

세인트는 고개를 끄덕였고, 미스티가 그걸 안다는 데 자부심을 느꼈다.

"겨울만 되면 다들 몬타 클레어가 너무 아름답다고 해. 그럼 더 큰 죄가 되는 거 아닐까? 이런 곳에서 그런 일이 일어났잖아. 마을 사람 중 누구도 바깥세상이 슬그머니 파고드는 것에 대비가 안 돼 있었던 거 같아."

미스티가 말했다.

세인트는 미스티가 부조화와 모순으로 가득할 나이인데도 어떻게 그렇게 차분할 수 있는지, 어떻게 그렇게 완벽할 수 있는지 궁금했다.

"경찰들이 그 앨 못 찾고 있어."

미스티의 눈은 온화한 파란색이었고, 그 애가 무슨 생각을 하는지를 입으로 내뱉기도 전에 훤히 드러냈다.

"부모님은 그 애 이야기를 안 하려고 하서……. 해적 말이야. 그 남자 얘기도. 그 남자가 나한테 무슨 짓을 했을지도 얘기하지 않으려고 해."

"얘기하고 싶어?"

"내가 곧장 학교로 갔더라면…… 숲에 들어가지 않고 말이야. 그럼 그 남자가 길거리에서 날 잡아가려고 했을까? 계속 사람들을 보면서 생각하게 돼. 그 남자 얼굴이 떠오르지가 않아. 닉스 서장님은 너무 인내심 있게 대해주시고 나도 다 말하고 싶은데…… 그 남자, 마스크를 썼거든. 게다가 난 남자들을 무시하는 데 좀 익숙한 편이라."

세인트는 마이어네 가족이 경찰서에 갔을 때 거기 있었고, 창문으로 경찰들이 서류를 넘기면서 미스티의 고개가 끄덕여지기를, 아마도 미주리주 북부 어딘가로 출동 신호가 떨어지기를 기다리는 모습을 지켜보았다. 이를테면 도로 가까이에 사냥 오두막이 수십 개는 있는 곳으로. 지도에는 없지만 그런 오두막이 100여 개는 더 있으리라는 건 다들 알았고, 그것들은 본줄기에서 멀리 떨어진 물줄기 덕에 겨우 생존할 수 있는 땅을 파고 지은 것이었다. 낮은 발전기 소리가 자연의 덮개에 묻혀버리는 곳. 소년은 죽은 채 발견되리라. 물론이었다. 범인은 잡겠지만, 잡을 이유는 이미 사라지고 없을 터였다.

"내 할머니 말로는 어떤 사람들은 다른 사람들을 더 열심히 일하게 만들려고 태어난대."

세인트가 말했다.

"버스 운전하는 그 동성애자?"

"할머니는 동성애 아니야."

"머리도 짧고 시가도 피우잖아."

세인트가 어깨를 으쓱했다.

"별로 피우지도 않아. 냄새만 맡지."

"조심해야지. 주둥이에 암 걸릴라."

"뭐라고?"

"내 할아버지가 매일 폴몰 담배를 삼십 개비씩 피웠는데 할아버지 개가 담배 연기 때문에 주둥이에 암이 생겼거든."

세인트는 그 말에 어떻게 대꾸해야 할지 몰랐다.

"네 할머니는 사냥개가 아니긴 하지."

미스티가 말했다.

세인트는 그 말에도 어떻게 반응해야 할지 몰랐다.

"넌 그날 왜 학교를 빼먹은 거야, 미스티?"

미스티는 고개를 돌려 세인트를 세세하게 뜯어보았고 세인트는 그 애가 실망할 수밖에 없다는 걸 알았다.

"수학 시험 준비를 안 했거든."

"넌 시험 봤다 하면 A 받잖아, 미스티. 사람들은 네가 남자애들 앞에서 바보처럼 구니까 널 바보라고 생각하지. 하지만 넌……."

"무의미한 거짓말이야."

미스티가 말했다.

두 소녀는 성장 차림의 남자들을 바라보았다―머리카락이 칼라까지 길게 내려오고, 바지는 살짝 나팔 모양이고, 힐이 있는 부츠를 신은. 배는 벨트 위에 걸쳐져 있고.

세인트는 긴 풀에서 붉은숫잔대 꽃을 뽑더니 꽃잎을 떼어내며 기다렸다. 기다리던 대답이 왔을 때 소녀의 맥박이 빨라졌다.

"나 누구 만났어. 도와주고 싶었어."

"누굴 만났는데, 미스티?"

미스티가 마침내 돌에서 눈을 떼더니 세인트를 보았다.

"툼스 선생님."

17

“너 이제 이러면 안 돼, 꼬마야.”

닉스가 책상 너머에서 말했다.

피로가 세인트의 마음을 어두운 곳으로 끌고 들어가 수색의 움직임이 느려지고 추진력이 약해지고 있다고, 체념이 조용하게 번져나가고 있다고 속삭였다.

서장의 책상에는 사진이 없었다. 아내 사진도 아이들 사진도, 부유한 사람들이나 골프 친구들과 악수하며 찍은 사진도 없었다. 그는 철저하게 일에 집중했지만 소녀의 친구를 찾을 수가 없었다.

소녀는 손톱 밑에서 흙을 긁어내고, 땋은 머리를 만지작거리고, 무게를 견디기에는 너무 작은 코에 얹힌 안경을 밀어 올렸다. 소녀는 서장이 자기를 볼 때면, 대다수 사람들이 자기를 볼 때면, 가난한 여자애라고 여기리라는 것을 알았다. 할머니가 버스를 운전했고 할아버지가 보험을 들어놓았던 터라 제대로 된 집이 있었기에 패치처럼 가난한 것은 아니었으나, 훨씬 더 복잡한 방식으로 가난한 아이. 스타일 감각이나 여성성이라고는 전혀 없어 남자애를, 나이가 들어서는 남자를 만날 가망이 없는 가난한 여자애. 자기에게 아무도 답을 구하지 않는 문제들에 대해 책에서 답을 찾으려는 여자애. 패션이나 베이킹이나 빌어 처먹을 가정을 이루는 것과는 전혀 무관한 무거운 문제들.

"티 선생님이 하필 그날 아침에 바로 거기, 그러니까 그 일이 일어난 숲에 있었다는 거예요?"

소녀가 물었다.

닉스는 소녀 뒤쪽으로 유리 패널이 달린 문을 흘끔거렸다. 마치 자기를 구해줄 누군가와 눈을 맞추려는 것처럼.

"선생은 바로 거기 있었어, 세인트."

소녀는 너무 작았고 두 발은 작년에 맞았던 웨지 샌들에 쑤셔넣은 채였다. 두 팔에는 긁힌 자국이 있고 양쪽 팔꿈치에는 베인 흔적이 있었다. 소녀는 미스티 같은 소녀들이 이미 뺨에 파우더를 바르고 입술을 칠하고 족집게로 눈썹을 뽑는다는 걸 알았다.

소녀는 문가에서 걸음을 멈추더니 돌아섰다.

"그런데 거기 왜 있었대요?"

"개를 찾고 있었어. 그 녀석이 달아나서. 네 친구 미스티는 찾는 걸 도와주고 있었고."

소녀는 양손을 주머니에 넣고 휴지 조각과 보풀을 손끝으로 굴리면서 커다란 서장을 빤히 보았다.

"선생님은 개가 없어요."

"뭐라고?"

"할머니 집 뒤쪽이 툼스 선생님 농장이랑 이어져 있거든요. 겨울에 나무들이 벌거숭이가 되면 몇 킬로미터 떨어진 그 집까지 훤히 다 보여요. 나랑 패치랑 예전에는 그 집 농장을 뛰어다니기도 했고요. 난 한 번도 개를 못 봤어요, 닉스 서장님. 한 번도요."

닉스가 뭐라고 대답하려는데 전화벨이 울렸다.

세인트는 서장의 얼굴에서 핏기가 가시는 걸 보았다.

그날 오후, 소식이 몬타 클레어 전체에 퍼졌다.

또 다른 소녀가 실종되었던 것이다.

18

소녀의 이름은 캘리 몬트로즈였다.

소녀는 몬타 클레어에서 거의 110킬로미터 떨어진 마을에 살 았는데 학교에 간 뒤 돌아오지 않았다.

노마는 소식을 듣고 차고에 있던 콜트 권총을 꺼내 장전되어 있는지 확인한 다음 침대 옆 협탁에 넣고 잤다.

그날 밤 세인트는 작은 배낭을 꺼내 손전등과 새총, 성냥, 심 하게 녹슬어 접고 펴기가 잘 안 되는 잭나이프를 넣었다.

소녀는 잠든 거리를 걸어 머콜리네 집에 도착해 부엌 창으로 몰래 들어간 뒤 아이비가 소파에 쓰러져 잠든 것을 발견했다. 세 인트는 아이비에게 이불을 덮어주다가 빈 병을 주목하고, 위층 으로 살금살금 올라갔다. 추억으로 가득한 패치의 침실에서 소 녀는 찌그러진 비스킷 상자에 있던 총을 꺼낸 다음 빈 침대를 잠 시 바라보았다.

"내가 널 집에 데려올 거야. 맹세해."

소녀의 손에 놓인 권총은 묵직하게 느껴졌고, 소녀의 가슴에 서 기억이 무겁게 떠올랐다.

"생일 선물로 뭐 받았어?"

소년이 물었다.

"스파이더."

소녀가 말하며, 드럼 브레이크와 누빈 바나나 안장이 달린 에나멜 프레임의 자전거를 가리켰다.

"물건 담는 바구니도 있어."

당시 소녀의 물건이란 책, 데이지 한 묶음, 나중에 패노라의 도서관에 가져갈 작은 돌 하나가 전부였다. 도서관에서 소녀는 지질학 쪽을 조사해보고 그 돌이 에메랄드가 아니라는 걸 알게 될 터였다.

소년은 으레 하듯이 휘파람을 불었다. 소년이 입은 네이비색 기병 조끼는 섬세하게 금장식이 되어 있고 진주 버튼이 달려 있었다. 소년의 눈이 자기에게도 똑같은 질문을 해달라고 애원하고 있었다.

소녀가 1분을 꼭 채워 기다리자 소년이 굴복했다.

"조끼야. 난 조끼를 받았어, 세인트."

"넌 아직 생일도 안 됐잖아."

"어머니 옷장에 숨어 있는 걸 발견했거든. 이런 걸 누가 기다릴 수 있겠어?"

소녀는 그게 오래된 와이셔츠로 만든 물건이라는 걸 알아보았다. 소년의 어머니는 재봉 기술이 뛰어났다.

"멋진데, 패치. 정말 멋져."

이따금 소녀는 자신의 친구라고 부를 수 있는 아이가 생긴 것이 아찔할 정도로 기뻤다. 처음에는 소년이 그저 꿀을 먹으려고 할 뿐이라는 사실에 조심스러웠지만, 어느 날 소년이 옥수수 밭 미로에서 같이 뛰어놀자고 했고 그때 우정의 첫 뿌리가 내렸다.

소녀는 다른 애들이 괴짜라고 부를 만한 일은 무엇이든 소년에게 너무 많이 말하지 않으려고 주의했다. 소년이 해적 이야기를 할 때면 혀를 깨물었는데, 소년과 같은 부류를 이해하려고 관련 도서를 세 권이나 읽었지만 소년이 말한 사실들에 오류가 수두룩했기 때문이었다. 소녀는 친구의 영어도 문법도 바로잡아주지 않았고, 소년이 걸핏하면 욕할 때마다 흠칫하지 않고 오히려 그걸 따라 했는데, 그 때문에 할머니는 기뻐서 미치려고 했다. 소년의 어머니가 교대 근무를 해서 아들을 보살필 시간이 부족하다는 걸 알았을 때, 소녀는 친구를 저녁 식사에 초대하고 싶은 마음을 억눌러야 했다. 소녀에게 소년은 신비로운 생물이었고 도망쳐버릴 우려가 있었기에 너무 꼭 붙잡아서는 안 되는 존재였다.

"헨리 에브리가 무굴 제국 함대를 살육했을 때 입었던 것과 같은 종류일 거야."

패치가 말하더니 주머니에서 녹슨 망원경을 꺼내 서리가 긴 숲을 조준했다.

세인트가 가느다란 가지를 옆으로 치우고서 과감하게 끼어들었다.

"에브리의 선원들이 여자 노예들을 강간했다는 얘기도 읽었어."

소년은 인상을 찌푸리며 자기 조끼를 내려다보더니 다시 인상을 썼다.

"그러니까 내가 강간범 같아 보여?"

하느님 맙소사.

"전혀. 오히려 정반대로 보여…… 강간은 네가 절대 떠올리지 않을 일처럼."

소년이 한 번 더 인상을 썼다.

우정은 습득하기가 만만치 않은 기술이었다.

둘 사이의 우정은 소년이 훔친 숟가락과 크래커 하나를 들고 소녀의 집에 나타났을 때 꽃피기 시작했고, 소년이 점심때마다 소녀 옆에 앉아 혹시나 꿀이 있나 하며 소녀의 점심 도시락을 흘깃거릴 때 활짝 피어올랐다. 그리고 이제 소녀는 친구에 관해 몇 가지 분명한 사실을 알게 되었다.

소년의 어머니는 밤에 일했고, 와인을 마셨고, 때로는 두 가지가 합쳐져 그대로 뻗어버렸다.

소년은 자신의 외눈이 소녀의 두 눈보다 강력하다고 믿었고, 100미터 떨어진 거리에서도 글자를 읽을 수 있다고 믿었다. 둘은 그 가설을 소녀의 뜰에서 소년의 〈플레이보이〉를 가지고 시험해보았다.

"우르줄라 안드레스. 1936년 3월 10일생. 허니 라이더."

소년이 눈을 가늘게 뜨고 외쳤다.

"그놈의 허니 타령은."

세인트가 말했지만 소년의 기술에는 감탄할 수밖에 없었다.

소년은 소녀가 이해할 수 없는 방식으로 용감하면서 동시에 멍청했다. 마치 위험이나 결과라는 걸 모르는 듯했다. 두 번째로 함께 놀러 나갔을 때 소녀는 자기에게 두 번째 벌통이 생겨서 벌의 제국을 확장하면 좋겠다고 털어놓았다. 바로 그날 저녁 소년은 멜튼 씨네 농장에서 벌떼를 한 무리 훔치려고 했다. 그 결과로 벌어진 학살 때문에 소년은 사흘간 정학을 당했다.

"그럼 나도 네 선물 미리 줘도 되겠네."

그렇게 말하고 소녀는 소년이 뜰에서 기다리는 동안 집으로 쏜살같이 뛰어갔다.

소녀는 친구에게 눈을 감게 하고서 복제품 단발 화승총을 소년의 작은 손에 놓았다.

소년은 그걸 보더니 입을 쩍 벌렸다. 소년은 소녀를 보고 다시 총을 보고, 다시 소녀를 봤다.

"대체 어떻게……."

"운 좋게 발견했지."

소녀는 운이라는 게 벼룩시장과 굿 윌 스토어를 샅샅이 훑고 그런 다음 할머니의 버스 노선과 그 너머에 있는 전당포를 쫓아다닌 결과였다는 건 말하지 않을 작정이었다. 저금통을 탈탈 털었는데도 돈이 모자라서, 할머니 노마와 계약을 맺었고 그 계약이라는 것이 앞으로 70년간 잔디를 깎고 잡초를 뽑는 일이었다는 것도.

그때 소년이 소녀를 끌어안았다.

느닷없이.

"내가 네 선물로 뭘 줄지 기대하라고."

소년이 말했다.

소녀는 정말 기다렸고, 일주일 뒤에 소년이 준 나비 모양 브로치에 기뻐서 어쩔 줄 몰랐으나, 성당 게시판에서 미스 워스가 잃어버린 브로치를 간절히 찾고 있다는 글을 보고 말았다.

19

세인트는 자기 집 뜰로 돌아가 빈 벌통을 바라보다, 깊이 스며든 달빛을 받으며 뜰의 가장자리를 따라 걸었다. 나무들이 수호자처럼 지키고 서 있어서 오직 한 곳으로만 드나들 수 있었는데, 그곳은 2년 전 같은 날 패치와 소녀가 함께 발견한 자리였다.

소년이 나무 단검으로 길을 내는 동안 소녀는 뒤를 바싹 쫓았다.

"무덤가에 있는 참나무에 내가 우리 이름을 새겨놓았어."

소년이 말했다.

"날 위해 자연을 훼손하다니, 심장아 잠잠해지렴."

소녀가 말하고는 웃음을 참으려고 입술을 깨물었다.

"우리가 사라지고 없어도 그게 여전히 남아 있을 거라는 게 맘에 들어. 오래도록."

"오늘 밤에 내 생일 파티에 올래?"

소녀가 말하고서 한참 동안 숨을 쉬지 않았다.

소년이 우뚝 걸음을 멈추고는 한쪽 무릎을 꿇더니, 창백한 손으로 나뭇잎을 훑었다.

"늑대 똥이네."

소녀는 코를 찡그리고서 돌아가면 소년에게 리졸 소독제를 뿌려야겠다고 생각했다.

“총 준비해.”

소년이 말했다.

세인트는 복제품 단발 화승총을 주머니에서 꺼내 공이치기를 당겼고, 그런 중요한 임무를 맡았다는 게 짜릿했다.

“이거 발사돼?”

소녀가 말했다.

“안 돼도 돼. 총구를 마주하면 주머니든 비밀이든 다 털어놓게 돼 있거든. 아니면 도망치든지. 발견하거든 눈을 조준해.”

소년이 말했다.

“야만스럽다. 네가 그런 말을 하니까 특히 더.”

둘은 계속 움직였다.

소녀가 목을 가다듬었다.

“그래서 생일 파티에 올 거야 안 올 거야? 오고 싶어 할 남자애들이 많거든…….”

“케이크 나와?”

소년이 물었으나 어깨 너머로 뒤돌아보지는 않았다. 소녀는 소년의 형체를, 앙상한 어깨와 가느다란 V자 모양의 허리를 뒤따랐다. 소년의 바지는 발목 위로 한 마디쯤 올라가 있었다. 소년에게서는 오드콜로뉴 냄새가 진하게 풍겼는데 소녀가 모르는 종류였다. 소년이 아버지의 물건들이 담긴 상자에서 발견한 것 같은 종류, 청소 동물들을 쫓기 위해서라도 아버지와 함께 묻는 편이 나았을지 모를 물건이었다.

“케이크가 없는 파티도 있니?”

“그건 그래, 어떤 케이크인데?”

“음……. 해골이랑 십자 모양 뼈다귀가 있는 케이크……. 가게에 그것밖에 안 남았더라."

소녀는 거짓말에 뺨이 살짝 달아올랐다. 소녀는 거의 일주일 동안 《월턴의 케이크 장식 연감》을 보며 그것을 만들었고, 배 모양을 내기 위해 할머니더러 민트 웨이퍼와 신발 끈 모양 감초, 초콜릿 퍼지 프로스팅 두 팩을 사달라고 했다.

소년이 천천히 고개를 돌리더니 어찌나 활짝 웃는지 소녀도 똑같이 웃고 싶은 마음을 억눌러야 했다.

"해적 케이크가 나온다고?"

"그렇다니까."

"갈게. 그리고 작은 선물도 가져갈게. 신사 해적은 빈손으로 나타나지 않는 법이니까."

그날 저녁 소년은 살구 진 반 병을 들고 나타나 할머니에게 와인인 것처럼 부어주는 시늉을 했고, 할머니는 그 애석한 상황에 고개를 저을 수밖에 없었다.

두 사람은 빽빽한 쐐기풀 숲을 지나가느라 마침내 툼스 선생의 땅에 들어섰을 무렵에는 팔에 긁힌 자국이 나 있었다. 툼스의 땅은 제멋대로 솟아오르고 푹 꺼졌다.

멀리에 집 한 채가 홀로 서 있었고, 그 위를 뒤덮은 어둑어둑한 하늘에서 곧 비가 내리더니 마구 퍼부었다. 세인트는 숲 쪽으로 뛰어가려고 했지만 패치는 풀밭에 앉더니 드러누워 버렸다.

"하늘이 열릴 때는 천국을 볼 가능성이 더 많아."

소년이 말했다.

소녀가 그 옆에 누웠다.

둘의 머리는 나란했고, 두 발은 나침반처럼 북쪽과 남쪽을 가리켰다.

“이제 한 살 더 먹었으니 뭔가 달라질까?”

소녀가 말했다.

“어쩌면 드디어 너도 가슴이 생길지 모르지.”

소녀가 끄덕였다.

“딱히 너한테 그런 게 필요한 건 아니지만.”

“무슨 소리야?”

“넌 똑똑하잖아? 네가 똑똑하다는 걸 너도 이미 알지. 게다가 적당한 각도에서 보면 좀 에블린 크로머처럼 보이기도 해. 그 여자는 역사상 가장 아름다운 해적이었어. 물론 그 여자는 머리를 한 갈래로 땋았고 학살도…….”

“너 내가 아름답다고 생각해?”

소년이 끄덕였다.

“전적으로, 절대적으로.”

비가 약해지며 부드럽게 내렸고, 소녀는 소년에게서 고개를 돌려 웃은 뒤 삐뚤빼뚤한 앞니를 혀로 핥으며 언젠가는 이가 저절로 가지런해질까 하고 생각했다.

“넌 왜 이름이 세인트야?”

소녀의 숨이 잠시 멎었다.

“할아버지 할머니가 지어주셨어.”

“네 어머니가 이름을 짓기 전에 죽었으니까.”

소녀가 끄덕였다.

“근데 그 이름은…….”

“두 분은 내가 온갖 좋은 것들을 합한 거랬어, 패치. 그 말이 믿겨?”

소년이 고개를 돌려 소녀를 보았다.

“그럼, 믿기지. 전적으로, 절대적으로.”

20

소녀는 회상에서 빠져나와 뒤돌아서 키 큰 자기 집을 마지막으로 바라보았다. 다락방의 라바 램프에서 나오는 희미한 보랏빛만이 질식할 듯 완전한 어둠을 막아주었다.

소녀는 공터를 발견하고 메마른 들판을 가로질렀다—얼어붙은 겨울에 두 사람이 통로로 삼아 지나다니던 길이었다.

검은 경계선이 설리 주립공원의 시작점을 나타냈다.

그 집은 몬타 클레어에 있는 대다수의 집처럼 웅장하고 오래되었다.

소녀는 마을 사람들이 다 그렇듯 툼스 선생을 알았는데, 예전에 인두염을 앓았을 때 선생의 친절한 눈을 자세히 들여다본 적이 있었다. 선생은 세인트의 학교에 찾아가 소녀들에게 월경에 관해, 호르몬과 신체 변화에 관해 말해준 사람이었다.

소녀는 늘어선 복숭아나무, 자두나무, 사과나무, 벚나무 들을 따라 걸었다. 그리고 어둠 속에서 인동덩굴 꽃향기를 맡았다.

세인트는 야생동물 소리를 듣고 새총을 당겼으나, 벌써부터 손이 떨렸고 되돌아가서 침대에 들어가 이불을 뒤집어쓸까 생각했다.

소녀는 문을 두드리고 기다리면서 마음을 가라앉히려 애를 썼다. 소녀는 도서관에서《페터슨 데이비스의 경찰 수사 지침서》를 빌렸는데, 거기에 따르면 영리하게 처신하면서 선생이 한 말에 정면으로 반박하지 말라고, 그리고 가능하다면 친구를 찾기 위해 집으로 들어갈 방법을 찾아내라고 했다.

소녀는 옆쪽 창으로 가서 창문에 양손을 가져다 대보았지만 겁먹은 두 눈만 반사되어 비칠 뿐이었다.

세인트는 문을 더 세게 쾅쾅 두드리고 뒤로 물러난 다음 내리닫이창을 올려다봤는데, 너무 어두워서 그런 곳이 집이 된다는 게 상상이 가지 않았다.

뒤쪽 포치로 간 소녀는 계단을 올라 흐릿해져가는 프리즈와 보와 기둥을 손전등으로 비춰보고 뒷문 유리창 안쪽의 참나무 부엌도 비춰보았다. 어두운 조리대를 따라 빛을 비추며 그 위쪽으로 난 보를 보았다. 열려 있는 한쪽 서랍에 냄비들과 허브들이 보였고 평평한 윗면에는 재떨이가 하나 놓여 있고, 그 가장자리에 시가 꽁초가 걸려 있었다.

타일 깔린 바닥에는 개 밥그릇이나 잠자리는 안 보였고, 문가에 붙은 토끼 모양 걸이에도 목줄이 걸려 있지 않았다.

소녀는 문을 돌려보았지만 열리지 않자 발로 한 번 차고 욕을 했다. 소녀는 창문도 열려고 해보았다. 그러나 단창이고 얇은 데다가 창틀 사이에 틈이 있었는데도 열 수가 없었다.

"패치."

소녀는 외쳤고 소년이 자기 목소리를 듣거나 대답할 수 있으리라고 생각지 않았고 딱히 친구가 거기 있다고 믿는 것도 아니었으나, 단지 선생이 거짓말을 했는데 아무도 그것을 따지지 않았다는 게 마음에 걸렸다.

소녀는 뒤돌아서 들판 쪽으로 손전등을 비추고, 이번에도 실패했다는 생각에 무거운 마음으로 천천히 자기 집 쪽으로 걸어가기 시작했다.

그때 소리가 들렸다.

비명.

너무 적나라하고 필사적이고 순전히 무시무시한 비명에 소녀는 울음이 났다.

소녀는 다시 툼스의 집 방향으로 돌아섰고, 울음이 두려운 느낌으로 바뀌었지만 천천히 소리가 나는 쪽으로 돌아갔다.

"패치."

소녀가 외쳤다.

세인트는 집 앞까지 달려갔다.

그리고 모퉁이를 도는 그 순간 어깨에 손이 얹히는 것을 느꼈다.

소녀는 비명을 질렀고, 툼스 선생은 양손을 들었다. 몹시 창백하고 괴로운 얼굴이었다.

세인트는 그에게서 물러나 충분히 거리를 두고 섰다.

소녀는 손을 들어 눈물을 닦지도 않고 그에게 설명하라고 하거나 친구가 있는 데로 안내하라고 하지도 않았다. 대신 손전등을 들었고, 푸르스름한 흰빛이 그의 양손에 묻은 선혈을 비췄을 때에야 돌아서서 뛰었다.

21

시원한 빗방울이 창문을 세게 두드릴 때 세인트는 오래된 피아노 앞에 앉아 쇼팽의 〈질식〉을 연주했고, 할머니는 그 옆의 흔들의자에 앉아 있었다.

애절한 곡을 마무리하는 세인트의 손가락은 뼈대만큼이나 가늘었고, 뺨은 푹 꺼졌으며 살결은 더 창백해졌다. 지난 몇 주 동안 조셉 머콜리를 잃고 말았다는 인식이 소녀를 삼켜버렸다. 소녀는 그다지 먹지도 자지도 않았고, 학교에서는 말없이 앉아 시시때때로 의자에서 고개를 돌려 교실 뒤쪽에 있는 빈자리를 확인할 뿐이었다.

소녀는 의사에게서 달아난 그날 밤 자기가 가까이 다가갔다고 생각했다. 노마는 손녀가 부엌문을 잠그고 단단한 목재 바닥에 앉아 있는 것을 발견했다.

"그 사람이에요."

소녀가 말했다.

닉스 서장이 도착하자 세인트는 할머니와 함께 순찰차 뒷좌석에 타고 툼스의 농가로 간 다음 그 앞에 앉아 의사가 서장과 한참 이야기하는 것을 지켜보았다.

소녀는 닉스 서장이 사과하는 것을 듣고 툼스가 순찰차 쪽으로 슬픈 미소를 건네는 걸 보았다.

세인트는 집 뒤쪽 숲에서 몇 시간씩 엎드린 자세로 패치의 망원경을 들고 툼스의 부지를 관찰했다. 노마는 그가 의사고 피야으레 묻을 수 있는 거라고 말했다. 비명도 짝짓기 하는 늑대들이 낸 것일 수도 있다고. 이따금 소녀는 그의 집 건너편에서 웬 자동차를 보기도 했는데, 나무 밑에 있어서 색상과 운전자가 그림자에 가려졌다. 소녀는 툼스가 가정 방문도 받는지 궁금했다.

한 주가 더 지나고, 세인트가 퍼레이드 힐의 주민들에게 손편지를 전달하자 보상금도 2000달러로 올라갔다.

그리고 그 사건은 1면 기사에서 쑥덕거릴 이야기로 추락하기 시작했다.

시더 래피즈의 바에서 벌어진 다툼이 살인으로 비화한 사건, 마운트 버논에서 한 취객이 정지 표지판을 들이받아 임신부를 죽인 사건. 콜럼비아에서 플래카드를 든 무리가 가족계획 연맹 병원에 불을 지른 사건. 세인트는 TRAP법*과 위기 임신 지원 센터에 대해 읽고 노마에게 그 화제를 꺼냈다.

"우린 자기 몸을 온전히 통제할 수 있어야 해요."

세인트가 말했다.

"그랬으면 넌 여기 없었을 거다."

노마가 신문에서 고개를 들지 않은 채 말했다.

"하지만 엄마는 있었겠죠."

"그건 죄야."

* Targeted Restrictions on Abortion Providers, 낙태 수술 시행 병원을 대상으로 한 규제법을 말한다. 낙태를 어렵게 하기 위해 제정되었다.

"제인 로*한테도 그렇게 말해보세요."

세인트가 말했다.

"그건 네가 낄 싸움이 아니야."

"할머니가 허락하지 않았기 때문이에요. 난 미스티랑 다른 아이들과 함께 거기 나가고 싶었어요. 플래카드를 들고 〈더 트리뷴〉의 1면 기사를 지지한다는 걸 보여주고 싶었다고요. 불공평해요."

"공평함이란 종교나 정치와는 동떨어진 거야."

무작위적인 공평함 속에서 삶은 이어졌다. 여름이 누그러들면서 가을 공기가 고치 같은 평온함으로 세상을 감쌌다. 초록빛이 갈색과 금색에 자리를 내주었으나 세인트는 알아차리지 못했다. 소녀는 어둑어둑해지는 숲을 오랫동안 찾아다녔고, 고개를 들려고 아무리 애를 써도 두 눈은 땅바닥을 향했다. 통금 시간도 어기고, 마치 미끼가 되려는 듯 고속도로 근처를 걸어 다녔다. 그 남자가 여전히 여자애들을 사냥하고 있다면, 자기를 좀 잡아가라고. 닉스가 소녀를 발견하고 집에 데려다주었고, 할머니의 감정은 분노에서 두려움으로, 다시 절망으로 바뀌었다.

노마는 소녀가 카샵 힐에 있는 상담사를 만나봤으면 했다.

세인트는 괜찮다고 대꾸하며 스튜 한 입을 욱여넣었지만 더는 먹을 수 없었다. 소녀는 몸무게가 더 빠졌고 광대뼈가 도드라졌으며, 머리카락은 여전히 풍성해서 그 연약한 몸이 짊어지기에 너무 무거운 듯했다. 소녀는 엉덩이도 없고 여전히 가슴도 없

---

* Jane Roe, 본명은 노마 매코비로 1973년 미국 대법원이 낙태를 금지하는 개별 주의 법이 위헌이라고 판결한 사건 〈로 대 웨이드〉의 원고였다.

었지만, 그런 허튼 것들에 더는 괘념하지 않았다.

저녁이면 장작불 연기가 탁탁거리며 피어올랐다.

패치의 이름은 이제 사람들이 내뿜는 입김과 함께 나직이 언급되었다.

세인트는 매주 일요일, 성당에 갈 때면 아이비 머콜리가 달라진 것을 알아보았다. 그녀가 기도하면서 손을 떠는 것을. 이제 보드카 냄새가 향수 냄새를 압도한다는 것도.

세인트는 텔레비전에서 로널드 레이건이 시합에 참전하면서 수십 세대가 지나도록 목격하기 힘든 변화를 약속하는 모습을 지켜보았다.

바로 이겁니다, 두고 보십시오.

세인트는 '이거'가 무엇인지 정확히 알 수 없었지만, 이튿날 아침 성에가 낀 뜰에 당당히 서 있는 포드의 깃발을 바라보면서 좋은 것이라고는 무엇 하나 생각할 수 없었다.

어느 얼어붙은 맑은 날 아침 소녀는 숲에서 닉스 서장이 호수에 낚싯대를 드리우고 있는 걸 발견했다. 소녀는 그 옆에 조용히 앉았다. 서장이 패치와 한 걸음 가까워졌고 이제는 소녀의 유일한 연결 고리이자 기회였으므로. 서장이 브랜디를 섞은 커피를 마시며 입김을 내뿜었다.

"머콜리 부인 좀 살피셔야겠어요."

세인트가 말했다.

"그러고 있다."

서장은 추운 날씨에도 소매를 걷은 상태였다. 부드럽고 진한 색의 털이 팔뚝을 감싸고 있었다. 세인트는 마을의 여자들이 서장을 두고 몬타 클레어에서 가장 좋은 남편감이라고 말하는 것을 들었다. 소녀는 그가 그들 중 누구하고도 데이트하는 걸 보지 못했고, 무슨 까닭인지 그게 기뻤다.

"이젠 약도 먹는다고요."

세인트가 말했다.

소녀는 서장의 잘생긴 얼굴을, 파란 눈동자와 짙은 콧수염을 바라보았다. 서장은 은제 케이스에서 시가를 꺼내 불을 붙였다.

세인트는 손에 감각이 돌아오도록 손가락을 쥐었다 폈다 했다.

"만약 패치가…… 그 애가 죽었다면, 난 분명 살 수…….."

"넌 살 거야."

서장이 확신하듯 말하며 곧 눈이 내릴 것처럼 작은 얼음 조각들이 갈대 잎사귀들을 부러뜨리는 모습을 바라보았다.

"앞을 봐, 세인트."

"저는……."

"너 잠도 안 자잖아. 내가 너희 집 지나갈 때 보면 몇 시가 됐든 불이 켜져 있더라."

소녀는 자기가 지도를 들여다보고 있다는 것을 말하지 않았다. 집집마다 찾아다닌다는 것도, 자신의 칠판을 수학 문제가 아니라 이름들과 주소들로 채워놓았다는 것도. 시더 래피즈의 경찰에게 구걸했는데 그가 자비를 베풀어 네이비색 밴을 모는 모든 사람의 정보를 알려준 덕이었다. 그리고 때로는 집들이며 썩은 목재 창고들을 관찰한다는 것도.

"신문 보니까 캘리 몬트로즈가 납치되기 한 달 전에 서장님을 만나러 왔었다던데요. 이유가 뭐였어요?"

세인트가 말했다.

서장은 마른 입술을 핥으며 호수를 응시했다.

"그건 그 애랑 나 사이의 일이야."

"그 애가 죽었는데도요?"

서장은 천천히 릴을 감았고 소녀는 찌를 쳐다보았다.

"그래도."

서장이 정리하듯 말했다.

"그 애 아빠도 경찰이죠."

세인트가 말했다.

“좋은 경찰이라더라, 내가 듣기로는.”

“그 아저씨……”

닉스가 숨을 내쉬었다.

“그 남자는 무너졌어. 머콜리 부인처럼. 너처럼.”

“그리고 서장님처럼요?”

서장은 찌를 바라보았다.

“넌 하느님을 믿냐, 세인트?”

소녀는 주저하지 않았다.

“네.”

“친구를 위해 기도해라. 그리고 나머지는 다 나한테 맡겨. 지금 약속해.”

소녀는 대답하지 않았다.

“농담이 아니야. 네 할머니는…… 그분한테는 네가 전부야. 맹세해, 이제 그만 놓아주겠다고.”

소녀는 일어나서 거짓말을 했고, 가던 길을 걸어갔다.

23

소녀는 구근식물들을 지나갔다. 박공에는 미국실새삼*이 매달려 있고 그 옆으로는 여명에 똑똑 녹아 떨어지는 고드름이 붙어 있었고, 옻나무 줄기들이 아무도 자기를 잘라내지 않으리라는 것을 아는 듯 머콜리의 집을 공격하고 있었다. 석 달째로 접어든 지 3주가 지나고 겨울이 몬타 클레어의 옷을 벗기며 벌거벗은 언덕을 타고 천천히 내려왔고, 앙상한 나뭇가지들이 온통 하얗게 덮인 하늘에 수를 놓고 있었다.

할머니는 세인트가 굿윌 매장 진열대에서 봐둔 무스탕을 사주었는데, 버스를 길가에 그대로 세워놓고 매장에 들어가자 버스 승객들이 큰 소리로 불평해댔다.

깃에 모피가 달린 데다가 너무 무거워서 끙끙거리며 옷을 입어야 했지만, 세인트는 더 이상 자기가 어떻게 보이는지도 신경 쓰지 않았고 다른 애들이 자기를 보고 웃거나 할머니더러 버스 모는 동성애자라고 말해도 별로 반응하지 않았다. 소녀는 잡아먹을 듯 불어오는 바람에 모자를 눌러쓰고, 한때 다채로운 이름과 빛깔의 장미로 뒤덮였던 썩어가는 격자 나무 울타리를 잠시

---

* witch's hair, 마녀의 머리카락이라고도 불리는 기생식물이다.

바라보았다.

세인트는 이제 머콜리가의 집에 들어가지 않았다. 할머니에게서 그 집의 주인인 킴이 조용히 집을 되찾으려고 한다는 말을 들은 터였다. 아이비 머콜리는 더 이상 월세를 내지 않았고, 아무리 경제 호황과 회생과 번영을 약속하는 말들이 떠돌아도 대부분은 기나긴 겨울이 될 그 시기의 날카로운 아픔을 느끼고 있었다.

제일 위쪽 창에서 한쪽 구석이 헝클어지고 햇빛에 방치되어 누렇게 바랜 커튼 사이로, 소녀는 아이비 머콜리의 모습을 보았다. 뼈가 앙상한 그녀의 몸은 항복을 드러내는 기호에 지나지 않았다. 성당에서는 다시 의식을 거행해야 하지 않느냐는 말이 아주 은밀하게 오갔다. 닉스 서장은 안 된다고 했지만, 늙은 성직자는 성서를 꼭 쥔 채 문가에 서서 울려대는 전화기들과 경찰 배지들과 의자에 걸쳐놓은 권총집들을 둘러보며, 하느님의 세상이 그토록 열광적으로 보호할 필요가 있다는 것을 믿을 수 없는 듯 보였다.

세인트가 아이비에게 손을 들자, 아이비가 아래층으로 내려와 문을 열었다.

아이비는 반바지와 조끼 차림이었고 피부는 죽어가는 사람처럼 푸르뎅뎅했다.

"이런 일을 겪기에 넌 너무 어려."

아이비가 늘어지는 말투로 말했다.

세인트는 패치도 마찬가지라는 말은 하지 않았다.

세인트는 숲으로 걸어가 조심하면서 하얀 캔버스에서 의심스러운 흔적이 없는지 찾아보지 않으려고, 높이 떠오른 해가 겨울을 살짝 녹이는 것과 떨어진 물방울이 소나무를 흔드는 순간을 알아채려고 했다.

세인트는 그 애가 딱딱한 바닥에 앉아 호수를 물끄러미 바라보는 걸 발견했다.

"다들 앞으로 나아가고 있어."

미스티가 말했다.

세인트는 도요새 한 마리가 물을 건드려보다가 높이 솟아올라 멀어져가는 걸 쳐다보았다.

"넌 그 애가 죽었다고 생각해?"

미스티가 물었다. 두 손은 주머니에 깊이 찔러 넣고 다리는 가지런히 포갠 채 얼굴은 걱정으로 일그러져 있었다. 세인트는 아이가 어른이 되는 정확한 타이밍이 누구에게나 있는 것은 아니라는 걸 알았다. 운 좋은 아이들에게 그것은 책임감과 기회를 긴 시간에 걸쳐 힘겹게 받아들이는 과정이었다. 그러나 소녀에게, 그리고 미스티에게, 그 선은 느닷없고 숙명적으로 그어졌다.

"죽었다고 생각하는 사람들도 있어."

미스티가 자신의 말이 세인트에게 가닿지 않는다는 듯 말했다.

"그 앤 그냥 애일 뿐이야, 우리처럼. 다른 여자애들은 남자애들 얘기며 영화 얘기며 머리 얘기를 하는데…… 쌍. 제기랄, 씨발 쌍."

세인트는 소녀 옆에, 얼어붙은 땅에 앉았다.

"걔 추우면 어떡해? 걔가 어딘가에 살아 있는데, 추운데 코트도 장갑도 없으면 어떡해?"

미스티가 말했다.

세인트는 나뭇가지들을 바라보며 소녀와 눈을 마주치지 않았다. 마음을 드러내고 싶지 않았다. 미스티에게는 패치를 걱정할 자격이 없다고 생각하는 것을. 다른 애들과 달리 패치는 그 애에게 속하지 않았으니까. 그 애는 패치에 대해 아무것도 몰랐으니까.

"난 계속 뭔가 기억해보려고 하는데. 부모님은…… 내가 잊어버리게 하려고 사람을 써."

세인트는 미스티의 눈물을 보았다.

"그 애에 대해 얘기해줘."

세인트는 한참 동안 말이 없었다. 그러다가 입을 열었다. 그리고 자기가 혼자가 아니라는 것을 잊고, 마음이 그 폭신폭신한 기억으로 흘러가도록 내버려두었다.

24

소녀가 처음으로 소년에게 피아노를 쳐준 것은 1974년 슈퍼 아웃브레이크*가 일어난 어느 추운 목요일이었다. 스물네 시간 동안 100여 개의 토네이도가 지나갔는데도 소년은 여전히 떨며, 창문을 흔들고 꿀 저장고의 지붕을 날려버릴 듯한 어마어마한 천둥에 깜짝 놀라고 있었다. 노마는 불을 피워놓은 뒤 포치에 나가 쏟아지는 비를 겨우 막아주는 지붕 아래에서 나무들이 만신창이가 될 때까지 앉아 있었다.

패치가 흠뻑 젖어서 도착했기에 세인트는 담요를 가지러 갔고, 소년은 속옷만 남기고 다 벗은 채 빗물 웅덩이를 만들며 앉아 있었다. 난로의 불꽃이 소년의 눈 속에서 흔들렸다. 소년은 그날 웃지 않았다.

"네 할머니는 폭풍이 치는데 왜 바깥에 나가 앉아 있는 거야?" 소년이 속삭였다.

"할아버지가 돌아가신 날도 폭풍이 쳤거든."

비가 그치고 바람이 잦아들자, 소년은 소녀를 뜰로 데리고 나

* 1974년 4월 3일에서 4일 사이에 발생한 대규모 토네이도 발생 사건으로 이제까지 관측된 것 중 강력한 토네이도가 가장 많이 일어난 때였다.

가더니 작은 가방에서 튼튼한 스포츠맨 브랜드 새총과 작은 금속 총알 상자를 꺼냈다. 소년은 쓰레기통에서 빈 통조림 깡통 다섯 개를 가져다가 철벅거리는 풀밭에 피라미드 모양으로 세워놓은 다음, 소녀와 함께 약 6미터 떨어진 곳으로 가서 하나씩 차례차례 맞혔다.

"너도 이걸로 사냥할 수 있어."

소년이 말했다.

소년은 소녀 옆에 서서 얼마큼 당겨야 하는지 가르치며, 근육 기억과 새총 쏘기 기술에 관해 말해주었다. 소년은 조준하는 눈의 바로 밑까지 주머니를 당기라고 했고, 그때 소녀는 감을 잡았다.

둘은 돌멩이로 연습했다.

처음으로 통조림 깡통 탑의 가장 윗부분을 맞혀 휙 하고 쓰러뜨렸을 때 소녀는 소년을 보고 씩 웃었지만 소년은 정신이 딴 데가 있었다. 그때 소녀는 소년이 그해 겨울에는 난방을 못 할 수도 있다는 걸 걱정하고 있는지 몰랐다. 냉장고가 텅 빌까 걱정하는 것도. 소녀는 아이들이 그런 것을 걱정하는 줄 몰랐다.

두어 시간 동안 소녀는 자세를 다듬으면서, 궤적과 돌멩이의 무게를 감안하기에 이르렀고 깡통 다섯 개 전부를 쉽게 맞혔다. 소년은 몰래 접근하는 방법, 발 딛는 방법과 바람 쪽을 향하는 법, 그리고 마법의 시간에 대해 알려주었다. 땅거미가 내리면서 빛이 약해지고 토끼들이 모험에 나서는 시간에 대해.

"넌 죽여본 적 있어?"

소녀가 묻고는 숨을 참고 기다렸다. 소년은 고개를 저었다.

"그래도 할 순 있어. 죽여야 한다면 말야. 할 수 있다고, 알지?"

소녀는 끄덕였고 자기는 그럴 수 없다는 걸 알았다.

"너 오늘 뭔가 다르네."

소녀가 말했다.

"그냥 지친 거 같아."

"뭐에?"

"나로 사는 거에."

연습할 시간이 되자 소년은 소녀를 따라 들어갔다.

소녀는 피아노 앞에 앉아 연주했고, 첫 마디에 소년은 불꽃에서 눈을 떼고 소녀의 작은 손가락이 음악을 연주하는 것을 지켜보았다.

세인트는 소년이 자기 옆에 앉는 걸 느꼈다.

소년에게서 나오는 열기도.

그리고 소년이 놀릴 거라는 걸 알면서도 소녀는 모나리자들과 미친 모자 장수들 노래를, 뉴욕시에서는 장미 나무가 결코 자라지 않는다는 노래*를 불렀다.

소년은 끼어들지 않았다.

소녀를 비웃지도 않았다.

"내가 들은 것 중에 가장 아름다운 음악이었어."

소년이 말했다.

"그래."

"어머니가 파커스 씨네 집 청소 일에서 해고됐어. 그 사람들이 어머니더러 뭘 훔쳤다고 했대."

소년이 불길을 바라보며 말했다.

소년의 짐이 이제 소녀의 짐이 되었다.

• 〈모나리자들과 미친 모자 장수들Mona Lisas and Mad Hatters〉, 엘튼 존의 곡이다.

"여기 와서 밥 먹어도 돼. 추우면 여기서 자도 되고."

소녀가 말했다.

소년이 돌아보았고 둘의 다리가 닿았다.

소녀가 나직이 말했다.

"내가 너 숙제하는 거 도와줄게. 그리고 너희 어머니가 빌리고 싶은 게……."

그때 패치가 울기 시작했다.

작은 어깨가 떨렸다.

세인트는 소년을 바라보며 가슴속에서 통증을 느꼈고, 이제까지 아무것도 느껴본 적이 없는 것처럼 아팠다.

소녀는 손을 들어 소년의 눈물을 훔쳤다.

"벌들이 보라색 꿀을 만드는 데가 있대."

소년이 귀를 기울였다.

"노스캐롤라이나의 해안 평야 지대에. 모래언덕에 있대. 벌들이 왜 그러는지는 아무도 몰라. 하지만 진짜 보라색이야. 은은하게 빛나. 꼭 증거 같아, 패치. 마법 같은 일들이 우릴 기다리고 있다는 증거."

소년이 소매로 눈물을 닦았다.

"맹세해."

"하느님 앞에 맹세해."

"우리 언젠가 가볼 수 있을까? 그 보라색 꿀 만드는 곳에?"

소년이 말했다.

소녀는 힘차게 끄덕였다.

"그야 당연하지. 우리만의 장소가 될 거야."

"세상에서 숨을 수 있는 곳."

"숨을 필요 없을 거야. 거기 가면 아무도 우릴 모를 테니까. 새로 시작하는 거야. 난 아무도 보지 않는 여자애가 되지 않을 거야. 그리고 너는, 음 넌 그다지 바뀔 필요도 없겠다. 왜냐하면 내 생각에 넌 좀 완벽한 거 같으니까. 한쪽 눈이 없어도. 너란 애는……."

그때 소년이 소녀에게 입을 맞췄다.

소녀의 첫 입맞춤이었다.

소년에게도.

다음 날 학교에서 척 브래들리가 소녀의 가방에서 새총을 뺏더니 반으로 부러뜨리고는 소녀를 밀쳐 쓰러뜨렸다.

패치는 아이들 틈에서 나와 자기보다 커다란 소년에게 맞섰다. 작은 주먹을 움켜쥐고 먼저 주먹을 날렸다. 언제나 그랬다. 그러자 척의 친구들이 소년에게 달려들었고 싸움이 끝나고 한참 뒤까지 소년을 두드려댔다.

"멍청한 짓이었어."

세인트는 소년이 일어나도록 도운 뒤 입술에서 피를 닦아주었다.

"넌 내 전부야."

소년이 말했다.

소녀는 생각했다. 넌 나만 있으면 될 거야.

25

경야는 몬타 클레어에서 약 100킬로미터 떨어진 다비 폴스에서 열렸다.

헌터 바이우 제방, 경찰의 딸 캘리 몬트로즈가 친구들과 물을 헤치며 걸어 나가 친구들이 톱워터 미끼로 농어를 잡는 걸 바라보았던 곳. 인생을 빼앗겨버리기 전까지.

노마는 11월의 추운 어느 날 오후 차를 몰아 그곳에 갔다.

세인트는 반경 160킬로미터 이내의 사람이라면 누구나 아는 이야기를 떠올렸다. 캘리가 걸어서 하교하다가 친구들과 헤어진 뒤, 큰 나무들이 있는 돌길을 따라 걸어갔다가 다시는 모습을 보이지 않았다는 것을.

노마는 남편이 쓰던 헌팅캡을 쓰고 두꺼운 엄지 장갑을 끼었다. 때는 해거름이었고, 뿌연 달 아래에서 노마와 세인트는 백 명 남짓한 군중의 가장자리에 서서 목사가 기도하는 걸 듣고 있었다.

사람들이 상자형 등불에 불을 붙여 물에 띄웠으나 물이 어찌나 잔잔한지 등불들이 어디로도 달려가지 않고 그저 같은 자리에서 마구잡이로 늘어선 채 은은하게 빛을 발했다.

상실에 예리하게 베인 인생의 윤곽들을 눈앞에 두고 있으니, 목사의 말이 세인트의 귀에 들어오지 않았다. 음악이 흐르면서

101

고등학생들로 구성된 작은 합창단이 겨울 코트 차림으로 입김을 뿜으며 노래했고, 다 끝나자 세인트는 노마를 구석에 혼자 두고 캘리의 아버지를 찾아갔다. 그는 다른 사람들과 달리 울지 않았다. 여남은 경찰이 존중하듯 그를 둘러싸고 있었다.

"안타깝네요."

세인트가 말했다.

그는 턱수염이 길었고 야구 모자를 썼지만 제복 차림은 아니었다.

"캘리와 아는 사이였니?"

그가 나직이 물었다.

"전 몬타 클레어에서 왔어요."

"잡혀간 소년."

세인트가 끄덕였다.

"저도 여기 왜 왔는지 모르겠어요. 그냥…… 캘리에 대해 뭐라도 얘기해주실래요? 그러니까, 제 친구 패치도 그렇거든요. 신문에서는 그 애가 정말 어떤 애였는지 절대 말을 안 해요. 그냥 평범한 애처럼 들리게 써놓을 뿐……."

그는 잠시 침묵하더니 모자를 벗고 기름 낀 머리카락을 쓸었다.

"그 앤…… 아주 반항기가 넘치지. 신문만 보면 그 애가 천사인 줄 알 테지만."

세인트가 노마 쪽을 보니 할머니는 등불들이 타오르는 걸 지켜보고 있었다.

"그 애가 내 트럭에서 담배 훔치는 걸 붙잡은 적이 있다. 추수감사절에 몰래 술을 마시는 걸 잡은 적도 있고. 그런 기질 아니겠냐. 우리가 그리워하는 게. 다듬어지지 않은 부분들. 자라고 나면 둥글둥글해질 면들."

그는 모자를 잠시 가슴에 댔다. 진정한 아픔이란 거기서 시작해서 거기서 끝난다는 듯.

"몬트로즈 씨."

소녀가 말했다.

그는 불길에 비쳐 반짝이는 소녀의 눈을 마주 보았다.

"그 애들이 돌아올까요?"

그는 한참 동안 그대로 서 있었지만 대답은 하지 않았다.

소녀는 물 쪽으로 돌아서다가, 되돌아가는 사람들 틈으로 한쪽 편에 그가 서 있는 걸 발견했다. 그는 무릎을 꿇고 초에 불을 붙여 등불에 넣은 다음 물에 띄웠다.

툼스 선생이 세인트를 건너다보았다. 소녀는 그의 눈물을 보았다. 그의 얼굴에서 수많은 것을 보았다.

"변태."

세인트가 옆에 있는 소녀를 돌아보았다. 아마 한두 살 더 많고 머리 하나는 큰, 갸름한 얼굴에 단발머리 여자애였다.

"저 남자 변태야."

"어째서?"

세인트가 말했다.

"우리 고등학교 앞에서 저 남자가 차에 타고 있는 걸 본 게 한두 번이 아니야."

세인트가 툼스를 응시했다.

"뭘 했는데?"

"여자애들이 오가는 걸 보고 있었지."

26

크리스마스에 할머니는 너무 낡아서 렌즈 커버를 테이프로 붙여놓은 니콘 카메라를 손녀에게 선물했다.

"필름은 한 통뿐이야. 현상하려면 비싸. 신중하게 찍어."

세인트는 도서관에서 새 도감을 빌리고, 하얀 숲을 거닐며 멕시코 양지니, 여새, 한번은 붉은꼬리 말똥가리도 찍었다.

소녀는 더욱더 많은 눈을 뿌리는 하늘 아래로 1976년이 이끌려 오는 것을 지켜보았다. 때로는 눈이 부츠 위까지 쌓이는 바람에 스타킹을 신은 발이 흠뻑 젖었고, 소녀는 마을 청소부가 중심가를 지나가며 외눈 소년의 포스터를 천천히 떼어내는 걸 보았다. 소녀는 청소부한테 포스터 한 장을 받아 자기 옷장의 가장 높은 선반에 올려놓았다. 소녀는 트라우마와 편도체에 관한 책을 읽었다. 법과학을 다루는 폴슨의 책도. 어떻게든 소년과 자신의 연결고리가 끊기지 않게 해줄 책들에 머리를 파묻었다. 소녀는 나무껍질에서, 심지어 나뭇잎에서도 지문을 채취할 수 있는 뉴저지의 팀에 관해 읽었다. 그걸 닉스 서장에게 가져다주자 어찌나 슬픈 얼굴로 소녀를 보는지 소녀는 거의 무너져내릴 뻔했다.

소녀는 아이비에게 예전보다는 덜 갔는데, 아이비는 이제 거의 집을 나서지 않았다. 이따금 노마가 빵을 좀 구우면 세인트는 그걸 그녀의 집 앞 포치에 두고 왔다. 하루 뒤에 다시 가보면 먹지 않은 채 그대로 있었다. 세인트는 아이비가 일자리를 잃었다는 소식을 접했고, 집주인 킴이 아이비를 내쫓으려고 법적 절차를 밟고 있다는 이야기를 들었다. 세인트는 저금통을 깨 아이비네 문틈으로 봉투를 밀어 넣었다. 그 안에는 소녀가 그동안 선물로 받거나 일해서 번 돈, 뜰을 쓸거나 꿀을 팔아 번 돈이 모조리 담겨 있었다.

소녀는 몬타 클레어에서 적어도 15킬로미터는 떨어진 작은 마을에서 쇼 부인에게 피아노 레슨을 받았다. 그 탁 트인 라운지에서 세인트는 워밍업과 기술 습득용 곡을 연습했다. 음계와 화음과 아르페지오. 예전에는 주로 복습을 했지만 이제는 아주 숙달되어서 마지막 15분 동안 그저 치고 싶은 곡을 칠 수 있게 되었다.

그리고 세인트는 길 건너편의 단정한 집을 창문으로 내다보면서 아라베스크 C 장조, 18번을 연주했다. 슈만에 대해, 상반되는 감정들에 대해 생각하며 에필로그 부분에서는 거의 눈을 감았다. 눈을 뜨자 바깥에 그가 있었다.

닉스 서장은 길 건너편에 살았고 세인트는 그가 삽을 들고 나오는 걸 보았다.

그는 진입로를 헤치고 지나가더니 오카메 벚나무 밑동 주위에 쌓인 눈을 원형으로 조심스레 치웠다.

세인트는 할머니를 기다리는 동안 길을 건너가, 나무 옆 작은 장식용 벤치에 있는 닉스 서장 옆에 앉았다.

"예쁘네요."

소녀가 말했다.

"뿌리 주변의 눈을 치워주면 나무가 해를 좀 받을 수 있거든.

이 나무는 너무 일찍 꽃이 피어서 열매를 맺지 못해. 영원히 아름
다운 상태로, 방해받지 않고 남아 있는 거야."

세인트는 자기 어깨에 그의 손이 가볍게 놓이는 걸 느꼈다.

"널 위해서 녀석을 찾아 데려오고 싶었다. 캘리 몬트로즈가
괜찮기를 무엇보다 바랐고."

"알아요."

"미안하구나, 꼬마야."

그날 오후에 소녀는 니콘 카메라를 들고, 가시철사가 짓밟혀
쓰러져 있는 저수지로 나갔다. 소녀는 물 가장자리까지 기어가
붉은띠 호반새가 급강하하는 장면을 찍었다.

집에 돌아오는 길에는 어느새 그 일이 벌어졌던 장소에 가 있
었다.

소녀는 이제 울지 않았다.

27

세인트는 중심가에서 딕 로월을 비롯한 몇몇이 그의 철물점 앞에 앉아 10회 슈퍼볼 경기의 여파로 숙취를 달래고 있는 걸 보았다.

세인트는 사람들이 마치 다른 일들이 그토록 의미 있다는 것처럼 살아가는 게 이해되지 않았다.

그 겨울이 너무 춥고 삭막해서, 소녀는 사는 내내 겨울이 계속될지 궁금했다. 노마는 소녀에게 다른 취미가 필요하다고, 아니면 감정을 털어놓는 게 그렇게 나쁘지만은 않을 수도 있으니 그 정신과 의사를 만나는 게 낫겠다고 했다. 그래서 세인트는 도서관에서 뜨개질하는 법을 알려주는 책을 빌렸고, 얼마 안 가서 저녁마다 할머니가 그랬듯이 창가에 앉아 있었다. 소녀는 자기가 쓸 스카프와 모자, 할머니가 쓸 모자를 하나씩 떴고 이따금 할머니가 자길 역사상 가장 늙은 아이라도 되는 것처럼, 얼마 안 가 머리카락이 회색으로 변하고 머리 회전도 느려질 것처럼 쳐다보는 걸 알아챘다.

어느 토요일 아침 지미 월터스가 소녀를 찾아와 문을 두드렸다. 세인트는 말없이 분개했다. 노마는 둘에게 핫초콜릿을 만들어주었고, 둘은 뒤쪽 포치에 앉아 있었다. 지미는 목화쥐 한 마리가 덤불 속으로 달려가는 걸 보더니 얼굴을 붉혔다.

"저 조그만 녀석은 평균 5개월밖에 못 살아."

지미가 일어서며 말했다.

"나한테 새총이 있었으면 더 짧게 살걸."

"너희 집 뜰에서 이어지는 숲을 따라가면 습지가 나와. 어쩜 거기 비단거북이 있을지도 몰라."

"세인트는 전에 비버가 그쪽으로 가는 걸 본 적도 있다."

노마가 두 아이와 합류하며 말했다.

지미의 얼굴이 환해졌다.

"거기로 산책 가도 되겠다."

세인트는 웃으려 애썼고, 그 습지가 예전에 자기와 패치가 종이 보트를 띄우러 간 곳이라는 것은 말하지 않았다.

소녀는 늦게까지 자지 않고 조지 포먼이 론 라일과 벌이는 전투*를 지켜보았다. 노마는 5라운드에 접어들자 벌떡 일어나 소리를 지르고 섀도복싱을 하며 음료수를 쏟아 세인트를 웃게 만들었다.

둘은 함께 앉아 저녁 뉴스를 보며 토네이도가 마을들을 찢어발기고, 차가 뒤집어지고, 농부들이 머리를 숙인 채 눈을 감고 기도하며, 작물들이 뽑혀 날아가고 헛간들이 구겨지는 걸 지켜보았다.

"주님. 3백 명이 죽었고 5천 명이 죽다가 살았구나."

할머니가 말했다.

노마는 느릿느릿 일어나더니 ―세인트가 알아채지 못하는 새

• 복싱 헤비급 경기로 1976년 1월 24일에 열렸다.

허리가 더 굽어서—채널을 바꾸고는 버번 위스키를 조금 따른 다음 랜들 맥머피*의 이야기가 골든 글로브 시상식을 휩쓰는 것을 보았다. 노마는 귀퉁이를 접어놓은 페이퍼백을 집어 들어 세인트에게 던졌다.

"넌 좀 더 현실에서 달아날 필요가 있어."

노마는 말했다.

세인트는 그걸 어떻게 할 수 있는지 더는 알 수 없었다.

모든 것이 하얗게 덮인 어느 토요일, 지미 월터스가 서리꽃 한 주먹을 보라색 리본으로 묶어 가지고 나타났다.

세인트는 노마에게 그 애를 만나고 싶지 않다고 했다.

"끈질기잖니."

노마가 소녀를 침대에서 끌어내며 말했다.

"인플루엔자도 그런걸요."

눈 위를 거니는 동안 지미는 식물들을 가리키며 나래가막사리니 꽃박하니 하는 것들에 대해 말해주었다.

"이건 왜 가져온 거야?"

소녀가 물었다.

"그냥 가끔은 아무리 어려운 상황에서도 살아남는 게 있다는 걸 보여주고 싶어서."

---

* 1975년 영화 〈뻐꾸기 둥지 위로 날아간 새〉의 주인공이다.

28

해빙이 시작되면서 고드름이 녹아 물방울이 떨어지고 하얀 눈 아래에서 미역취의 새싹들이 돋아날 무렵, 세인트는 지난겨울이 어땠는지도, 처음 돋아난 덧없는 생명들에 눈길을 준 일도 거의 기억나지 않았다. 유일한 증거는 카메라에서만 찾을 수 있었는데, 거기에는 세심하게 고른 분홍색 와일드 제라늄, 자주달개비, 그리고 꽃고비의 섬세한 흰색 꽃밥이 포착되어 있었다. 소녀는 야간 뉴스를 통해 유바시에 재앙이 닥친 것*을 들으며 세상에 참화가 어떻게 그토록 많이 일어날 수 있는지, 극도로 잔혹한 일이 일어나도록 뜻하시는 하느님에게 패치가 어떻게 주목받을 수 있을지 생각했다.

패치의 생일날 소녀는 침대에 누워 노마에게 너무 아파서 학교에 못 가겠다고 말했다. 노마는 레이시스 다이너에 가서 아이스크림을 사주겠다고 했지만, 세인트는 자신은 이제 아이가 아니라고 했다. 노마는 1000조각짜리 직소 퍼즐을 사주었고 매일 저녁 러시모어산이 조금씩 더 살아났다.

---

* 1976년 5월, 유바시 고등학교 학생을 태운 버스가 고속도로 나들목에서 추락하여 학생 스물일곱 명과 교사 한 명이 사망하고 학생 스물세 명이 심각한 부상을 입은 사건이다.

파랑새 빛깔의 하늘 아래에서 세인트는 중심가 가운데에 놓인 벤치에 앉아 있었다. 옆에 놓인 꽃바구니들에는 산호 장미가 환하게 피어 있었다. 소녀는 버스를 기다리면서 향기를 들이마셨다.

지미 월터스가 옆에 와서 앉았다.

"안녕."

세인트는 대답하지 않았다.

"학교에서 보면 넌…… 네가 웃는 얼굴이 그립다."

소년이 끄덕였다. 할 말은 했다는 듯.

"네가 먹이 주는 여우는 어때?"

소녀가 말했다.

"새끼 낳았어. 이제 네 마리가 와."

세인트는 웃으려고, 뭔가 느껴보려고 했다. 한순간이라도.

"너 카메라 가지고 다니는 거 봤어. 있잖아, 혹시 네가 흰꼬리 사슴을 보고 싶은 거라면 내가 좋은 장소 알아."

소녀는 그 애를 흘깃 보고 그 애의 삶이 얼마나 쉬울지, 그 애의 문제들이 얼마나 작을지 생각했다. 소년은 느긋하고 자신감 있어 보였고 할머니는 그게 참된 신앙에서 나오는 거라고 했다. 마치 다른 소년들이 자기를 교회 계집애라고 부른다는 걸 모르는 듯했고, 혹시 안다고 해도 신경 쓰지 않는 것 같았다.

버스가 오자 세인트는 할머니 바로 뒤에 있는 짙은 자주색 가죽 의자에 걸터앉아 할머니와 함께 달렸다. 소녀가 어렸을 때 노마는 손녀가 레버를 작동하게 해주었고 소녀는 집중하느라 얼굴이 굳었다. 할머니가 그 일이 무척 중요한 일이라고, 할머니가 없으면 몬타 클레어의 선량한 주민들이 가야 할 곳에 갈 수 없다고 말했기 때문이었다.

"예전처럼 한번 해볼래?"

노마가 커다란 거울로 소녀와 눈을 맞췄다.

세인트는 웃으며 고개를 가로저었다.

버스는 반짝반짝했다. 차고지에 청소팀이 있기는 했지만 노마는 낡은 인조가죽 천을 가져다가 물 자국을 닦아냈다. 스스로 실내를 조사하며 재떨이가 비지 않은 걸 발견하면 쯧쯧 하고 혀를 찼고, 때로는 버려진 만화책을 발견해 세인트에게 가져다주기도 했다.

사람들은 소녀의 할머니가 그렇게 바깥에 나가 일하는 것이 훌륭하다고 했다. 할아버지가 도시에서 거의 30년 동안 했던 직업을 물려받은 것이. 손녀도 먹고는 *살아야 하니까,* 노마의 대답이었다. 세인트는 어떤 형태든 목적이란 것이 사람을 살아가게 해준다는 점을 알았다. 평소보다 더 조용하던, 부끄러워지는 순간에 소녀는 할머니가 다른 사람들 같기를 바랐다. 노마가 학교에 와서 다른 어머니들과 떨어져 서서, 모자를 쓰고 말보로를 피우는 그런 날들에.

버스는 마셜로에서 속도를 줄였고, 세인트는 저단 기어의 시끄러운 엔진 소리를 배경으로 에지우드 캐니언의 에메랄드빛 강물을, 그리고 강가를 채운 라임색 풀들이 강물에 부딪히는 것을 내다보았다. 나무들이 점판암 바위들 틈새에서 자랐다. 낡은 물레바퀴가 둥근 나무 교각 앞에서 쉬고 있었고, 교각은 빛이 바래 푸른 물결을 막아주는 회색 방파제와 비슷한 색이었다. 소녀는 몸을 내밀고 카메라로 그 모습을 찍었다. 저 위쪽에서 말에 탄 두 남자가 너무나 청명하고 아름다운 미주리의 아침을 배경으로 서 있는 모습을 보고 그냥 있을 수가 없었다.

"벌들이 보고 싶어요."

세인트가 말했다.

노마가 돌아보지 않고 말했다.

"더 주문하면 되지."

"싫어요. 내 벌들이어야 한다고요."

"벌은 벌이지. 녀석들은 기분 내키면 널 쏠 거다. 나도 그 녀석들이 어디 있는지 궁금하구나."

"죽었어요. 이제 죽었을 거예요."

석회석으로 된 수직 절벽. 지의류와 이끼와 우산이끼가 절벽을 타고 무성한 박공지붕 모양의 땅으로 내려가고, 그곳에는 자라다 만 나무들이 서 있었다. 그 길을 따라가다 소녀는 볼연지 빛깔이 감도는, 100만 겹으로 쌓인 각암을 보았다.

펠로 록이라는 작은 마을에서 승객들이 더 탔고, 예전의 세인트를 기억하는 것처럼 소녀에게 웃음 지었다.

할머니는 몬타 클레어에서 네 마을 떨어진 앨리스 스프링스에서 교대하기로 되어 있었고, 둘은 버스에서 내려 공원 벤치에 앉았다.

세인트는 피크닉 바구니에서 샌드위치를 꺼내 포장을 풀고, 레모네이드 두 캔과 사과 두 개를 준비했다.

"얘기해보련?"

노마가 말했다.

"싫어요."

"나도 그 녀석이 보고 싶구나."

노마가 패치에게 마음을 열기까지는 시간이 걸렸는데, 소년의 웃음을 골칫거리로 보고 해적 의상을 망상으로 봤기 때문이었다. 전환점이 된 것은 1974년 봄 어느 늦은 오후, 손녀와 산책하다가 머콜리가의 집을 지나가며 도로 쪽으로 난 문이 열린 것을 봤을 때였다. 노마는 손녀를 따라 그리로 다가갔고, 패치가 어머니 옆에서 토사물을 닦아내는 것을 보고 둘 다 그 자리에 멈춰버렸다. 어머니는 소파에 널브러졌고, 패치는 어머니를 바닥에 눕히고 숄을 가져다가 덮어준 뒤, 다시 양동이와 스펀지를 들고 청소했다.

세인트는 그 집에 들어가려고 했지만 노마는 손녀의 어깨에 부드럽게 손을 얹고, 슬프게 웃음 지은 뒤 아직 손녀가 이해할 수 없는 방치의 장면에서 손녀를 끌어냈다. 둘은 침묵 속에서 산책을 끝냈다. 다음에 패치가 집에 찾아왔을 때 노마는 바나나 머핀을 구워주었고, 소년이 먹으려고 한 개를 집으면서 다른 한 개를 주머니에 넣는 걸 보고도 아무 말 하지 않았다.

"원래 이런 건가요? 아이들이 납치돼서 돌아오지 않는데, 아무도 그 애들한테 무슨 일이 벌어졌는지 찾지 않는 건가요?"

세인트가 말했다.

"그렇다는 거 너도 알잖나."

캘리 몬트로즈 이후에는 실종된 아이가 없었다. 범인이 누구였든 중단한 듯했다. 어떤 날 밤이면 세인트는 패치가 그 남자를 죽이고 천천히 길을 더듬으며 집으로 오는 중이라는 공상에 빠졌다. 패치가 에드워드 로처럼 자신의 무자비한 면을 발견했다는 공상. 공상 속에서 이따금 소년은 배를 몰며, 바우스프릿에서 몸을 내밀고 소녀에게 오는 길을 만들어내고 있었다.

소녀는 저 아래에서 강물이 뱀처럼 나무들과 바위를 휘감으며 움직이는 모습을, 너무 투명하고 놀랄 만큼 파란 수면을 보았다.

"할머니는 아직도 기도하죠."

세인트가 말했다.

"네 할아버지가 죽었을 때도 그랬으니까."

세인트는 그때 어땠는지, 자신을 정의하는 무언가를 잃는 게 어떤 것인지 묻고 싶었다. 하지만 어쩌면 소녀는 이미 아는지도 몰랐다―자기가 아닌 다른 누군가가 되어버린다는 것을. 어쩔 수 없이 감당해야만 하는, 매일 보고 느끼고 두려워해야 하는 낯선 사람이 되어버린다는 것을.

"언젠가는 지워질까요? 왜냐하면 난……."

노마가 세인트의 손을 잡았다.

"모든 것에 의미가 있으면 좋겠어요. 모든 게 어딘가로 이어지면 좋겠어요."

"월터스네 아들이 너랑 같이 앉아 있는 거 봤다. 그 애를 친구로 삼아보면 어떻겠냐. 벌을 더 구해서 꿀도 좀 만들고……."

노마가 말했다.

"지미 월터스는 따분해요."

"네가 그걸 어떻게 알아?"

"그 앤 동물 얘기밖에 안 한다고요. 하느님 얘기랑."

"기회를 줘보면 또 모르지."

노마는 자기 모자를 벗어 손녀에게 씌워준 다음, 손녀에게서 카메라를 빼앗더니 혀를 내밀었다.

세인트가 반응이 없자 노마는 패치가 몬타 클레어 학교에서 급식 담당으로 일하던 여자랑 노마를 엮어주려고 했던 일을 끄집어냈다. 그 여자도 머리가 짧았다.

"물론 나중에 그 녀석은 그 여자가 암에 걸린 걸 알게 됐지. 남편도 있었고. 그리고 내가 레즈비언이 아니라는 것도."

노마가 말했다.

그러자 마침내 세인트가 웃었다. 그리고 노마는 필름통에 있는 마지막 필름을 썼다.

소녀는 거의 두 계절을 꽉 채워서야 처음 얻은 필름 한 롤을 다 채웠다. 붙잡아둘 만하다고 여긴 순간이 그토록 적었던 것이었다.

"누군가를 웃음 짓게 만들거나, 아니면 아예 웃음이 터지게 만드는 순간이 오면 사진을 찍어. 빼먹지 말고."

노마가 말했다.

"그 대가를 내가 치러야 할 때는요?"

"그럴 땐 특히 더 찍어야지."

"난 그 녀석을 영원히 놓지 않을 거예요."

세인트가 말했다.

노마는 웃었다. 아이가 말하는 영원이 어느 정도인지를 안다는 듯. 언제나 지금 같지는 않을 거라는 듯. 자기 손녀를 완전히 얕잡아본 것처럼.

29

두 사람은 느긋하게 걸어 시내로 돌아갔고, 할머니는 운전기사 두어 명이 앉아 있는 작은 카페로 다가갔다. 세인트도 할머니를 따라가다 아이들 한 무리가 분수 가장자리에서 균형을 잡고 있는 곳 옆에서 멈췄다.

소녀는 여남은 개의 상점 진열창을 구경하다가 패치가 죽도록 가지고 싶어 할 만한, 스페인 식민시대 동전의 복제품을 보고 걸음을 멈출 뻔했다.

센트럴 카메라 상점에서 소녀는 FD 렌즈, 슈퍼 8밀리미터, 오토줌 카메라를 보며 시간을 보냈다. 계산대 앞에 있던 남자는 파란 작업복 차림에 넓은 타이를 하고, 수차니 해상력이니 색 균형이니 플레어 보정에 관해 손님과 얘기하고 있었다.

세인트는 화학물질과 새것의 중간쯤 되는 그곳의 냄새와, 가죽 케이스와 갈색 캔버스 가방이 좋았다. 소녀의 차례가 되자 직원은 소녀의 카메라를 알아보고 래리라는 이름이 쓰인 자기 명찰을 가리키더니, 소녀의 작품을 자신이 좀 봐주면 좋겠느냐고 다짜고짜 물었다.

"작품 아닌데요."

소녀가 말했다.

직원이 소녀의 필름을 접수하는 동안 소녀는 계산대 옆에 놓인 게시판을 보았다. 광고로 가득한 게시판에는 오래된 장비 광고들, 아무 의미도 없는 숫자들이 쓰여 있었다.

그리고 그 옆에.

소녀는 그리로 다가갔고 래리가 손을 내밀고 있는 것도 모르고 포스터를 뚫어져라 보았다.

일라이 애런 사진

소녀는 그걸 떼어 광고지에 찍힌 여자애를 들여다보았다.

미스티 마이어가 약간 수줍게 웃으면서 긴 니트 조끼 위로 팔짱을 끼고 있었다.

"모델로 만들어준다는 얘기 다 믿지는 마."

래리가 말하며 작업복에 손을 문질러 닦았다. 그는 꼭 말을 잘 못 내뱉은 사람처럼 헛기침을 했다.

"아니 그러니까, 네 초상화를 찍고 싶으면 더 나은 데도 있다고. 너 같은 소녀들을 알지, 다들 모델이 되고 싶어 하잖아?"

세인트는 자신의 멜빵바지와 색 바랜 스니커즈를 내려다보았다.

"샌디 휘튼한테 가봐. 그 사람 잘 찍어."

세인트가 광고지를 계산대에 올려놓았다.

"이 남자요……."

래리가 불편한 듯 자세를 살짝 바꾸었다.

"그 남자 필름을 두어 번 현상해줬지."

"그런데요?"

래리가 눈을 깔았다.

"잘 들어, 꼬마야……."

"제발요."

소녀가 너무 지친 목소리로 말했다.

"아무도 정식으로 고소하지는 않았지만 들은 얘기가 몇 가지 있어. 경찰한테 할 만한 얘기는 아니라서. 그 남자가 마을 곳곳에 전단지를 붙이지 못하게 막을 정도도 못 되고. 이렇게 말해볼까. 나한테도 네 또래의 딸이 있는데 그 애가 이 남자한테 돈을 건네지는 않았으면 싶다고."

세인트는 광고지를 가방에 넣더니 맡겨둔 필름은 잊어버리고 밖으로 나갔다.

래리가 문으로 나가 소녀에게 필름을 건네며 말했다.

"한 가지 더 있어. 사실 내가 끼어들 일은 아닌데……."

"그런데요?"

"그 남자가 이 근방에 있는 대여섯 군데의 학교에서 사진사로 일하거든. 네 친구들한테도 돈 낭비하지 말라고 전해줘."

30

그날 저녁 소녀는 계단을 올라 다락에 있는 자기 방으로 갔다.

벽 곳곳에는 세인트가 열성적이고 세심하게 만들어놓은 거미줄이 있었다. 신문에서는 범인이 아마도 기회주의자일 거라고, 미스티가 다른 피해자들처럼 아름다웠고 그걸로 충분했을 거라고 했다.

소녀는 포스터를 게시판에 꽂았다.

복도에 나간 세인트는 전화기를 들어 경찰서에 전화했다. 전화번호를 찾을 필요도 없었다.

닉스는 토요일 저녁까지 남아 있는 사람이 자기뿐이라는 듯 직접 전화를 받았다.

"저 뭔가 발견한 거 같아요."

소녀가 말했다.

한참 동안 침묵이 흐르며 지직거리는 소리만 들렸다. 소녀는 무릎을 가슴 쪽으로 끌어당기고 바닥에 앉아 있었다.

"제가 어떤 가게에 갔는데……."

"너 이러는 거 이제 그만둬야 돼."

서장이 말했고, 소녀는 서장이 자기만큼이나 지쳐서 혼자 앉아 있는 모습이 눈에 선했다.

"하지만 서장님이……."

"진심이야, 세인트. 너한테 이건 이제 끝난 일이야. 넌 이제 앞을 보고 다시 아이가 되면 돼. 넌 벌써 시간을 너무 많이 잃어버렸어."

"서장님이 몰라서 그래요. 제가 직원이랑 얘기하고 나서 포스터를 봤는데……."

소녀가 문장을 끝맺기도 전에 전화가 끊겼다.

세인트는 계단을 내려가 창문으로 노마가 포치에 앉아 거리를 지켜보는 걸 보았다.

세인트는 부엌에 있는 책꽂이를 찾았고 제일 밑에는 앨범들이 가지런히 놓여 있었다. 소녀는 앨범을 훑어보다가 어머니 사진을 잠시 뜯어보며 자기와 닮은 어머니의 눈을 들여다보았다. 이제는 기억에서 지워진 여행지들, 도시들, 웃음들을 보았다.

세인트는 학교에서 찍은 사진들을 보았다. 시간순으로 담긴 사진에서 소녀는 느리게 성장했고, 소녀의 몸은 어린 시절의 보호막에 결연하게 매달리고 있었다.

그러다가 그걸 보았다.

그 일이 벌어지기 한 달여 전.

소녀는 자신이 어떻게 그렇게 활짝 웃을 수 있었는지 의아해했다.

세인트는 사진을 앨범에서 꺼내 뒤로 돌려보았다.

스탬프를 보고도 흠칫하지 않았다.

일라이 애런 사진

31

권총은 6연발 콜트 파이선으로 반질반질 윤이 났고 1킬로그램쯤 나갔다.

세인트가 총을 차고에 있던 신발 상자에서 처음 꺼냈을 때 그것은 납덩이처럼 느껴졌다. 소녀는 거기에 총알이 두 발 장전되어 있다는 것을, 어딘가에 여남은 총알이 담긴 상자가 숨겨져 있는 것을 알았고 자기가 총에 손댄 것을 할머니가 발견한다면 아마도 처형당하리라는 것도 알았다.

세인트는 색 바랜 멜빵바지에 흰색 조끼를 받쳐 입었다. 비썩 마른 팔로 총을 겨눴을 때 두 팔에는 이두박근이 보일 듯 말 듯했고 두 눈에는 결의가 엿보였다. 오른 손등에는 검정 펜으로 그린 해골과 십자 모양 뼈다귀가 있었다.

소녀는 포스터에 인쇄된 일라이 애런의 주소를 발견했다.

여명이 밝았다.

야광운이 흩어지기 시작했다. 소녀는 어깨에 가방을 메고 구불구불한 길을 따라 중심가로 나갔다. 경찰서는 어둠에 잠겨 있었다.

유일한 불빛은 성당에서 흘러나왔는데, 그날 처음 열리는 미사 준비로 촛불을 켜고 소책자를 자리에 놓고 종을 칠 준비를 하고 있었다.

"어디 가는 거야?"

세인트는 지미 월터스를 보고서도 성큼성큼 걷는 발걸음을 멈추지 않았다. 소년은 성당 문가에서 성경을 들고 서 있었다.

"일라이 애런이라는 사진사 만나러."

"왜?"

소년이 세인트 등에 대고 외쳤다.

"쏴 죽이려고. 그런 다음 내 친구 집에 데려와야지."

32

소녀는 그날 첫차에 올라탔고, 버스에 탄 교대 근무자들은 엔진이 부릉거리며 달리는 동안 조금이라도 더 자려고 고개를 숙이고 있었다.

회색 도로가 세인트의 키만 한 갈색 밀이 줄줄이 늘어선 밀밭을 가로질렀다. 밭은 신이 휙 잡아당겼다가 놓아버린 것처럼 물결치듯 울룩불룩한 땅을 농부들이 부지런히 가꿔놓은 듯했다. 철탑들이 엉성하게 서 있는 모습은 마치 장대한 강철의 군대 같았다. 타버린 붉은색의 급수탑 하나뿐, 하늘에는 아무런 색도 보이지 않았다.

체스터우드라는 마을에서 소녀는 버스를 갈아탔다. 관심을 보이는 운전기사 뒤에 혼자 앉아 운명이 다가오는 것을, 해답을 품은 지평선이 다가오는 걸 바라보았다. 소녀가 아직 발견할 준비가 전혀 안 된 해답을.

8킬로미터쯤 달리자 사우스15라는 표지판이 나타나며 세상이 평평해지고 풀이 노랗게 물들었고, 도로변은 소금 빛의 자갈길로 바뀌었다.

버스는 기어갔고 엔진에서 긁는 소리가 났으며 서스펜션은 놀이기구처럼 튀어 올랐다.

소녀는 아무것도 안 보이는 외진 곳에서 내렸고, 운전기사는 그 자리에서 떠나기를 주저하며 소녀가 시야에서 사라질 때까지 거울로 소녀를 쫓았다. 언덕의 오르내림이 소녀를 양옆으로 둘러쌌다.

곧게 뻗은 길 위에서 소녀는 100만 평을 뒤덮은 숲을 발견했고, 여남은 지도를 확인한 끝에 노란색 표지판을 보았다.

주의 최소 정비 도로
B 등급 서비스
출입 시 본인 책임

소녀는 똑같은 모양의 바큇자국을 따라 천천히 걸었고, 바큇자국 가운데로 난 풀이 운동화에 쓰러질 만큼 길었다. 빈틈없이 말아놓은 여러 색의 짚단이 엉성한 바둑판 모양으로 놓여 있었다. 진흙을 뒤집어쓴 트랙터 한 대가 버킷을 흙에 파묻은 채 서 있었다. 그렇게 걷다가 빽빽한 숲의 입구에 다다르자 소녀는 발걸음을 늦췄다. 갯낙상홍 잎사귀들이 도랑으로 미끄러져 내리고 그 열매들이 숲의 어둠에 대비되어 빨갛게 빛났다.

세인트는 개울을 첨벙거리며 건너느라 운동화가 냉기로 가득해지는 것을 느꼈다.

소녀는 왕포아풀 밭을 따라 한참을 걸었고, 멀리로 사슴과 너구리가 보이고 위로는 까마귀들이 소녀를 먹이처럼 지켜보았다.

처음 빗방울이 떨어졌을 때 소녀는 바람에 흔들리는 나뭇잎들 사이로 말을 더듬듯 띄엄띄엄 비쳐드는 빛을 올려다보았다.

집이 눈에 들어왔다. 단층에 전면은 목재였는데 희끄무레하게 바랜 갈색이었고, 수분이 스며든 부분은 좀 더 어두운 갈색이었다. 지붕은 강철 골판지였고 별채가 세 동 있었는데 바닥이 건물 무게에 눌린 것처럼 기울어져 있었다. 체인이 녹슬어가는 트랙터에는 어린애 키만 한 타이어가 달려 있었다. 왼편으로 썩어가는 판잣집이 하나 더 있었는데 골조가 숯이 되어버린 갈비뼈처럼 드러나 있었다.

세인트는 조심스럽게 움직였다. 떨어진 잎사귀들이 눈송이처럼 떠다녔다.

소녀는 첫 별채로 가서 여러 해를 보내는 동안 뿌예진 창으로 안을 들여다보았다. 비어 있었다.

소녀가 불쑥 두려움을 느낀 건 제일 큰 헛간으로 가서 벽에 난 틈새로 안을 들여다보다 강철로 만든 밴의 몸체를 봤을 때였다.

네이비색.

앞바퀴 쪽 크롬 펜더가 떨어질 듯 매달려 있었다.

소녀는 무슨 소리를 듣고 돌아섰고, 숨을 가쁘게 쉬다가 여우다람쥐 한 마리가 커다란 너도밤나무 쪽으로 움직이는 걸 보았다.

"썩을."

소녀가 나직이 내뱉고서 위를 흘끗 올려다보니, 비가 내리기 시작했을 때만큼이나 빠르게 그쳤다.

소녀는 뒤엉킨 쐐기풀 줄기들을 밟고 적갈색 판재로 만든 포치에 올라선 뒤 문 앞에 가만히 서서 귀를 기울였다.

소녀의 가방에는 새총이 들어 있었다.

그리고 그 옆에는 할아버지의 총이 있었다.

33

"뭐 도와줄까?"

일라이 애런은 숲에 속한 사람처럼 보였다. 격자무늬 셔츠를 입고 묵직한 작업 부츠를 신고 한쪽 무릎이 찢어진 청바지를 입었다. 세인트는 한 걸음 물러난 뒤 가방에서 포스터를 찾아냈다.

"저를 모델로 만들어줄 수 있나요?"

소녀는 나직이 말했고 산들바람에 말소리가 묻혔다. 그는 살짝 몸을 숙이더니 소녀의 뒤쪽에 있는 나무들을 살펴보았다.

"혼자 왔어?"

"보조 도로에서 걸어왔어요."

"조심해야 돼. 들판에 야생 뱀들이 있어. 내가 덫을 놔서 잡기는 하지만……. 녀석들이 고개를 쳐들고 덤벼들거든."

다른 무엇보다 소녀는 그의 몸집이 눈에 들어왔다. 190센티미터에 130킬로그램 이상 될 터였다. 무겁고 축 처진 어깨. 마치 고깃덩어리처럼 매달린 두 손. 두 눈은 그가 웃을 때까지도 텅 비어 있었고, 치아는 까슬까슬한 수염에 대비되어 환해 보였으며, 긴 머리카락은 기름을 발라 양쪽으로 갈라놓았다. 소녀는 그런 사람을 학교에서 본 기억이 없었고 오히려 전혀 다른 모습을 기억했다. 마치 필요하면 모습을 바꿀 수 있기라도 한 것처럼.

그는 가려운 듯 턱을 문질렀다. 세인트는 뉴욕 형사 로저 게이블의 전기傳記에서 '감'이라고 부르는 것에 관해 읽었는데, 로저는 감이 나중에 자신의 가장 친한 친구가 되었다면서 어떤 경우에도 그걸 무시하지 않았다고 했다. 두려움이나 불신이라기보다, 그것은 뼛속 깊은 데서 올라오는 믿음, 살과 뼈와 내장 안쪽에서 나오는 믿음으로서, 아픔을 동반하는 감각이고, 조만간 총을 뽑게 될 거라고 말해주는 느낌이며, 그럴 때는 목숨을 끝장낼 준비가 제대로 돼 있어야 할 거라는 이야기였다.

일라이 애런이 옆으로 물러나자 소녀는 집으로 들어섰다.

그는 소녀에게서 포스터를 받아 빤히 보았다.

"너희들은 다 내가 너희를 그렇게 보이도록 만들어줄 수 있다고 생각하지. 질투…… 안 어울려."

그가 조심스레 말했다.

"돈은 있어?"

소녀가 끄덕였다.

"너 여기 있는 거 아무도 모르고?"

소녀가 고개를 저었다.

커다란 남자는 잡담을 했다. 자기 할머니가 돌아가시면서 라이카를 물려줬다는 것과 자기가 숲을 사랑한다는 것, 하지만 기름 값이 천정부지로 치솟아서 학교에서 일하게 됐다는 것. 그는 금수 조치와 이스라엘을 저주했다.

소녀는 자기가 방금 지나온 풍경의 사진들이 검은색 액자에 담긴 것을 보았다. 세피아와 흑백의 명암 속에서 느껴지는 절망이, 헤아릴 수는 없지만 그 땅이 예전에는 지금보다 나은 곳이었다고 말하는 듯했다.

벽에는 제재목으로 만든 커다란 십자가가 걸려 있었다. 나뭇결을 가르는 못 하나가 한가운데 박혀 있었다. 부엌에는 화구가 하나뿐인 스토브와 줄에 매달린 냄비들이 있고, 뒤쪽의 창문은 시트로 가려놓아 얇은 천을 뚫고 빛이 스며들었다.

세인트는 남자를 계속 자기 앞에 두되 적당히 떨어져 있어야 한다는 걸 알았다. 드러난 배관이 바닥에서 위로 올라간 뒤, 목재에 난 구멍을 통해 옆방들로 이어졌다.

"미스티 마이어, 그러니까 그 광고지에 있는 여자애는 저랑 같은 반이에요."

그는 두꺼운 향나무로 위쪽을 마감한 난로에 몸을 기댔다. 양초 두어 개가 반쯤 타 뒤틀린 모습이었다.

"나도 그 사건 뉴스에서 봤어."

남자의 눈이 위쪽을 한 차례 흘끗 거렸다.

"사건 일어났던 날 아침에 어디 있었는지 기억나세요?"

소녀는 무심한 듯 말했으나 한 단어 한 단어가 떨렸다.

"브룩스 폴스에. 곰들은 동면에서 깨어나면 강에서 연어를 먹거든. 난 어렸을 때부터 녀석들이 좋았어. 그럴 때 녀석들 입가에는 피가 흥건하지."

"모텔에 머무르세요?"

"캠핑장에."

"여기 혼자 사세요?"

소녀가 다시 주변을 돌아보며 말했다.

그는 소녀가 재미있다는 듯, 소녀의 머릿속에서 일어나는 생각을 다 꿰뚫고 있다는 듯, 소녀 스스로 인지하기도 전에 소녀가 어떻게 움직일지 안다는 듯 웃었다.

싱크대는 검은 코팅이 벗겨져서 안쪽의 은색이 드러나 있는 프라이팬으로 가득했다. 남자가 문을 열자 소녀는 땀으로 누레진 매트리스만 깔린 침실을 흘끔 들여다보았다. 남자가 서랍장에서 시트를 두 장 꺼냈다.

소녀는 천장까지 쌓인 책을 보았다.

"최고의 교육이지. 다른 사람들의 눈을 통해서 보면 모든 걸 더 많이 이해하게 돼."

남자가 어깨에 메는 가죽 가방을 힘껏 들었다.

밖으로 나간 소녀는 패치가 그곳에 있는 모습을 상상하며, 어쩌면 자기가 밟은 흙 아래 친구가 있을지도 모른다고 생각했다. 그 생각에 감각이 예민해졌다.

소녀의 눈에 빨간 헛간이 들어왔다.

"내 암실이야."

"직접 현상하세요?"

소녀가 말했다.

"예전에는 드러그스토어에서 했지. 그런 덴 비싸."

"앨리스 스프링스에 있는 가게는 어때요?"

그가 살짝 발끈했다.

"거기 직원은…… 예술을 이해 못해. 내가 보는 걸 못보지."

일라이 애런은 나뭇잎을 쿵쿵 밟으며 세 걸음마다 뒤를 돌아보았다.

바로 그때 세인트는 엔진이나 사이렌 소리, 그 미주리의 숲에 자기와 할아버지의 총과 거인 외에 다른 게 무엇 하나라도 있다는 신호를 들을 수 있기를 절실히 바랐다.

소녀는 마지막으로 한 번 더 간절한 눈으로 뒤돌아보고 남자를 따라 들어갔다.

암실 내부는 붉은빛이 약하게 켜져 있었다. 구석 자리는 그림자에 가려져 있었고, 미로처럼 엉킨 탁자와 기계가 보이고 발전기의 낮은 웅웅거림이 들렸다. 냄새에 목 안쪽이 따가웠다.

소녀는 그때 자기가 문제에 빠졌다는 걸 알았다.

아이들이 흔히 빠지는 부류의 문제, 선생들이 소리를 지르는 종류의 문제, 할머니가 용서할 수 있는 수준의 문제가 아니었다.

이것은 신문에서 읽고 뉴스에서 본 종류의 문제였다.

누구도 회복할 수 없는 종류의 문제.

34

남자는 무거운 커튼으로 구획을 나눠놓은 방에서 나무 상자를 하나 끌고 나와 소녀에게 앉으라고 했다. 남자가 상시 조명을 설치하는 동안 소녀는 가방을 내려놓았다. 남자는 소녀 뒤쪽에 시트를 걸면서 나직이 중얼거렸다. 소녀는 들으려고 귀를 쫑긋 세웠다.

그때 발전기가 멈췄다.

그리고 세인트는 그가 하는 말을 듣고는 그게 무엇인지 알아차리고 피가 얼어붙는 걸 느꼈다.

잔잔한 물가로 나를 이끄시어.

내 영혼에 생기를 돋우어주시고.

언젠가 할머니가 암송했던 바로 그 구절.

주님은 나의 목자.

장례 기도문.

소녀가 입을 떼려는 순간 조명이 나갔다.

그가 카메라 플래시를 터뜨렸고 소녀는 바로 앞에 있는 남자를 보았다.

"안경 벗어."

소녀는 떨리는 손으로 안경을 벗어 바닥에 놓았다.

"웃지 마. 웃음에 네가 가려지니까."

다시 플래시, 이번에는 남자가 왼편에서 보였다.

세인트가 숨을 깊이 들이쉬었다.

"실종된 여고생들이요……. 여대생이랑."

다시 플래시.

"그러고 보니 네 이름도 모르네."

그가 말했다.

소녀가 이름을 말했고 어둠 속인데도 남자의 말에서 기쁨이 묻어나왔다.

"너 기도하나?"

"네."

"뭘 기도하지?"

다시 플래시. 남자가 그림자와 섞여버렸다.

"*적절하고 타당한 결말이요.*"

소녀가 말했고 주변 세상이 흐릿해지고 가장자리가 부드러워졌다.

남자가 웃었다.

"*나는 길이요 진리요.*"

"*생명이다.*"

"성경을 아는구나."

소녀가 침을 삼켰다.

"옳고 그름은 알죠."

"*주님께서 백성들에게 불뱀들을 보내셨다. 걱정 마라, 난 안 물어. 넌 아름다워질 거야. 언젠가는 분명 그렇게 될 거다.*"

소녀는 눈물이 차오르는 걸 느꼈다.

“신문에서는 그 여자애들이 파란색 밴에 끌려 들어갔다고 하던데요.”

“나도 파란색 밴이 있지.”

“당신이 그 애들을 데려갔나요, 애런 씨?”

“그래.”

소녀는 그런 두려움은 알지 못했다.

근육을 사로잡고, 피와 호흡과 마음을 사로잡는 두려움. 일어나서 뛰쳐나가라고 말하는 두려움. 소녀가 용기 있는 실수를, 패치가 한 것과 똑같은 실수를 저질렀다고 말하는 두려움.

세인트는 털썩 무릎을 꿇고 더듬거리며 안경을 찾으려고 했으나 대신 가방을 발견했고, 차가운 금속이 손에 닿자 총을 들고 어둠 속을 겨누었다.

총은 소녀의 손에서 쉽게 낚아채졌다.

다시 플래시가 터지고 남자가 어둠 속으로 움직였다.

"넌 네가 성인*이라고 하지만, 어쩌면 다른 애들처럼 죄인일지도 모르지."

소녀는 새총과 은색 강철 공 상자를 발견했다.

손이 너무 떨려서 강철 공 여남은 개를 바닥에 떨어뜨리고 겨우 하나를 새총에 장전했다.

세인트는 소리치며 어둠을 향해 남자가 있을 법한 쪽으로 한 발을 쏘았다. 일어서서 온몸을 떨다가, 신발 밑에서 뭔가 뿌드득

---

* 성인saint이란 세인트라는 소녀의 이름을 가리킨다.

뭉개지는 걸 느꼈다.

소녀는 산산이 부서진 안경을 집어 들고 코에 얹은 뒤 깨진 세상을 보았다.

커튼이 하나 열리면서 붉은빛이 빈방을 채웠다.

소녀는 그쪽으로 이동한 다음 헛간으로 나가 상자들이 네 겹으로 쌓여 있는 긴 통로를 지났다. 불빛이 붉게 타올랐다.

한쪽 통로 끝에 다다르자 소녀는 돌아서서 다음 통로로 접어들었다.

소녀는 그제서야 위를 보았다.

그리고 그때 배를 얻어맞은 듯 헉 하고 숨을 들이쉬었다.

36

사진들이 위쪽을 덮은 육각형 철조망에 걸려 있었다. 수백 장. 소녀는 한 줌을 떼어내 소녀들이 낯선 사람을 향해 웃고 있는 모습을 보았다. 부모들이 특정 시기마다 기억해두고 싶어서 촬영을 부탁한 사진들.

그러다가 소녀는 아이들에게 표시가 된 것을 보게 되었다.

머리에 대충 원을 그려 넣은 것. 후광이었다. 소녀는 통로를 따라 이동하며 이번에는 표시가 안 되어 있는 줄을 보았다. 세인트는 미스티를 보며 등골이 오싹했다. 미스티를 찍은 사진이 여남은 장이었다. 어떤 사진은 미스티가 신문 1면에 있었고, 다른 사진에서는 스포츠 면에 있었는데 라크로스 스틱을 옆에 늘어뜨리고 있었다.

세인트는 왼쪽에서 소리를 들었다.

사진들을 떨어뜨리고 계속 빠르게 움직이다가 반대편 벽에 이르렀다.

소녀는 벽에 줄지어 붙은 모니터들을 보고서야, 집과 숲 여기저기에 박힌 10여 대의 카메라로 찍은 거친 흑백 동영상을 보고서야, 자기가 대체 뭘 발견한 건지 알았다.

화면에서 소녀는 방금 지나온 방들, 나무들, 좀 더 깔끔하고 좋은 침실, 마지막으로 일종의 벙커를 봤는데 그 안에, 매트리스 위에, 어떤 형체가 있었다.

발전기가 나가버렸다.

"나 여기 있으면 안 돼."

소녀가 속삭이며 자신의 목소리에서 차분함을 발견하려 애썼다.

"집에 가고 싶어."

세인트는 느릿느릿, 몸을 낮추고 상자들을 지나갔다.

문을 발견하고 이전 방과 마찬가지로 어두운 방으로 들어갔다. 화학약품 냄새가 더 강해졌다.

소녀는 멜빵바지 주머니에서 성냥을 발견하고 꺼내어 불을 붙였다.

소녀는 방을 차지한 것들의 형체와 그림자들을 알아보고 잠시 마음을 가라앉혔다가, 총성이 들려오자 거의 무너져 내렸다. 총알이 소녀 위의 벽에 박히며 메아리가 울려 퍼졌다.

소녀는 웃음소리를, 마치 그가 소녀를 가지고 노는 듯한 소리를 들었다. 소녀를 사냥하는 듯한.

세인트는 선반에 부딪치는 바람에 유리가 깨지는 소리를 들으면서 성냥갑을 떨어뜨리고 달렸다.

소녀는 본채로 이어지는 넓은 터널로 내려가는 계단을 발견했다. 빠르고 조용하게 터널을 지나 계단을 오르자 다시 본채 거실로 돌아와 있었다.

세인트는 숲을 향해 열린 앞문을 보았고, 당장 나무들 쪽으로 질주해서 고속도로까지 돌아간 다음 도움을 요청해야 한다는 것을 알았다.

그런데 그때 다른 문이 보였다. 그리고 패치를 떠올리고, 자기가 문제에 빠졌다면 소년이 어떻게 했을지를 생각했다.

세인트는 그 문을 열었다. 계단은 지하로 이어졌고, 마치 그 부지 전체가 연결되어 있어 일라이 애런이 누구에게도 눈에 띄지 않고 이동할 수 있게 만들어놓은 것 같았다. 소녀는 벽에 딱 붙어 어둠 속으로 내려가며 새총을 들고 좁은 곡선을 돌았다.

흙과 수분 냄새가 났다. 열기가 올라왔다. 갑작스럽고 습했다.

세인트는 벽을 더듬으며 걷다 전등 스위치를 발견하고 켰다.

그 순간 소녀는 보았다.

열 개쯤 되는 수조. 뱀들은 야생인 듯, 단지 살아 있는 포로로 만들려고 그가 숲에서 잡아다놓은 듯 보였다. 몇몇 뱀은 소녀도 책에서 본 적이 있었다. 미국살무사. 꼬마방울뱀.

불이 깜빡이다 꺼졌다.

"패치."

소녀가 불렀다.

소녀는 일라이 애런이 자기를 따라 계단을 내려오는 소리를 듣고, 어둠 속으로 더 깊이 달렸다.

다시 총성이 울렸다.

소리가 소녀 주변에서 둔하게 퍼졌다. 세인트는 무릎을 꿇고 기어갔다.

두 눈을 꼭 감았다.

끝이 나기를 기도했다.

37

몸속의 세포 하나하나가 두려움으로 기능을 멈췄다.

그때 불빛이 보였다.

불빛이 흔들리는 모양을 보니 자기가 새로운 문제에 빠졌다는 걸 알 수 있었다.

소녀는 연기 냄새는 맡았지만 불길은 보지 못했다. 불이 헛간의 불쏘시개에서 시작되어 목조주택인 본채를 통과해 소녀를 따라온 것이었다.

소녀는 한 손으로 입을 막고 소년의 이름을 내질렀다.

터널 끝에서 소녀는 위를 올려다보고 안쪽으로 당겨서 여는 작은 창문을 발견했는데, 유리가 검게 칠해져 있었으나 갈라진 틈으로 불빛이 보였다.

연기가 소녀의 가슴과 목을 조여 왔다.

소녀는 일어나서 창문 선반에 손가락 끝을 걸친 뒤 위로 몸을 끌어 올리려 했지만 힘이 나지 않았다.

다시 한번, 거친 벽을 발로 디디며 비명과 함께 운동화 끄트머리를 힘차게 박았다.

소녀는 새총 손잡이로 창을 한 번 쳐서 금이 가게 한 뒤 두 번째에 깨뜨렸다.

세인트는 꿈틀거리며 창문을 통과했고 유리에 여기저기 긁혔다.

소녀는 묵직한 손이 자신의 겨드랑이를 붙잡고 몸을 완전히 빼낼 때 고함을 내질렀다.

소녀는 그게 누구 손인지 모르고, 아는 욕이란 욕은 다 퍼부으며 썅에 시발놈이라고 울부짖다가 불길이 화학물질을 만나 창문을 날려버렸을 때에야 죽은 듯이 축 늘어졌다.

"이제 괜찮다, 꼬마야. 이제 괜찮아."

38

불길이 날뛰는 동안 소녀는 구급차 뒤쪽에 앉아 있었다.

소녀는 한 여자가 자기 눈에 불빛을 비추고 질문할 때에도 잘 들리지 않았다.

소녀 어깨에는 담요가 목 부분까지 높게 둘러졌고 소녀는 깨진 안경알 너머를 주시했다.

불길이 구불구불 뿜어져 나와 낙엽을 따라 집 옆의 헛간들 쪽으로 움직이자 경찰들이 물러났다.

세인트는 자기가 본 걸 닉스 서장에게 말했고 얼마 안 되어 팀이 도착해 혈흔을 추적하며 숲으로 깊이 들어갔다.

세인트는 차디찬 공기를 몇 번 크게 들이마시고 어째서 숲이 다르게 보이지 않는지, 어째서 하늘이 여전히 파란지, 어째서 햇빛이 여전히 느릅나무 사이로 그림자를 드리우는지 의아해했다. 소녀는 순찰차 뒤로 가서 토했다. 앞으로 몇 주 동안 코에서 연기 냄새가 날 터였다.

세인트는 황혼의 가장자리에 서서 사람들의 눈길을 무시한 채 지켜보며 기다렸고, 한 시간이 지나자 불길이 잡혔다.

닉스가 마침내 나타나서 고개를 흔들었을 때, 그제야 소녀는 서장에게 뛰어가 두 주먹을 쥐고 넓은 가슴에 휘둘렀다.

소녀는 지난 몇 달의 무게에 몸이 무너져 내릴 때까지 울었고, 구름이 온 세상을 뒤엎고 모든 색이 지워지기를 빌었다.

서장이 한 팔로 소녀의 허리를 감싸 진정시키는 동안 소녀는 다시 안으로 들여가려고 했다. 친구와 함께 타버리려고. 그 애들 모두와 함께 타버리려고.

"걔 저기 있어요. 있다고요."

소녀가 필사적으로, 확신에 차서 말했다.

"안엔 아무도 없어."

"내가 봤다니까요……."

"넌 잘했어, 세인트."

서장이 소녀의 머리카락을 매만지며 꼭 끌어안았다.

경찰관들이 무자비한 땅에서 부채꼴로 퍼져 나가며 얼굴이 숯검정이 되는 동안, 뼈대만 남은 집이 열기와 재를 민들레 씨앗처럼 퍼뜨렸다.

동쪽으로 달빛이 낮게 걸려 있었고 그 앞으로 흰색 연기가 피어오르며 이제 끝났다고, 이제 포기하고 참담한 패배를 인정해야 한다고 알리는 듯했다.

늦게 내린 비가 거세어져 관목 지대를 두터운 진흙탕으로 만들었고 경찰들은 움직이기도 힘들어졌다. 그들은 습지 가까운 곳에서 저수지 두 군데를 발견했는데, 제방 가장자리까지 물이 차오른 상태였다. 에임스 카운티의 경찰관 중 한 사람이 넘어져 무릎이 뒤틀리는 바람에 그들은 그를 빼내느라 두어 시간을 잡아먹었다. 그 무렵 세인트는 이제 무슨 일이 일어날지 알았지만 닉스가 그만하자고 했을 때는 비명을 지르지 않으려 애를 써야 했다.

경찰들은 전국에 지명수배를 내린 뒤 일반적인 절차를 밟았고, 일라이 애런이 멀리 가지 못했으리라는 것과 그가 자기들보다 그 땅을 잘 꿰고 있다는 것을 알았다. 그가 거기서 죽었을 수도 있다는 것, 다 타버리고 뼈밖에 남지 않았을 수 있다는 것도 알았다.

"데려다주마. 네 할머니가 경찰서에서 기다리고 계셔."

그 말에 세인트는 뿌리치고 달려갔다.

소녀는 뒤에서 고함을 들었다.

욕설들.

세인트는 거의 한 시간 동안 경찰들을 따돌렸다―옷은 무겁고, 스니커즈는 흙을 질질 끌면서 땅을 파듯 길을 냈다.

"그만해, 이제."

닉스가 외쳤다. 비 때문에 머리카락이 딱 붙어 있었다.

소녀는 바람에 떠밀리지 않으려고 고개를 숙이고 있었다.

"세인트."

"다들 좆 까요. 좆 까고. 썩어버릴 지옥에나 가버리라고요."

소녀는 닉스가 자기를 부르는 걸 들었고 그러다가 길 끝에서 순찰차 불빛을 마주했지만 그 빛으로는 그날 밤의 칠흑 같은 어둠에 흠집 하나 내지 못했다.

소녀의 피가 너무 뜨겁게 느껴졌다. 음울한 흙냄새를 들이쉬고, 줄무늬 올빼미의 울음소리를 들었다.

소녀는 다시 넘어져 한동안 누워 있다가 땅을 긁으며 몸을 일으켰다.

자정이 지난 뒤에야 소녀는 단검 같은 쐐기풀들을 지나, 이끼 낀 바위에 고인 물을 건넌 다음 무감각한 발로 느릿느릿 움직였다. 그러다가 보았다.

세인트는 갑자기 뛰었다.

소녀는 무릎이 진흙에 푹 잠긴 상태로 소년의 머리를 고이 안았다. 소년의 눈은 마치 악몽에 들러붙어 있는 것처럼 꼭 감겨 있었다.

소녀는 친구를 꼭 끌어안았고, 눈물방울이 소년의 피부로 뜨겁게 흘러내렸다.

세인트는 경찰들이 자신을 둘러싸는 걸 알아차리지 못했다.

"숨이 붙어 있어."

닉스가 소리쳤다.

사랑하는 이들, 꿈꾸는 이들

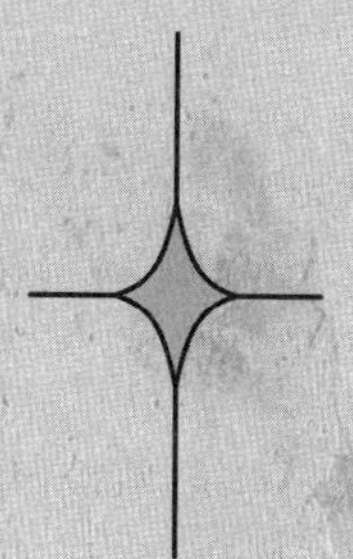

1975

사랑하는 이들, 꿈꾸는 이들

39

그 첫날.

패치는 덜덜 떨며 울었고, 손을 위로 가져가 눈을 만져보았다. 눈은 뜨여 있었으나 볼 수 있는 것은 아무것도 없었다. 자신을 둘러싼 세상의 가장자리를 발견해 그 끝을 응시하고 있었기 때문이었다. 그곳은 너무 어두워서 형태도 거리도 윤곽도 알아볼 수 없었고, 문이나 창문 가장자리나 틈으로 새어드는 빛도 전혀 없었다. 손을 코앞에 들어봐도 손가락이나 손금에 남은 피딱지를 알아볼 수 없었다. 지금 있는 곳이 어디든 자기가 어떤 상태에 있든, 소년은 맹인이나 다름없었다.

소년은 추위로 타오르며 숨이 어둠과 붉은색으로 뒤흔들렸고, 턱은 너무 앙다물어져 이가 흔들릴 정도로 턱을 문질러야 했으며, 입에서는 피가 굳은 페인트 쪼가리처럼 떨어졌다.

소년은 자기가 죽은 건지 궁금했다.

몬타 클레어 주민들은 대부분 일요일 아침 시간을 성 라파엘 성당에서 보냈고, 한번은 패치도 함께 들어가서 제일 뒤쪽에 앉았지만 무릎을 꿇거나 찬송가를 부르지는 않고, 그저 앞에 있는 남자가 초에 불을 붙인 뒤 사람들 머리를 만지며 사람들이 제대로 못하고 있지만 그게 당연하다고 말하는 걸 지켜보기만 했다.

패치는 바로 그때 그게 연극이라는 것을 알았고, 죽음이 찾아올 때는 빛도 고해도 없고, 용서나 평화나 불길도 없다는 걸 알았다. 죽음은 태어나기 전의 차가운 시간, 세상을 목격할 사람이 있든 없든 이 세상이 예전에도 지속되었고 앞으로도 이어질 것이라고 말해주는 역사책을 훑어보는 것과 같았다.

소년은 삶의 가장 확실한 증거가 고통이라고 추론했다. 그걸 깨달은 것은 검은색 차가 소년의 집 앞에 멈춰 서더니 줄무늬 계급장을 붙인 군인 머리의 두 남자가 차에서 내려 문을 두드리고, 소년의 어머니에게 남편이 100여 구의 다른 시신과 함께 비행기를 타고 도착할 거라고 말한 날이었다. 베트남이 어디인지 알지도 못할 만큼 어릴 적에.

열 살이 되었을 때 소년은 사람들이 온전하게 태어나지만 나쁜 일이 일어날 때마다 원래의 모습에서 한 겹 한 겹 벗겨져나가, 연민과 동정심이 줄어들고 앞날을 만들어나갈 힘이 약해진다는 것을 깨달았다. 열셋에는 그렇게 벗겨져나간 부분들이 누군가에게 사랑받으면, 누군가를 사랑하게 되면 재생되기도 한다는 걸 알았다.

패치는 배에 손을 댔다가 면실로 된 긴 매듭이 부어오른 살갗 밑으로 파고들어 있는 걸 발견했다.

손을 위로 올리자 가슴 부분에 여기저기 멍이 들어 있었다.

그리고 그 위로는 목을 감싸는 가느다란 줄에 십자가가 매달려 있었다. 소년을 보호해줄 거라면서 노마가 준 십자가. 소년은 하느님을 믿지 않았고, 그저 세인트와 그 애의 할머니를, 그리고 가끔은 어머니를 믿을 뿐이었다.

소년은 뭔가 부드러운 것 위에 누워 있었고 그 밑에는 시멘트와 흩뿌려진 흙과 모래와 자갈이 덮여 있었는데, 마치 원래 있던 바닥을 걷어낸 듯했다. 공포가 찾아올 터였고 소년은 심지어 그때도 그걸 알 수 있었지만, 시간에 철저하게 버림받아 떠다니고 있었고, 삶은 손에 닿지 않는 조각들이 되어 흘러갔다. 어머니의 얼굴, 그린스 편의점, 미스티 마이어.

소년은 비명을 들었으나 그게 자신의 목소리라는 걸 인지하지 못했다.

어둠은 축복이자 저주였고, 정신이 맑을 때면 소년은 자기가 병원에 있는 것은 아닌지 생각했다. 아무도 오지 않고 오직 세인트만 찾아와 혼수상태에 빠진 소년을 보고 손을 잡아주는 중환자실.

고통이 날카롭고 강렬한 폭발처럼 찾아와 소년은 몸을 들썩이며 헛구역질하고 거품을 흘릴 터였고 거품은 입가에서 굳어 말라버릴 것이었다.

소년은 아직 무서움에 떨 만큼 알지 못했다.

패치는 웬 손이 자기 손에 닿는 걸 느꼈다.

흠칫했다.

소년은 혼자가 아니었다.

40

패치는 꿈이 과거의 경험과 앞날의 기대라는 것, 기억들의 흔적과 조율된 행동들이라는 것을 알았다.

소녀에게서는 바깥 냄새, 선크림과 체리 껌과 장작 연기 냄새가 났다.

"입 벌리고 이 약 삼켜."

패치는 소녀의 억양을 알 수 없었다. 어쩌면 저 남쪽, 목화가 자라고 버번을 마시는 곳의 말씨인지 몰랐다.

패치의 턱에 닿은 소녀의 손은 부드럽고 따스했고, 소녀는 소년의 머리를 뒤로 젖히고 혀에 알약을 놓은 뒤 입술에 물병을 가져다댔다.

"뭔가 내가 모르는 걸 말해줘."

소녀의 입김은 뜨겁고 달콤했다.

소년은 말을 할 수 없었다.

"그럼 내가 말해줄게. 새우는 심장이 머리에 있어. 그래서 아마 충동적이고 실용적일 거야. 어머니는 나더러 온몸이 심장인 것처럼 따뜻하다고 했지만, 한마디로 그건 사실이 아니야. 사람들은 사랑에 빠진다는 말을 해. 꼭 어디 빠지는 게 좋은 경우라도 있는 것처럼."

소년은 목소리를 내려고 기를 쓰다 보니 땀이 솟았다.

소녀가 말하면서 바닥과 벽에 지도라도 그리는 듯 손가락이 어딘가에 스치는 소리가 들렸다.

"사람들 말로는 커다란 계획 같은 건 없대. 뜻밖의 행운에 대해 알아? 어쩜 알지도 모르지. 운명이니 뭐니 하는 딱한 개념에 대해서는 분명 알 테고."

"넌 뭐야?"

소년이 마침내 말했다. 이상하게 들리는 속삭임으로, 말의 순서를 잊어버린 듯하게.

"어둠 속에서 길을 찾으려고 하는 여자애일 뿐이지."

소년이 다시 말하려고 했지만 소녀가 눈치를 챘다.

"이름이랑 장소는 안 돼. 커다란 남자가 듣거든. 넌 지금 살아 있어, 그렇지?"

"그래."

꺽꺽 갈라지는 목소리였다.

"그러니까 그걸 바꿀 만한 짓은 하지 마. 아프면 나한테 말해. 배가 고프거나 물을 더 마시고 싶어도. 씻을 물 한 통과 용변용 물 한 통을 줄 거야. 문까지 열다섯 걸음이니까 거기에 물통을 놓아두면 금방 새로 바꿔줄게."

"내가 여기 얼마나 오래 있었어?"

소년이 말했다.

"열 밤."

"분명 그보다는 더……."

"너 지금 정신이……."

"딴 데 가 있다고."

패치가 말했다.

"구름 꼭대기에, 천사들이랑 같이. 어쩌면 거기서는 미스티 문*이 보일지 모르지."

"미스티?"

소년이 혼란에 휩싸여 말했다.

"오늘 무슨 요일이야?"

"요일은 그리스 시대 천문학의 행성들 이름을 따라 지은 거야. 토성, 해. 달. 토요일, 일요일…… 월요일."

소녀가 가까이 다가왔고 소녀의 맨다리가 소년의 다리에 닿았다.

"넌 실제야?"

"이 삶만큼이나 실제지."

소녀가 목소리를 줄여 속삭였다.

"그럼 그 남자, 그 사람은…… 악마나 뭐 그런 거야?"

"우리 각자가 자신의 악마지, 안 그래?"

소년은 열이 스멀스멀 오르는 걸 느꼈고, 자기 손에 소녀가 손을 얹었더니 숨을 들이쉬며 가볍게 욕하는 것을 들었다.

"하데스보다 더 뜨겁잖아."

소녀가 말했다.

"페르시아만에 해적들이 있었어."

소년이 그들을 볼 수 있다는 듯 눈을 가늘게 떴다.

"약탈자들이었지. 열병이 오는 걸 느꼈을 때 그자들은 덕분에 아주 뜨거워져서 적을 불살라버릴 수 있겠다고 여기고 전투에

* Misty Moon, 안개가 낀 듯 흐릿한 달이라는 뜻으로 소녀가 지어낸 말로 보인다. 소년은 이걸 자기가 구한 소녀 '미스티'와 혼동하고 있다.

뛰어들었어."

"그랬다가 병든 몸뚱이가 작살나게 맞았겠지."

소녀가 말하더니 가상의 검을 휘둘러 바람을 일으키는 게 소년에게 느껴졌다.

"나 이제 집에 가야 돼."

소년이 말했다.

소녀가 잠시 말이 없자 소년은 손을 뻗다가 소녀의 어깨를 스쳤고, 소녀가 마치 극도로 음산한 겨울밤에 발견한 빛처럼 느껴졌다.

"나 어떡해?"

소년이 말했다.

"기도해."

소녀가 소년의 얼굴을 꼭 잡았다.

"이 아래에서 살아남고 싶으면, 그 남자가 올 때 무릎 꿇고 기도해. 그리고 믿어."

"하지만 난……."

"난 아직 여기 있는데 다른 애들은 사라진 데는 다 이유가 있어."

41

　소녀는 손바닥을 핥더니 소년의 얼굴에 붙은 머리카락을 정돈해주었다.

　"내 어머니는 세상이 더는 돌아가지 않고 자신이 어딘가 어두운 곳에서 길을 잃었다고 생각할 때면 나한테 노래를 불러줬어. 어머니가 무지개 너머에 있는 곳에 관해 노래하면, 하느님께서 당신이 창조하신 모든 좋은 것을 떠올리시고 자리에서 엉덩이를 떼고 일어나서 세상을 다시 힘껏 굴리신다고 했지. 그리고 어느새 해가 떠서 나쁜 것들을 비추고, 그것들이 더는 바라볼 수 없을 정도로 밝게 빛난다고 했어."

　소년이 멀게 느껴지는 목소리로 말했다.

　"어디 공기구멍이 있는 거 같아. 거기서 공기는 들어오는데 빛은 들어오지 않는 거 같아."

　소녀가 자리에 앉자 매트리스가 꺼지는 것이 느껴졌다.

　패치는 자기 뱃속을 뚫고 들어온 금속을 생각하며, 그게 뭔가 흔적을 남겼을지도 모른다고, 느릿느릿 작용하기는 하지만 천천히 자기를 바꿔버릴지 모른다고 상상했다. 녹. 타버린 듯 뻘겋고 갈색인 녹이 건강한 살을 뚫고 파고들어, 목재를 썩게 만들 듯이 부패하게 할 거라고.

"넌 여기 얼마나 오래 있었어?"

소년이 물었다.

"우리의 우주는 까매. 은하계와 별들과 암흑물질, 행성과 사람들과 유기체들. 이 모든 것들이 빛 하나 없는 이 방에 담겨 있어. 밖에 나가더라도 우린 그 어둠을 품고 나갈 거야. 좋은 것들을 모조리 삼켜버리는 우리만의 블랙홀을."

"네 이름을 알아야 해."

소년이 말했다.

둘은 어떤 소리를 들었다.

소녀가 목소리를 올리며 또렷한 어조로 말했다.

"너희는 힘과 용기를 내어라. 그들을 두려워해서도 겁내서도 안 된다. 주 너희 하느님께서 너희와 함께 가시면서, 너희를 떠나지도 버리지도 않으실 것이다."

"나 지금 집에 가야 돼."

소년이 뭉개지는 발음으로 말했다.

더 큰 목소리로.

"네 마음을 다하여 주님을 신뢰하고 너의 예지에는 의지하지 마라. 어떠한 길을 걷든 그분을 알아 모셔라. 그분께서 네 앞길을 곧게 해주시리라."

소년이 간청했다.

"기도해서 살아남아."

소녀가 속삭였다.

"내 이름은 패치야. 그리고 내가 납치된 곳은……."

열쇠가 문에 꽂혔다.

소녀의 손이 소년의 손을 잡았다.

소년은 소녀를 놓지 않을 것이었다.

소년은 이미 그렇게 느꼈다.

42

어느 날 소년은 앉아서 손으로 석고보드를 더듬어볼 수 있었다. 검게 칠해진 석고보드.

소년은 방을 탐색했고, 손바닥으로 하나하나 확인하며 지도를 그리고 틈새나 느슨한 판자, 뭔가 시도해볼 수 있는 것을 찾아보았다. 소년의 주머니에는 아무것도 없었다. 따뜻해서 셔츠도 걸치지 않고 있었다. 열 때문에 따뜻한 게 아니라 아주 먼 남쪽으로 온 것처럼 그저 습했다. 거기서 달아나도 아무것도 알아보지 못할 것 같았다.

발목에 수갑이나 체인도 없었다. 신발도.

문이 열릴 때도 빛은 들어오지 않았다. 바깥에 무엇이 있든 안과 마찬가지로 어두운 것처럼.

소녀는 밀썰물처럼 왔다가 갔다. 때로는 대답을 했고 때로는 철저하게 자신을 숨겨서, 마음먹으면 사라질 수 있는 게 틀림없었다.

한번은 어머니가 너무 또렷이 떠올라서 소년이 똑바로 앉아 울부짖자, 소녀가 소년을 진정시켜 다시 눕혔다.

소년이 문을 쾅쾅 두드리며 나가게 해달라고 비명을 질렀을 때 소녀가 소년을 매트리스로 데려가서 마음을 가라앉히라고 했다.

"나 잠들었었어? 헷갈려. 이 아래에 있으니까 꿈을 안 꿔. 너무 어두워. 내가 어디 있는지 모르겠어."

소년이 말했다.

"넌 네가 지옥에 있다고 생각하는구나. 하지만 하느님께서는 널 더 나은 데로 보내주실 수 있어."

"왜 그런 말을 하는 거야?"

소년이 말했다.

"난 우리를 살아 있게 하는 거야. 그게 실패하더라도, 투자는 분산하는 게 낫잖아?"

"다른 애들 얘기해줘."

"남자애는 네가 처음이야."

"하지만 다른 여자애들은 있었잖아……."

소녀가 침을 삼키는 소리가 들렸다.

"그리고 이젠 나뿐이지."

43

소년은 문가에서 발소리를 들었다.

"이 아래에선 숨을 못 쉬겠어."

"차분해져야 돼. 그리고 무릎 꿇고 기도해야 돼."

소녀가 말했다.

"하지만 난……."

"나 너와 함께 있으니 두려워하지 마라. 내가 너의 하느님이니 겁내지 마라. 내가 너의 힘을 북돋고 너를 도와주리라. 내 의로운 오른팔로 너를 붙들어주리라."

둘은 발소리가 멀어질 때까지 조용히 누워 있었다.

소녀가 손가락으로 소년의 배를 만져보았다. 그러더니 화석처럼 도드라진 갈비뼈를 건드렸다. 쇄골을 따라 손가락을 훑으며 푹 꺼진 곳을 지나가더니 위로 올라가 목을 만졌다. 턱과 입과 치아도.

코도.

소녀는 소년의 눈 주위를 둥글게 만지고 눈썹을 느껴보았다. 소년은 자신의 다른 쪽 얼굴로 손이 다가올 때 소녀의 가녀린 손목을 붙잡지 않으려고 있는 힘을 다 짜내야 했고, 어둠 속에서도 안대가 있었으면 했다.

"너 눈이 하나 없는 거 알고 있었어?"

"학교에서 애들이 자주 알려주던데."

소년은 닥터 클라인과 멋진 것들이 담긴 단지들이 있는 그의 병원과 내이와 생식기 모형을 떠올렸다. 패치네는 전문의에게 찾아갈 돈도 없었거니와, 패치에게는 전문의와 상의할 문제가 전혀 없기도 했다. *다른 사람들은 눈이 두 개 있는데 넌 그냥 눈 하나가 없는 것뿐이야.*

"눈구멍만 보면 내가 만져본 눈구멍 중에 3등 안에는 쉽게 들어가겠다."

"그 남자는 항상 우리 소리를 들을 수 있어?"

패치가 속삭였다.

"어쩌면."

소년은 양손을 겨드랑이 밑에 끼워 넣고 무릎 아래쪽에서 시작된 떨림을 멈춰보려 했으나, 떨림이 몸을 타고 솟구쳐 올라 목덜미의 가느다란 금발 털이 일어서는 게 느껴졌다. 소년은 아픈 법이 없었는데, 어릴 적에 아버지가 죽었을 때 독감에 걸려 거의 1년 내내 낫지 않았던 적 이후로는 그랬다. 그때 소년은 말을 듣지 않는 몸을 이끌고 계단을 따라 아래층으로 내려가 삶이 천천히 텅 비어가는 걸 바라보았다. 그것은 소년이 예상하지 않은 가난, 어떤 아이도 예상하지 않는 가난으로 미끄러져가는 과정이었다. 끼니는 점점 가벼워지고 굶주림은 점점 커져, 소년은 청바지가 헐렁해진 걸 알아채고 벨트에 새로 구멍을 뚫어야 했다. 어머니는 계절처럼 올라갔다가 내려갔다. 때로는 따뜻해져서 소년을 안으며 상황이 나아질 거라고 말했고, 때로는 메마르고 헐벗은 나무가 되어 소년이 오래된 빵과 귀리 한 봉지, 토마토 캔 두어 개로 뭘 만들어 먹을 수 있냐고 묻는 처지였다. 어머니가 너무 자주 일자리를 얻었다가 잃어서, 소년은 집에 돌아가면 어머니의 아이리시 스튜 냄새를 맡게 될지 아니면 전기가 끊겨 있을지 그도 아니면 소년에게 필요한 게 너무 많다는 걸 다 안다는 듯 툼스 선생이 부엌에서 기다리고 있을지 알 수 없었다.

"난 이걸 견딜 만큼 강하지 않아."

소년이 말했다.

그러더니 울었다.

"넌 강해."

소녀가 말했다.

"난……."

소녀가 소년의 뺨에 손을 얹었다.

"넌 강해. 우리는 끼리끼리 알아봐. 나쁜 패를 받은 애들끼리. 우리는 좆같이 사소한 문제들밖에 없는 다른 애들을 보고, 그 애들이 우리 같은 어린 시절을 맛보면 얼마나 오래 버틸는지 생각하지."

소년은 흐느꼈다.

소녀가 소년의 머리카락을 매만지며 속삭이듯 말했다.

"네가 여기서 나가면, 네가 어떻게 모든 것을 잃었는지, 네가 어떻게 헤아릴 수 없는 끝을 마주 봤는지, 아무도 모를 거야. 그게 너에게 힘이 될 거야. 사람들에게 널 절대 건드리지 말았어야 한다는 걸 깨닫게 해줄 거야."

44

"사람들이 널 찾고 있어?"

소녀가 말했다.

"가끔 집에 들르는 경찰이 있어."

패치는 어머니 아이비가 차 운전대에 늘어져 있는데 자기가 제때 어머니를 집으로 끌고 가지 못해서 이웃이 또 경찰을 불렀을 때 닉스 서장이 왔던 일을 떠올렸다. 서장은 그 건을 신고하지 않았다. 그냥 어머니를 힘껏 끌고 들어가 침대에 눕힌 뒤, 지갑에서 지폐를 두어 장 꺼내 패치에게 건넸을 뿐. 소년은 이런 일들을 세인트에게 말하지 않았다. 웃음으로 많은 것을 감출 수 있다는 걸 이미 터득한 뒤였다.

"친구들은?"

"세인트."

소년은 작고 똑똑한 그 애를, 둘 사이를 가까워지게 해준 수단을 찾아내던 친구를 떠올렸다. 친구가 소년보다 하루나 빠르게 새총 쏘는 법을 익힌 일을. 친구가 소년 옆에 앉아 같이 수학 숙제를 풀며 소년이 도무지 찾지 못할 해답을 찾도록 인도해주고 한 가지 답만 남을 때까지 어르고 이끌어주다, 소년이 혼자서 그걸 찾아낸 듯 활짝 웃은 일을. 소년은 노마를, 그녀의 성품과 요리와 관대함을 생각했다. 두 사람이 자기를 너무 많이 알아채지 않도록 그들 인생의 그림자 속에서만 존재하려고 애쓰던 일을. 소년은 자신도 수를 찾아내어 재미있게 굴려고, 매력적이고 사랑스럽게 굴려고 애썼다. 쓸모 있게 되려고. 한번은 세인트가 노마와 함께 버스를 타고 나갔을 때 소년이 그 집 뜰을 보살핀 적이 있었다. 또 한번은 그 키 큰 집의 돌출창 창틀 페인트가 벗겨져 칠을 한 적도 있었다. 그런 날이면 소년은 거기 머무르며 어찌나 뜨겁고 넉넉한 저녁을 먹었는지, 집에 돌아와 잠이 들면 어머니가 야간 근무에서 돌아와도 깨어나지 않을 정도였다. 그런 날에는 그곳에 머무를 만한 일을 했기 때문이었다.

"그 앤…… 최선의 내가 되게 해줘."

"그 애 얘기해줘."

"걘 똑똑해. 그리고 피아노 연주를 엄청 아름답게 해서 나도 하던 걸 멈추고 걔 손가락만 보게 돼. 빼빼 말랐고 커다란 안경을 끼고 머리를 땋았어."

"그 애 부모님은?"

소녀가 말했다.

"어머니는 그 애를 낳고 며칠 뒤에 죽었어. 젊었는데. 세인트는 낙태가 합법이었다면 자기는 태어나지 않았을 거라고 해. 아버지는 그 후 마을을 떴고. 걔네 할아버지 할머니한테 아무것도 보태지 않았어. 그 앤 할머니가 아버지한테 쓴 편지를 발견했어. 반송돼서 돌아온 거."

"그 세인트라는 애, 걔 널 사랑해."

"아냐. 걘 친절해서, 그리고 아마 딱해서 그러는 거야. 때로는 그 두 가지가 서로 썩 잘 어우러질 때가 있는 거 같아. 난 어느 쪽도 사양할 생각이 없고.”

“너한텐 자선이 필요하지 않아. 그리고 틀림없이 세인트도 그걸 알 거야. 그 애가 너한테 친절하게 구는 건 널 사랑해서야.”

소년은 고개를 저었다.

“이제 내가 없으니 걔도 알 거야.”

“뭘 알아?”

소녀가 말했다.

소년은 별 의도 없이, 그저 잔혹하고 철저할 만큼 정직하게 말했다.

“내가 남긴 게 얼마나 적은지.”

소년은 소녀의 팔이 자기 팔에 닿는 걸 느꼈다.

“나 네 이름 알아야 돼.”

소년이 말했다.

소녀의 목소리가 속삭임이 되었고 숨결이 뜨거웠다. 소녀는 바짝 다가와 양손을 소년의 귓바퀴에 대고 말했다.

“그레이스.”

45

소년은 소녀 옆에 무릎 꿇고 앉았고 소녀가 기도를 이끌었다. 그레이스는 문 앞에 있던 남자가 갈 때까지 큰 소리로 성경을 인용했다.

"언젠가 저는 부활 이후에 그분을 만나는 첫 번째 사람이 될지도 모릅니다. 그리고 제가 선택받았다면, 그분은 절 성삼위께 돌려보내실 겁니다. 그리고 그들은 제 안을 비워내실 겁니다. 제 피가 검은 바위에 흘러 제가 존재하지도 않았던 것처럼 되는 걸 바라보시면서."

"아멘."

소년이 말했다.

"잘 준비됐어?"

소녀가 말했다.

소년은 소녀의 말이 강조되는 것처럼 들리는 이유가 빛이 없기 때문인지 아니면 소녀의 목소리가 이제껏 들은 것 중에 가장 달콤하기 때문인지 알 수 없었다. 소녀는 관리자 역할을 자청하여, 소년의 시간을 학교에 가는 날과 주말로 나누었다. 그리고 학교에 가는 날에는 학습 계획을 짜고 둘이 나란히 누워 머리맡으로 칠판과 그 위로 움직이는 소녀의 섬세한 필체가 보이는 척했다.

"월요일 아침이야."

소녀가 선언하면 패치는 실제로는 한밤중이 아닌지, 그리고 소녀가 좀 정신이 나간 것은 아닐지 생각했다.

소녀는 목을 가다듬고 둘을 30년 전으로 데려갔다. 프랑스와 영국을 가르는 해협에 관해 말하고서, 어느 목요일 오후에 하늘에서 전단지가 비처럼 떨어졌는데 파리 시민들에게 도시를 버리고 시골의 빈 어둠 속으로 들어가라고 쓰여 있었다고 했다. 소녀는 폭격기들이 불에 지져진 영공을 가로지르던 일을 이야기했다.

"하늘을 어떻게 나눌 수 있지? 공기인데."

패치가 말했다.

"망할 스핏파이어*가 바로 머리 위에 뭘 투하하게 내버려둘 순 없잖아."

소녀가 답답하다는 듯 말했다.

소년은 '투하하다'가 무슨 뜻인지 몰랐지만 가만히 있었다. 소녀는 말이 끊기는 걸 좋아하지 않았다.

소녀는 파리가 한때 불타기는 했지만 파리의 보물은 살아남았다면서, 폰 콜티츠가 상관의 명령에 불복종한 덕분이었다고 했다. 소녀는 깔끔하게 피루엣을 돌 듯이 주제를 전환해 안네 프랑크와 그녀의 모순에 관해 풀어놓았다. 패치는 그 두려움, 761일 동안 갇혀 있었던 두려움에 대해 들었을 때 뱃속 깊이 뭉친 응어리가 좀 풀리는 걸 느꼈다.

"그렇게 해서 2차 세계대전이 끝났어. 질문 있어?"

소녀가 말했다.

* Spitfire, 2차 세계대전 당시 영국의 전투기였다.

"그럼 그 사람들은⋯⋯."

"좋았어. 신속하게 다음 얘기로 가자. 폐허가 된 유럽에서 최고의 예술 형식이 나오면서, 공산주의자와 자본주의자를 하나로 묶어주었어. 내가 말하는 건 당연히, 발레야."

패치는 깊이 한숨을 쉬었다. 어둠 속에서도 소녀가 쏘아보는 게 느껴졌다.

소녀는 피에리나 레냐니*의 삶을 세세하게 묘사하면서 자리에서 일어섰다.

"지금 네가 날 볼 수 있으면 깜짝 놀라서 눈이 휘둥그레졌을 거야. 난 지금 마르타 C.처럼 우아하게 피루엣을 하고 있어. 넌 내가 백조인 줄 알 거야."

"백조?"

"프리마 발레리나의 백조, 너무 완벽하게 우아해서 하나 남은 네 눈을 뽑아버리고 싶어질걸. 다시는 그런 아름다움을 볼 수 없을 거라는 걸 아니까."

"내 눈 얘기를 많이 하네."

소녀가 돌기 시작하자 소년은 가벼운 바람을 느꼈다.

"핵심은 돌면서 한 지점에 집중하는 거야. 그러면 균형을 잡는 데 좋아. 나도 어렸을 때 연습했는데, 탭 슈즈를 신고 마룻바닥을 타닥거리며 움직여서 기분이 한껏 고조되고 똥 누는 개처럼 다리가 떨릴 때까지 춤을 췄어."

"정말 완벽하게 우아하네."

"지금 내가 회전하는 속도면 록펠러 센터에 있는 크리스마스

* Pierina Legnani, 세계 최고의 발레리나로 손꼽히는 이탈리아의 발레리나다.

트리에 불을 밝힐 만큼 전기를 만들어낼 수 있을 거야.”

패치가 눈을 굴렸다.

“넌 뉴욕에 갈 거야, 패치. 그리고 왕자와 오데트와 오딜*을 지켜보면서, 그들의 모든 동작을 느낄 거야. 그리고 마지막에 왕자와 오데트가 죽음으로 다시 하나가 될 때, 네가 가장 먼저 일어나서 손뼉을 치고 휘파람을 불 거야.”

“아니면 중간에 제일 먼저 잠들거나.”

“영구 운동. 사람들은 잡혀 있던 소녀가 프리마 발레리나가 된 걸 보려고 멀리에서 찾아올 거야. 언론에서는 날 ‘스핀 닥트리스’라고 부를 거고, 난 연속 회전수 기록을 경신할 거야. 결코 균형을 잃지 않으면서.”

그 말과 함께 소녀가 쓰러지며 매트리스에 털썩 주저앉았다.

“그레이스 쓰러지다.”

소년이 말했다.

소녀가 소년의 손을 잡고 꽉 쥐더니, 소년의 귀에 가까이 다가와 무슨 말인가를 하려는 찰나, 자물쇠 돌아가는 소리가 들려왔다.

---

* 발레 〈백조의 호수〉에 나오는 주요 인물들이다.

46

"안녕하세요, 조니 캐시*입니다."

그레이스가 깊은, 길게 끄는 목소리로 말했다.

소녀는 천천히, 거의 말하듯이 시작했다. 리노에서 한 남자를 쐈다. 그러더니 소녀는 피치를 올렸고, 얼마 지나지 않아 어찌나 크고 요란하게 노래하는지 패치가 거의 웃을 뻔했다.

소녀는 폴섬 교도소 이야기에서 '수'라는 소년 이야기로 갔다가, 바르게 살려고 하는 남자 이야기로 넘어가더니 자기들에게 살아 있을 시간이 5분뿐**이라고 선언했다.

"그 사람이 검은 옷을 입은 건 억압받는 사람들과 자신을 동일시했기 때문이야. 그리고 너보다 더 억압받는 사람도 없지, 패치."

"맞아."

"하지만 걱정하지 마, 내가 네 심장을 주의 깊게 지켜보고 있으니까."

패치는 소리 없이 움직이며 손으로 더듬었다. 소년은 열아홉

• Johnny Cash, 1950년대부터 활동한 미국의 유명한 음악가로 중저음의 목소리와 검은색 옷차림 때문에 맨 인 블랙Man in Black이라고 불렸다.

•• 앞의 셋은 캐시의 곡이고 마지막은 그가 출연한 영화에서 따왔다.

걸음과 열다섯 걸음을 세었다. 천장에는 손이 닿지 않았는데, 한 동안 그게 빠져나가는 길일지 모른다고 생각했다. 그리고 소년은 방문 간격을 헤아리려고 해보았다. 양동이를 비울 때까지, 물과 음식이 올 때까지 얼마나 걸리는지.

"나한테 그림을 그려줘봐."

소녀가 말했다.

"뭐라고?"

"네 인생을. 아니면 한 부분이라도. 네가 아는 모든 색으로 그림을 그려서 내가 볼 수 있게, 우리가 볼 수 있게 해줘."

소년은 로즈우드로에 있는 오래된 집에 대해, 소년이 학교에 처음 간 날 다른 아이들이 자신을 피한 일에 대해, 어느 날 결국 어머니가 해적 삼각모와 조끼를 사주고 해골과 뼈다귀 십자가가 새겨진 안대를 만들어준 일에 대해 말했다.

"좋은 엄마인 거 같네."

"맞아."

소년이 말했고, 그 말을 전적으로 믿었다.

"다른 소리는 전혀 안 들려."

소년이 말했다.

"내가 말했잖아, 바깥에는 아무것도 없다고. 문이 열리면 외계로 나가는 거라고. 10억 개의 별이 너무 가까이 있어서 손을 뻗으면 만질 수 있다고. 나 물 마셔야겠어, 안 그러면 앙코르 못해."

"그 남자는 어딜 가는 거야?"

패치가 물통을 주며 말했다.

"사냥하러."

"뭘 사냥하는데?"

소녀가 소년의 귀에 입술을 부드럽게 댔다.

"너랑 나처럼 나쁜 녀석들."

그러자 소년은 어머니가 생각났고, 이번에도 눈물이 흐르는 걸 막지 못했다.

"우리는 더 이상 울지 않아."

소녀가 말하며 눈물을 닦아주었다.

"그 남자한테 우리 눈물을 줄 순 없어. 그 누구에게도."

47

소년의 맞은편 벽에는 깊이가 작은 나무의 직경과 비슷한 벽돌 선반이 있었고, 가끔 그레이스는 패치와 그 위에 앉아 자기들이 지금 태평양을 마주 보고 있다고 말하며 벌크선과 화물선과 냉장선을 가리켰다. 소녀는 바닷새 이름들을 알았는데 소년은 그것들이 소녀가 지어낸 이름 아닐까 했다. 뿔바다쇠오리. 에린 스펜서. 소녀는 석양이 아름다운 이유가 빛이 더 긴 경로로 이동해서 그런 보랏빛을 흩뿌리기 때문이라고 했다.

"어떻게 아는 게 그렇게 많아?"

소년이 말했다.

"겪을 만큼 겪었거든."

소녀가 말하는 동안 소년은 시멘트 부분에 손톱을 박고 자기가 그동안 만든 홈을 더 깊이 파냈다. 그리고 소녀가 가고 나면 마지막 남은 힘을 짜내어 제일 위의 벽돌을 앞뒤로 움직여 매번 더 느슨하게 만들었다.

남자가 올 때면 소년은 허둥지둥했다. 완벽한 어둠 속이었지만 소년은 돌아봐서는 안 됐다. 남자는 말을 하지 않았지만 패치는 그의 존재감을, 그의 힘을 느꼈다. 소녀의 두려움도.

소년은 그레이스 옆에 무릎을 꿇고 앉았고 소녀는 차분하게 암송했다.

"보라, 하느님은 나의 구원. 신뢰하기에 나는 두려워하지 않는다. 주님은 나의 힘, 나의 굳셈. 나에게 구원이 되어주셨다."

소녀가 소년을 슬쩍 찔렀다.

"이사야서 12장 2절."

소년이 연습했을 때처럼 강한 목소리로 말했다.

패치는 남자에게서 냄새를 맡았다. 복숭아. 땀. 오드콜로뉴. 흰곰팡이.

남자가 가고 나면 둘은 다시금 숨을 쉬었다.

그레이스가 운동을 시켰는데, 너무 오래, 너무 힘들게 해서 소년은 몇 날 며칠 근육이 타는 듯했다. 처음에는 배가 너무 아파서 소녀가 잠들 때까지 기다렸다가 울었다.

소년은 소녀의 손가락이 자기 입에 뭔가를 넣어주는 걸 느꼈다.

"피넛 버터 컵이야."

소녀가 말했다.

"이걸 어떻게 얻었어?"

소년은 그렇게 달콤한 것을 먹어본 적이 없었다.

"내가 좀 꾀바르거든."

둘은 벽에 등을 대고 나란히 앉았다.

"네가 그리운 게 뭔지 말해줘. 나도 내가 그리운 걸 말할게. 난 달이 수면 아래로 내려가 모든 걸 파랗게 만드는 때가 그리워. 시간의 네 가지 얼굴이 그리워. 노란 벽돌 길과 양철 나무꾼이 그리워. 은빛 숲이그리워."

"난 그립지 않아…… 가끔은 심지어 집에 돌아가고 싶지도 않아."

"왜?"

소녀가 말했다.

"사람들이 나더러 도둑이래."

"왜?"

"내가 이것저것 훔치니까."

소녀가 웃기 시작했고, 처음에는 천천히 웃더니 어깨가 들썩이며 댐이 터져버렸다.

그러자 소년도 웃기 시작했다.

지나간 모든 것을 빨아들였다가 다시 뱉어버리는 그 진공 속에서, 패치와 그레이스는 아주 큰 소리로 웃었다.

이번에는 소년의 손이 소녀의 얼굴을 따라가면서, 날카로운 광대뼈와 살짝 꺼진 관자놀이를 매만졌다.

"날 그려줘."

소녀가 말했다.

"봐야 그리지."

"난 북쪽 연안에 서 있고 발밑이 분홍색이야. 북동쪽에서 부는 폭풍이 유문암을 참을 수 없을 만큼 너무 예쁘게 깎아내기 때문이지. 유문암이 날 보존해줄지도 몰라. 크리스털과 함께 지하 65킬로미터에 묻힌 채로. 분홍색 미라가 돼서. 난 내 모습을 너무너무 지키고 싶거든."

"널 찾는 사람들이 있어?"

소년이 말했고, 이 질문에 어떻게 된 일인지 방이 더 어두워지고, 두 아이가 숨 쉬는 공기가 더 희박해졌다.

"밖에는 아무도 남아 있지 않아. 단 한 명도."

그날 밤, 남자가 소녀를 데려간 뒤에 소년은 벽돌을 느슨하게 하는 일에 매달렸다.

소년은 홈을 더 깊이 파냈다.

손톱이 덜렁거렸지만 소년은 울지 않았다.

48

소녀가 가고 없을 때, 소년은 소녀가 드넓은 양귀비 밭에, 금색 모래밭에 있는 모습이나 죽은 바다에 둥실둥실 떠 있는 모습을 보았다. 소년은 소녀에게 얼굴이나 몸을 만들어줄 수가 없어서 대신 소녀의 눈으로 보았다. 어둠에서 해방되어 평범한 사람들 틈을 걸어 다니는 시간. 그런 생각들이 나선형으로, 소년이 필사적으로 피하려고 하는 어두운 줄기 주변을 맴돌았다.

그리고 소녀가 돌아오면 소년은 두려워서 소녀 옆에 착 붙었고, 좀 더 다가가려는 용기를 끌어모으며 소녀의 어깨에 팔을 두르려 했다. 그리고 아주 아주 천천히, 소녀가 소년에게 다가가 소년의 가슴에 머리를 댔다. 소년은 소녀를 들이마셨다. 소녀의 몸이 소년의 몸과 한 덩어리가 되었다.

"찾는 사람들이 있어. 경찰들이랑 동네 주민들도 있고, 포스터랑 TV 홍보랑 시청자 제보도 있어. 그리고 그중에는 총을 차고 적절한 훈련을 받아 적절한 질문을 할 줄 아는 핵심 인원들도 있어."

소년이 말했다.

"가끔 난 그 남자가 죽었으면 싶어."

소년은 아무 대꾸도 하지 않았다. 소녀가 그걸 바라지 않을 때도 있는지 의아했기 때문이었다.

패치는 연민이 힘이 될 때도 있지만 나약함의 이면일 때도 있다는 것을, 바로 그것이 양심을 여러 갈래로 찢어지게 만든다는 것을 알았다. 이따금 패치는 소녀가 말이 없을 때 그 애를 더 가까이 느낄 수 있었기 때문에 소녀가 조용히 있길 바랐고, 또 이따금은 소녀가 이야기를 들려주어 자기를 다른 세상으로 데려가주기를 바랐다.

"그 경찰서장 이야기 해줘."

소녀가 말했다.

"어머니가 야간 근무를 할 때 경찰서장 아저씨는 우리 집 바깥에 차를 세워두고 있어."

소년은 자기가 그 소리를 기다렸다는 것을, 그 소리를 듣고서야 자리에 누워 긴장을 풀고 잠들 수 있었다는 것을 소녀에게 말하지 않았다. 한번은 소년이 창가로 다가가자 서장이 한 손을 흔들면서 가라고, 내일 학교 가는 날이고 너 혼자 이 크고 오래된 집에 있기에는 너무 어리니 가서 쉬라고 손짓했다는 것도 말하지 않았다.

"마음을 쓰는 거네."

소녀가 말했다.

"하지만 지금 우리가 있는 곳이랑, 아저씨가 찾고 있는 곳은 가깝지 않을 수도 있어."

"그 사람만이 아니라고 생각해야지. 유일한 좋은 사람이."

"의사도 있어. 툼스 선생님이라고. 친절해."

"밖에 나가면 넌 그 사람들 다 필요 없을 거야."

소녀가 말했다.

소녀가 가고 없을 때 소년은 소녀가 돌아오지 않기를 기도했다. 소녀가 집으로 돌아가는 길을 발견했기를.

"네가 여기서, 이 방에서 나갈 때……."

소년이 말했으나 생각을, 문장을, 호흡을 끝마칠 수가 없었다.

소녀는 소년에게 기대어 소년의 팔을 붙잡고 자기 허리를 감싼 뒤 배에 올려놓았다.

"내가 여기서 나갈 때 네가 상상하는 그런 일은 없어…… 네가 두려워하는 그런 일은 없다고. 그런 생각을 하면서 넌……."

"죽고 싶어. 그 자식을 죽이고 싶어. 널 지키고 싶어."

소년이 말했다. 소년은 푹 꺼진 부분, 소녀의 엉덩이뼈가 도드라진 부분을 손으로 느꼈다. 갈비뼈의 제일 밑 부분을 느꼈다.

"우린 다시는 돌아갈 수 없어. 바깥은 예전이랑 달라. 똑같은 건 아무것도 없어. 로키산맥은 눈에 덮여 있지 않아. 콜로라도강은 메말랐고, 아파치 트레일은 피닉스에 있지 않아. 메이사 버데이에 있는 어떤 교회는 자기들의 신을 잃어버렸고, 그래서 사람들은 신이 아니라 서로에게 기도해. 자기들이 악마가 아닌 것처럼. 이제 달라. 모든 게 다르다고."

소년의 마음속에서 소녀의 머리카락은 금실처럼 은은하게 빛났고, 한순간 자기가 어떤 모습일지 걱정스러웠다. 소녀가 그린 그의 모습과 소년이 너무 달라서 소녀가 그를 좋아하지 않을까 봐.

"나 이 사이가 벌어졌어."

소녀가 말했다.

"아."

"그리고 그 치아들은 커다래. 토끼처럼. 그걸로 캔도 딸 수 있

어. 딱 맞는 각도에서 딱 맞는 사냥꾼이 보면 나도 꽤 사랑스러워
보일지도."

소년이 웃음 지었다.

"걱정 마, 난 고개를 돌려 찰스강을 주목하는 대신 커다란 차
고들을 응시하고 있었으니까."

소녀가 말했다.

"매번 네가 무슨 소리를 하는지 잘 모르겠어."

"난 사람들이 안 보는 걸 보거든."

자물쇠에 열쇠가 꽂히는 쨍그랑 소리.

"그럼 우리 다른 데로 가자."

소년이 소녀의 머리카락에 대고 말했다. 그날 밤 소년은 마침
내 느슨한 벽돌을 떼어냈다.

무거운 발걸음이 바닥을 가로지르고, 소년은 등을 돌려 무릎
을 꿇고 기도했다.

이번에 소년은 근대와 금속 냄새를 맡았다.

시간이 지나서야 소년은 그게 총탄의 냄새라는 걸 깨달았다.

49

소녀는 소년에게 물건들을 가져다주었다—칫솔, 치약, 손톱깎이.

이따금 소녀는 소년에게 날짜를 알려주었다. 자기가 아는 것처럼, 그게 무슨 의미라도 있는 것처럼, 두 사람만이 중요한 게 아닌 것처럼.

소녀는 계절을 따라가면서, 갤버스턴 허리케인에 대해 소년에게 말하며 그 때문에 8천 명이 죽었다고 했다. 그리고 더스트 볼 가뭄 때, 대초원이 메마르고 갈라져 아무것도 자랄 수 없고 심지어 밀이나 보리도 못 자란 일을 말했다.

"골드러시. 캘리포니아에서부터 여름철 콜로라도의 왕국*까지. 물론 무인지대에 묻혀 있었던 게 귀금속뿐인 건 아니지만, 요지는 알겠지."

소녀는 스타인백과 조드 일가와 오키** 천 명이 공황에 빠진

---

* Colorado's Kingdom이라는 이름은 브레큰리지Breckenridge라는 지역의 별명이다. 1800년대 중반, 실수로 지도에서 빠지는 바람에 어디에도 속하지 않는 무인지대no man's land가 되었다.

** 1930년대 더스트 볼이 일어나던 시기에 주로 오클라호마 출신의 농부들이 어쩔 수 없이 자기 땅을 버리고 캘리포니아 지역으로 이동한 일을 가리킨다.

땅에서 희망을 좇는 이야기를 깔끔하게 정리해주었다. 소녀가 더스트 볼을 아주 생생하게 그려내 소년은 검은 모래 폭풍이 낮을 밤으로 바꾸는 걸 목격하고, 모래 폭풍이 자기 목을 말라붙게 하고 꿈을 뒤덮어버리는 걸 느낄 수 있었다.

"어쩌면 지금이 우리의 대공황일지도."

소년이 말했다.

소녀는 그렇게 호들갑 떨지 말라고 했다.

소녀가 프랑스어를 아주 강한 억양으로 가르쳐서 소년은 한 단어도 제대로 알아들을 수가 없었다. 그래도 소녀는 계속해서 콧소리를 심하게 내고 r을 발음할 때는 목 안쪽으로 너무 거칠게 소리를 냈다. 소년이 자기를 모방하려고 하면 격하게 손뼉 치면서 소년이 자신의 '셰리chéri, 사랑'라고, '코클리코coquelicot, 개양귀비꽃'라고, '슈슈chouchou, 귀염둥이'라고 했다.

"넌 네가 정상이 아니면 어쩌나 하고 걱정될 때 없어?"

소녀가 억지로 시켜서 '라메르세예즈*'를 부른 뒤 소년이 물었다.

"정상이라는 건 창의적이지 못한 인간들의 전유물이라고, 패치워크. 난 중간에서 목숨만 이어가느니 극단에서 살다가 죽겠어."

소녀는 자기가 한 말들을 소년이 곱씹게 내버려두었다. 나갔다가 돌아와서는 소년을 시험하고, 소년이 기억해내면 방을 환히 밝혔다. 그리고 소년 자신도 놀랍게도, 학교에서는 기억하지 못했는데 거기서는 기억할 수 있었다.

"오늘 내 생일이야."

• 프랑스의 국가다.

소녀가 말했다.

"그걸 어떻게 알아?"

패치는 팔굽혀펴기를 했다. 땀이 코에서 돌바닥으로 꾸준히 떨어졌다. 소년은 숫자를 세지 않고 그저 팔이 떨릴 때까지 계속했다. 그러고는 쉬었다가 다시 시작했다.

"생일에는 크리스마스 케이크를 먹고 싶어. 12월이 되면 어머니가 식료품 저장실을 잔뜩 채워놓았는데."

소년은 소녀가 어머니 이야기를 하는 걸 그때까지 들어본 적이 없었다.

"어떤 분이야?"

소년이 말했다.

그리고 소녀가 대답했을 때, 아주 조용하게 말했다.

"선해. 연약하고. 난 가끔 그 둘이 같이 가는 건가 싶어."

"선하려면 오히려 더 강해야 돼."

소년은 소녀가 침을 삼키는 소리를 들었고, 어느새 소녀가 생각보다 가까이 와 있었다.

"우리가 밖에 나가면 내가 선물 줄게."

"작은 파란 상자에? 우린 너무 어리고 망가져서 결혼하면 안 돼, 패치."

"네가 바라는 건 뭐야?"

소년이 말했다.

"네가 날 찾아주면 좋겠어. 그렇게 해줄 수 있지, 응?"

소녀가 말했다.

"너도 나랑 같이 팔굽혀펴기 해야 돼."

"생일에 팔굽혀펴기를 할 순 없어, 패치."

"내가 둘 다 나가게 해줄 거야."

소년이 너무 작게 말해서 소녀가 소년 쪽으로 몸을 기울였다.

"널 다시 집에 돌아가게 해주겠다고 약속할게."

"이제 터프해진 거야?"

소녀가 말했고 소년은 소녀의 미소를 들었다.

열쇠가, 금속이 가볍게 긁는 소리가 나더니 남자가 방에 들어왔다. 소녀는 흠칫했고, 예전보다 더 많이 떨었다.

소년은 소녀에게 줄 것이 아무것도 없었고, 보상이 될 만한 선물도 없었다. 그러나 소녀의 하루를 좀 더 수월하게 만들 방법은 알았다.

소녀의 손가락이 소년에게서 빠져나갔다.

소년은 소녀를 따라 더듬거리며 가서 나란히 앉아 기도했다. 패치는 손을 앞으로 뻗어 느슨한 벽돌을 떼어냈다.

묵직하고 거칠었다.

그리고 준비가 되어 있었다.

"사랑하는 여러분, 스스로 복수할 생각을 하지 말고 하느님의 진노에 맡기십시오. 성경에서도 '복수는 내가 할 일, 내가 보복하리라' 하고 주님께서 말씀하십니다."

소녀가 크고 또렷한 소리로 말한 뒤 소년을 부드럽게 찔렀다.

"생일 축하해."

소년이 말하더니 일어나서 벽돌을 휘둘렀다. 아주 강하고 빠르게, 뼈가 부러지는 무거운 소리만 들렸다. 남자가 바닥에 쓰러지며 쿵 소리가 났다.

소년은 소녀의 손을 놓쳐 다시 찾으려 허둥지둥했고 그때 다른 손이 발목을 잡는 걸 느꼈다.

소녀의 비명이 멀어지고, 남자가 소년을 타고 몸을 일으키려 했다. 소년의 팔에 남자의 손이 닿으며 소년을 바닥으로 끌어당겼다.

소년의 눈이 감겼다.

소년은 울지 않았다.

소년의 삶은 금속과, 다른 쓴 것들 맛이 났다.

50

"너 아파."

그레이스가 말했다.

소년도 그걸 알았고, 안 지 몇 시간 혹은 며칠이 지났을 수도 있었다. 피부도 다시 번질거렸고, 소녀가 소년의 머리와 몸이 불덩이라고 일러주었다. 그러나 소년은 몸을 떨며 매트리스에 몸을 웅크리는 것 말고는 아무것도 할 수 없었다. 소년은 드러내지 않으려 했다—이를 딱딱 부딪치지 않고, 가슴을 떨지 않고, 아무리 집중해도 호흡이 가빠오는 걸 드러내지 않고 말하려고. 견딜 수 없을 정도로 메스꺼웠다.

"아이스링크야. 록펠러 센터에 있는."

소녀가 말했다.

"밤이야?"

소년이 말했다.

"그래. 그리고 눈이 와. 그리고 뉴욕시 전체에 오로지 우리 둘만 있어. 그리고 우린 배가 불러."

"배가 부르다고?"

"바베타에 갔었거든."

이따금 소녀가 어떤 장소들을 이야기하면 소년은 그 이름들이 그럴싸하게 들려서 소녀가 지어낸 것인지, 아니면 모래알 같은 자신의 세상에 비해 소녀의 세상이 은하계처럼 넓어서 그런 것인지 궁금했다.

"파스타를 너무 많이 먹어서 숨 쉬기도 힘들 정도야. 넌 흰색 셔츠를 입었는데 소스가 묻었어. 하지만 네가 안 보이는 쪽에 있어서 알지도 못해."

소년이 그 말에 인상을 찡그렸고, 소녀도 그걸 느낀 듯했다. 소리 내 웃었던 것이다.

"내가 몸을 숙여서 너 대신 닦아줄 거야. 냅킨에 침을 뱉어서 문질러줄 거야."

"그럼 식당에서 우리더러 나가라고 하겠지."

소녀가 다시 웃었고, 웃음소리는 달콤했다.

"난 그 사람들한테 지금 해적 앞에 있다고, 조심하지 않으면 칼로 난자당할 거라고 말해줄 거야."

"단검이야."

"좆같은 단검, 그럼."

소년은 소녀가 욕하는 게 좋았다. 잘못된 것처럼 들렸다. 무슨 수녀나 교사가 욕하는 것처럼.

소년은 기침을 했고 피 맛이 났지만 소녀에게 말하지 않았다. 더 중요한 얘기가 있었기 때문이었다.

"전에 난 길을 잃었었어."

"넌 지금도 길을 잃은 상태야, 패치."

"두 사람인 게 한 사람인 것보다는 덜하지."

"시 쓸 생각은 안 해봤어?"

"스케이트는 탈 수 있는데."

소년이 말했다.

"안 믿어. 외눈으로…… 계속 넘어질 게 뻔해."

"난 몬타 클레어에서 벗어나보질 못했어. 여기가 어딘지는 모르지만, 내가 이제까지 가본 곳 중 가장 멀리 온 걸 거야."

"넌 세상을 봐야 해. 더 넓은 세상이 있어. 날 믿어, 그럼 내가 보여줄게."

"널 믿어."

"그럼 눈을 감아. 내가 그림으로 그려줄게."

소년은 한 번도 가본 적 없는 도시를 발견했다. 하얀 불에서 얼음과 눈이 재처럼 떨어지는 것을 보았다. 건물들이 너무 높아서 소년을 향해 쓰러질 듯했다. 굴절된 빛과 유리와 강철, 쇠살대에서 솟는 김. 소녀는 이 모든 것을 언어로 그려냈고, 소년은 그 들끓는 에너지가 월스트리트에서 피어오르고 브로드웨이에서 눈부시게 빛나는 것을 느낄 수 있었다. 목소리, 엔진, 신문이 버스럭대는 소리.

그리고 음악.

"패치. 저거 들려?"

소녀가 나직이 말했다.

"저거 진짜야?"

소녀는 소년이 일어나도록 부축했다.

고통이 너무 심했다.

"이제 어떻게 해?"

소년은 소녀가 자길 바라보는 걸 느끼고, 그들이 할 수 있는 것은 없다는 걸 알았다. 그들이 할 수 있는 일은 무엇 하나 없었다.

"우린 빙판 위에 있어."

소녀가 집중하며 말했다.

"우린 빙판 위에 있고 별이 너무 많아서 하늘을 올려다보지 않을 수가 없어. 우린 가운데서 멈추고 얼음에 드러누워."

"이 노래."

소년이 마침내 그 소리를 받아들이며 말했다.

"우리가 있는 데가 거기라고 생각해?"

"어디?"

"거리의 어두운 끝.*"

소년이 살짝 기대자 소녀가 그 무게를 받치며 소년을 가까이 당겨 소년의 턱이 자기 정수리에 닿게 했고, 소년의 가슴에 말을 건넸다.

소년은 어둠이 그렇게 아름다울 수 있는지 몰랐다. 자신의 흉곽 안쪽에서 갈비뼈 하나가 폐에 구멍을 냈다는 것도 몰랐다. 공기가 흉강으로 새어나가고 있다는 것도.

혹은 비장이 파열되었고, 천천히 안쪽에서 피가 흘러나와 죽어가고 있다는 것도 몰랐다.

"너 여자애랑 춤춰본 적 있어, 패치?"

소녀가 빙글 돌았다. 소년도 따라 했다. 그리고 둘은 천천히 움직였다.

"우린 얼음 위에서 춤출 수도 있어, 그럼 사람들이 볼 거야."

소녀가 속삭였다.

"난 누가 쳐다보는 거 안 좋아해."

- 〈거리의 어두운 끝The Dark End of the Street〉은 제임스 카James Carr가 1967년에 발표해 인기를 끈 소울 곡으로, 불륜을 저지르는 두 연인이 시선을 피해 거리의 어두운 끝에서 만난다는 내용을 담았다.

“음, 그럼 넌 춤출 여자애를 잘못 고른 거지.”

그 완벽한 한순간 둘은 그저 사랑에 빠지고 있는 10대에 지나지 않았다.

“사람들이 우릴 발견할 거야.”

소녀가 부드럽게 말했다.

음악이 잦아들고 둘에게 들리는 소리라고는 레코드가 지직거리는 소음뿐일 때, 소녀가 고개를 들었고 소년의 입술이 소녀의 입술에 닿았다.

51

그레이스가 소년에게 새벽이라고, 해의 중심이 지평선에서 18도 낮은 지점이고 햇빛이 섬세한 대기를 뚫고 산란하는 때라고 말했다. 소녀는 소년에게 무슨 일이 있더라도 숨을 쉬어야 한다고, 용기를 내야 한다고, 해적으로 살아야 한다고 말했다.

소년은 의식이 왔다 갔다 했다.

꿈속에서 소년은 위로 밀어서 여는 트랩도어를 지나, 전에 납치되었던 곳과 꽤 흡사한 숲으로 나섰다. 혹은 둘이서 모르는 도시의 모르는 마을에 있는 거리로 나가, 손을 흔들어 차를 세운 뒤 그 차를 타고 경찰서나 어쩌면 병원으로 갔다.

소년은 소동에, 오랜 시간 묻혀 있었던 두 아이에게 카메라 플래시 10여 대가 터지는 상황에 어리둥절했다. 무엇보다도 소년은 소녀가 걱정스러웠고, 소녀가 다른 어딘가로 옮겨지면 어쩌나, 소녀가 없으면 살 수가 없을 거라는 생각에 걱정스러웠다.

"자면 안 돼."

소녀가 말하며 소년의 손을 너무 꽉 쥐었다.

"아직 네가 못 본 게 너무 많다고. 볼디 포인트*에서 보는 하늘, .

---

* 오클라호마 남서부에 있는 쿼츠산Quartz Mountain을 일컫는 다른 이름으로 지평선까지 막힘없이 트인 하늘을 볼 수 있다.

앨터스-루거트* 호수가 댐에서 흘러넘쳐 노스 포크 레드강으로 굽이치며 합류하는 것도.”

“실제인 걸 얘기해줘.”

소년이 말했으나, 자신의 목소리를 알아보지 못했다.

“나는 커다란 흰 집에서 자랐어. 내 방, 어머니 방, 그리고 누구든 지나가는 사람에게 빌려주는 방이 세 개 있었어. 한번은 한 열아홉 살쯤 된 여자애가 왔는데 나한테 화장 기술을 가르쳐준 거야. 퇴폐야, 패치. 그보다 더 퇴폐적인 단어가 없지. 또 한번은 한 목회자가 펄 리버 카운티로 가는 길에 들렀어. 너 헴스포드 습지대 본 적 있어? 세상에, 거기는 퇴마 의식이라도 해야 한다니까.”

소년이 속삭였다.

“나한테 너희 집을 그려줘.”

“긴 진입로 양쪽으로 키가 큰 나무들이 있어. 그 아래로 걷는 사람들을 보호하려는 것처럼 서로서로 팔을 엮은 모양으로 뻗어 있는 나무들. 그리고 풀은 너무 파래서 정말로 칠해놓은 것 같아. 그리고 내리닫이창 아래 있는 화단에는 금관화가 캠프파이어처럼 환하게 피었어.”

소년은 웃으려고 했다.

“창문에는 덧문이 있고, 발코니가 건물 전체를 감싸고 있어. 뜰에서 침실까지 둥글게 이어지는 계단이 있는데, 겨울에는 기도하는 나무들이 잎을 다 떨어뜨려서 집이 꼭 여름철의 눈송이처럼 보이거든. 그래서 그 계단도 볼 수 있어.”

그레이스는 소년이 물을 다 마시게 한 다음 자기 입술을 소년

---

* 오클라호마 남서부에 있는 호수, 볼디 포인트에서 내려다보인다.

의 입술에 갖다 대었고, 소녀가 입술을 떼었을 때 소년은 숨을 헐떡였다.

"기도하고 싶어?"

소년이 고개를 저었다.

"좋아, 내가 듣기로 사람들은 기도할 때 대부분 용서를 구한다더라고. 그럼 뭐가 나아지기라도 할 것처럼 말이야. 근데 너 이거 알아?"

소년이 다시 고개를 저었다.

"상처를 치유하는 유일한 방법이 자기에게 상처를 준 사람한테 더 큰 구멍을 내주는 것일 때도 있어."

"나 피곤해, 그레이스."

"누가 전에 그랬는데, 미소를 들을 수 있대."

소녀가 말했다.

"순 뻥."

"뭔가 말해봐, 그럼 너 웃고 있는지 내가 맞혀볼게."

"어둡지만, 난 언제나 널 찾아낼 거야. 네가 나보다 더 강하지만, 난 언제나 널 안전하게 해줄 거야. 내게는 네가 언제나 가장 우선일 거야."

"너 웃고 있구나."

"왜냐하면 진짜니까."

소년은 쓰러진 기억이 나지 않았다. 소년은 소녀의 계획도, 울음소리도, 소녀가 자기를 깨우려고 뺨을 때린 것도 기억나지 않았다.

소년은 문밖에서 총성이 들린 것도 기억나지 않았다.

패치는 연기 냄새를 맡은 것도 기억나지 않았다.

불의 열기도.

그레이스를 보내준 것도 기억나지 않았다.

화가

1976

52

일간지들은 일라이 애런의 삶을 파헤쳐보았지만 거의 아무것도 발견하지 못했다. 불길이 모든 것을 파괴했다. 그 이름도 가명일 터였다. 그들은 출생 기록도, 삶의 기록도 전혀 찾지 못했다.

경찰들은 그가 숲에 버려진 집을 발견하고 그걸 차지했을 거라는 가설을 세웠다. 무단으로 점유하고 고쳐서 자기 것으로 만들었다는 이야기였다. 경찰은 또 그가 죽었을 거라는 가설도 세웠으나, 소문에 따르면 그가 여기저기서 목격된 바 있고 거의 잡힐 뻔했다고도 했다. 우드워드에 있는 한 병원에 어떤 남자가 심각한 화상을 입고 비틀거리며 들어갔다가 고집을 부려 퇴원했다는 이야기, 뷰캐넌 카운티에서 동일한 인상착의의 남자가 자동차를 절도했다는 이야기. 그나마 불길에 파괴되지 않은 부분은 샅샅이 수색되었다. 경찰은 숯이 된 기사 스크랩들을 발견했는데, 실종된 소녀들을 다룬 그 기사들 중에 멀게는 오클라호마시에서 사라진 아이도 있었다. 사진 100여 장도 살릴 수 있었다. 한 장은 제법 또렷했다. 캘리 몬트로즈.

경찰들은 일라이 애런이 방문한 학교마다 찾아가, 천 명의 아이들과 면담하면서 똑같은 말을 들었다. 그를 기억하지 못한다는 이야기였다. 그가 아무런 인상도 남기지 않았다는 이야기.

셋째 날 경찰견들이 불탄 집에서 약 13킬로미터 떨어진 한 지점을 골라냈고, 경찰들은 아주 깊게 파묻힌 첫 번째 소녀를 발견했다. 얼마나 깊은지 소녀를 파내다가 대수층을 만나는 바람에 작업이 더뎌질 정도였다.

언론의 압박에 못 이겨 닉스 서장은 몬타 클레어 경찰서가 보여준 헌신과 의연함에 관해, 그리고 경찰을 그 숲까지 이끌어준 소녀의 용기에 관해 조심스레 전했다. 서장은 믿음과 마음, 인내, 비극에서 긍정적인 면을 찾아내는 것에 관해 언급했다. 어머니와 두려움을 모르는 아들이 재회한 일에 관해. 그런 뒤 서장은 경찰이 실종된 여성들 중 세 명의 유해를 발견했고 가족들이 이제 그들을 영면에 들게 해줄 수 있을 거라고 말했다. 캘리 몬트로즈는 끝까지 수색할 계획이라고 했다. 서장은 피해자가 얼마나 더 있을지, 있기는 한지 알지 못한다고 했다. 추가 질문은 없었고 그저 몇몇 사실을 확인하는 말만 오갔는데, 그곳에 남은 사람들은 서장의 커다란 눈에서 눈물을 목격했다.

53

세인트는 병원 의자에서 잤다.

소녀는 병원 구내식당에서 야간 운반인들과 수련의들과 나란히 식사하기도 했고, 때로는 노마와 함께 먹기도 했다. 노마는 소녀를 대놓고 걱정하며 지켜보았다.

"제발 좀."

이렇게 말하며 노마는 매일 밤 애를 써보았지만, 세인트가 학교나 교회에 빠지지 말라는 충고 정도로는 흔들리지 않을 굳은 결심을 했다는 걸 알았다. 아니, 소녀는 거기 머무를 터였다. 이따금 소년의 가슴에 머리를 얹고 뺨에 심박이 느껴지기를 기다릴 터였다. 소년의 생명을 표시하는 화면을 신뢰하지 않았으니까.

너한테서 눈을 떼지 않을 거야.

소녀는 1절, 2절 내용이 중요하지 않게 된 노래의 후렴처럼 그 말을 반복했다. 소년은 다시 소녀의 것이 되었다. 소녀는 소년을 잃지 않을 작정이었다.

여섯 밤과 낮 동안, 의사가 강제할 때만 소녀가 소년의 곁을 떠나 있던 그 기간에, 소년은 기계의 도움을 받아 숨을 쉬었고 살갗은 차가웠으며 눈은 자기 때문에 일어난 집단 히스테리에 방해받지 않았다.

노마는 손녀에게 갈아입을 옷을 여러 번 가져다주었다.

세인트가 드레스를 들고 코를 찡그리고 있으면 할머니가 다시 멜빵바지를 가져다주었다.

"마지막에 녀석을 봤을 때랑 정확히 똑같은 차림으로 있어야 한다고요."

세인트가 말했다.

노마는 소녀의 앙상한 어깨에 손을 얹었다.

둘째 날 밤 의료 코드 경보가 울렸고 세인트는 의사들과 간호사들이 소년의 방으로 서둘러 이동하며 소녀를 그 방에 들어가지 못하게 막는 것을 지켜보았다.

이제 와서 죽을 순 없어요.

소녀는 그들에게 말했다.

할머니는 손녀를 기도실로 힘겹게 끌고 갔고, 세인트는 한 번 더 무릎을 꿇고 양손을 꼭 모은 채 울었다.

"친구가 돌아왔으니 믿음이 강해지는구나."

노마가 말했다.

세인트가 할머니를 올려다보았다.

"불을 낸 건 하느님이었어요. 그리고 이젠 불을 끈 당신을 찬양하라고 하시네요."

54

패치는 그날 밤 죽지 않았다.

소녀는 대기실에서 의자 두 개에 재킷을 펼쳐놓고 있었고, 그걸 본 청소부가 딱하게 여기며 담요와 베개를 가져다주었다. 소녀는 소독된 공기를 들이마시고 자판기에서 나온 음료수를 마셨다. 이는 꺼끌꺼끌하고 피부는 메마르고 기름이 끼어 있었다.

세인트는 또 다른 감염 이야기를 들었다. 혈관주사로 강력한 약물을 뿜어 넣을 거라고 했다. 이제는 어느 정도 안정화되어 내출혈도 잡았고 폐에서 공기도 빼냈고 그런 다음 폐가 다시 부풀도록 흉관을 남겨두었으니 그렇게 할 수 있다고.

한 주가 지나고, 세인트는 미스티 마이어가 맞은편 의자에 유령처럼 앉아 있는 것을 발견했다. 미스티는 반경 1600킬로미터 내의 모든 지역신문에 표지를 장식해준 소녀가 엉망이 된 모습을 너무 예의 바른 탓에 빤히 쳐다보지도 못했다. 신문에서는 세인트를 영웅이라고 했다. 소년과 마찬가지로.

미스티 옆 의자에는 꽃이 있었는데, 미스티는 그것이 무척이나 부끄러운 듯 보였다.

"걔 깨 있어?"

미스티가 말했다.

세인트가 일어나 앉았다.

"가끔씩."

"걔……."

세인트는 그다음에 무슨 말이 나올지 몰랐지만 미스티가 그 말을 할 필요가 없게 해주었다.

"의사들이 나도 걔 못 보게 해."

"그래도 죽진 않을 거야."

미스티가 말하는데 단어가 목에 걸렸다. 미스티는 무릎에 양손을 포개고 앉아 있었고 버클이 달린 메리 제인 단화 위에 흰색 타이츠를 입고 있었다.

"그래."

세인트가 확신하며 말했다.

"그 사진사가 정말 그런 거야?"

세인트가 피곤한 눈을 문질렀다.

"그래."

"내 학교 사진을 포스터에 썼다고?"

세인트가 끄덕였다.

"그 남자 오싹했어. 나한테 수도 없이 질문을 해대면서 내가 믿는 것에 대해 물었어. 나한테 남자 친구가 있느냐며. 하지만 패치는……."

"어쩌면 도망쳤는데 그 땅에서 길을 잃었는지도 모르지."

미스티는 그 시간에 그 대기실에 있기에는 어울리지 않았다. 그것은 발버둥 치는 사람들, 불안정하고 필사적인 사람들을 위한 곳이었다.

"신문에서 보니까 네가 불을 내서 그 남자가 죽었을지도 모른다더라.”

미스티가 단어 하나하나를 속삭였다. 말들이 너무 무거워서 내뱉어버리면 세인트가 정상적인 생활로 돌아갈 기회가 산산이 부서지기라도 한다는 듯이.

“으응.”

“그런데 그 남자를 못 찾는다던데.”

“그래.”

미스티는 한 시간 더 머물렀고 세인트는 말할 기운이 없어서 무릎을 가슴으로 끌어당긴 뒤 누워 잠에 들었다. 소녀는 미스티가 자기에게 담요를 덮어주는 걸 느끼지 못했다.

그리고 조각조각 갈라진 햇빛에 깨어났을 때 소녀는 미스티가 닉스 서장으로 바뀐 것을 보았다. 서장은 탁자에 벨트와 총, 모자를 올려놓고 셔츠 목 부분의 단추를 푼 채였고 가슴에서 거뭇거뭇한 털이 삐져나와 있었다.

세인트는 두려움이 솟구쳐서 벌떡 일어나 앉았다.

닉스는 한 손을 들어 진정하라고 하더니, 잠이 오질 않아서 녀석을 잠시 지켜보러 왔다고 했다.

“넌 좀 어떠냐?”

서장이 말했다.

소녀는 대답하지 않았다.

“상담할 사람을 만나야지…… 네가 겪은 일에 관해서.”

“전 패치만 보면 돼요. 다른 사람은 필요 없어요.”

“잘했어, 꼬마. 네 말을 안 들어서 미안하다.”

닉스는 종이컵에 담긴 커피를 홀짝였다. 서문처럼, 카페인이 있어야 소녀가 일으킨 변화에 관해 생각 없이 말할 수 있다는 듯이.

“머콜리 부인은 어떠세요?”

세인트가 물었다.

“여기 올 준비는 안 됐지. 툼스 선생이 같이 있다. 선생은 그 집 휴게실 의자에서 자. 약에 뭐에 그런 것 때문에 부인이 그걸 아는 지는 모르겠다만.”

“패치는 예전이랑 똑같을까요?”

소녀가 말했다.

서장은 일어나서 스트레칭을 하고 소지품을 챙겼다. 그리고 떠나면서 소녀의 뺨을 만졌다.

“우리 중에 예전이랑 똑같을 사람은 없을 거다, 꼬마.”

여덟째 날이 밝고 소녀가 야간 근무를 하는 직원들을 몰래 지나가 소년의 침대에 기어오른 뒤 앙상한 몸을 웅크린 채 소년을 감싸고 소년의 옆에 가만히 밀착했을 때, 패치가 깨어났다.

그리고 오랫동안 소녀는 소년의 호흡이 바뀐 것에서 소년이 깨어났다는 사실을 알았고, 마침내 둘이 함께하던 세상이 열리 면서 그곳이 둘만의 공간이 아니게 될 거라는 파멸적인 깨달음 이 찾아왔다. 그리고 그 시간 동안 소녀는 소년에게 딱 붙어서 눈 물을 눌러 담으며, 지나간 날들이 소녀를 대체 얼마나 무너뜨렸 는지 소년에게 보이지 않으려고 했다.

그리고 마침내 소년을 봤을 때 소녀는 숨을 깊이 들이마셨다.

“경찰들이 네 〈플레이보이〉 가져갔어.”

55

닉스 서장이 운전했다.

패치는 경찰차 뒤쪽에서 세인트 옆에 앉아 있었다.

소년은 소녀가 지난 한 주 동안 그랬듯이 자기를 지켜보는 것을 느꼈다. 소년이 꿀을 훔치려고 소녀의 집에 나타났을 때와 같은 아이인지 아닌지 알려주는 무언가를, 어떤 실마리를 찾으려고.

소녀는 소년이 그 이름을 내질렀을 때 그 자리에 있었다.

그레이스.

소년은 간호사들이 버튼을 누르면 카드들이 뒤섞이고 새로운 패를 받는 것처럼 하나의 기억이 다른 기억들로 바뀔 때까지 그 이름을 외쳤다. 어둠 속의 불빛, 소년의 생각은 폭풍우 속에서 컨 성냥불에 지나지 않았다. 어둠뿐이었을 때 소년은 뼈가 하나하나 분리되어 한밤의 강을 떠내려가는 느낌이었다. 소년은 그 애와 함께한 마지막 시간들을 떠올릴 수 없었다. 간호사를 볼 때면 투약을 멈춰서 정신을 좀 차릴 수 있게 해달라고 빌었고, 때로는 약을 좀 더 넣어 다시 두둥실 떠갈 수 있게 해달라고 빌었다.

"아저씨가 그 앨 찾아줘야 해요."

소년이 말했다.

닉스는 거울에 비친 소년의 눈을 마주 보았다.

사흘이 넘는 기간 동안 경찰들은 여섯 시간에 걸쳐 소년의 진술을 받았고, 소년과 함께 지하에 있었던 그 소녀가 아마도 죽었으리라 확신하듯 서로 마주 보았다.

"다들 찾고 있어."

닉스가 말했다.

"그리고 나도."

세인트가 소년 옆에 앉아 필요하면 잡으라는 듯 손을 둘 사이에 두고 말했다. 소년은 그 손에 자기 손을 얹어 소녀가 바라던 친구를 되돌려줄 수도 있다는 것을 알았다. 소년은 소녀에게서 고개를 돌리고 아주 깊은 내면으로 들어갔다. 소년의 마음은 나일론 실 가닥들처럼 팽팽하게 당겨졌지만 아직 버티고 있는 상태였다. 기억들을 짜맞추려고 하면 약 때문에 다시 실타래가 풀리고 말았다.

경찰관들은 진술을 받고, 다른 방식으로 같은 질문을 던졌다. 소년은 그레이스에 대해 또 자기가 기억하는 것들에 관해 말했다. 그것들은 너무 많았지만 동시에 충분하지 않았고, 주州 경찰관 두 사람은 소년이 알 수 없는 눈빛을 교환했다.

조사가 끝나면 소년은 말을 하지도, 먹지도, 숨을 쉬지도 못하게 되었다.

간호사들이 소년의 눈에 작은 플래시를 비추고, 작은 은시계로 맥박을 쟀다. 소년은 손에 꽂힌 튜브를 잡아 뽑고 피가 웅덩이처럼 고이며 떨어지는 걸 지켜보았고, 결국 세인트가 알아채고 간호사를 외쳐 부르자 와서 바로잡아주었다.

한 의사가 소년에게 기분이 저조한 게 정상이라고 말했다. 머리에 안개가 낀 것처럼 멍한 상태라고, 스트레스 탓이라고, 잘 잊어버린다고, 면역 체계가 약해진다고.

"사람이 살아남으려면 빛이 필요하지."

의사가 말했다.

"다 그런 건 아니에요."

패치가 말했다.

소년은 파란 하늘 아래에서 마을이 눈앞에 나타났다가 사라지고 다시 돌아오는 걸 바라보았다. 지난 몇 달은 눈 한 번 깜빡이는 것에 불과했을지 몰랐다. 그 애가 아니었더라면.

"그 애한테는 내가 필요해요."

소년이 말할 때 그 숲이 마음속으로 스쳐 지나갔고, 이내 소년이 말을 바로잡았다.

"나한텐 그 애가 필요해요."

소년은 옆에 앉은 세인트를 느꼈다.

"그 애는 날 살렸어요. 날 밖으로 끌어냈어요."

소년은 그 말을 여러 번 했다. 무릎이 덜덜 떨렸고 소년은 그걸 빤히 내려다보면서도 멈출 수가 없었다. 아무것도 제어할 수 없는 것처럼.

"너 저거 기억하냐?"

닉스가 말하며 소년의 뒤쪽을 힐끔 봤다.

하늘은 원초적인 모습이었고, 짙은 회색 나무들의 선이 산의 곡선을 따라갔다. 소년이 빛 때문에 눈이 아프다고 하자 세인트는 소년에게 선글라스를 사주었다. 의사는 시간이 걸릴 거라고 했다. 이번에도 시간이 문제였다.

소년의 손가락마다 딱지가 앉았고, 무릎과 팔꿈치도 마찬가지였다. 병원에서 그를 씻겨주었지만 소년은 여전히 손톱 밑에서 흙의 흔적을 볼 수 있었다.

닉스는 자신의 차가 소년이 살던 거리로 접어들 때 욕을 내뱉었다. 방송사 밴들이 진입로를 막고 서 있었던 것이다. 이웃들은 소년이 퍼레이드의 주인공인 것처럼, 그들 중 누구라도 소년에게 웃음을 지은 적이 있는 것처럼 웃음을 건넸다.

소년은 모자를 뒤집어써서 얼굴을 감췄고, 닉스는 배지를 보여주며 길을 뚫어 집 옆쪽으로 이동한 뒤 뜰로 들어갔다.

패치는 어머니의 얼굴을 보았고, 어머니가 소년을 부둥켜안은 순간, 화장에 많이 감춰지기는 했지만 어머니가 생기를 잃었다는 것을 알았다.

"내 아가."

어머니가 울었다.

소년은 어머니의 팔에 안겨 힘없이 늘어져 있었다.

어머니는 스위트 아니스티 향수와 부패의 냄새가 희미하게 풍겼다.

"풀을 베어놨네."

소년이 말했다.

"이제 로버츠 씨가 와서 해줘."

어머니는 눈과 코를 훔치고 소년이 가장 먼저 알아차린 게 풀이라는 사실에 부드럽게 웃음 지었다.

56

패치의 방은 이제 자기 방이 아니었다.

소년의 옷과 침대 시트와 벽지. 소년의 옷장과 포스터, 소년의 해골과 뼈다귀 십자가. 세인트가 빌렸다가 돌려줬다고 말한 화승총.

소년의 피부도 자기 것이 아니었다. 살갗이 가려웠고, 소년은 흉터가 전혀 남지 않을까 걱정스러워 상처가 낫게 내버려두지 않았다.

그날 오후 소년이 샤워를 하고 나오는데 어머니가 방에 들어왔고, 소년의 몸을 알아보지 못했다. 소년은 어머니에게서 두려움과 슬픔과 약간의 혐오감을 보았다. 어머니는 의아해했다—경찰들과 기자들과 다른 아이들이 그러는 것처럼. 소년은 얼마나 많은 면에서 그들과 같지 않은 것일까?

어머니가 잘 때 소년은 다락에서 발견해둔 지도를 펼쳤다. 거기에는 미국 전역이 상세하게 나와 있었고, 각 주가 아칸소에서 루이지애나를 관통하는 지역은 분홍, 미시간은 강철, 몬태나와 그 너머는 대담한 초록으로 칠해져 있었다.

"넌 어디든 있을 수 있겠지."

소년이 말했다.

소년은 밖으로 나가 한 대뿐인 방송사 밴을 몰래 지나간 다음 거리를 따라 걸으며 밤이 어떻게 그렇게 밝을 수 있는지 의아해 했다.

중심가의 펠리스7에서 소년은 줄을 서 있는 학교 아이들을 보았다.

소년은 젊은 연인들과 가족들이 레이시스 다이너의 창가를 장식하고 있는 걸 보았다. 소년은 그걸 긴 초점 렌즈로 보았고, 누구에게서든 멀찍이 떨어져 있는 사람 같은 그 시선은 소년과 계속 함께할 터였다.

그러다가 소년은 그 애를 보았다.

자기 무리와 함께 서 있는 모습.

소년이 떠나려는 순간, 범죄와 같은 그 장면에서 달아나려는 순간, 미스티 마이어가 고개를 들었다.

소년은 본능적으로 소녀 쪽으로 이동했고, 다리가 제멋대로 움직였다.

소녀는 척의 손에서 자기 손을 빼내더니 이윽고 뛰기 시작했다.

미스티는 도로 한가운데서 소년에게 온 힘을 다해 달려들어 소년을 감싸안고 소년의 어깨에 얼굴을 묻고 울었다.

소년은 갈비뼈에 통증을 느끼는 대신 소녀의 무게만 느꼈다. 소년의 팔에 안겨 떨고 있는 가녀린 몸을.

차들이 질주해 지나가며 경적을 마구 눌러댔지만 둘은 의식하지 못했다.

소녀는 소년의 얼굴을 꼭 붙들고 마치 둘이 낯선 사이가 아닌 것처럼, 서로 말이라도 섞은 사이인 것처럼 빤히 들여다보았다.

소녀는 흰색 드레스를 입고 샌들을 신었고 너무 달콤한 냄새가 나서 소년의 숨이 멎을 지경이었다.

다른 차 한 대가 맹렬하게 달려갔다.

그때 척이 소녀의 손을 꽉 잡고 도로에서 끌어당겼다. 소녀는 돌아보며 패치가 자신만 알아볼 수 있는 유령이라도 된 것처럼 시선을 떼지 못했다.

소년은 소녀가 흐느끼는 모습을, 척이 소녀를 극장으로 데리고 가는 것을 지켜보다가 돌아섰다.

소년은 천천히 마을의 그림자 속을 거닐며 예상했던 대로 세상이 앞으로 나아가는 것을, 세상이 이미 앞으로 나아간 것을 보았다.

소년은 세인트가 그린스 편의점 앞에 서 있는 것을 알아차리지 못했다. 소년은 소녀가 자기를 부르는 걸 듣지 못했다. 속삭임이었기에. 소년은 자신이 집에 안전하게 돌아갈 때까지 소녀가 멀찌감치, 새총이 든 가방을 어깨에 메고 자기를 따라오는 걸 알아차리지 못했다.

소년은 집 층계참에 높이 쌓인 신문을 집어 들었다.

표제를 알아차리지 못한 채 움직였다.

지역 소년 실종

소년은 신문지를 유리창에 하나하나 붙여 몬타 클레어가 조금이라도 방에 스며들지 못하게 막았다. 그런 다음 방문을 닫고 침구로 빈틈을 차단하고, 매트리스를 낡은 침대 프레임에서 끌어내려 바닥에 놓았다.

소년은 거기로 돌아가고 싶다는 말을 하지 않을 터였다.

사람들은 이해하지 못하리라.

어둠이 충분히 짙어졌을 때에야 소년은 누웠다.

그리고 그 애가 잡을 수 있도록 손을 뻗었다.

57

세인트는 첫 주에 소년을 보지 못했다.

아침마다 로즈우드로에 있는 오래된 집 앞에 서서 기다리며, 가려놓은 창문을 바라보다가 이따금 뜰로 들어가서 녹슬어가는 잔디 의자에 앉아 있기도 했다. 아이비가 나와서 소녀의 머리카락을 쓰다듬으며 소년이 자고 있다고, 피곤해한다고 말했다. 세인트는 몇 시간씩 해적 카드를 만들며, 돛대와 선체를 스케치하고, 삭구를 세세하게 표현하고, 소년의 모습으로 뱃머리 장식을 그리다가 유치하다고 생각해 쓰레기통에 던졌다.

소녀는 학교 수업에 시달리고, 패치가 기형이 되어 돌아왔다는 쑥덕거림을 견뎠다. 숲에서 온 악당이 소년의 남은 눈을 뽑아버려 이제 맹인이 되어 떠돈다는 소문을.

미스티가 홈룸 시간에 다가왔다.

"걔는 어때?"

미스티가 물었다.

세인트는 대답하지 않았으나 한편으로는 거짓말하고 싶었다—소년이 자기 외에 누구도 만날 준비가 되어 있지 않다고, 소년이 거기 없었을 때 어떻게 지냈는지는 알지만 그걸 말하는 건 자기 몫이 아니라고 얘기하고 싶었다.

215

"슈트루델˙이라도 구워줘야 할까?"

미스티가 말했다.

세인트는 슈트루델이 뭔지 몰랐다.

지미 월터스는 학교가 파하면 매일 소녀와 나란히 걸었고, 종종 야생화를 꺾어다가 주었다. 소녀는 어설프게 꽃을 들고 있다가 소년이 가면 백스터네 집 뜰에 던져버렸다.

"같이 걸어가게 해줘서 고마워."

지미가 말했다.

소녀가 어깨를 으쓱했다.

"언제 또 같이 걷자."

지미가 말했다.

소녀가 인상을 썼다.

"네 비버 보러 갈 수도 있고."

"너 무슨 변태야˙˙?"

세인트가 말했다.

지미는 얼굴이 새빨개져서는 하려던 말을 관뒀다.

"그런 게 아니라…… 난 습지에 있는 비버 말한 거야."

"내가 어디서 너한테 비버를 보여줬으면 하는 거야?"

지미는 땀을 흘리기 시작했고 깃을 느슨하게 풀었다.

"난 그냥…… 네가 사진 찍는 거 도와줄 수도 있다고."

세인트가 뺨을 부풀렸다.

지미는 하늘을 올려다보더니 신발을 내려다보았다.

<hr>

˙ 오스트리아에서 유래한 페이스트리의 일종으로, 사과나 건포도, 살구 등을 넣어 만든다.

˙˙ 영어에서 비버는 속어로 여성의 생식기를 뜻하기도 한다.

그때 세인트가 웃기 시작했다. 속이 훤히 들여다보이는 정직하고 겁먹은 소년의 얼굴을 보고 배를 움켜쥐고 마구 웃는 바람에 지미는 이마에서 땀을 닦아내고 같이 웃을 수밖에 없었다.

웃음이 가라앉자 소녀는 오후 해에 눈을 감았다. 마지막으로 소리 내 웃은 게 언제였는지 기억해낼 수 없었다. 혹은 마지막으로 미소 지은 게 언제였는지. 혹은 지난해에 닥친 고통 외에 별달리 뭔가를 느낀 게 언제였는지도.

58

세인트는 경찰서로 불려가서 닉스 옆에 섰다. 서장이 소녀의 작은 손을 잡고 굳게 흔들면서 증서와 2000달러 수표를 건넸다. 데이지 크리슨이 소녀의 사진을 찍었다. 드러내지 않는 자부심으로 충만하던 할머니는 손녀의 사진이 담긴 잡지 10여 부를 사서 어딘가에 철해놓을 터였다.

세인트는 할머니에게 수표를 현금으로 바꿔달라고 했다.

둘째 주 월요일에 소녀는 조금 일찍 도착해서 봉투에 마지막 한 푼까지 긁어 담아 머콜리네 집 우편함에 넣어두었다.

소녀는 쓰레기들 옆에서 상자를 하나 발견했는데, 안에는 깔끔하게 접힌 소년의 깃발이 보였다. 소녀는 그걸 꺼냈고 그 아래에서 소년의 골동품 보물함과 노랗게 빛나는 금화를 보았다.

그리고 현관이 열리는 소리에 소녀는 돌아서서 친구를 보았다.

소녀는 웃음 지었다.

소년은 청바지와 단순한 네이비색 티셔츠를 입었다. 소년은 비쩍 말랐다.

"이게 다 뭐야?"

소녀가 말했다.

"난 해적이 아니야."

소녀가 쓰레기를 조심스레 살펴보았다.

"화승총은 없는데."

"그건 선물이었으니까."

소녀는 살짝 고양되었다.

둘은 대체로 침묵 속에서 학교로 걸어갔고, 소녀는 침묵을 깨려고 기를 쓰며 꿀벌의 신비에 관한 이야기며 어떤 올즈모빌이 쉐보레 뒤를 들이받았는데 두 남자가 차에서 내려 서로 소리를 지르던 이야기를 읊었다. 소녀는 할머니가 말보로를 끊고 버지니아 슬림으로 바꿨다고 했고, 술꾼 새미가 열쇠를 잊고 나왔는데 미술관 문이 잠기는 바람에 주먹으로 창문을 깨고 들어갔다가 깨어났을 때 자기가 한 일을 싹 잊고 닉스 서장에게 무단 침입 건을 신고했다고 말해주었다.

소녀는 거의 숨도 쉬지 않고 말했다. 잠시 한숨을 돌렸을 때 소녀는 소년이 턱을 살짝 내린 채 조용히 걸으며, 소녀와 소녀의 허튼소리에서 멀리 떨어져 있다는 걸 알아차렸다.

소년은 이제 웃지 않았다.

소년이 집에 온 다음 날, 소녀는 스파이더 자전거를 몰고 도서관에 가서 트라우마와 심리적 장애에 관한 책을 빌렸다. 소녀는 캐물으면 안 된다는 것을, 소년이 아마 악몽에 시달리고, 지난 일들이 불시에 떠오르고, 어쩌면 몸에서 느껴지는 감각들 때문에 괴로워하리라는 것을 알았다. 분노, 수치. 소녀는 그날 밤새 읽었다. 소년에게 필요한 것이 무엇이든 준비가 되어 있었다.

"나 차를 좀 훔쳐야겠어."

소년이 말했다.

소녀도 그것에는 준비가 되어 있지 않았다.

59

소년은 고개를 숙인 채 반질반질 윤이 나는 바닥에서 눈을 떼지 않고 학교 복도를 걸어갔다. 교실 뒤쪽에 있는 자기 자리에 앉아 숙덕거림에 귀를 닫았다. 교사들은 소년에게 뭘 시키지 않고 소년이 펜도 안 들고 50분 동안 앉아 있는 이유도 묻지 않았다.

교장이 소년을 불러들이더니 어떻게 지내냐고 물은 뒤, 전쟁에 대해 말하며 두려움과 용기로 훌륭한 남자가 만들어진다는 이야기를 했다. 이것이 소년의 기회라고.

소년은 교장실에서 나와 학교를 벗어난 뒤 중심가에서 로버츠 부부가 레이시스 다이너에 점심을 먹으러 가는 걸 보았다. 부부의 집에 간 소년은 문 앞 매트 밑에서 여벌 열쇠를 꺼내, 순진한 집으로 몰래 들어간 다음 겨자색 닷지 아스펜 차키를 채갔다. 소년은 크림색 가죽 시트에 앉아 차창으로 자기 집을 물끄러미 보았다.

소년은 어머니의 페어레인을 셀 수도 없을 만큼 여러 번 진입로로 몰고 들어가보았고, 지금은 로버츠 부부의 차를 1단 기어에 놓고 거리를 따라 천천히 달렸다.

소년은 패노라에 있는 공공도서관으로 차를 몰았다.

한 노부인이 안경 너머로 소년을 보고, 다행히도 웃음을 건네며 마이크로피시 사용법을 간단히 알려주었다. 화면은 커다랗고 기기는 묵직했으며 초점이 조금 어긋나 있었다. 소년은 두 시간 동안 반경 1600킬로미터 내에서 발행되는 모든 신문을 훑어 실종 기사를 날짜순으로 톺아보았다.

수많은 사람이 사라지고 다시 돌아오지 않았으나 아무도 기소되지 않았다. 때로는 언론에서 추적 기사를 쓰기도 했는데, 패치는 그런 사건들의 여파에 주목했다. 실종자들의 부모들은 함께 겪은 극심한 아픔을 견디다 못해 결국 갈라섰고, 자신의 병을 새로운 파트너에게 옮겨 독을 퍼뜨리는 동시에, 그들에게서 위로를 얻으면서도 그들이 겪은 고통이라고 해봐야 자신의 고통에 비하면 너무 흐릿해서 고통이라고 부를 수도 없다고 여겼다.

소녀들 수가 소년들 수를 50대 1로 압도했다. 외모는 서로 달랐으나 한 가지는 똑같았다. 어렸다. 대부분 너무 어려서, 타깃이 될 반점을 타고났다는 것을 깨닫지 못했다―처음에는 안 보이지만 유년기를 거치며 형태가 나타나기 시작해 사춘기와 10대로 접어들며 시뻘겋게 도드라지는 반점.

세인트가 소년 옆자리에 슬며시 가서 앉았다.

소년은 이제 냄새를 전보다 더 잘 맡았다.

꽃과 진흙과 드러그 스토어 비누 냄새.

"할머니 버스 노선이 여기로 지나가."

소녀가 말했다.

소년은 〈더 모닝 스타〉를 응시했다. 그 소녀는 캘리 몬트로즈였다. 거친 흑백사진에서 소녀는 웃음 지으며 짝다리를 짚고 엉덩이를 내밀고 있었다. 모든 게 드러나 있었지만 소년이 알아볼 수 있는 것은 아무것도 없었다.

"이 애가 나 다음에 납치됐나?"

패치가 말했다.

"그 애…… 그레이스 말이야, 그 애는 언제 왔어?"

소년은 알 수 없었다.

"캘리 몬트로즈. 그 애가 그레이스일지 몰라."

세인트가 말했다.

소년은 잊어버릴 수도 있다는 듯 그 이름을 적었다.

패치는 다음 사진으로 넘어갔고, 둘은 열세 살 먹은 아시아계 소녀를 보았다. 한두 쪽 넘기자 소녀의 장례식에서 찍은 사진들이 나왔다.

"너 그날 그 숲으로 왔지."

소년이 말했다.

소녀가 끄덕였다.

"할아버지의 콜트 권총을 훔쳐서?"

다시 끄덕임.

"내가 사라지고 나서 넌 용감해졌어."

소년이 마침내 소녀를 바라보았다.

"난…… 난 무서웠어. 다른 건 생각할 겨를이 없었어."

"일라이 애런에 관해 말해봐."

소년이 말했다.

소녀는 소년이 이미 아는 사실을, 소년이 주 경찰들한테 사정해서 들은 것들을 말했다. 그 남자가 소녀들의 사진을 찍었고 아마도 제일 마음에 드는 소녀들을 납치했을 거라는 이야기. 경찰들이 아직 그의 땅을 수색하고 있지만 너무 광활해서 결코 끝나지 않을지도 모른다는 이야기. 10여 대의 자동차에서 지문이 발견되었다는 이야기. 그 남자가 혼자 범행을 저지르지 않았을 수도 있다는 이야기. 세 구의 시신에서 목에 감긴 묵주 구슬이 나왔다는 이야기.

"저 앞에 있는 거 로버츠 부부네 새 차지. 내가 닉스 서장님한테 차키를 주면서 길에서 열쇠를 발견했다고 하면, 큰 문제없을 거야. 어쩌면 누군가 차를 버리고 갔다고 생각하고 누가 가져갔는지 그다지 열심히 찾지 않을 수도 있어."

소년이 주머니에 손을 넣어 열쇠를 책상에 올려놓았다.

소녀가 숨을 내쉬었다.

"나 이제 카메라 있어."

소녀는 말하면서도 가당찮은 구실이라고 여겼다.

"줄무늬 올빼미 사진 찍었는데. 보러 오지 않을래?"

소년은 대답하지 않았다.

"뭐, 죽은 거기는 한데, 그래도……."

소녀가 사태를 악화시켰다.

소년이 마침내 고개를 들어 소녀를 보았다.

"너, 닉스 서장 만나면, 서장이 그 애 찾지 않으면 내가 찾을 거라고 전해줘야겠다."

그러자 세인트가 소년을 보았다.

소년이 일어섰다.

"그리고 난 그 애를 찾을 때까지 내 앞길에 있는 것을 모조리 불살라버릴 거야. 주저하지 않고. 재를 뒤돌아보지도 않을 거야."

60

소년은 냉동고의 얼음 칸에서 봉투들을 발견했다.

최후통첩

채권 추심이니 법적 대응이니 퇴거 등의 위협 문구가 쓰여 있었다.

그날 오후 소년은 청소 대행업체에 전화해 어머니가 다시 일할 거라고 말했다.

그날 밤 어머니가 까무러쳐 있을 때 소년은 운동복 바지에 낡은 티셔츠를 입고 야구 모자를 쓴 뒤, 집 옆에 있는 작은 차고에서 어머니의 청소 도구와 열쇠를 들고 중심가로 출발했다.

소년은 전에도 한두 번 어머니를 따라간 적이 있었다. 어떤 날에는 어머니가 일하러 가기 전에 잠에 들지 않았는데 그렇다고 혼자 앉아서 귀뚜라미 우는 소리를 듣고 싶지도 않고 능소화가 창문을 두드릴 때마다 펄쩍 뛰고 싶지도 않아서였다.

소년은 재스퍼와 코츠의 법률 사무소에서 먼저 일을 시작했고, 에즈라 코츠가 지폐를 셀 때 책상에 반사된 지폐를 하나하나 보고 싶어 한다고 어머니가 구시렁댔기 때문에 마호가니 책상을 특별히 잘 닦아야 한다는 걸 알고 있었다. 서류철이 사방에 흩어져 소리 없는 비밀들을 발설하고 있었다. 패치는 미치 에번스가 미주리 사다리사社에 소송을 걸었다는 걸 알게 되었는데, 소년이 보기에는 그가 전적인 본인 과실로 사다리에서 떨어진 것 같았다. 또 프랭클린 마이어가 패치로서는 도무지 이해할 수 없는 항소 사건에 연관되어 있다는 것도 알게 되었다.

"우리는 좆같이 사소한 문제들밖에 없는 다른 애들을 보고, 그 애들이 우리 같은 어린 시절을 맛보면 얼마나 오래 버틸지 생각하지."

소년은 카펫을 진공청소기로 빨아들이고 창문과 명판과 스위치의 놋쇠를 광내고, 쓰레기통을 비우고, 화장실에서 오줌을 닦아냈다.

자정이 되자 소년은 J. 애셔 회계사 사무실로 가서 각종 회사명이 찍힌 바인더가 높이 쌓인 걸 보았다. 소년은 세면대가 막혔다는 메모를 보고 표백제 원액을 부어 씻어내렸다. 간이 부엌에 가서는 열린 깡통에 남아 있던 하나뿐인 비스킷을 먹었다.

천장 몰딩에서 먼지를 긁어내고, 자기 집 아래층보다 넓은 사무실 벽난로를 청소했다. 책상에서 액자를 집어 들고, 파란 눈동자의 소년과 소녀를 들여다보았다. 애들 아버지의 시가 꽁초가 담긴 재떨이를 비우면서 공정함에 대해 곱씹지 않았다. 재떨이를 비울 때 먼저 분무기로 물을 뿌려야 하는 걸 몰라서 재가 날아올랐다.

사무실 네 군데, 공예품점 한 곳, 타자기 상점 한 곳. 소년이 마침내 마지막 장소에 갔을 때는 새벽 4시였고 소년의 팔은 격하게 타올랐다.

몬타 클레어 미술관은 좌우 대칭인 전면이 스투코로 마감된 건물로, 중심가의 시작점에 있었다.

소년은 커다란 유리창 너머로 게티즈버그 전장이 담긴 그림을 응시했고, 얼굴을 너무 가까이 들이댄 탓에 입김으로 창이 뿌예졌다—죽은 병사들, 연기 나는 총들과 해어진 깃발들, 컬프스 힐에 도미노처럼 넘어져 있는 그림자 100여 구.

패치는 숨을 깊이 들이쉬고 묵직한 문을 열어 다른 세상으로 들어섰다. 높이 솟은 흰 벽들에 늘어선 전등들이 눈부시게 밝은 빛을 뿌리며, 그림자조차 드리우지 않고 묵직한 금박 액자들을 비추었다. 소년은 발소리가 울리지 않게 조심스레 발을 디디다 연작 그림 앞에 멈췄다.

바닥은 짙은 색 목재로 은은하게 광이 났고 공간은 흠 하나 없이 깔끔해서, 100년 동안은 청소할 필요가 없을 것 같았다.

"마이어네 딸을 구해준 녀석이구나."

새미가 말했다.

패치가 돌아섰다.

새미는 지팡이에 기대고 있었지만 그게 필요할 나이는 아직 멀었다. 셔츠는 단추가 여러 개 풀려 있었고 재킷은 트위드였으며, 맨발에 머리카락은 엉망으로 말려 있었다. 잘생겼으나 몰락한 분위기를 풍겼다.

소맷동이 뒤집어져서 굵은 금시계가 보였다. 그가 들고 있는 유리잔의 크리스털 면에 빛이 반짝였고, 그는 브랜디를 빙글빙글 돌리며 재미있다는 듯한 눈길로 패치를 빤히 보았다.

패치는 새미의 뒤쪽에 있는 잊기 어려운 그림을 바라보았는데, 어찌나 큰지 뒤쪽 벽 절반을 차지했다. 패치는 화가가 그걸 그리기 위해 사다리를 탔을 거라고 상상했다. 가까이에서는 자기가 만드는 걸 볼 수 없었으리라.

"제가 유일하게 잘한 일이죠."

패치가 말했다.

"아직 시간은 있어."

"저한테는 아니지만요."

"사람들은 누가 좋은 일을 하면 금방 잊고, 좆같은 일을 하면 잘 잊지 않지."

새미가 말했다.

"그러니까……."

"그러니까 계속 잘하든지……."

"아니면 사람들이 어떻게 생각하든 쌩까든지."

새미가 웃었다.

"여기서는 청소할 때 화학물질을 쓰면 안 돼."

새미가 말했다.

"작품들을 하나라도 건드리면 안 돼. 액자에서 먼지를 털어서도 안 돼. 작품 1미터 내에서는 숨도 쉬면 안 돼."

패치는 왼쪽을 슬쩍 봤다. 기껏해야 열 살 정도의 소녀가 그려진 작은 초상화였는데, 얼굴에 놀람 혹은 두려움이 새겨져 있었다. 둘 사이에 무슨 차이가 있다는 듯.

"〈멤피스의 소녀〉다."

새미는 소녀에게서 눈을 떼지 않았다.

"애디슨 러파지가 거의 200년 전에 그린 아이야. 그 애는 자신이 한 상인에게 팔려 갈 처지라는 걸 알았고, 그래서 저 눈에는 어린 시절을 곧 빼앗겨버릴 거라는 게 보이지."

"정말……."

"이 세상에서 희생보다 더 아름다운 건 없다, 꼬맹아. 그걸 몸소 배우는 일이 없도록 조심하는 게 좋아."

패치는 그 눈을 알았고, 자기도 그런 눈이면 어쩌나 때때로 걱정했다.

소년은 더 조심히 일하면서 굽도리널을 천으로 훔치고, 상상의 먼지를 쓸고, 자신의 움직임을 하나하나 주시하는 작은 소녀를 지나갈 때는 숨을 죽였다. 청소를 마치고 소년은 책상다리로 앉았다. 목재 바닥이 숨소리를 내자, 소년은 바닥에 난 틈을 손가락으로 덮어 소리를 막았다. 소년의 뒤쪽에는 고인 물에 붙잡힌 낡은 배 한 척을 그린 그림이 있었다.

기억이 떠올라 소년을 깜짝 놀라게 했다.

"해적들 얘기해줘."

그레이스가 말했다.

"1701년에 샘 톰슨이 '저주받은 별'을 나포했어. 그리고는 거기에 대포 28문을 설치했지. 한두 달 뒤에 케이프 코드 인근에서 폭풍이 불어 배가 침몰했어. 200년도 더 지나서야 사람들이 그 잔해를 발견했어. 프로빈스타운에 가면 유물을 볼 수 있어. 언젠가 우리도 가서 봐야지."

"내가 그때까지 살아 있으면."

소년은 조용히 다가갔고 소녀의 눈물이 소년의 맨 어깨에 뜨겁게 떨어지는 걸 느꼈다.

패치는 손을 들었고 이번에는 어둠 속에서 천천히 더듬으며 소녀의 뺨과 눈물을 발견했다.

"네가 우는 거 싫어."

소년이 말했다.

"그럼 손을 떼고 내가 웃는 모습을 그려. 어둠 속에서 우리는 항상 웃고 있어. 우린 항상 똑같아. 우리는 다 잘 지내고 행복하고 환히 빛나고 있어."

"난 그림 그릴 줄 몰라."

"예술은 느낌이고, 그게 전부야. 너도 느끼는 방법은 알잖아, 패치."

안쪽 방에서 소년은 연필 세트와 빈 패드를 발견하고 그것들을 훔쳤다.

드디어 자기 집 열쇠를 돌렸을 때 소년은 너무 피곤해서 잠이 오지 않자 스케치를 시작했다.

소녀는 부드러우면서 단단했고 손끝으로 겨우 닿을 수 있었다―손가락이 소녀의 가장자리를 따라 오르내렸다.

소녀는 소년이 연결할 수 없는 별자리였다.

소녀는 아름다우면서 혐오스러웠고, 뇌운이며 여름 소나기였다.

소년은 그리고 다시 그리고 버리고 보탰고, 음영을 넣었다가 뺐다. 이것들은 소년의 첫 스케치가 될 터였다. 소년은 그걸 주먹이 아플 만큼 세게 구기고는 쓰레기통에 던졌다.

별들이 사라질 무렵 소년은 지쳐서 매트리스에 올라갔다.

한 시간 뒤면 학교에 가라고 알람이 울릴 터였다. 소년은 그걸 끄고 학교를 빼먹을 터였다. 우선순위가 매일 바뀌었다.

소년은 무릎을 가슴까지 끌어당겼다.

소녀가 그리웠다.

61

소년이 학교도 빼먹고 버스를 타고 다니며 멀리 떨어진 마을 게시판에 전단을 붙이고 미주리주의 병원마다 전화를 건 지 한 달이 지나자 닉스 서장이 소년의 집에 찾아왔다. 오후 8시에 가까운 시각, 패치가 문을 열자 커다란 닉스가 소년을 지나치더니 부엌으로 들어가 레이시스 다이너에서 가져온 봉투를 열고 식탁에 시나몬 머핀 두 개를 얹어놓았다. 또 다른 봉투를 내려놓더니 그쪽으로 고개를 까딱해 보였다.

패치가 그것들을 들여다보다 예전에 가지고 있던 〈플레이보이〉를 발견하고 눈썹을 치켜세웠다.

닉스도 대답으로 눈썹을 치켜올렸다.

닉스가 자리에 앉았다.

패치도 앉았다.

"먹어라."

패치가 먹었다.

"하크니스가 늦은 시간에 호출 건을 처리하느라 경찰서 문이 닫히고 한참 뒤에 서로 돌아갔어. 그랬다가 네가 서에서 청소하는 걸 봤다더라."

닉스가 크게 한 입 베어 물었다.

"뺑이에요. 전 일할 수 있는 나이가 안 됐다고요."

리놀륨이 부엌 모퉁이마다 갈라져 있었고, 스토브 주변은 울퉁불퉁하고 버터처럼 말려 있었다. 지난해 달력 옆에 걸린 멈춰버린 시계의 모습이 마치 소년의 어머니가 그냥 일시 정지 버튼을 눌러버린 듯했다.

"너 피곤해 보여."

닉스가 말했다.

"아저씬 그 애를 못 찾네요."

"난 사회복지과에서 하는 일도 못 막아. 내가 좀 지켜봐달라고 했더니 학교에서 나한테 전화했더라."

"학교엔 갈 거예요."

닉스는 머핀을 한 입 먹고 삼킬 때까지 아무 말이 없었다.

"네 친구는 어떠냐?"

패치는 온몸으로 피로를 드러냈다.

"걘 잘 지내요, 다들 잘 지내는 것처럼."

"그런 친구는 많지 않아. 널 위해서라면 거의 무슨 일이든 할 그런 친구는."

"난 친구 필요 없어요. 자기 할 일을 해줄 경찰이 필요하지."

닉스는 소년을 빤히 보았다. 돌아온 소년을 알아보지 못하기라도 하는 것처럼.

"너란 녀석은 정말. 내가 다른 사건을 안 맡아도 너 하나로 충분히 바쁠 거다."

"그레이스를 찾으세요."

"주 경찰들이랑 다시 얘기해봤다. 넌 오랫동안 완벽한 어둠 속에 있었어. 그게 네 정신에 얼마나 큰 부담이 되겠냐. 네 몸에도. 너 신기루가 뭔지 알아?"

"좆 까요, 닉스 서장님."

"네가 앞으로 나아가게 해줄 뭔가를 네 마음이 만들어내는 거야. 구원이 없는 곳에 구원을 만들어내는 거라고. 너 툼스 선생이랑 상담해야 돼."

"그분은 날 도울 수 없어요."

"그 남자는 내가 아는 한 가장 좋은 사람이야. 그 친구는……."

패치가 말을 끊었다.

"그 애는 실제예요. 실종된 애라고요. 그 애를 안전하게 해주는 게 서장님 일이잖아요. 그 애가 다치지 않게 해주는 게요. 그 애가 삶을 살 수 있게 해주는 게요."

"네가 문제의 구렁텅이에 빠지기 전에 이 일은 여기서 끝내야 해."

"그 애가 잘 지낸다고 말해주세요."

"그럴 순 없다."

패치가 서장의 눈을 마주 보았다.

"그 애가 잘 지내지 못하면, 끝난 게 아니에요."

62

점심시간에 패치가 쓰러진 참나무에 홀로 앉아 자기가 만든 지도를 들여다보는데, 미스티 마이어가 네이비색 스웨터를 흰색 터틀넥에 받쳐 입고 금발을 뒤로 바짝 묶은 모습으로 걸어왔다. 소녀는 가방에서 커다란 상자를 꺼내 소년 옆에 놓았다.

"너 생일 놓쳤잖아. 그때 여기 없어서."

소녀가 상자를 열자 아이싱을 입힌 어마어마한 흉물 덩어리가 모습을 드러냈고, 울퉁불퉁 튀어나온 부분이 보였다.

"요즘 어머니가 매주 날 요리 수업에 보내셔."

소년은 케이크의 윗면이 비스듬하게 기울었고 옆면에 갈라진 틈들이 깊이 나 있는 걸 보았다.

"아."

"해골이랑 뼈다귀 십자가도 있어."

소녀가 말하며 활짝 웃었다.

소년은 검은색 구체를 빤히 보았다. 식용색소가 한쪽으로 흘러내렸다.

"피에르 셰프가 나더러 케이크 볼 만드는 기술이 점점 좋아지고 있대."

그 말에 소년이 인상을 찡그리자 소녀가 가방에서 은제 케이크 칼을 꺼내더니, 두 손으로 건네줘야 할 만큼 커다란 조각을 잘라 소년에게 주었다.

패치는 소녀가 뚫어져라 지켜보는 가운데 뻑뻑하고 찐득한 선들을 주시했다. 소년은 한 입을 물더니 겨우겨우 삼켰다.

"소금이야."

소녀가 말했다.

"그래."

"오늘 네 안대 맘에 든다."

소녀가 말했다.

"새틴이야."

소년은 말하자마자 후회가 몰려왔다.

"내 삼촌이 해적들이랑 일하시는데."

소년은 저도 모르게 흥미가 일었다.

"저작권 해적질을 방지하는 일을 하시거든."

소년은 흥미가 식어버렸다.

소녀는 소년의 도시락을 훑어보았다. 버터 바른 빵과, 소년이 등굣길에 백스터스네 뜰에서 집어 온 사과 하나였다.

"너 다이어트하니? 그런 거라면 크리스티 댈턴에서 나온 약 줄 수 있는데. 뭐, 그거 먹으면 물똥을 좀 싸긴 하겠지만……."

소년은 뼈밖에 안 남은 자기 팔을 흘깃 보았다.

소녀는 재빨리 물러났다.

그날 오후 소년은 학교 비품 보관함에서 종이를 훔쳐, 자세한 내용이라고는 아무것도 넣지 않은 포스터를 스무 장 만들었다. 모호한 나이, 키, 체격과 이름뿐이었다.

세인트가 학교 정문에서 소년을 따라잡아 둘은 말없이 걸어갔다.

소녀는 소년 옆에서 걷다가 할머니의 버스에 같이 올라타 소년 옆자리에 앉았다.

소년은 뜨거운 가죽 시트에서 잠들며, 버스가 달려가는 동안 머리에 난 땀으로 차창에 칠을 해놓았고 노마는 소년이 한 마리 남은 멸종 위기 생물인 듯 주의를 기울였다. 소년이 자는 동안 세인트는 그 애의 손을 잡으려고 했으나, 거울에 비친 할머니의 눈과 어렴풋한 도리질을 보고 그만두었다.

두 아이는 주변 마을들을 돌았다. 팰로 록에서 앨리스 스프링스, 에지우드 캐니언을 지나 콜드워터 댐까지. 소년은 그레이스의 나이를 열셋에서 열일곱 사이로 좁혔는데, 그 애의 조각난 이야기들을 취합해서 자기 말고는 누구에게도 말이 안 되는 연대표를 만들었다는 이유 외에 다른 근거는 없었다. 소년은 둘이 서 있었을 때 소녀의 정수리가 자기 턱 바로 아래 왔다는 것을 알았다. 소녀의 머리카락이 이따금 어깨에 닿았고, 가슴에 닿기도 했다는 것을 알았다. 소녀가 상당히 가냘파서, 척추의 울퉁불퉁한 부분이 만져졌다는 것과 소년의 엄지와 검지로 소녀의 손목을 쥘 수 있었다는 것을 알았다.

어떤 버스 정류장에서 둘은 캘리 몬트로즈 사진 한 장이 남아 있는 게시판을 들여다보았다.

"그 애 아버지가 경찰인데도 아직 그 애를 못 찾고 있어."

세인트가 말했다.

"나를 못 찾은 것처럼 말이지."

세인트가 소년의 손을 살며시 잡았다.

그리고 소년이 흠칫하는 걸 느끼지 않으려 했다.

63

다음 날 미스티는 르크루제 접시를 내려놓고, 가방에서 꺼낸 은제 식사 도구를 소년에게 건네고 에나멜 재질의 뚜껑을 열었다.

"아호스 드 파투*야."

소녀가 말했다.

소년은 그 덩어리를 매우 두려워하며 응시하다 머리를 긁적이고 안대를 만지작거렸다. 소녀는 소년이 먹는 걸 지켜보았다.

"물라** 맛이 나니?"

소년은 끄덕이고서 물라가 뭔지 찾아보고 녀석을 벌해야겠다고 다짐했다. 그리고 소녀가 친구들을 알아보고 고개를 돌릴 때까지 기다렸다가 산사나무 잎에 혀를 닦았다.

저 멀리 아이들 두 명이 미식축구 공을 던지면서, 미스티가 봐주지는 않나 시시때때로 흘깃거렸다. 미스티는 보지 않았다. 패치는 응용수학 수업을 듣고 있는 세인트를 알아보았다. 세인트는 소년을 보고 왼손 엄지와 검지로 O모양을 만들더니, 오른손 검지를 그 안에 넣었다.

---

*   Arroz de pato, 포르투갈의 요리로 구운 오리에 밥을 곁들인 것이다.

**   Moulard, 교배종의 오리로 주로 고급 요리에 쓰인다.

패치는 재빨리 딴 데를 보았고, 마음은 지하실로 되돌아갔다.

"있지, 그건 누구랑 박고 싶다는 뜻이야."

그레이스가 말했다.

"그렇지 않아."

"생각해봐."

소년은 생각해봤다. 아주 아주 오래.

"맙소사."

소년이 말했다.

"너 신문에 많이 실렸어. 나 스크랩북도 만들었다."

미스티가 말하며 소년을 회상에서 끌어냈다.

소년은 미스티의 취미들이 의아했다.

"어쩌면 넌 그 망할 일들을 다 잊어버리고 싶은데 내가 날마다 여기 와서 너랑 같이 있는 건지도 모르겠다."

또 그 웃음.

그래도 웃음은 웃음이었다.

"너 이러지 않아도 돼."

소년이 말했다.

"그게, 요리건 뭐건 다 재미있거든."

"넌 나한테 빚진 거 없어, 미스티."

소녀는 하늘을 올려다보았고 눈동자는 하늘만큼이나 파랬다.

"나 잠을 별로 못 잤어. 얼마 안 가서 주름이 잔뜩 생길 거야. 아마 와플처럼 보이겠지. 구멍이 뻥뻥 나서."

소녀가 헛기침을 하더니 소년을 보았다.

"가족들이랑 성당에 가면 널 위해 기도했어."

소년은 일어나서 소녀에게서, 너무 많은 걸 갖춘 그 소녀에게

서 멀어지고 싶었다. 소년은 학교 정문을 걸어 나가 경찰서로 향한 다음 좆같은 경찰서를 불살라버리고 싶었다.

"이거 진짜 은이야?"

소년이 말했다.

"응."

소년은 목이 메는 시늉을 한 다음 그걸 주머니에 몰래 넣어야겠다고 생각했다.

학교 종이 울리자 소년은 생물 수업을 빼먹고 포스터를 챙긴 뒤 학교에서 멀어졌다.

미스티는 잠시 기다렸다가 따라갔다.

64

그날 오후에 미스티 마이어는 소년과 함께 버스에 올라탔다. 노마는 웃지도 고개를 끄덕이지도 않고 그저 두 아이가 자리에 앉게 해줄 뿐 요금도 내라고 하지 않았다.

두 아이는 덜컹거리며 나아갔고, 서로 다리가 맞닿은 채 넓은 차창으로 녹지를 내다보았다. 도로는 메마르고 그을린 왕포아풀을 따라 굽이치다, 언덕 면의 부슬부슬한 흙에 올라앉은 목조 주택들로 이어졌다.

"나 버스 타보는 거 처음이야. 그냥 긴 자동차네 뭐."

노마가 얼굴을 찡그렸다.

둘은 브랜턴에서 내렸고, 패치는 가방에서 포스터를 여러 장 꺼내 대왕소나무 전신주에 첫 번째로 붙였다.

둘이 포스터를 붙이는 동안 날이 뜨거워졌다. 포스터 붙이기를 마치고 둘은 버스 정류장의 세로로 홈이 난 삼나무 벤치에 앉아 스니커즈를 자갈밭에 벗어놓았다. 소년은 민들레를 한 송이 뽑아 솜털을 손가락으로 만지작거렸고 소녀는 가방에서 음료수를 꺼내 마시더니 소년에게 건넸다. 소녀는 이야기했다. 소년은 소녀가 스노 글로브를 모은다는 걸 알게 되었다. 소녀는 형제가 없었지만 지혜를 전해줄 누군가가 있는 건 좋은 일이라고 생각했다. 소녀는 개가 두 마리 있었는데 형제라고 생각했지만 나중에 둘이 짝짓기 하는 걸 발견했다.

"그래도 형제일지 몰라."

패치가 말했다.

"새끼들이 태어나면 알겠지. 꼬리가 둘이고 눈이 없다거나 뭐 그런 거."

소년이 자기 안대를 만졌다.

소녀가 그걸 보았다.

"그렇다고 네가 그런 일 때문에……."

소년이 머리를 긁적였다.

소녀가 아랫입술을 깨물었다.

둘은 말없이 버스를 타고 돌아오며 이따금 노마의 눈길을 받았고, 몬타 클레어에 도착해서는 호수 가장자리로 갔다. 둘은 어둠이 깔릴 때까지 누워 있었고, 패치는 별들이 수면으로 사라지는 걸 바라보았다.

"아버지는 그 얘기를 못 하셔. 그리고 심지어 아무 일도 일어나지 않은 거라고, 정말로 그런 거라고 여겨. 네가 영웅이면서 동시에 암 덩어리인 것처럼 말하셔. 넌 키가 커져서 돌아왔는데 사람들은 햇빛이 있어야만 자랄 수 있다고 해."

소녀가 담담하게 말했다.

"그건 식물이지."

"너 좀 예뻐, 조셉 패치 머콜리. 내 말은 네 속눈썹이 너무 길다는 거야. 어쩜 한쪽 눈에 다 몰아줘서 그런 건지도."

소년이 찡그렸다.

"남자애한테는 심한 낭비라고."

소녀가 매미들의 울음소리에 입을 다물었다.

그러더니 울었다.

소녀의 어깨가 살짝 떨리자 소년은 가까이 가서 소녀의 부드러운 손을 잡았다.

"너랑 나 사이에는 그 일이 있어. 그 남자랑 그 일. 사람들은 계속 내가 어땠는지 알고 싶어 해. 난 그냥 무서웠어. 그리고 널 내버려두고 가버렸고."

소년이 고요함 속에 일어난 잔물결을 바라보았다.

"넌 달아나야 했어. 다른 방법은 없었어."

"척이 나를 영화관에 데려갔을 때. 로리 베스가 미용실에 가자고 했을 때. 난 죽같이 소리를 지르고 싶었어. 네가, 날 그 애들과 함께 있게 해준 그 사람이 저기 어딘가에 있었으니까."

패치는 계속 손을 잡고 있었다.

"사람들이 나더러 만나보라고 한 정신과 의사는 연필을 두드리면서 나한테 인상을 써. 그리고 사람들이 과거의 실수에서 이상을 만들어낸다고 해. 근데 나는 실수가 정확히 뭔가 싶어. 해서는 안 되었던 일, 맞지? 하지만 배움이란 게 시행착오를 토대로 한다면 실수라는 건 있을 수 없어, 더 나은 곳으로 올라갈 사다리만 있을 뿐이지."

소년은 소녀를 마을까지 데려다주었고 둘은 팰리스7 건너편에서 멈췄다. 소녀의 무리가 기다리고 있었다.

"더스틴 호프먼은 매력덩어리야."

소녀가 선언하더니 가방에서 손거울을 꺼내 화장을 고치고, 뺨에서 눈물에 번진 자국을 지웠다.

소년은 척이 둘을 지켜보는 걸 목격하고 둘의 미래를 상상했다. 바로 그 순간 소년은 자신을 온전히 보았다—둘의 역사에 묻은 번진 자국, 미스티가 소년과 함께 보낸 시간은 그저 속죄에 지나지 않는.

"괜찮아?"

소년이 말했다.

소녀는 주름 잡힌 드레스를 매만졌고, 소년은 소녀가 척 옆에 앉아 녀석의 손을 잡은 채 숨넘어가는 웃음소리를 내며 팝콘을 먹고, 두 눈에 불빛이 깜빡거리는 장면을 그려보았다.

소녀는 손목에 향수를 뿌렸다.

"오늘은 나의 금요일 밤이야. 오랫동안 넌 내가 상상도 할 수 없이 안 좋은 곳에서 금요일을 보냈지. 내가 보낸 밤과 낮. 내가 먹은 모든 음식. 내가 본 모든 영화와 내가 읽은 모든 책. 내가 웃을 때마다, 어머니가 날 안아줬을 때마다. 모든 것이, 패치. 그 모든 게 너에게서 훔친 거야."

소년은 그 애가 돌아서서 길을 건너는 걸 지켜보았다.

바로 그때 패치는 소녀에게 시간 낭비하지 말라고 말하고 싶었다. 소녀는 딱히 훔쳐 간 게 없었다. 애초부터 소년에게는 아무것도 없었으므로.

65

"제일 무서운 게 뭐야?"

그레이스가 말했다.

"뭐든 아름다운 걸 다시는 볼 수 없는 거."

"넌 보게 될 거야."

"몬타 클레어를 떠나지 못하는 거. 여기보다 더 어두운 곳에서 일하는 거."

"여기보다 어두운 곳은 없어, 패치."

"너의…… 너조차 없는 곳."

"넌 전부 보게 될 거야. 온갖 아름다운 곳들. 다 보게 될 거야. 내가 그렇게 만들 거야."

패치는 흠뻑 젖어 깨어났고, 이불이 덩어리로 뭉쳐져 있었다. 땀으로 번들번들해진 소년은 화장실에 가서 악몽을 찬물로 정화했다.

그 애의 얼굴이 되살아났다.

소년은 빠르게 계단으로 내려갔고, 쿵쾅거리는 심장으로 거리를 내달려 몬타 클레어 미술관에 들어갔다.

스튜디오에서 종이 한 묶음을 발견하고 색상표를 참고하여 카드뮴 옐로에서 비리디언을 거쳐 카본 블랙에 이르기까지 모

243

든 색을 조합했다. 붓은 두 개뿐으로, 골든에지의 3호 붓과 시먼스의 0호였고 둘 다 끝이 살짝 씹혀 있었다. 펠리컨 수채 물감 한 세트. 모두 소년이 몇 시간 전에 굿윌에서 바닥 청소를 하다 훔친 물건이었다. 소년은 붓을 콕콕 눌러보고 끄트머리를 손가락으로 매만졌다.

소년은 물감에 물을 타야 하는 것을 모르고, 굳은 부분을 스푼으로 문질러줘야 하는 것도 모르고, 수분을 빨아들인 뒤에 더 어두운 색조를 써야 하는 것도 몰랐다. 학교에서 색 혼합에 관한 기본은 배웠다. 소년은 미스 프레이가 거장들에 관해 이야기하면서, 수묵화와 점묘화, 입체주의, 후기 인상주의를 훑고 지나갔던 것을 떠올렸다. 소년은 형태를 살아나게 하는 섬세한 방법을 몰랐고, 빛과 어둠을 구별하여 입체감을 끌어낼 줄 몰랐다.

패치는 느낌은 알았지만 그게 전부였다. 소년은 눈을 감고 자신의 세상이 소녀의 세상이 되게 해야 한다는 걸, 그런 뒤에 너무 어둡게 느껴지는 공간 너머로 손을 뻗어 소녀의 목소리에 담긴 색을 끄집어내야 한다는 걸 알았다. 소녀가 섬세하게 모음을 만들어내던 방식, 소녀가 화를 낼 때 드러나던 열기, 조용할 때의 차분함. 소년은 손을 들어 살결의 부드러운 흔적과 윗입술의 모양과 섬세한 턱뼈를 기억했다. 두 눈 주변을 만져보고, 그 위쪽의 부드러운 눈썹, 믿기 어려울 만큼 가파르게 솟은 광대뼈를 따라 움직였다. 그리고 머리카락, 가르마 부분의 온화한 따스함, 속눈썹의 깊이.

그렇게 소년은 한 장 한 장에 소녀의 외형을 만들어나가기 시작했다. 구성에 관해서는 거의 생각도 상관도 하지 않고, 대신 두 눈에 각각 서른 장을 할애하며, 자신이 결코 본 적 없는 것을 볼 수 있을 때까지 다시 또 다시 그렸다.

소년은 머리카락으로 옮겨갔는데, 어떤 그림에서 소녀는 불타는 듯한 붉은색 머리칼이었고, 어떤 그림에서는 부드러운 적갈색이었다. 흰색과 만난 금발, 소년이 섞은 모든 검정과 배합된 어둠의 색조. 때로는 길게 늘어뜨린 모습이었고, 때로는 아주 짧아서 두개골의 윤곽이 드러날 정도였다.

여명이 밝아오며 열에 들뜬 밤을 밀어내자, 소년은 뒤로 기대고 앉아 자기가 그린 50여 장의 그림을 바라보았다. 처참하고, 추상적이고, 어떤 것은 오직 귀 하나에 그걸 덮은 머리카락이 있을 뿐이었다. 소년은 그것들을 꽉 쥐고 천천히 한데 뭉쳤다. 오래 걸렸다. 완성이란 없는 퍼즐의 조각들. 소년은 창작에 관해 무지했고, 미완성이 그 자체로 완성일 때도 많다는 것을 몰랐다. 소년은 팔을 들어 올리기도 버거웠고, 그저 단단한 바닥에 뒤로 기대 앉아 낯선 사람을 담은 조각들에 둘러싸여 있었다. 이내 소년은 머리카락과 피부를 쥐어뜯으며 욕을 하고, 그림을 한 장 한 장 들어 주먹으로 구겨버렸다.

66

소년은 빵집 앞에서 오델 부인이 양파 호밀빵과 오스트리아식 호밀빵을 창가에 진열하는 걸 보며 달콤한 냄새를 맡았다. 소년은 멍한 정신으로 척의 무리가 중심가를 따라 올라오며 소년이 붙인 포스터를 전부 찢어버리는 것을 보았다.

소년은 이를 갈며 도로 한가운데 섰다. 지프 한 대가 경적을 울리고 브레이크를 밟아도 반응하지 않았고, 척의 무리에게 비겁하다고 외쳤다.

무리는 멈춰서 돌아보았다. 다섯 명이 질서 정연한 군대처럼, 글씨가 새겨진 점퍼를 입고 장군을 따라 패치에게 돌아갔다.

"네 녀석이 우리 마을을 더럽히고 있잖아."

척이 어찌나 자신 없이 말하는지 패치는 거의 웃을 뻔했다. 빤하지만 잘생긴 외모, 밝은 머리카락을 한쪽으로 부드럽게 쓸어 넘긴 모양과 골고루 탄 피부와 고르게 발달한 체격, 소년보다 12센티미터 이상 큰 키. 패치는 척의 친구들을 힐끔 보고 그 애들이 서로를 어떻게 알아봤을지 궁금해했다. 무척 비슷하면서 부족한 아이들. 미식축구장에서 만났거나, 아니면 아버지들이 은행이나 보험사 쪽에서 일하는 부류이거나, 어머니들이 모닝커피 모임을 주최하고 유백색 꽃병에 생화를 꽂아놓는 부류일지 몰랐다.

척이 포스터를 두어 장 들었다.

"이거 네가 만들어낸 여자 친구 맞지?"

소년은 몬타 클레어 미술관 쪽으로 시선을 돌리다가 새미가 문가에 기대 지켜보는 걸 봤는데, 새미 옆의 유리창에는 인쇄물이 붙어 있었다. 목재 바닥, 토슈즈와 색색 리본을 단 화려한 여자애들 한 무리. 소년은 그레이스가 빙글빙글 돌던 것과 그 애가 자신에 대해, 그리고 자신과 패치에 대해 상상했던 것들을 떠올렸다.

"5대 1이다."

척이 말했다.

패치가 그를 빤히 보았다.

"두어 명 더 데려와야 균형이 좀 맞지 않겠어?"

소년은 누가 자기를 밀쳤는지는 몰라도 어찌어찌 쓰러지지 않고 버틸 수 있었고, 어쩌면 그게 잘못된 선택이었는지 그 뒤로 주먹질과 발길질이 날아왔다. 소년은 맞으면서 아무것도 느끼지 않았고, 단단한 보도에 쓰러진 채 몸을 보호하려고도 하지 않았다. 소년은 피 맛을 느꼈고, 포스터들이 자기 옆에 떨어질 때 그 애의 이름을 언뜻 보았다.

소년은 일라이 애런을 떠올리고, 그게 진정한 구타였다고 생각했다. 소년들은 패치가 자기들을 향해 웃고 있는 걸 보고 살짝 물러났다.

패치는 일어났다. 몸을 폈다. 주먹을 들고 씩 웃으며 녀석들에게 더 해보라고 손짓했다.

패치는 소녀가 자기 앞에 끼어드는 걸 보지 못했으나, 소녀가 작은 사워도우 바게트를 가방에서 꺼내 척을 어찌나 세게 후려

쳤는지 깨지는 소리가 메아리칠 지경이었다.

척은 귀를 붙잡았고, 눈이 이글거렸다.

무리는 다시 접근했지만 미스티는 분위기만으로 그 애들의 결의를 꺾어버리고, 다음엔 누구로 할지 정하려는 듯 눈을 가늘게 뜨고 째려보았다.

코카콜라 광고판이 돌아가는 동안 패치는 조심스레 포스터를 주웠다.

미스티는 발목 부분이 평퍼짐하고 엉덩이 부분이 좁은 청바지를 입었다. 금발은 묶어서 호화로운 덮개처럼 한쪽 어깨에 걸쳐놓은 모습이었다.

두어 녀석이 붉은 벽돌로 된 보도에서 지켜보는 동안 척이 사태를 주의 깊게 재보았다.

그들은 그렇게 서 있었다—아름답고 부유한 소녀, 실종된 소년, 몬타 클레어 고등학교의 왕과 그의 추종자들.

그들은 부채꼴로 천천히 멀어졌다.

패치는 책가방에 손을 넣어 테이프를 하나 꺼냈다.

미스티가 포스터를 붙잡고 있는 동안 패치가 조심스레 테이프를 붙였다.

둘은 같이 거리를 따라 올라가며 전신주마다 멈췄다.

"부모님이 네가 저녁 식사에 왔으면 좋겠대."

하던 일에 무척이나 열중하던 미스티가 말했다.

"왜?"

"고마운 마음에. 아니면 죄책감 때문에."

소녀가 소년에게 작은 바게트를 건넸는데, 너무 단단해서 척의 귀를 생각하며 살짝 찡그렸다가 자신의 치아를 생각하며 걱정을 했다.

“네 점심으로 만든 거야.”

“척의 피가 좀 묻었는데.”

“요전에 너 은제품들을 안 돌려줬더라.”

“나도 알아.”

67

세인트는 매주 토요일 아침 일찍 피아노 레슨을 받았는데, 쇼 부인이 쯧쯧거리는 동안 드뷔시의 〈달빛〉을 더듬거렸다―왼손이 그 팔분음표를 조지자 쇼 부인이 됐다고 하더니 밖에 나가 아침 공기를 마시며 마음을 비우라고 했다.

소녀는 닉스 서장이 길 건너편에서 오카메 벚나무 밑에 앉아 커피를 마시는 걸 보았다. 서장이 손을 들더니 어찌나 슬프게 웃던지 소녀는 지난해에 있었던 일을 모두 떠올려보고는 자리로 돌아가 하던 것을 마무리했다.

"서두르지 마. 가끔은 연주하지 않는 음이 더 중요해."

쇼 부인이 말했다.

월요일에 소년이 학교에 안 보이자 세인트는 화장실에 가겠다고 하고서 빛바랜 쪽모이 바닥을 따라 걸어갔다.

다른 학급들을 들여다보다 지미 월터스가 미소 짓는 걸 보고 무시했다.

소녀는 패치가 복도에 혼자 앉아 있는 걸 발견했다. 소년은 가냘파 보였고 자기가 잃어버렸던 친구 같았다. 눈가의 부은 부위가 섬세한 피부에 대비되어 푸르뎅뎅해 보였다.

소녀는 친구 옆의 작은 플라스틱 의자에 앉아, 초침이 자신

250

들 삶의 한 시간을 쉴 새 없이 흘려보내는 걸 흘깃 보았다. 소녀는 자기가 아이와 어른 사이, 그 혼란스러운 자리에서 늘 양쪽 모두에 한 발을 걸치고 있을지, 의지해도 안 되고 욕정을 느껴도 안 될 사람이라는 경고라도 자신의 피부에 새겨져 있는 것은 아닌지 궁금했다.

"오늘 아침 일 때문에 그런 거야? 척 이야기 들었어."

교장실 문이 열리고 교장이 척과 척의 아버지를 데리고 나왔다. 척의 코에 피가 굳어 있었고, 양쪽 눈가가 다 시커멓게 변하고 있었다.

"쟤 뭘 한 거야?"

세인트가 패치에게 말했다.

척의 투실투실한 아버지 루크 브래들리가 노려보았다.

"척이 축구 트로피를 가져왔는데 조섭이 훔쳐갔다."

"쟤 트로피를 뭣 하러 훔쳐?"

세인트가 패치에게 말했다.

"그걸로 저 자식 어머니나 박아주려고 그랬지. 보아하니 루크는 할 일을 제대로 못하는 거 같은데."

패치가 말했다.

"맙소사."

세인트가 속삭이듯 말하는 순간 척과 그의 아버지가 곧장 반응했다. 로드리게스 교장이 둘을 막아서지 않았더라면 소년에게 달려들었을지 몰랐다.

패치는 그들이 멀어지는 걸 빤히 쳐다봤다.

"안대 멋지네."

소녀가 말했다.

패치는 파란 별을 멍하게 만졌다.

세인트가 말했다.

"갈고리손 피트는 목숨을 하나 빼앗을 때마다 별의 색깔을 바꿨어. 악당이었기 때문에 모든 색을 거의 한 바퀴 돌았지. 그러던 어느 날 총을 뽑아 어떤 남자한테 겨눴는데 너무 취해서 총알이 그 남자를 지나쳐서 낸시 블루라는 여자의 심장에 박혔어. 갈고리손 피트는 그 후로 다시는 목숨을 빼앗지 않았고, 살아 있는 내 내 애도하는 마음으로 파란색 옷을 입었지."

"난 해적이 아냐."

소년이 말했고 교장이 소년을 교장실로 데리고 들어가며 세인트에게 교실로 돌아가라고 했다.

소녀는 혼자 30분을 더 기다린 뒤 다시금 문이 열리자 구석에 몸을 숨겼다. 가벼운 발걸음 소리를 듣고 나서야 소년과 함께 걸었다.

"정학이야."

소년이 말했다.

소녀는 친구를 따라 학교 밖으로 나갔고, 둘은 말없이 소년의 집으로 돌아갔다. 소년은 들어오라고 하지 않았지만 소녀는 같이 들어가 아이비가 소파에서 자는 모습을, 담요를 턱 밑까지 당겼으나 다리는 다 드러나 있는 걸 보았다.

소녀는 패치를 따라 다시 밖에 나가, 친구가 페어레인의 문을 열고 운전석에 앉아 시동을 걸어도 아무 말도 하지 않았다.

세인트는 조수석 문을 열고 자리에 앉았다.

"너 똥물에 빠질 텐데."

소년이 말했다.

“같이 빠지는 거지.”

소녀가 말했고 소년은 집을 천천히 빠져나갔다.

68

둘은 차를 몰아 몬타 클레어를 지나갔고, 소녀는 어디로 가는지 묻지 않았다. 세인트가 차창을 내리자 빗방울이 고요한 나무들 사이로 물결치듯 내려 거리를 거울로 만들었다. 소년은 운전을 꽤 잘했고, 소녀는 친구가 한밤중에 그 오래된 차를 훔쳐 탄 게 몇 번이나 될지 궁금했다.

소녀는 오랫동안 친구를 흘끔거리며 전과 달라진 점을 찾으려 했지만 찾지 못했다. 겉보기에는.

일레븐 밸리가街에서 소년이 표지판도 없는 흙길로 차를 돌려 시든 솔잎들 위에 세웠을 때에서야 소녀는 거기가 어디인지, 자기들 앞에 무엇이 있는지 깨닫고 얕은 숨을 쉬었다.

"우리……."

"넌 차에서 기다려도 돼."

소년이 말했다.

둘은 같이 차에서 내렸고 소녀는 말없이 친구를 따라 흔들리는 옻나무와 빽빽한 노간주나무를 지났다. 소년은 짙푸른 두송실들을 따다가, 화이트 록 호수가 내려다보이는 곳에서 소녀 옆에 우뚝 멈췄다.

"몬타 클레어는 우리한테 세상이나 마찬가지야, 그렇지?"

소녀가 말했다.

산을 흐르는 불어 오른 강들이 어둡고 탁한 물결을 일으키며 호수를 먹여 살렸다.

둘은 일라이 애런이 머무르던 타버린 집까지 말없이 걸어갔다. 차단 테이프가 여전히 걸려 있었으나 경찰이 떠난 지는 오래였다. 경찰견들이 전문팀과 함께 10만 평에 달하는 면적을 수색했고, 편안히 쉬지 못하던 시신 세 구를 끌어냈다.

숯이 된 땅 위에서, 골조가 무너져 내려 더 거칠고 침식되기 쉬울 뿐만 아니라 회복에 필요한 물조차 거부하는 땅이 된 그곳에서, 소년은 작아 보였다. 세인트는 그곳에 다시는 생명이 존재하지 않으리라는 것이 달가웠다.

"그레이스를 찾으려면 그놈이 그 애를 어떻게 골랐는지 알아내야 해. 그리고 어떻게 미스티를 골랐는지. 다른 애들도."

패치가 말했다.

소년이 가방에서 종이를 꺼내 펼쳤다.

세인트는 그걸 응시했다.

"이건 묵주 구슬들 사진이야."

소년이 말했다. 소년은 경찰서를 청소하다가 그걸 훔쳤다.

소녀는 세세한 부분을 들여다보았다. 금속성의 파란색, 용서 십자가. 중간중간 큰 구슬이 걸려 있었고, 대리석 같은 꽃장식은 너무 아름다워 손으로 그린 게 틀림없었다. 소녀는 눈을 가늘게 뜨고 봤지만 십자가의 성인이 누군지 혹은 새겨진 글자가 무엇인지 정확히 알 수 없었다.

"나 가져도 돼?"

소녀가 말했다.

소녀는 나중에 그걸 가지고 도서관으로 가 샅샅이 훑어보지만 아무것도 찾지 못할 것이었다.

집은 사라지고 없었다. 헛간들은 초승달 모양의 땅에서, 훼손되지 않은 식물들에 감싸여 여전히 서 있었고, 세인트는 친구를 따라가고 싶지 않았으나 그 애를 혼자 두고 싶지도 않았다.

"내가 고맙다는 말 안 했지."

소년이 말했다.

"할 필요도 없었어."

소년은 다락의 바닥 널들 틈으로 고개를 들이밀었으나 경찰들이 거의 모든 걸 없애버려서 아무것도 보이지 않았다.

소년이 위로 올라가자 소녀도 따라갔고 소녀의 바지에 검댕이 묻었다.

둘은 잔해를 헤치고 다녔다.

세인트는 기어다니며 썩어가는 신문들을, 잉크가 빗물과 소방호스의 물에 흘러내린 모습을 보았다. 아직 책등이 멀쩡한 책들의 페이지도. 기이한 단어들이 눈에 들어왔다. *역사. 미술. 안내서.*

"넌 일라이 애런이 살아 있다고 생각해?"

세인트가 말했다.

"그래. 안 그러면 지금쯤 그레이스가 날 찾았을 테니까."

69

둘은 집에서 약 500미터 떨어진 첫 번째 무덤으로 갔다. 땅은 파헤쳐진 뒤 다시 복구되지 않았다.

패치가 그 옆에 무릎을 꿇었다.

세인트는 뒷면이 은색인 나뭇잎들 위에 책상다리로 앉았다.

"엘크 록, 로버츠 크리크, 코도바 파크. 지도를 만들 수조차 없는 땅이 수백만 평이야."

소녀가 말했다.

"여기 묻혔던 죽은 여자애가 궁금해."

"그리고 그 주변으로 100만 평은 더 있고 도로도 두어 개 있어. 숨을 곳도 100만 군데는 되고."

"그 애도 친구가 있고 좋아하는 게 있었을 거야. 어쩌면 벌을 쳤을지도 몰라."

소년의 말에 세인트는 웃었으나 자기 이야기가 아니라는 걸 알았다.

소년이 티셔츠의 목 부분을 잡아당겼다.

"그리고 난 우리 주의 공원들만 이야기하는 게 아니야…… 이 나라 전체야."

소녀가 말했다.

소년은 무덤을 보았다―넓고 깊게 파헤친 땅, 양옆의 돌, 원래 있어야 할 것이 없어진 매장소를.

"닉스 서장은 나더러 그만두래. 그냥 내 인생을 살라고……."

패치가 말을 꺼냈다.

"난 그런 뜻이……."

"일라이 애런은 알았어, 그치? 그놈은 그 애가 어디서 오고 어디로 가는지 알았어. 난 이제 여기에 속해 있지 않아. 난……."

소년의 말이 황금방울새 울음소리에 묻혔다.

"사람들이 그러잖아…… 세상이…… 우리한테 활짝 열려 있다고. 하지만 어쩜 네가 그걸 닫고 있는 건지도 몰라, 패치. 길이 하나만 남을 때까지 다 닫아버리고 있는 건지도 몰라. 그 어떤 좋은 곳으로도 이어지지 않는 길만 남기고."

"이것저것 기억이 나. 가끔 한밤중에 그 애가 말한 게 생각나면 잠을 잘 수가 없어. 그게 날 그 애한테 데려다줄지도 몰라."

"나한테 말해주면 내가 적어놓을게. 네가 아는 거 내가 다 짜맞춰볼게. 나 그런 거…… 체계화하는 거 잘해."

소녀가 말하고는 혼자 한숨 쉬었다.

"그 애가 진짜라는 거 믿는다고 말해줘."

소녀는 친구가 그 애를 묘사한 방식을 생각했다. 긴 머리카락, 짧은 머리카락. 여러 목소리. 흔적이라고는 전무했다는 것.

"그 애가 진짜라는 거 믿어."

소년은 양손에 머리를 대고 자신을 철저하게 묻어버렸고, 소녀는 손을 뻗었으나 차마 친구에게 손을 댈 수가 없어서 머리 위에 얹혀둔 채, 친구의 절망에서 나오는 열기를 느꼈다. 소녀는 친구가 자기를 향해 다시 웃는 걸 보고 싶었다. 그게 필요했다.

세인트는 그때 자신이 문제에 빠졌다는 걸 알았다.

소년과 같은 종류의 문제에. 아마도 절대 벗어날 수 없는 종류의 문제에.

"너가 미스티랑 같이 있는 거 봤어."

소녀는, 한쪽 운동화를 벗어 돌을 털어내면서 아무렇지 않은 목소리로 말하려고 죽어라 애를 썼다.

"그 앤 나한테 케이크며 밥이며 무슨 스튜를 먹여. 송아지 뼈니 두부니 들어본 적도 없는 온갖 잡것들에 대해 애기하고."

"그 앤 널 좋아해."

"넌 안 먹어봤잖아."

세인트는 암석 수집을 하러 가고 싶었고, 소년이 방연석을 뒤지는 동안 정동석으로 소년을 눈부시게 만들고 싶었다. 소년이 언젠가, 그게 딱 맞는 빛을 받으면 해적의 보물처럼 반짝거린다고 했기 때문이었다. 소녀는 친구 옆에 앉아 미스터 로저스와 레이디 애벌린, 조 네그리*가 아코디언을 보여주는 걸 보고 싶었다. 소년이 자기를 건드렸을 때 꼼짝도 안 하고 얼어붙었다가, 얼마 후 소년이 쿡쿡 찌르면 참지 못하고 웃어버리고 싶었다. 소년이 다시 해적이 되었으면 싶었다.

"그런데 이젠 나더러 그 망할 저택에 와서 저녁을 먹으라는 거야."

"할머니가 너더러 와서 같이 먹어도 된다고 하셨어…… 할머니가 양고기 요리하는 일요일에도."

둘이 있는 장소가 그런 곳인데도, 주변에 그런 것들이 있었는

<hr>

* 〈로저스 아저씨네 동네Mr. Rogers' Neighbourhood〉라는 어린이 교육 TV 프로그램에 나오는 인물들이다.

데도, 세인트는 얼굴이 달아오르는 걸 느꼈다.

"어떻게 해야 할지 모르겠다니까…… 걔네 부모님 말이야. 나더러 고맙다고 할 텐데, 난 그게 뭘 뜻하는지 잘 모르겠어."

"그건 네가 좋은 일을 했다는 거고, 사람은 살다 보면 자기가 잘한 일들을 떠올릴 필요가 있어. 왜냐하면 그걸 잊어버리면……."

"닉스 말로는 너 경찰들이 잊어버리지 않도록 날마다 경찰서에 가 있었다던데."

소녀는 땋은 머리를 만지작거리고, 친구를 쳐다보지 않은 채 덧니를 혀로 핥았다.

소년이 손을 뻗어 소녀의 손을 잡았고, 소녀는 1년 동안 숨을 참고 있었던 것처럼 숨을 내쉬었다.

"정확히 그날처럼 일이 벌어지지 않았더라면 사람들은 그레이스에 관해 몰랐을지 모르고, 그 애가 전적으로 총명하다는 것도, 관심을 받고 발견되어야 마땅한 애라는 것도 몰랐을지 몰라."

"너 그 애 사랑해?"

세인트가 물었고, 작은 몸이 긴장했다.

질문이 허공에 떠 있었다.

공기가 불에 지져지는 듯했다.

소년은 대답하지 않았다.

소년은 피코에 있는 작은 도서관에서 책을 대출했다.

《근대 미술》,《도시 경관》,《인물화 표현하기》.

소년은 버스들에서 그것들을 살펴보았다.

74번 버스를 타고 루이스빌로 간 소년은 중심가로 걸어가 가로등마다 포스터를 붙였다. 한번은 한 오래된 이발소의 하얗게 칠한 창문에 포스터를 붙이려다가 그 지역 경찰에게서 성난 말을 듣기도 했다. 경찰은 포스터의 그림을 보더니 누그러졌다. 이 포스터에서 패치는 머리카락을 전보다 밝게 하고 턱도 더 부드럽게 그렸다. 포스터에는 몬타 클레어 경찰서의 전화번호가 쓰여 있었다. 닉스 서장은 시간 낭비하게 만드는 전화가 얼마나 많이 걸려오는지에 대해 투덜거렸다. 패치는 자기네 집 번호를 남기고 싶었지만, 체납이 너무 심해져서 사우스웨스턴 벨에서 패치네 집 전화를 결국 끊어버렸다.

소년은 50번 버스를 타고 러 매스코로 갔고 세인트는 소년과 함께 마을을 포스터로 도배했다.

버스를 세 번 타고 간 애프턴은 가구가 2백여 채에 불과했고 그중 일부는 트레일러하우스인 마을이었다. 녹슬어가는 가스통들이 쓰러질 듯했고 둘은 종잇장처럼 얄팍한 문들을 두드린 뒤

멍한 시선을 받아냈다.

소년은 혼자서 새들러스 클레이와 레너드 크리크, 뉴턴 베일, 그 외에도 10여 군데의 동네에 찾아갔다. 너무 커서 다 펼칠 수도 없는 지도를 부분 부분 지워나갔다.

"내 손녀가 너 없는 동안 잠도 안 잔 거 알지."

노마가 노면이 푹 팬 부분을 피하며 말했다.

"알아요."

"걔가 요전 날 오후에 학교에 빠진 것도 알겠지. 그 앤 너무 착해. 그래서 마음이 무너져버리기도 쉽고."

노마가 말했다.

"그것도 알아요."

"정말 아는지 모르겠구나."

노마가 말했으나 모질지는 않았다.

작은 라디오에서 시나트라의 노래가 흘러나왔다. 노마가 버스에서 틀어놓는 유일한 음악이었다.

노마는 러스 힐스의 모퉁이에서 소년을 내려주었다.

"4시에 여기 들르마."

"돌아가는 노선이랑 다른데요."

뒤쪽에 앉은 노인이 말했다.

노마가 노려보았다.

"이건 내 버스고 내가 내키는 대로 갈 겁니다. 그게 마음에 안 드시면 걸어가시는 게 나을지도 모르겠네요."

다비 폴스라는 마을에서 소년은 몬트로즈의 집 문 앞에 섰다. 리치 몬트로즈가 소년을 안으로 들였고, 패치는 그를 따라 거실로 들어갔다. 텔레비전에서 야구가 흘러나오고 그 옆에는 빈 맥주 캔 여남은 개가 탑처럼 쌓여 있었다.

리치는 자리에 앉아 뻘건 눈으로 약간 혼란스럽고 무관심하게 패치를 올려다보았다. 패치는 그의 제복이 의자에 걸쳐져 있고, 바닥에 벨트와 배지와 모자가 놓여 있는 걸 보았다.

"네가 나한테 계속 전화하던 녀석이냐?"

패치가 끄덕였다.

"캘리랑 같이 잡혀 있었다고 생각하는 거야?"

"가능성이 있어요."

"네가 틀렸기를 바라야겠는데. 그 애가…… 그놈이 그 앨 데려가지 않았기를 말이다."

리치는 야구 경기에서 눈을 떼지 않았다.

"그 애 방을 좀 봐도 될까요?"

패치가 말했다.

"위층으로 가서 왼쪽 첫 방이다. 아무것도 건드리지 말고."

분홍색 커튼과 침대 커버, 번트 오렌지색 카펫. 패치는 낮게 매달린 등불 아래, 방의 한가운데 서서 정돈된 방과 서랍장과 벽에 붙은 포스터 두 장을 둘러보았다. 데이비드 보위와 지미 헨드릭스. 그레이스가 언급한 사람은 없었다. 책장에는 액자에 담긴 사진이 한 장 있었는데, 소년은 그 얼굴을 들여다보며 그 애의 형태를, 편편한 이마와 눈썹의 곡선을 알아보려 했다.

네가 그 애야?

소년은 심호흡을 하고, 자기가 그 애를 떠올릴 수 있을지 생각했다. 그 애의 피부와 머리칼과 이따금 땀 냄새도.

그때 소리가 들렸다.

패치는 계단을 천천히 내려갔다.

리치 몬트로즈가 의자에 늘어져 있고, 구석에서 낡은 레코드 플레이어가 돌아갔다.

패치는 문가에 가서 섰다.

그리고 조니 캐시의 베이스 바리톤 목소리에 귀를 기울였다.

71

학교에서 미스티는 너무 질긴 스테이크가 든 굴라시를 전해 주었고 소년은 고기 조각 하나를 오후 내내 씹어야 했다. 소년은 턱이 아픈데 미스티는 자기 기술에 대해 읊어대며 아마 도시에 자신의 레스토랑을 낼 것 같다고 떠들었다.

"캐러웨이 씨야."

미스티는 소년이 묻지도 않은 질문에 대답하듯 말했다.

"난 손으로 으스러뜨려, 도구도 필요 없다니까."

소년은 치아 사이에서 커다란 씨앗을 빼냈다.

미스티의 부모와 함께할 저녁 시간이, 그 어디보다 좁은 고속도로에 나타난 트레일러 트럭처럼 다가왔다.

미스티는 점점 그 수가 늘어나며 세부 묘사와 기술도 더해지는 그레이스의 그림들을 응시했다. 사로잡힌 소년, 패치는 비를 피할 수 있는 통나무에 앉아 연필로 그레이스의 피부를 부드럽게 만들고 있었다.

소년이 스튜에서 뭔가 허연 걸 끄집어내더니 입을 쩝쩝거리는 시늉을 했다.

"이건 무슨 치즈이려나?"

"칠면조야."

소년이 고개를 숙였다.

"보답이야."

소녀가 말하며 풍성한 금발을 빗으로 쓸었다.

"내 목숨을 구해준 거에 대한."

"이젠 다 갚은 거 같은데. 그러니까…… 굴라시가 정말 맛있었다고. 케이크도. 그리고 물고기 대가리가 있었던 그것도……."

"그럼 엄밀히 말해서 이제 네가 나한테 빚진 거네."

소년은 집에 돌아갔다가 툼스 선생이 부엌에 앉아 있는 걸 발견했다.

"어머니는 어디……."

"주무셔."

툼스 선생이 말했다.

패치는 맞은편에 앉아 의사에게 자신이 괜찮다고 말했다. 툼스가 예의 그 슬픈 웃음을 지어 보이자 패치는 자기가 없는 동안 그에게 무슨 일이 일어난 건지 궁금해졌다. 초롱초롱하던 눈은 멍해졌고 눈가에는 다크서클이 생겼다. 셔츠가 뼈만 남은 몸에 걸려 있었고, 손가락은 가만히 있지 못하겠다는 듯 탁자를 두드렸다.

"네가 걱정이다."

"난 괜찮아요."

패치가 말했다.

"난 그냥…… 혹시 지금쯤이면 기억이 돌아오고 있는지 궁금해서."

툼스는 주의 깊게 소년을 바라보며, 짙은 색 눈동자를 패치에게 고정하고 뭔가 단서가 없나, 소년에게 물에 빠져 있다는 신호

같은 것은 없나 찾는 듯했다.

"기억이요?"

"그 남자에 대해 더 기억나는 게 있냐고."

패치가 어깨를 으쓱했다.

"음, 범인은 일라이 애런이잖아요? 하지만 직접 본 적은 없어요. 목소리도 못 들었는데요."

툼스는 한숨 쉬고서 치료에 대해, 잘 먹고 가볍게 운동하는 것에 대해 말했다.

"마을에서 네가 붙인 포스터를 봤어. 내 진료실에도 붙여놓을게."

툼스가 말했다.

키가 큰 툼스가 일어나 떠나려고 하다가 소년 가까이에서 멈췄다.

"넌 빠져나왔어, 조셉. 네가 아직도 그걸 모르고 있는 게 아닌지 걱정된다."

패치가 돌아보자 어머니가 문가에서 혼란스러운 얼굴로 서 있다가 이윽고 선생을 알아봤다. 어머니는 담뱃갑에서 한 개비를 꺼내 선생에게 내밀었다. 툼스는 고개를 저으며 한 번도 담배를 태운 적이 없다고 했으나 그 말을 경고처럼 하지는 않았다.

"그 여자애 말이야, 넌 그 애가 누군지 전혀 모르는 거지."

툼스가 말했다.

"그땐 몰랐죠. 하지만 이제는 알지도요."

패치가 말했다.

"그 여자애……"

아이비가 말하더니 머리칼을 헝클어뜨렸다.

“말해봐.”

툼스가 패치에게 더 다가오며 말했다.

“캘리 몬트로즈일 수도 있어요. 내가 만약…… 오랫동안 의식이 없었을 수도 있다면요.”

툼스가 웃었고, 얼굴에는 고통이 뚜렷했다. 눈에는 패치가 이해할 수 없는 감정이 가득 차 있었다.

“처방전이 필요해요. 퀘일루드 다 떨어져가요.”

아이비가 패치의 얼굴을 부드럽게 감쌌다.

패치가 툼스를 돌아보았으나 툼스는 이미 문을 나섰다.

그는 돌아보지 않았다.

72

그날 밤 소년은 청소 일을 했는데, 극심한 피로가 몸 동작 하나하나에 온 힘을 다해 저항하며 근육을 뻣뻣해지게 만들어 통증이 느껴질 정도였다. 소년은 오후 3시에 미술관으로 갔다. 무릎을 꿇고 나무 바닥을 문지르는데 등이 아팠다. 그러다가 방 가운데 있는 유리 탁자에 책이 하나 놓여 있는 걸 알아차렸다. 묵직하고 큰 책을 넘겨보다, 물 위에 누워 야생화를 한 손에 쥐고 있는 여자를 보고 멈췄다. 패치는 넋을 놓고 응시했다. 버드나무와 쐐기풀, 다양한 색조의 초록, 두개골의 형태.

"오필리아야. 학교에서《햄릿》은 읽었냐?"

새미가 말했다.

새미는 브로그 구두를 신었으나 양말은 안 신었고 발목은 그을었다. 바지는 조끼와 마찬가지로 딱 붙었다. 그리고 안에는 패치가 책에서만 본 넥타이를 했다. 딱 맞는 빛, 그러니까 아주 흐릿한 빛으로 보면 그를 해적이라고 해도 될 것 같았다. 어쩌면 생말로 항에서 출항한 사략선에 탄 해적.

"아뇨."

패치가 말했다.

"학교에 가긴 가?"

패치는 대답하지 않았다.

한 여자가 살짝 빨개진 얼굴로 계단을 내려오자 둘은 그쪽을 돌아보았다. 여자는 핸드백을 몸에 찰싹 붙이고 있었다.

"그럼 가볼게요."

여자가 말하더니 새미에게 웃음 지었다.

"마차가 대기 중이야."

새미가 말했고, 밖에 택시 한 대가 서 있었다.

패치는 여자가 뭔가를 더 기다리는 듯 천천히 떠나는 걸 지켜보았다.

"여기서 다시는 청소하지 마라."

문이 닫히자 새미가 말했다.

"난 그냥 그림을 보고……."

새미는 술잔을 들여다보며 내쉬는 숨에 말했고, 마치 놀랍지 않은 만큼이나 실망스럽다는 듯한 얼굴이었다.

"나한테서는 훔치면 안 되지, 꼬마야. 도둑들한테도 명예가 있다는 말 못 들어봤냐?"

패치는 대걸레 앞에, 나란히 놓인 양동이와 운동화 앞에 서 있었다. 검은 안대를 차고 구멍이 숭숭 뚫린 티셔츠를 입었다.

"내가 유일하게…… 유일하게 아무것도 훔치지 않은 사람이 아저씬데요."

"동네 사람들은 나더러 몬타 클레어의 소상인을 보호해야 할 의무가 있다고 말할 거다. 난 다른 사람들한테 좆도 신경 안 써. 나 자신과 내 이익을 챙길 뿐이고, 너랑 별로 다르지 않은 나이일 때부터 그렇게 했어. 난 힘들게 배웠지만, 넌 그보다는 쉬울 거다."

"내가 뭘 가져갔는데요?"

"종이 묶음. 넌 그걸 조사하고, 종이의 질과 가격도 알아냈어. 내가 알아채지 못할 거라고 생각한 걸 가져간 거야. 그 빼빼 마른 계집애, 레즈비언의 손녀 말이다. 그 애가 너더러 해적이라던데."

"나 해적 아닌데요."

새미는 다소 누그러져 술잔을 비우며 어깨를 늘어뜨렸다.

"네가 뭐든 이제 내가 상관할 바 아니야."

"청소 업체에 얘기하실 건가요?"

"해야 돼."

패치는 양동이를 들어 변기 옆에 있는 작은 싱크대에 비웠다. 마음이 청구서에, 아쉬워질 돈에 가 있었다. 어머니가 전화를 받을 테고, 건강이 좋지 않아 하지 못한 일자리에서 해고되었다는 걸 알게 될 터였다. 어쩌면 마지막 다리가 불타버린 건지도 몰랐다. 위장이 조여왔다.

"사람들은 대부분 살면서 한 번은 갈림길에 서게 되지."

"좆 까는 소리."

패치가 말했다. 소년은 문가에 멈춰서 가방을 열고 자기가 가져갔던 묵직한 종이를 꺼냈다. 한 장 한 장 그레이스가 그려진.

소년은 그걸 새미에게 던지고, 기억의 파편들이 둥실둥실 떨어지는 걸 지켜보지도 않고 가버렸다.

73

어쩌다 보니 소년은 성 라파엘 성당에 가서 나르텍스* 앞에 걸음을 멈췄다. 일몰에서도 일출에서도 몇 시간은 동떨어져 마을이 잠들었을 때, 소년은 그 어느 때보다 그 애가 가깝게 느껴졌다. 그 순간 소년은 회개하는 이들의 발자국 가운데 서서, 탈진과 철저한 실패에 몸을 맡기고 한 번도 문을 잠근 적 없는 건물로 들어섰다. 패치는 그런 부주의한 신뢰를 이해할 수 없었다.

양초들이 타올랐고, 너무 익숙한 고요함의 무게에 제일 앞줄 좌석으로 부유하듯 다가갔다. 소년은 자리에 앉은 뒤 도와달라고 기도할까 고민하다 건너편에 나란히 앉은 남자를 알아보았다.

"툼스 선생님."

패치가 말했다.

의사는 잠시 무릎을 꿇었다가 신에게 볼일을 다 마치고 나서야 일어나더니, 다가와 패치 옆에 가까이 앉았다.

의사는 근대와 금속 냄새가 났고, 남자아이 같은 얼굴은 파리했다.

"기도하시던데요."

---

* 성당 입구에 해당하는 부분으로 보통 본당에 들어가기 전에 있는 공간이다.

패치가 말했다.

"그래."

"여기 신부님이 있나요?"

툼스가 고개를 저었다.

패치가 말했다.

"내가 하느님께 잘못한 걸 모조리 고백하면……."

"그래도 여전히 잘못은 저지른 거고, 그건 여전히 나쁜 일일 거야."

"난 용서를 바라는 게 아니에요."

패치가 제단 뒤쪽을, 금과 크림색으로 돋을새김된 장식과 스테인드글라스를 바라보았다.

"그럼 뭘 바라는데?"

"도움이요."

툼스는 그게 어떤 기도인지 아는 듯, 그리고 아마도 어떤 답을 받게 될지 아는 듯 웃었다.

"내가 거기 지하에 있을 때 우리는 살아남으려고 성서를 암송했어요. 요즘 혼자서 그걸 다시 외워보는데, 너무 막연하게 느껴져요."

패치가 말했다.

"어떤 사람들은 번역이 문자 그대로를 옮긴 게 아니라고 해. 그건 대략적인 지침이고 늘 들어맞지는 않아."

"나 조져버렸어요, 티 선생님."

패치가 절망적으로 말했다.

"교회에 오는 사람들은 대부분 그래."

"어떻게 바로잡아야 할지 모르겠어요."

“바로잡는 건 네 일이 아니야, 조셉.”

소년은 제종을 떠올리고, 전례 때 종을 울리면 사람들이 다른 걸 모두 마음에서 차단하고 거기에 집중해야 한다는 사실을 생각했다.

“여긴 왜 오신 거예요?”

패치가 말했다.

“마음속으로 다시 저지를 거라는 걸 아는 행동에 대해 용서를 구하려고.”

패치는 그를 잠시 지켜봤지만 그는 평온해 보였다. 단정한 구두에는 진흙이 묻어 있었다. 셔츠는 솔기 부분이 살짝 찢어져 있었다.

“그래도 기도하시잖아요.”

패치가 말했다.

툼스가 십자가를 응시했다.

“그리고 그분께선 아직도 무시하시지.”

74

세인트는 패치가 아버지의 물건이 담긴 상자에서 옷을 고르는 걸 도왔다.

세인트가 고개를 돌리고 있는 동안 소년은 티셔츠를 벗고 양팔을 교차해 앞을 대충 가려 보이지 않게 막았다. 소녀는 창문에 비친 친구의 모습을, 아직도 도드라져 있는 상처를, 너무 깊이 새겨진 역사를 보고, 이제 서서히 친구를 오롯이 집에 돌아오게 하려고 했다. 소녀는 네브라스카에 있는 연방 실종사건 전담팀에 편지를 썼다. 텍사스에 있는 전국 실종자 센터에도 보냈다. 소녀는 할머니가 버스를 모는 동안 집의 층계참에 앉아 아칸소의 아일린 플래터스 재단에 전화를 걸어 자기가 아는 걸 전부 털어놓았으나, 그래봐야 사실 아는 게 거의 없는 것이나 다름없었다. 소녀는 도서관에서 거창한 이름이 붙은 단체들을 더 발견했고, 곧 그들 중 어느 곳도 인가를 받았거나 공인된 단체가 아니라 그저 잊힌 사람들의 소모임들로서, 정보를 수집해 맞춰보고 전국 경찰서들과 공유하면서 기억과 희망을 잃지 않으려고 하고 있을 뿐이라는 걸 알게 되었다.

"넌 여기 있을 필요 없어."

소년이 말했다.

소년은 소녀가 새 튜닉을 입었다는 것을, 소녀의 눈과 똑같은 갈색 갈매기 무늬가 있다는 것을 알아채지 못했다.

"너 긴장했어."

세인트가 정확히 꼬집으며 화제를 바꿨다.

"나 타이를 안 맸어."

소년이 말했다.

소녀가 친구에게 밝은 빨간색 나비넥타이를 던졌다.

소년은 그걸 하고 셔츠의 소맷동을 접었는데 머리카락이 눈을 덮었다. 소녀는 친구 아버지의 포마드를 조금 발라서 머리를 넘겨주었다.

"나 무슨 느끼한 마술사 같아 보여."

소년이 말했다.

"안 그런 마술사도 있냐."

소녀는 예전에 할아버지가 보여준 것처럼 소년의 나비넥타이 매듭을 매주었다.

"보고 싶었어, 세인트. 나 여기 없을 때. 네가 보고 싶었어."

소녀는 돌아섰다, 자기가 그 말을 얼마나 오랫동안 기다렸는지 소년이 보지 못하도록.

둘은 중심가의 가장자리까지 걸어갔고, 소녀는 그린스 편의점에서 복숭아 부케를 고르고는 한때 꿀벌을 쳐서 모아 아주 깊숙이 숨겨두었던 얼마 안 남은 돈으로 값을 치렀다.

"내키지가 않는다."

소년이 말했다.

"부자들한테서 훔치지 마."

소녀가 말했다.

소녀는 커다란 집들 쪽에 곡선을 그리며 솟은 백합나무들 사이로 친구가 마지못해 걸어가는 걸 지켜보았다.

"그 블라우스 맘에 든다."

소녀가 돌아보니 지미 월터스가 있었다. 지미는 말쑥한 셔츠와 바지를 입었고, 머리는 어머니가 사정없이 가르마를 타놓은 모습이었다. 세인트는 언젠가 그 어머니가 손수건에 침을 뱉어 지미의 뺨을 닦아주는 걸 보았다.

"조셉이 돌아오고 나니까 널 자주 못 보네."

소년이 말했다.

세인트가 끄덕였다.

"나 그렇게 되길 기도했어."

소년이 나직이 말했다.

"나도 그래, 지미."

소녀는 지미를 훔쳐봤고, 그 애의 눈은 태어나 나쁜 것이라고는 본 적 없는 것처럼 너무 파랗고 진지했다. 그 순간 소녀는 그 아이의 눈으로 세상을 보고 싶은 마음이 간절해졌다—더 단순하고 더 순수하고, 세상의 좋은 것들을 보기가 더 쉬울 거라고 확신하면서.

"내가 너한테 고맙다는 말 안 했지."

소녀가 말했다.

지미가 소녀를 마주 보았고, 소녀는 지미의 속눈썹이 머리카락처럼 짙고 피부가 자기처럼 창백하다는 걸 알아보았다.

"뭐가?"

소년이 말했다.

소녀는 소년이 말할 때 입술이 큐피드의 화살 모양이 되는 걸 보고, 그 위에 난 아주 가느다란 솜털을 발견했다.

"그날…… 내가 어디 가는지 네가 닉스 서장님한테 말해주지 않았더라면."

"그럼 너 혼자서 알아서 잘했겠지."

소녀는 그 거짓말에 웃었고, 소년이 돌아서서 가는 걸 보며 고마움이 샘솟았다.

소녀는 집으로 돌아가 멜빵바지로 갈아입고 얼굴을 초록과 갈색과 검정으로 칠한 다음, 덤불을 헤치고 걸어가 긴 풀에 묵직한 담요를 깔고 자리를 잡으면서, 어린 시절이 자신에게 매달리는 걸 느꼈다.

세인트는 니콘 카메라의 렌즈로 툼스의 집을 관찰했다.

소녀는 패치를 생각했다.

날마다 조금씩 더 친구를 잃어버리고 있었다.

패치가 돌아갈까 말까 하는데 미스티가 구불구불한 진입로 초입에 서 있는 것이 보였고, 흰색 식민지 시대풍 집이 압도적인 크기로 소년에게 그림자를 드리웠다.

미스티는 단순한 빨간 드레스를 입었고, 다른 날 다른 삶이었더라면 그 자리에서 소년의 심장을 멎게 했을 터였다.

미스티는 소년을 위아래로 훑어보지도 않았고 나비넥타이나 구겨진 셔츠나 무릎이 번질거리는 바지에 주목하지도 않았다.

소년이 꽃을 내밀자 미스티가 받았다.

"얘가 한 시간이나 여기 서서 네가 안 오면 어쩌나 걱정을 하더라."

"엄마."

미스티가 말하며 어머니를 쏘아보았다.

마이어 부인은 키가 크고 엄격해 보였고 패치에게 곧장 다가가 가볍게 악수했다. 그러더니 딸과는 다르게 소년을 뜯어보았다.

"꽃 좋아하니, 조셉?"

부인이 말하며 소년을 집으로 안내했다.

부인은 서양톱풀과 밀크위드와 삼잎국화 이야기를 했다. 아이언위드에 잠식당한 구역을 가리켰다. 각 구역에 핀 꽃들이 그

가을날 저녁에 어울리지 않게 여름의 빛깔들로 너무나 밝아서, 마이어 가문이 1년 내내 그런 꽃을 볼 만큼 부유한 것처럼, 그 높은 곳에서는 겨울의 창백함조차 알지 못하는 것처럼 보였다.

패치는 마이어 부인이 가리키는 걸 모두 쳐다보고, 나무들이 병에 걸려 죽을 뻔했는데 겨우 되살린 덕분에 마을에서 가장 오래된 집의 풍광을 보존할 수 있었다는 이야기에 귀를 기울였다.

마이어 씨는 문에서 그들을 맞이하며 패치의 손을 세게 흔들었는데, 그 단순한 행동으로 본인 역시 자기 이름조차 모르는 여자애를 위해 배에 칼을 맞았을 거라고 말하려는 듯했다.

프랭클린 마이어는 키가 188센티미터에 달했고 크림색 바지를 입고 셔츠 단추를 세 개 풀고 있었다. 그는 패치를 위아래로 훑어보았으나 미소를 잃지 않았고, 크고 하얀 이를 드러내며 웃었다.

마이어 부인이 어떤 꽃병을 좀 찾자면서 미스티를 부엌으로 끌고 가버리자, 프랭클린 마이어는 패치를 응접실로 데려갔다.

프랭클린이 갈색 액체가 담긴 유리잔을 건넸고 패치는 그걸 마셨다가 타는 듯한 느낌에 거의 숨이 막힐 뻔했다.

"메리한테는 내가 이걸 줬다고 얘기하지 말게나."

다시 그 웃음, 패치는 그가 저녁 내내 그러고 있을 수 있을지, 그러다가 근육에 힘이 빠져 중풍에 걸린 것처럼 축 처지지는 않을지 궁금했다.

묵직한 커튼과 실크 태피스트리, 단풍나무 의자와 무거운 도자기가 갖춰진 식당에서 패치는 다섯 코스를 견뎌냈고, 시시때때로 미스티 쪽을 보며 랍스터를 정확히 어떤 식으로 먹어야 하는지 살폈다. 소년은 랍스터를 깨지락거렸는데, 뜨거운 버터를 사방에 튀게 만들어 골동품을 망쳐놓고 싶지는 않아서였다.

미스티는 수영 대회니 육상 이야기를 했고, 패치의 주변을 맴돌 듯이 프랭클린은 스포츠 이야기를 하고 메리는 관중에 대해 아무것도 모른다는 듯, 예술 작품들을 우아하게 풀어놓았다. 〈트리스탄과 이졸데〉, 〈오텔로〉, 〈토스카〉.

"미스티는 정치를 공부하고 싶어 하네."

프랭클린이 무감정하게 말했다.

"그거야 내가 제인 로를 지지했을 때 아빠가 너무 자랑스러워하셔서 그렇죠."

미스티가 쏘아붙이더니 패치를 돌아보고 웃었다.

"나 〈더 트리뷴〉 1면에 실렸다."

"그건 종교지, 정치가 아니라."

마이어 부인이 말했다.

"맞아요, 잊어버렸네. '로 대 웨이드'가 진행된 게 어떤 교회였죠?"

미스티가 말했다.

마이어 부인은 패치를 돌아보며 시카고나 보스턴에 가본 적 있느냐고 묻더니, 소년이 미주리를 떠난 적이 없다고 대답하자 와인을 한 잔 더 마시고 달아오른 뺨을 냅킨으로 두드렸다.

패치는 〈백조의 호수〉, 왕자와 오데트에 관해 물었다.

마이어 부인은 눈을 반짝이더니 소년의 손을 잡고 다른 방으로 데려가서 참나무 책상 서랍을 뒤적거렸다.

"뉴욕주립극장, 이제 거의 6년 전이네."

부인은 작은 종이에 인쇄된 프로그램을 발견해 소년에게 건

<hr>

● 최근에도 미국에서 논란이 된 낙태 관련 소송으로, 1973년에 여성의 낙태권을 인정하는 방향으로 대법원에서 판결이 난 사건이다.

넸다.

"신시아 그레고리는 거룩할 정도였어. 물론 프랭클린은 특별할 게 없다고 했지만."

패치는 그림을 들여다보며, 볼드체로 쓰인 글자와 공연 순서를 보았다.

"티켓을 산 사람들 명단이 있을까요?"

"그렇지는 않을 거야."

마이어 부인이 말하며 여전히 서랍 속을 보고 있었다.

"티켓을 보관해뒀어…… 정말 멋진 추억이었거든."

이어서 부인은 코펠리우스 박사와 프란츠와 그의 소녀 인형에 관해 이야기했지만, 패치는 아무것도 안 들렸고 그레이스를 찾는 일만 생각했다.

"그리고 왕자와 오데트가 죽음으로 다시 하나가 될 때 네가 가장 먼저 일어나서 손뼉을 치고 휘파람을 불 거야."

그 애는 소년의 생각을 전부 장악했다.

76

미스티는 소년을 뜰로 데리고 나갔다. 뜰은 경계가 없는 것처럼 끝도 없이 펼쳐졌고, 어떤 종류의 제약도 없어 보였다.

뜰에는 지붕이 달린 수영장과 꽃으로 장식된 불탑이 있고, 팔이 없는 여자 조각상을 마주 보는 돌 의자가 있었다. 둘은 그네에 앉았고 뒤편의 울창한 산이 달빛을 받아 둘에게 그림자를 드리웠다.

미스티는 샌들을 풀밭에 벗어놓고 종아리를 부드럽게 움직였다. 소년은 그 집에서 여는 파티들과 소녀가 데이트하는 소년들을 상상했다. 소년은 그들 가족을 미워하지는 않았고, 그저 감히 그들을 이해하려 하지 않을 뿐이었다.

"언제 내가 마술 경연대회에 나가면 보러 올래?"

소녀가 말했다.

"그게 뭔지 잘 모르겠는걸."

"말이 춤을 추게 하는 거야."

"왜?"

소녀는 어깨를 으쓱했고 둘은 오랫동안 말없이 앉아 있었다.

"힘들지, 그치?"

"춤추는 말이니까, 미스트. 그런 식으로 자연을 거스르는 게 쉬울 리 없지."

소녀가 고개를 저었다.

"내 말은 지금 말이야, 돌아온 뒤에."

패치의 손톱 밑에 붙어 있는 페인트 자국.

소년은 예전에도 힘들었다고 말하지 않았다. 지금과는 다르게, 좀 더 견딜 만했을 뿐이었다고.

"나 아버지가 우는 거 본 적이 없어."

소녀가 말했다.

소년은 소녀 몸의 기하학적 형태들을, 원뿔과 구와 원통 들을 관찰하며 어떤 부분이 그레이스에게도 있을까 궁금해했다.

"그날 부모님이 경찰서에 왔을 때, 아버지가 내 얼굴을 보고…… 그러고는 나중에 티 선생님이 수면제를 줘서 부모님이 내가 잠들었다고 생각했을 때. 난 계단에 앉아서 아버지의 어깨가 떨리는 걸 봤어. 어머니가 아버지 등에 뺨을 대고 있었고."

소년은 자기 역할은 이미 다 했다는 걸 알았기에 아무 말도 하지 않았다.

"그건 아무것도 아니었어, 패치. 너에 비하면……."

소녀의 완벽한 세상은 한때 금이 갔을지 모르지만 부서질 위험은 없었다. 그 순간 소년은 기뻤다.

"넌 이제 할 만큼 했어, 미스티. 넌 손을 내밀었고, 나도 감사하고 있어……."

"하지만?"

소녀에게는 잃을 게 무한히 많았다.

"네가 내 옆에 와서 앉을 때마다. 나한테 말할 때마다. 날 신경 쓸 때마다. 그게 전부 네 세상에 뭔가 문제가 있다는 걸 떠오르게 해주는 거라고."

소녀가 고개를 저었다.

"그럼 난 이제 어떻게 해?"

소녀가 말했고, 목소리가 흔들리지 않게 간신히 유지하고 있었다.

"랍스터를 먹어. 그네를 타고."

소녀가 소년을 보는데, 너무 아름다웠다.

"그런 다음엔?"

소년이 그네 타기를 멈췄다.

"그런 다음엔 너의 동네로 돌아가는 거야, 미스티."

패치는 마이어 부부에게 고맙다고 했다. 그러고는 미스티에게 잘 자라고 인사했다.

이제 더는 월요일에 쓰러진 참나무에 앉아 있어도 미스티가 와서 자기 옆에 앉지 않으리라는 것을 알았다.

77

패치는 벽돌로 만든 아치에 기대, 종이에 인쇄된 프로그램을 꽉 쥐고 글자를 손으로 매만졌다.

〈백조의 호수〉.

소년은 그레이스가 돌아다녔다는 것을, 그 애가 발레를 볼 만큼 교양이 있었고 거의 모든 것에 대해 알 만큼 교육을 받았다는 걸 알았다. 그런 소녀가 실종되면 공백이 남게 마련이다. 소년은 기록이 있을 거라고, 부모와 친구들과 학교가 있을 거라고 확신했다.

소년은 게시판에 붙은 구인 광고, 피아노 레슨, 정원 손질 서비스, 집 보수 서비스, 방 임대 광고와 나란히 있는 자기 포스터를 보았다. 글자는 벌써 햇빛에 바래서 몬타 클레어 경찰서 전화번호가 흐려지는 바람에 마지막 두 숫자를 알아볼 수 없게 되었다.

소년은 누군가 소년을 끌어당길 때까지도 그가 옆에 있다는 걸 몰랐다.

"따라와."

새미가 힘겹게 말했다.

얼음장처럼 차가운 미술관의 공기.

하얀 사무실에서 새미는 책상 뒤쪽 자기 자리로 가 앉았고 책상에는 패치가 훔쳐 간 종이가 흩어져 있었는데, 구겨진 종이들을 다 펴서 스케치를 볼 수 있게 해둔 상태였다.

새미는 잠시 소년을 바라보다 먼저 소년의 셔츠를, 다음으로 나비넥타이를 보고 인상을 썼다.

"마술 연습이라도 하는 거야?"

패치는 속으로 세인트를 욕했다.

"이 스케치들……."

새미가 배에 한 손을 얹으며 말했다. 곱슬곱슬한 머리칼이 녹색 눈동자 위로 단정해 보였다.

"네가 그린 거냐?"

"유리창에 하나쯤 붙이고 싶으실지도 모르잖아요."

패치가 말했다.

"차라리 유리창에 똥을 발라놓지. 넌 골칫거리야, 인마."

그의 치아는 가지런하고 하얗고, 손톱은 미용실에 다녀온 것처럼 반짝거렸다. 그는 오드콜로뉴 냄새, 생강과 데운 사과주 냄새가 희미하게 났다. 패치는 그의 눈에서 확신, 자기 수용, 지독한 자신감밖에 보지 못했다.

"그럴지도 모르죠. 하지만 새미의 골칫거리는 아니잖아요."

패치가 말했다.

새미는 눈을 빠르게 굴렸고, 패치는 그가 그렇게 눈알을 굴려야 하는 상황을 종종 겪었으리라 짐작했다.

"너 나에 대해 알아?"

새미가 말했다.

패치는 전에 버스를 타고 가다가 노마에게 새미에 대해 물은 적이 었었다.

"사람들이 그렇게 술을 마시는 건 보통 뭔가 기억하고 싶어서 거나 아니면 잊어버리고 싶어서지. 새미는 둘 다에 해당할 게다."

"술꾼이라던데요."

"맞아."

"난봉꾼이고."

"난봉꾼이 뭔지 알긴 해?"

패치가 고개를 저었다.

"난봉꾼이란 신사적인 씹새끼야."

"그건 나도 알겠네요."

패치가 말하자 새미가 웃을 뻔했다.

두 사람 앞에 붓이 여러 개 놓여 있었다.

새미가 하나를 집어 들었다.

"콜린스키 세이블. 진귀한 섬유로 만들어서 완벽한 탄력을 보여주는 물건이야. 50년이 지나도 지금이랑 똑같이 오일을 잘 머금지. 네 머리카락에도 같은 말을 할 수 있으면 좋을 텐데 말이다, 자식."

패치는 한 번 더 조용히 세인트를 욕했다.

새미가 다른 붓을 골랐다.

"이건 필버트."

그리고 하나 더.

"고양이 혀."

그가 늘어선 붓들 위로 손을 흔들었다.

"브라이트랑 라이너 하나씩, 리거 둘, 라운드 하나. 크기도 다양해. 아주 가느다란 머리칼에는 6호를 쓰고, 피부를 표현할 때는 14호를 쓰면 될 거야."

새미가 여기저기 흠이 난 삼나무 상자에서 걸쇠를 젖히더니 패치 쪽으로 돌려놓았다.

"시넬리에 유화야. 오르세 미술관 옆에 가게가 하나 있지. 마티스와 에른스트와 모네와 피카소가 즐겨 찾던 곳. 황변이 안 되는 홍화유, 이건 바래거나 번들거리지 않고 캔버스에서 100년을 버틸 수 있지. 너한테 주면 순전히 낭비겠지만."

패치는 아무 말도 안 했다.

"올드 홀랜드 캔버스."

새미가 작은 무더기를 들었다가 가볍게 쿵 소리를 내며 책상에 내려놓았다.

"100퍼센트 벨기에산 리넨. 젯소를 두 번 입힌 거야. 어떤 사람은 세 겹으로 된 대벌루가 더 우수하다고 할 거다. 그런가 하면 또 누군가는 일요일마다 교회에 가라고 하지."

새미는 잔을 꽉 채웠다.

"인물화에는 유화를 써. 캔버스에. 자연광에서. 돈모 붓으로. 환기하고. 테레빈유는 나를 가스에 중독되게 하고 싶으면 쓰고……."

"정말로 그러고……."

"……아니면 호두 기름으로 해. 꼭 필요하면 아마씨유로 하던가."

패치는 가방을 뒤적거리며 메모할 걸 찾았다. 그러다가 자기 붓을 바닥에 떨어뜨렸다.

새미가 그것들이 완전히 낯선 물건이라도 되는 듯 살펴보았다.

"너 이거 하수구 청소할 때 쓰는 거 맞겠지?"

"방금 테레빈유라고 하셨나요?"

"하느님 맙소사. 나한테 전시용 이젤이 좀 있는데 그거면 적당할 거다. 그리고 이 뒤쪽 방에서 작업해. 북향이야. 빛이 고르게 퍼지는 게 제일 중요해. 너도 언젠가 그걸 알게 될지 모르지. 아니면 5000 미만의 개똥 같은 것만 계속 그리든지. 시간이 말해 줄 거다.”

“이해가 안 가는데요.”

패치가 말했다.

“넌 여기서 그리는 거야.”

패치가 고개를 저었다.

“난 이거 받을…….”

“받는 거 아니야. 이건 빌려주는 거야. 언젠가 넌 일을 하게 될 테고, 아마 공장이나 갱 같은 데서 하게 되겠지만, 그때 빚을 갚아. 내가 철저하게 기록할 거다. 진짜 남자는 빚을 갚는 법이지.”

“난…….”

“내가 지금 너한테 질문했냐?”

패치가 고개를 저었다.

새미가 걸어 나가자 패치도 따라갔다.

새미는 커다란 조각 뒤에 숨은 문을 땄다. 4.5미터에 달하는 삐죽빼죽한 돌 조각은 표면이 균일하고 어두운 빛깔이었다.

안에 들어가자 방이 온통 하얬다. 바닥도 벽도 천장도. 이젤 하나 말고는 아무것도 없었다. 의자조차. 유리창 하나뿐인데 그 것도 무슨 종이로 가볍게 막아두었다.

“열쇠를 딱 하나 주마. 넌 내킬 때마다 여기 와서 그리는 거야. 나하고도 혹은 여기 방문하는 다른 누구하고도 말하지 말고. 스튜디오에서 나갈 때는 지금과 같은 상태로 해놔. 네 물건은 내가 작은 로커를 줄 테니 거기 보관해라.”

패치가 주변을 둘러보았다.

"왜 이러시는 거예요? 왜 업체에 내가 훔쳤다고 말하지 않으신 거죠?"

새미가 문틀에 기대더니 잠시 패치를 아는 것처럼, 순간순간 이 조용한 격통이라는 걸 아는 것처럼 소년을 보았다. 그러더니 소년에게서 시선을 떼어 그 뒤쪽을 보고, 미래를 약속받은 소녀에게 시선을 고정했다.

"난 아무것도 아닌 이 마을을 진즉에 떠나지 않은 이유를 떠올리려고 날마다 퍼레이드 힐에 올라간다. 넌 마이어네 딸을 구했어. 그리고 난 거기에 평생 감사할 거다. 너 그레이스 찾고 싶냐?"

패치가 끄덕였다.

"그럼 그 애를 되살려봐."

78

"날 찾아줄 거야?"

그레이스가 말했다.

"그럴 필요 없을걸. 우리는 여기서 함께 나갈 거야. 그리고 서로의 곁을 떠나지 않을 거야. 왜냐하면 아무도 알지 못할 거거든. 우리가 아는 것처럼 아는 사람은 없을 거야."

"사람들은 안다고 생각할 거야, 패치. 자기들이 상상할 수 있다고 생각할 거야. 그리고 동정하면서 고개를 갸웃하겠지. 그럴듯한 대학에서 그럴듯한 도서관에 앉아 우리 얘기랑 비슷한 이야기들을 읽는 정신과 의사들한테 우리를 보낼 거야. 그 사람들은 샤르코와 프로이트, 윌리엄 제임스와 피에르 자네를 참고할 거야. 내가 읽는 것과 같은 책을 읽을 거야. 그리고 똑같은 결론을 내리겠지. 결국에는."

소년이 소녀의 손을 잡았다.

"무슨 결론?"

"우리 같은 사람들이 늘 위기 상태에 있다는 것. 우리가 자연적인 원인으로 죽으면 기적일 거라는 것. 우리가 술이나 약물에 기댈 거고, 다른 사람들한테 숨기는 게 너무 많을 테니 친밀한 관계를 맺을 수 없을 거라는 것."

"우린 다른 사람들 필요 없어."

소년이 말했다.

"필요해. 네가 아직 모를 뿐이야. 유해한 취미 활동들. 우린 극단에서 살아갈 거야. 중간은 건강한 사람들이 시간을 보내는 곳이니까."

"우리 괜찮을까?"

소년이 물었다. 말들이 입 밖으로 나오는 걸 멈출 수가 없었다.

"우리의 어떤 부분도 괜찮지 않을 거야."

기억이 소년을 얕은 잠에서 끌어냈다.

위장이 텅 비어 있었다. 극도의 피로가 소년을 뒤덮었다. 소년은 그 상태를 오래 지속할 수 없다는 것을 알았다. 목숨을 좌우하는 뭔가가 부서져버릴 터였다.

소년은 문을 밀어 열며 경보음이 울릴지도 모른다고 생각했다. 새미는 위층의 아파트에 살았고, 패치는 발걸음을 가볍게 했다.

안쪽 방에서 소년은 작은 램프에 불을 켠 뒤 복원된 산업용 물품 보관함을 보았고, 안에서 유화 물감과 붓을 발견했다. 방 가운데에는 이젤이 있고 거기에 캔버스가 기다리고 있었다.

소년은 익숙해지는 데 한 시간을 썼다.

소년은 벌목꾼 부츠를 신었는데, 두 사이즈 큰 것이기는 했지만 거의 새것에 가까웠다. 미끄러지지 않게 발가락 부위에 신문지를 구겨 넣고, 물집이 잡히지 않게 발꿈치를 면으로 감쌌다. 전날 소년은 약 18킬로미터를 걸어 엘리스 카운티를 지나 트레일러하우스 주차장까지 갔는데, 그곳에는 전력도 공급되지 않고 전화선도 연결되지 않았다는 걸 읽고, 그들도 실종된 소녀 이야기를 알아야 한다고 생각해서였다.

가벼운 이슬 방울이 유리창에 맺혀 있었고, 소년은 납작한 연필을 발견하고 스케치하기 시작했다. 종이는 두터웠고 소년은 선 하나하나가 새겨지는 걸 느꼈다. 소년이 붓을 쥐는데 손이 떨렸다.

"끝을 잡아."

새미가 어젯밤에 입은 정장에 셔츠와 타이 차림으로 서서 소년을 지켜봤지만, 그 이상으로는 아무 말도 하지 않았다.

한 시간 뒤에 패치는 어떤 여자가 문가에서 잠시 머무르다 거리로 나선 뒤, 위층 발코니에 뭔가 갈망하는 시선을 한번 던지고 떠나는 걸 보았다.

"방금 샘슨가家의 미망인 아니었나요?"

새미가 내려오자 패치가 물었다.

"듣자 하니 마지막 남편을 복상사하게 만들었다더라."

맨발에 셔츠도 안 입고 새미가 말했다. 그는 와인병을 들었는데, 그을린 피부에 대비되어 녹색으로 보였다.

"진짜였어요?"

"글쎄, 난 아직 안 죽었잖냐? 솔직히 말해 좀 실망이야."

"마을 사람들도 대부분 그럴 거 같네요."

패치는 갈색과 붉은색으로 여덟 번 붓질했다. 소녀의 머리카락이 타올랐다. 소년은 아세톤으로 색을 묽게 하고 그레이스의 눈을 둥글게 칠했다. 오커색으로 부드러운 선을 어둡게 칠하고, 티타늄 화이트를 덧칠하니 순간적으로 소녀를 잃어버렸다.

소년은 돌아서서 서성거리다가 작은 옷장에서 발견한 시트로 유리창을 막았다. 어둠이 순전해지고 나서야 서성임을 멈추고 소녀를 다시 찾아냈다.

소년은 문이 열리고 닫히는 소리를 들었고, 마침내 시트를 떼어내고 작업으로 돌아갔을 때 바닥에 작은 커피 컵이 놓인 것을 알아보았다. 소년은 그걸 다 마셨고 두 시간 동안 심장이 내달렸다.

소년은 창가에서 철제 비상계단이 건물 옆에 붙은 걸 보았다. 쇠가 녹슬어 부식되고 있었는데, 소년은 소녀의 머리카락을 그 색으로 칠했다.

소년은 물감을 너무 아껴서 썼다.

그게 미친 짓이라는 걸 알았다.

전부 다 미친 짓이었다.

소년은 욕을 했다.

"참아."

새미가 문가에 서서 말했다.

"그럴 시간이 없다고요."

79

3주가 지나는 동안 소년의 그레이스가 모습을 드러냈다.

새미는 왔다가 갔고, 한번은 이른 아침에 소년에게 카라바조 이야기를 해주었는데 감금된 청중 한 명에게 연극을 암송하는 것처럼 브랜디에 대고 말했다. 또 다른 여자가 왔고, 새미는 그 여자를 위층으로 보낸 뒤 패치와 있었다. 패치는 스케치에서 판화까지, 카라바조가 작업하던 이야기부터 향락주의적인 저녁을 보낸 이야기까지 귀를 기울이며 그림을 그렸다.

이튿날 밤 또 다른 여자가 왔지만 새미가 패치에게 프란스 할스[*]이야기를 해주는 바람에 무시당했다.

"그리고 바로 그 손으로 집에 돌아가서 아내를 두들겨 팼지."

그다음은 폴 고갱.

"낮에는 압생트를 마시고, 와인은 저녁을 위해 아껴뒀어."

패치는 새미의 목소리에서 경외감을 포착했다.

매번 조금 더 능숙해졌으나, 붓질 한 번 한 번이 여전히 캔버스에 모욕을 가하는 것 같았고 그런 데 쓰인 붓에 수치심을 안기는 것 같았다. 새미는 때를 가리지 않고 술을 마셨고, 한번은 저

---

[*] Frans Hals, 17세기 네덜란드의 화가로 초상화의 대가였다.

녁 전시가 시작되기도 전에 와인 네 병을 비우고 너무 취해서 잠자리에 들어가버리는 바람에, 방문객 한 무리가 길에서 줄을 선 채 빗속에서 한 시간 동안 기다리다가 욕을 해대며 돌아갔다.

새미 눈에는 진전이 있는 걸로 보였을 때도 패치는 캔버스를 들고 반으로 찢어버렸다.

"그 애가 아니에요. 아직도 그 애가 아니라고요."

온화한 가을을 지나 무거운 겨울에 접어들며 그 작은방 외에는 색이란 색이 모두 뒤덮였을 무렵, 패치는 목적에 엄격하게 몰두하는 삶에 적응했다. 소년은 새해 둘째 날 스튜디오에 나타난 작은 소파에서, 그 위에 가지런히 접혀 있던 묵직한 담요와 가벼운 베개와 더불어 잠을 잤다. 새미는 이런 새로운 환경에 대해 언급하지 않았고, 패치는 유령처럼 존재감 없이 돌아다니며 여성 방문객들을 방해하지 않으려 주의했다. 어떤 날 밤이면 어머니가 알아채서, 소년은 세인트네 집에서 잔다고 했다. 어머니는 대부분 알아채지 못했다.

소년은 1월 내내 얼음 위를 느릿느릿 걸었고, 젖은 개처럼 몸을 흔들어 눈을 털고 부츠를 벗은 뒤 스타킹만 신고 등교 전, 하교 후 두어 시간 그림을 그렸다. 붓에 쓸린 손가락이 쓰라려서 펜도 잡기 어려웠기에, 소년은 손가락에 테이프를 감았다.

소년은 복도에서 미스티를 지나치며 소녀와 눈이 마주치기도 했는데, 자기가 소녀를 자주 생각한다는 것과 소녀가 다시 달리기하는 걸 보니 반갑다는 것, 또는 소녀가 친구들과 함께 웃는 모습을 보니 반갑다는 것, 심지어 척과 다시 화해한 것 같아서 다행이라는 것을 말하고 싶은 충동을 억눌러야 했다. 소년은 그 애의 삶이라는 레코드판에 남은 작은 흠에 지나지 않을 테고, 그 완벽한 리듬을 바꾸기에는 이제 너무 희미해졌을 터였다.

소년은 주말이면 세인트와 함께 걸었다. 소녀는 음식 접시들을 가지고 소년의 집에 찾아와, 작물들이 서리에 덮인 모습을 사진에 담고 싶어서 베이커네 들판에 나갈 거라고 말했다. 둘은 대부분 말없이 걸었지만, 소녀는 할머니가 매스터턴로[註] 꼭대기에서 사소한 충돌 사고를 겪은 뒤 이제 버스 운전을 그만두었으면 좋겠다는 말을 하기도 했다. 소녀가 옅은 색 립스틱을 바르거나 새로운 코트를 입거나 머리카락을 말아도 패치는 알아차리지 못했다. 소녀가 치아 교정기를 끼고, 좀 더 가벼운 테의 안경으로 바꾸고, 5센티미터가 자라고, 마침내 브래지어가 필요해졌다는 것을 패치는 알아채지 못했다.

봄이 시작될 무렵 새미가 소년에게 청소를 그만두고 미술관 일을 도우라고 말했다. 협상의 여지라고는 없는 목소리였고, 패치는 일주일 뒤에 새 바지와 단정한 셔츠 두 벌, 반짝반짝한 윙팁스 구두 한 켤레를 받았다. 빚은 늘어났으나, 당장은 월세와 청구서들을 감당할 수 있었다. 새미는 작은 그릴을 사다가 발코니에서 질 좋은 고기로 바비큐를 하며 사프란과 카다몬 향을 입힌 뒤 패치에게 같이 저녁을 먹자고 우겼고, 소년이 집에 가져다가 어머니 주려고 고기 토막들을 냅킨에 싸도 모르는 척했다.

이따금 세인트가 미술관에 찾아와 창가에 서서, 안에 있는 소년을 슬쩍 보려고 하면 새미가 눈을 가늘게 뜨고 쳐다보며 쫓아버렸다.

"저 계집애."

새미가 말해도 패치는 전혀 알아듣지 못했다.

새미는 여행 금지가 풀린 다음 주에 쿠바에 가서 시가 한 상자를 사고 더 많이 그을어서 돌아오더니, 패치에게 옛것과 새것의 충돌에 관해 말했다.

"살사 춤이다, 인마. 정말이지 여행 내내 내 수컷이 쉬질 않았다니까."

패치는 어두워진 방에서 테레빈유 냄새를 들이마시다 보니 콧물이 좀 나고 어지러워 차갑고 신선한 공기가 필요해졌다. 이따금 소년은 방문하는 여자들에게 커피를 만들어주고 같이 앉아 있었다.

"새미가 내 이야기 하니?"

한 젊은 금발머리 여자가 물었다. 스모키 화장을 한 눈에 기대심이 드러났다.

"항상 하죠."

패치가 말했고, 새미가 계단을 내려오다 금발 여자를 보고 재빨리 오던 길로 돌아가는 걸 보았다.

"혹시 그 사람 결혼 생각이 있는지 없는지 알아?"

패치가 끄덕였다.

"아이들 이야기도 하는걸요."

그 마지막 말 때문에 소년의 빚 장부에 100달러가 벌금으로 덧붙었다.

이런 가시투성이의 지도를 받으며 패치는 배경을 드라이 워싱으로 칠하고, 소녀의 피부에 해당하는 색을 옅게 밑칠하고, 덧칠하고 덜어내고 꽃 피우고 깃털을 달았다. 소년의 손길을 받으며 그레이스는 입체감을 얻어 얼굴이 캔버스 위로 또렷하게 떠올랐다. 소년은 단단한 4H 연필로 먼저 스케치하는 법과, 대략적인 것에서 세세한 것으로 나아가는 법을 배웠고 작은 리거 붓으로 그렇게 하기는 어려웠지만, 점점 자신감을 얻고 기술도 나아졌다. 소년은 번트 엄버와 코발트 같은 어두운 색조로 구역을 나누고, 눈을 가늘게 뜨고 작업했다. 밝은 부분은 아직 손대기 전이었고, 소녀의 피부는 깃털처럼 칠해진 안료 때문에 시원한 느낌을 주었다. 소년은 밝은 바탕칠을 그대로 남겨두고 가볍게 손짓하듯 칠해 머리카락에 윤기를 더했다. 소녀는 어둠 속에서 불현듯 다른 모습으로 나타나 소년의 숨을 멎게 했는데, 때로는 낯설 이였고 때로는 너무 정확해서, 너무 완벽하게 '그 아이'여서 소년이 그곳을 떠나 문을 잠그고 아픔 때문에 다음 날 돌아오지 않을 정도였다.

새미는 칭찬하지 않았다. 소년의 재능은 부정할 수 없었다. 패치는 그걸 재주라고 생각하지 않으려 했다. 재주는 타고나는 것이었다. 소년은 능숙함을 갈고닦았다. 느리고 고되게.

그러다가 여름의 징조가 몬타 클레어 마을에 축복처럼 나타나며, 열 달간의 헤아릴 수 없는 실패가 지나가고, 작은 텔레비전 화면에서 레지 잭슨이 커다란 호를 그리며 홈런을 쳤을 때, 새미가 방으로 쿵쿵거리며 들어와 패치의 손에서 붓을 빼앗았다.

"이제 됐다."

새미가 선언했다.

패치가 물러나더니 물끄러미 보았다.

"이게 그 애든 아니든, 이 그림은 완성이야."

새미가 말했다.

80

작은 경찰서에서 새미는 닉스의 책상에 그림을 내려놓았다.

"〈그레이스 No. 1〉. 복사하게."

닉스는 뭐라고 말할 수도 있었고, 그 온갖 말도 안 되는 사태로 마음에 쌓여 있던 것들을 분출할 수도 있었으나, 그림을 흘끗 보더니 거기에 주의를 다 빼앗겨버렸다. 그 눈부신 빛 아래에서 서장은 상상으로 그려낸 것이라고는 무엇 하나 보지 못했고, 그림이 너무 또렷하고 법의학적으로도 세세해서 마치 사진을 들여다보는 듯했다. 그 그림의 정신을 피폐하게 만드는 고통스러운 내력을 몰랐더라면, 닉스는 한 젊은 여자가 어떤 늙어가는 거장 앞에서 포즈를 취했을 거라고 짐작했을 터였다.

서장은 한참 동안 꼼짝도 하지 않았고, 충격 먹은 채 서서 그 얼굴을 내려다보았다.

"네가 그린 거야?"

패치가 끄덕였다.

그리고 그 옆에서 새미는 서장의 눈에 어린 경외를 따분하다는 듯 바라볼 뿐이었다.

"이게 그 애냐?"

닉스가 말했다.

"〈그레이스 No. 1〉이에요."

패치가 말했다.

닉스는 그림을 아주 조심스레 다루면서 낡은 복사기의 무거운 뚜껑이 그림에 닿지 않도록 뚜껑을 들고 있었다.

패치는 주의 깊게 지켜보았다. 분말 영상화, 음전하, 광전도체에 관해 예전에 읽은 터여서 기계의 메커니즘을 알고 있었다. 복사기가 이미지를 하나하나 뱉어낼 때 소년은 한 장을 들더니 결과물에 만족했다.

닉스는 50장을 복사했다.

"이걸 배포할 거예요. 전국 모든 주의 경찰서에 한 장씩 보내는 거예요."

패치가 말했다.

새미가 주머니에서 작은 플라스크를 꺼내 홀짝였다.

"내가 하마."

닉스가 그림 속 소녀를 응시하며 말했다.

"그림이 가야 할 곳으로 가게 하마."

패치는 미술관으로 돌아가 자리에 앉아 자신의 그레이스를 응시하며 너무도 선명한 소녀의 윤곽에 넋을 잃었다.

미스티가 문가에 나타났고, 달콤한 향수 냄새가 화학물질 냄새를 타고 넘어와 패치를 무아지경 상태에서 끌어내었다.

미스티는 초록색 드레스를 입고 머리카락을 하얀 머리띠로 넘긴 모습으로, 거의 100장에 달하는 그레이스의 흩어진 시신들 사이에 서 있었다.

미스티는 마지막 캔버스 앞에 섰다.

"너무…… 너무 아름답다."

소년은 미스티의 발이 캔버스들의 호수 아래 묻혀 있는 걸 보았다.

"이건 벽에…… 아니면 유리창이나 그런 데 걸려 있어야 돼. 커다란 갤러리에."

미스티는 무릎을 꿇고 잃어버린 소녀의 그림들을 들어 하나하나 넘겨보았고, 각각의 차이는 거의 눈에 보이지 않았지만 패치는 그런 조심스러운 접근이 언젠가는 그 애를 더 가깝게 불러내리라는 것을 알았다. 결국은 그 애를 눈앞에서 보고, 그 애의 목소리를 듣고, 그 애의 손끝이 소년을 온전히 헤아리는 걸 느낀다고 확신하게 될 때까지.

"무지 많네."

미스티가 말했다.

마지막으로 계산했을 때 패치는 새미에게 딱 1000달러를 빚졌다. 패치는 어떻게 그런 숫자가 나왔는지는 잘 몰랐고 그저 잘못 붓질을 하면 총액이 꽤 늘어난다는 것만 알았다.

소년은 붓을 부드럽게 내려놓고 돌아서서 마침내 자기 옆에 서 있는 여자애의 섬세한 부분들을 보았다―세밀한 붓질과 대담한 색조. 소년은 미스티를 여러 색의 혼합으로, 그 애의 피부를 티타늄 화이트와 그슬린 엄버와 알리자린 크림슨으로 보았다. 눈은 프러시안 블루. 머리카락은 먼저 짙은 색으로 깔고 번트 시에나로 부드럽게 해준 뒤에 밝은 색조로 층을 주면 될 터였다.

"학교에서 널 보는데. 그런데 네가 그리워."

소녀가 말했다.

소년은 소녀를 응시하며 카드뮴 계열에 윈저 바이올렛과 프탈로 블루로 차가운 분위기를 더한 색을 발견했다.

"네가 날 보는 눈은 어느 누구와도 달라."

소녀가 뺨을 붉히며 말했다.

소녀의 손에는 봉투가 있었다. 소녀는 그걸 소년에게 건네더니 돌아서서 가버렸다.

소년은 문가에 서서 소녀가 멀어지는 걸 바라보았다.

패치는 그때 알았다.

자신에게 있는 모든 색을 써서 미스티 마이어를 그리더라도 실물에 한참 모자랄 것이라는 사실을.

81

그들은 캐스터강 셧인스[*]로 차를 몰았고, 세인트는 니콘 카메라의 렌즈로 분홍색 화강암을 포착했다. 소녀가 할머니에게 풍경에 대해 떠들어대는 동안 둘은 세인트 버나드 한 마리가 아름다운 웅덩이를 향해 첨벙거리며 가는 모습을 보았다. 소녀는 급류까지 가기도 전에 필름 한 통을 다 써버렸다.

급류에서 할머니가 소녀의 손을 잡았고 둘은 평탄한 길을 따라 애미던 기념 보호 구역을 걸었다. 활엽수림에 들어서자 노마는 걸음을 조금 늦췄다.

"이 할머니가 네 걱정을 얼마나 해야겠냐?"

세인트는 할머니를 올려다보고, 걱정으로 생긴 주름과 살짝 뿌예진 파란 눈과 날마다 세고 있는 가느다란 머리칼을 보았다.

소녀는 필름을 새것으로 바꾸고 단옆소나무와 이끼와 일리시폴리아 참나무를 찍었다. 짙은 녹색으로 은은하게 빛나는 지의류 옆에서 할머니가 한숨 쉬었다.

"넌 그 녀석을 구할 수 없어."

---

* Castor River Shut-Ins, 미주리주 캐스터강의 일부 구역을 부르는 지명으로 바위가 많은 협곡을 따라 흐른다. 이곳은 특히 분홍색 화강암을 볼 수 있는 것으로 유명하다.

노마가 말했다.

"할 수 있어요."

세인트는 너무 투명한 물에 카메라를 조준했고, 나중에 사진에서 둑중개와 작은입우럭의 그림자를 볼 터였다.

"세인트."

세인트가 드디어 렌즈를 내렸다.

"난 괜찮아요, 할머니."

"그 녀석 우리 자동응답기에 메시지를 남기더라. 가끔은 한밤중에도 남겨. 자기가 꾼 꿈 이야기를 횡설수설하다가, 그 여자애가 한 말이 떠올랐다고 하고."

"내가 그래도 된다고 했거든요. 그 테이프들을 보관하다 보면 언젠가 그 애한테 다가갈 수 있게 될 거예요."

세인트가 말했다.

"그 애한테 다가간다고? 너…… 넌 이제 웃지도 않잖아. 예전처럼 말이야. 그 녀석 인생은 네 인생이 아니야."

세인트가 숨을 깊이 들이쉬었다.

"그 앤 내 가장……."

노마가 가만히 바라보았다.

"봄에 야생화 찍으러 다시 오자꾸나."

"왜 걔를 싫어하세요?"

노마가 눈을 감았다. 어떤 사람은 그녀가 딱딱하다고 했다—머리칼을 짧게 자르는 방식이나, 큰 키로 어색하게 걷는 것을 보고. 호리호리한 팔에는 근육이 있었다. 세인트가 어릴 적 자기도 자라면 키도 크고 힘도 세지냐고 물으면 노마는 그렇다고 대답했다.

“그게…… 지금 그 녀석을 예전의 그 녀석처럼 보면, 별로 비슷한 것 같지 않구나, 세인트. 그리고 그 녀석은 너한테…… 난 네가 모든 걸 누렸으면 좋겠다. 그리고 그걸 미안해할 수는 없어.”

“불공평해요.”

세인트가 느닷없이, 불쑥 내뱉었다. 소녀는 울고 싶지 않아서 온 힘을 다해 참았다.

“걔가 좋아할지 모르는 조약돌이나 물건들이 내 눈에 보여요. 그런데 걔는 이제 그런 걸 좋아하지 않아요.”

노마는 급류를 바라보았다.

“마을에서 툼스 선생을 만났다. 네가 그 녀석 집 앞에서 그 집을 지켜보고 있었다더라. 가끔은 늦은 저녁에도.”

“툼스 선생님은 그날 밤에 거짓말을 했어요.”

세인트가 말했다.

“선생은…….”

“난 비명을 들었어요. 그분 손에 묻은 피를 봤고요. 그리고 닉스 서장님이 그 집에 갔을 때는 손을 씻은 뒤였어요.”

“넌 범인을 잡았어, 세인트. 네 친구의 목숨을 구했다고. 넌 빚진 게 아무것도…….”

“빚이 문제가 아니에요.”

“2년 후면 넌 대학에 갈 거고, 크리스마스가 되면 여기 돌아올 거야. 난 아직도 버스를 몰 거고. 하지만 난 네가 거기 가 있다고 생각하면 매일 웃음이 나올 거야. 그리고 조셉을 생각하면 조금 마음이 무너지겠지, 정말 그럴 거다. 하지만 넌 내 손녀야. 그 애는 아니고.”

“걔한테는 아무도 없어요. 아무것도 없다고요.”

“녀석은 헛수고를 하고 있어. 그 여자애는 진짜가 아니야. 닉 스 서장의 눈을 보면 알지. 망할, 네 눈을 봐도 알아.”

세인트가 카메라를 꽉 쥐었다.

“내가 대신 그 애를 찾을 거예요.”

“그러다 너를 잃어버릴라.”

둘은 침묵 속에서 집으로 돌아갔다.

키가 큰 집 앞에서 세인트는 우편함에 들어 있는 초대장을 발견했다.

세인트는 이웃집 뜰에서 누군가 나타나 장난이라고 할 거라고 예상하듯 거리를 위아래로 둘러보았다.

“그게 뭐냐?”

노마가 의자에 앉아 멀리 있는 굴뚝의 연기를 바라보며 말했다.

“미스티 마이어가 열여섯이 되고 오늘 밤에 파티를 한대요.”

노마는 초대장이 파티 직전에 온 것을 언급하지 않았지만, 세인트는 뒤늦게라도 보낼 생각을 했다는 게 중요하다는 걸 알았다.

“다녀와.”

노마가 말했다.

“근사한 드레스도 없는걸요.”

“조셉도 올 거다.”

세인트는 고개를 저었지만 자기도 알 수 없었다. 둘이 같이 보내는 시간은 오로지 그 애를 추적하는 데만 쓰였다.

“가, 그리고 조셉이 오면 녀석한테 상기시켜줄 수 있겠지.”

세인트는 초대장을 훑으며 근사하게 쓰인 글씨와 ‘진심으로’라는 단어를 보았다.

“뭘 상기시켜요?”

노마가 손녀의 작은 손을 꼭 쥐었다.

"그 녀석이 잡혀가 있는 동안 모든 걸 잃어버리진 않았다는 걸 말이다."

82

밖에서 페전트 블라우스를 입은 소녀 두 명이 지나갔다.

구불구불하게 흘러내리는 머리카락, 나팔바지와 아찔하게 높은 힐, 어머니에게서 훔친 지독한 향수 냄새.

패치는 가방을 옆에 두고 연석에 앉아 있었고, 햇살이 흩뿌려진 몬타 클레어는 느긋하게 하루를 마감하고 있었다. 보도를 따라 걷는 소년들은 화려한 셔츠에 재킷을 걸치고 셔츠 단추를 풀어 창백한 피부가 슬쩍 보이게 입었고, 머리카락은 대체로 길었다.

여남은 개의 간판이 산들바람에 돌아갔다. 헤인즈 보석과 리월트 자동차, 브레이바트 커피와 빨강, 하양, 파랑이 섞인 펩시콜라. 드레스를 입고 웃음 짓는 소녀들과, 그 옆에서 어찌할 바를 모르면서도 그날 밤을 의미 있게 만들겠다는 의욕으로 충만하여 짜릿함과 공포를 동시에 느끼는 소년들.

마을 서기관 사무실 앞에서 패치는 유리로 덮은 범람원 지도에 기대, 어둠이 온전히 내리고 성당 친교실의 불빛이 밝아질 때까지 거기 머물렀다.

소년의 청바지 주머니에는 미스티가 전해준 초대장이 있었고, 그날이 다가올수록 가겠다고 즉흥적으로 약속한 일이 목에 걸린 덩어리처럼 후회스러웠다.

소년은 작은 상자를 들고 있었는데, 그 안에는 웰브레이 크리크라는 작은 마을에서 포스터를 붙이다가 공예품점 진열창에서 본 스노 글로브가 들어 있었다. 스노 글로브 안에는 눈에 덮인 아주 섬세한 미니어처 마을이 있었고, 패치는 밤에 자려고 누워 그걸 한참 들여다보았다. 그걸 사는 데 1달러가 들었다. 소년은 괜한 낭비에 한탄했다.

문가에는 척의 무리가 작은 술병을 자기들끼리 돌리고 있었다. 안으로 들어서자 서까래에 색 테이프들이 걸려 있었고 네온 풍선들이 둥실둥실 떠가며, 빛을 사방으로 튕겨내는 미러볼 쪽으로 움직였다.

몇몇 여자애들 무리가 춤을 추며 발동작을 맞추었고, 그 순간 소년은 자기가 정녕 무엇을 놓친 것인지 궁금해졌다. 그리고 그 레이스가 무엇을 놓칠지도.

패치가 군중을 뚫고 지나갔을 때 상자를 손에서 빼앗겼다.

소년은 웃음소리를 들었다. 소년의 옷차림, 낡은 스니커즈, 바지 길이에 대한 이야기가 들렸다. 소년은 앞으로 움직이려고 했으나 가로막혔고, 뒤로 돌아가려 했으나 바닥에 내팽개쳐졌다.

그리고 얼어붙을 듯 차가운 한순간 소년은 외눈 안대가 눈에서 떼어내지는 것을 느꼈다.

바로 그때 웃음소리가 잦아들었고, 어쩌면 소년이 그 애들을 바라보는 눈길에 뭔가 있었을지도 몰랐다. 누군가가 안대를 소년에게 던졌다. 소년은 재빨리 머리 위로 안대의 끈을 넘겨 안대를 눈에 가져다 댔다.

그러자 상자가 다시 소년에게 날아왔다.

패치는 상자가 바닥에 떨어지면서 유리가 부서지는 소리를 들었다.

소년은 아이들이 가버리는 동안 그 자리에 무릎을 꿇고 있었다.

소년은 다시 어둠 속으로 돌아가고만 싶었다.

그 애 옆으로.

83

세인트는 중심가에 있는 미스 클라인의 상점에서 한 시간을 보냈고, 여주인은 영업 시간이 지났는데도 가게를 열어두고 있었다. 세인트가 크림색 퍼프 슬리브 코듀로이 드레스를 들고 탈의실로 사라졌을 때 노마의 눈에 어린 간절함을 보았기 때문이었다.

"나 무슨 작은 파이 같아 보여요."

세인트의 목소리가 커튼 뒤에서 들렸다.

미스 클라인이 수채화 디자인의 하우스 드레스를 가져왔다.

"이건 생일 맞은 여자애 어머니처럼 보일 수도 있어요. 그럼 멋지겠네요."

추상화풍의 빨간색 사이키델릭 디자인.

"약간 어지러운데요."

그리고 마침내, 빨강과 파랑이 섞이고 가슴이 깊이 팬 맥시 드레스.

"이걸 채울 만한 가슴도 같이 파시나요?"

미스 클라인이 노마를 흘끗 보았고, 노마는 얼른 끝내고 싶은 듯 문만 바라보았다.

그들은 꽃무늬에 흰색 칼라가 달린 검은색 드레스를 골랐다.

세인트는 집에 돌아가 퍼레이드를 했다.

"좀 길구나."

치마가 바닥에 안 끌리도록 세인트가 옷을 손에 쥐고 걷자 노마가 말했다.

"내가 좀 짧잖아요."

그런 이야기를 들을 기분이 전혀 아니었던 세인트가 쏘아붙였다.

세인트는 할머니의 화장품 상자를 뒤적이며 인상을 썼다.

"이것들 상한 거 같은데요."

"화장은 와인 같은 거야."

노마가 입을 열었다가 세인트가 기름층이 분리된 1955년산 파운데이션을 들어 보이자 말을 멈췄다.

10분 뒤 노마는 길 건너편에 사는 해리스 부인을 데려왔다. 세인트는 벌집 모양으로 틀어 올린 머리, 연파란색 눈, 전문가용 화장품 박스를 보더니 할머니에게 겁먹은 눈길을 던졌다.

"걱정 마. 해리스 부인은 너새니얼 씨 가게에서 단장하는 걸 도와주고 있으니까."

노마가 말했다.

세인트의 눈이 공포로 더 커졌다.

"너새니얼 씨라면…… 몬타 클레어 장례식장 말이에요?"

해리스 부인이 묵직한 손으로 소녀를 다시 의자에 앉혔다.

"죽은 자도 되살려내는데 너 정도는 다룰 수 있어."

"그리고 변태 쇼가 완성되겠죠."

세인트가 말했다.

"땋은 머리도 뭔가 해주면 좋겠니?"

"아뇨. 머리에는 염병할 손멜 생각도 마세요."

"내가 이래서 산 자들 상대로 일을 안 한다니까."

20분이 지나고 상스러운 말이 두어 번 더 나온 뒤, 세인트는 계단을 내려갔다. 할머니는 사진을 여남은 장 찍었고 세인트는 가운뎃손가락을 들어 보이려는 충동을 억눌러야 했다.

84

소녀는 파티에서 아이들의 이목을 끌면서 댄스 플로어의 가장자리를 돌아, 선물을 놓는 테이블을 발견하고 가져온 선물을 놓아두었다. 소년이 사라지고 없는 동안 짠 분홍색 스웨터였는데, 패턴이 자기에게는 조금 컸으니 미스티에게는 아마도 살짝 작을 터였다.

"걔 왔어?"

세인트가 돌아보았다가 무릎을 스치는 흰색 드레스와 그에 맞는 구두를 신고 있는 미스티의 모습에 말을 잃었다. 손톱을 칠하고 머리카락은 굽슬굽슬하게 말아 위로 쌓아 올려놓고, 눈은 섀도를 아주 가볍게 넣은 걸 보니 아마 시신 다루는 사람이 해준 건 아니라는 걸 세인트도 알 수 있었다.

"몰라."

세인트가 말했다.

미스티가 주변을 돌아보며, 같은 학년에 있는 모든 남자애들 그리고 대다수 여자애의 시선을 끌었다.

"생일 축하해."

세인트가 말했다.

미스티는 웃었지만 공허했다.

"그럼 너랑 같이 오지 않은 거야?"

세인트가 고개를 저었다.

그리고 그때 알았다. 소녀는 공기가 성당 친교실에서 빠져나가는 걸 느꼈다. 소녀는 그제야 미스티가 자기를 왜 초대했는지 알았다.

"걔 빼앗지 마."

세인트가 말했고, 온몸이 벌게지는 것과 자기 말이 얼마나 부끄러운지 느꼈다.

미스티가 세인트를 내려다보았다.

"어떻게 들리는지 나도 알아. 하지만 넌…… 넌 누구든 차지할 수 있고, 이미 모두를 차지하고 있잖아."

세인트는 플래시 불빛들을 지켜보다, 건너편에 있는 미스티의 화려한 가족을 바라보았다.

"무슨 말인지 잘……."

"제발, 미스티. 동정이라면, 일종의 채무감 때문이라면……."

소녀는 시작한 말을 끝맺지 못했다.

음악이 느려지며 기타가 연주되자 척이 미스티의 손을 붙잡고 무대 한가운데로, 그 애가 속한 곳으로 끌고 가버렸던 것이다.

그리고 열린 문으로 세인트는 소년이 천천히 아이들에게서 멀어져가는 것을 보았다.

그때로 되돌아간다면 소리쳐 불렀을지도 모르지만, 소녀는 드레스 차림에 화장도 하고 거기 서 있는 자신이 너무 바보처럼 느껴져서 그저 계속 바라볼 수밖에 없었고, 그러는 사이 미스티가 척을 밀치고 따뜻한 저녁 공기 속으로 걸어 나갔다.

"너 아름답다."

세인트가 돌아보자 지미가 있었다. 지미는 블레이저와 바지를 입고 아버지의 넥타이를 했다.

"네가 여기 올 줄 몰랐는데."

소녀가 말했다.

지미가 어깨를 으쓱했다.

"엄마가 마이어 부부랑 알거든."

소녀가 돌아섰다.

"세인트. 춤추지 않을래?"

소녀가 고개를 저었다.

지미가 웃음 지었고, 그 웃음은 따스하고 친절했다.

"조셉이 사라졌을 때…… 나도 그 애를 위해 기도했다고 했잖아……. 난 그 애가 물론 돌아오기를 바랐어. 하지만 그만큼이나 네가 괜찮았으면 했어. 그게 나한테 필요했어."

"어째서?"

소녀가 말했다.

지미는 파란 눈동자로 소녀의 눈을 지그시 보았고, 이번에는 얼굴을 붉히거나 부끄러워하며 고개를 돌리지 않았다.

"나한텐 네가 보여, 세인트. 네가 마음을 쓰는 모습이 보여. 네가 웃기 전에 몇 초 정도 눈을 감는 게 보여. 네가 웃을 때 이를 가리려고 하는 모습이 보여. 하지만 그럴 필요 없어. 왜냐하면 넌…… 왜냐하면 그건 완벽한 웃음이니까."

"지미……."

"나도 알아……. 네가 가장 먼저 고를 사람이 내가 아니라는 거 나도 알아. 그래도 나랑 춤춰줘."

세인트는 한 번 더 흘끗 돌아보며 바깥을, 미스티가 패치에게 걸어간 쪽을 응시했다.

그러고는 지미의 손을 잡았다.

85

“늦었네.”

미스티가 말했다.

패치가 돌아섰다.

“난…….”

“네가 안 올까 봐 걱정했어.”

“생일 선물로 뭐 받았어?”

둘이 나란히 서서 친교실을 바라보는데 음악이 느려지며 아이들이 짝을 짓기 시작했다.

“언제까지나 이렇게 힘들 거라고 생각해?”

미스티가 말했다.

패치는 소녀의 부모를, 미스티의 아버지가 등을 꼿꼿이 세우고 팔을 뻣뻣하게 내미는 모습과 긴 드레스에 묵직한 진주로 꾸민 어머니의 우아한 모습을 보았다. 소년은 자신의 미래가 그렇게 엄밀하게 그려져 있다면, 자신의 완벽한 세상이 그렇게 닫혀 있다면 어떨지 궁금했다. 어쩌면 소년은 이미 아는지도 몰랐다. 그저 다른 방식으로 알게 되었을 뿐.

“난 그 애를 끝내 못 찾게 될까 봐 걱정돼.”

소년이 말했고, 그런 진실을 내뱉기란 견딜 수 없는 일이었다.

"계속 찾아보면 되지. 하지만 그러다가 네 눈앞에 있는 걸 놓칠 수도 있어."

소녀가 말했다.

소년은 고개를 들지 않으려 했다.

"어쩜 너한테 일어난 일이……. 넌 사람들이랑 달라, 패치. 다들…… 아무도 널 몰라. 정말로는."

"이 곡."

소년이 그 순간, 그 완벽한 하늘 아래의 그 작고 완벽한 마을에서 말했다. 소녀가 소년의 손을 잡았으나 소년의 발이 움직이려 하지 않자, 둘은 그 자리에 뿌리내린 듯 서 있었다.

"넌 그게 진짜라고 생각해? 오직 사랑만이 가슴을 무너뜨릴 수 있다고*?"

소녀가 물었다.

달이 너무 밝았다. 하늘에 별이 너무 많았다. 이따금 소년은 그것들을 다 지워버리고 싶었다.

"혹여 네 세상이 무너져 내린다면**."

소녀가 말했다.

소녀는 소년의 팔을 자기 허리에 두르고 자기 팔을 소년의 어깨에 얹었다. 그리고 부드럽게 힐을 차서 벗어버리고 맨발을 잔디에 묻었다.

그것은 소년이 여자애와 처음 추는 춤이 아니었다.

소년은 소녀를 들이쉬었다.

* Only Love Can Break Your Heart, 캐나다 출신의 유명한 싱어송라이터 닐 영Neil Young의 곡이다.

** 같은 곳의 노랫말.

“생일 선물 뭐 받았는지 말 안 해줬는데?”

소년이 말했다.

소년을 올려다보는 소녀의 눈동자가 너무 파랗고 깊어 소년은 빠져 죽을 것 같았다.

“정확히 받고 싶었던 거.”

“그래서 그게 뭐였는데?”

겨우 들리는 속삭임으로.

“내 목숨을 구해준 소년과 춤추는 거.”

무너진 가슴들

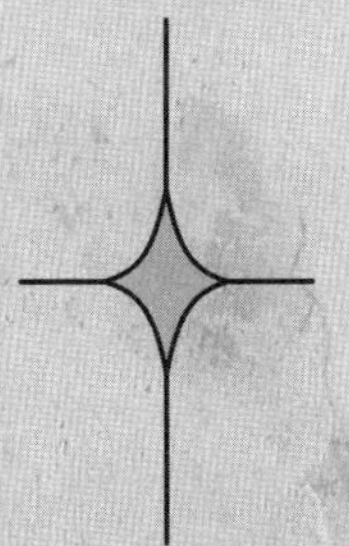

1978

무너진 가슴들

86

미스티는 학교가 파하면 매일 42번 버스를 기다렸다.

그리고 패치가 버스에서 내리면—이제 183센티미터가 좀 넘는 키에 허리에는 작업복을 묶고, 흰 티셔츠 안쪽으로 새로 생긴 근육이 얼핏 드러나며, 뒤로 묶은 금빛 머리에 짙은 색 모자를 썼다—미스티는 중심가를 달려가 패치의 품에 뛰어든 다음 두 다리로 허리를 꽉 감쌌다. 그곳에는 입 맞추고 있는 둘만 존재했고, 다른 여자애들은 그저 바라볼 뿐이었다.

패치는 열여섯에 학교를 그만두고 벨 루이스사에 일자리를 잡았다. 매일 아침 버스를 네 번 타고 갱도 입구로 가서 조끼와 안전모를 챙긴 뒤 자기 나이의 두 배는 되는 남자들과 함께 일했다. 처음으로 백운석을 관통하며 내려가 막장에 들어갔을 때 소년은 기둥에 기대어 위를 쳐다봤는데, 그 파낸 공간이 고등학교 체육관 크기였다. 신입 교육은 신속하고 험했다. 소년은 광물을 광차에 싣는 남자들을 바짝 따라갔고, 파쇄장에 너무 가까이 갔으며, 승강기로 돌아갔을 즈음에는 귀가 윙윙거렸다. 냄새와 습기, 냉기에 익숙해지느라 이삼일이 걸렸다. 성 바르바라[*]의 작은

---

[*] 광부의 수호성인이다.

명판 앞을 지나갈 때 성호를 그은 뒤에 아래로 내려가야 하는 걸 기억하는 데 또 이삼일이 걸렸다. 패치는 날마다 지하에서 여덟 시간을 보내며, 광석의 희미한 빛과 그레이스의 기억만으로 띄엄띄엄 중단되는 어둠 속에서 있었다. 드릴로 구멍을 뚫고, 폭파하고, 힘껏 끌고 가고. 일꾼들은 깜빡이는 오렌지색 전등 아래에서 나무 벤치에 나란히 앉아 샌드위치를 먹으며 강철 가격에 대해 투덜거렸다.

"여자 있어?"

첫 주가 끝날 무렵 한 남자가 물었다.

패치가 끄덕였다.

"네, 있어요."

패치는 가장 아름다운 젊은 여성으로 빠르게 변해가는 여자애에게 동여매진 채로 살아갔다. 사춘기 탓에 학우들 대다수가 여드름과 어색한 몸매에 시달린 반면, 미스티는 그 부서지는 파도를 믿기지 않을 만큼 우아하게, 자기가 가는 방향을 의식하며 탔다.

둘은 숲을 걸어 다니며 하얀 겨울을 보냈고, 청명한 봄날 아침이면 차가운 호수에 과감하게 들어가 암류가 흐르는 곳을 헤쳐 걷기도 하고, 때로는 물 위에 누워 둥둥 떠 있기도 했다. 미스티가 처음으로 옷을 벗고 수영복을 드러냈을 때 패치는 고개를 돌렸으나, 다시 돌아보니 소녀가 눈을 굴리고 있었다. 소녀는 요리사로서 기술은 몰라도 자신감이 향상됐고, 소년은 토끼 부르기 놓이니 게살 케밥 같은 경이로운 것들을 용감무쌍하게 삼키고, 너무 매운 특제 칠리 요리를 먹고는 가을 내내 땀을 흘렸다.

둘은 텔레비전에서 눈보라가 뉴잉글랜드를 혼돈에 빠뜨리는

걸 지켜보았다. 미스티는 VIR 텔레비전*으로 냉기가 스며 나오
는 걸 느낄 수 있다는 듯 맨발을 소년의 다리 밑에 쑤셔 넣었다.
마이어 부부는 둘의 피어나는 연애를 재미있다는 눈으로 바라보
며, 딸이 곧 빚을 다 청산하리라 확신했다.

패치는 토요일 아침이면 미술관에서 보냈고, 래리 플린트**가
조지아에서 총에 맞은 날 새미가 대놓고 우는 걸 보고 인상을 썼
다. *그 남자 우리한테 준 게 정말 많아. 정말, 정말 많다고.*

1978년 가을, 미스티가 면허를 땄고, 그해 겨울에 둘은 미주
리주의 반대편까지 달려 메리언 카운티의 페트라라는, 스노 글
로브 같은 마을로 갔다. 둘은 하얀 고속도로를 미끄러지듯 달리
다 커플러 윈드밀이 멀리 보일 무렵에 고속도로에서 벗어났다.
패치는 따뜻한 벤츠에 미스티를 남겨두고, 4년 전에 실종된 딸을
둔 캐럴 버치라는 한 여성과 만나러 갔다. 패치는 자세한 이야기
를 〈메리언 카운티 헤럴드〉에서 발견하고 그동안 캐럴과 편지를
주고받은 터였다. 둘은 겨울 코트 차림으로 몸을 옹송그린 채 나
인 포크 운하까지 빙판길을 느릿느릿 걸어갔다. 캐럴이 자기 딸
이야기를 들려주는 동안, 둘은 백조 두 마리가 얼어붙은 물에서
우아하게 움직이는 걸 바라보았다. 딸의 이름은 멜린다였고, 그
애가 그레이스라고 혹은 그레이스가 아니라고 말할 만한 부분은
아무것도 없었다. 캐럴은 심한 두려움을 안고, 마치 4년 동안 자
기 집 문을 두드리는 애달픈 소리를 듣게 되지는 않을까 지켜보

초기 컬러 텔레비전으로 색상이나 색조, 밝기 등이 자동으로 조절되
었다.

Larry Flynt, 미국의 출판업자로 〈허슬러〉와 같은 포르노 잡지나 포
르노 게임을 만들었다.

고 있었던 듯했다. 패치는 희망이란 일종의 특이한 형벌이 아닐지, 그것이 때로는 확실함보다, 치유로 나아가는 멀고 막힌 그 길보다 더 나쁜 게 아닐지 생각했다.

패치는 해가 저무는 버논 산 앞에서 찍은 멜린다의 사진을 받아서 떠났다. 패치와 미스티는 거의 말없이 차를 달렸고, 집에 돌아가서 패치는 사진을 자기 방 게시판에 붙여놓고 미스티는 창문을 넘어 평평한 지붕으로 나갔다. 패치도 뒤따라 나갔고 둘은 손을 맞잡고 별이 뜨기를 기다렸다. 소년이 고대 그리스와 끝나지 않는 전설에 대해 미스티에게 이야기해줄 수 있도록.

"광산 안은 어때?"

미스티가 말하며 소년의 팔을 자기 몸에 감쌌다.

"괜찮아, 미스트."

"돌이 네 머리에 떨어질까 봐 걱정돼."

"안전모 쓰는걸."

"내가 준 컵케이크 다른 남자들이랑 나눠 먹었어?"

패치는 각력암 밑에서 썩고 있는 케이크를 떠올리고 끄덕였다.

"잘했어. 친구는 그렇게 사귀는 거야, 패치."

미스티의 성적이 하늘을 나는 동안 패치는 단서를 쫓아 미주리주 전체를 돌아다녔다. 대부분은 아무것도 안 나왔다. 가끔 사람들은 소년이 찾아가도 나오지 않거나 전화를 받지 않았고, 가끔 소년은 그 애를 찾지 못할 거라는 생각에, 그리고 아마도 그 애가 이미 세상을 떠나버렸으리라는 생각에 뱃속에서 익숙한 통증을 느꼈다.

87

어느 상쾌한 아침 헌터스빌이라는 마을에서 소년은 다른 어머니를 만나 사진을 한 장 더 받은 뒤 미스티와 함께 바실리카 뒤쪽에 앉았다. 소녀가 무릎을 꿇고 있는 동안 소년은 푸른색 기둥과 별이 수놓아진 천장을 바라보았다.

"요즘 기도하기가 힘들어."

소녀가 말했다.

"왜?"

"난 이미 받은 게 많잖아."

미스티가 소년에게 입을 맞췄다.

입을 떼었을 때도 소녀는 소년의 손을 잡고 있었다. 다시는 놓지 않을 작정이었다.

미스티는 패치가 마음속으로 문가의 연철 옷걸이에 걸린 묵주를 일라이 애런이 피해자들과 함께 묻은 화려한 묵주와 비교하고 있는 걸 알아채지 못했다. 패치가 그 애를 잊는 때는 한순간도 없을 터였다.

패치는 공공도서관에서 자유 시간을 보내며, 고통스러우면서 동시에 번영하는 시기였던 지난 10년을 더듬어나갔다. 소년은 어떻게 그걸 놓쳤을까 싶은 뉴스들을 훑었다. 뉴욕 버펄로의 눈보라, 샌프란시스코 시의원 하비 밀크와 샌프란시스코 시장 조지 모스콘 암살, 뉴욕시 정전 사건, 광선검이 나오는 공상과학 영화, 로큰롤의 왕이 죽자 7만 5천 명이 거리에 나가 그의 목소리와 그가 무대에서 보여준 상스러운 동작을 애도했던 일.

소년은 미주리를 둘러싼 주들까지 탐색 범위를 넓혀서 이름과 얼굴을 더 많이 모았다. 그것들을 두 마을 떨어진 곳에 있는 복사 가게로 가서 복사하고, 닉스 서장의 책상에 올려놓았다. 서장은 이제 소년의 곤경에 신경 쓰지 않고, 소년에게서 복사본을 받아 책상 서랍에 철해놓았다.

새미는 공들인 고기 양념을 완벽한 경지까지 끌어올렸고, 일요일 밤마다 패치와 함께 중심가를 내려다보는 커다란 발코니에서 바비큐를 해 먹었다. 패치가 음료수를 홀짝이는 동안 새미는 《뿌리》와 쿤타 킨테 이야기를 했다.

"통과의례니 뭐니 그런 건 나도 이해하지만, 꼭 그렇게 포피를 잘라내야 하나?"

새미가 말하며 사타구니를 보호하듯 손을 얹었다.

"어떤 여자가 오늘 아침에 새미 만나러 왔었어요. 이름이 니나라고 하던데요."

패치가 말했다.

새미가 콧마루를 꼬집었다.

"메모를 안 읽은 거군."

"그 여자 전화번호 받아놨어요."

"그리고 난 그 여자한테 실제로 메모를 적어서 보냈고. 서비스는 고맙지만 앞으로 내 침대에 올 필요는 없다고 확실히 알리는 내용으로."

패치는 그가 껄껄 웃기를 기다렸다.

새미는 웃지 않았다.

미스티와는 무도회 이야기가 머뭇머뭇 오갔다. 미스티는 같이 가달라고 대놓고 말하지는 않았지만, 둘이 중심가에 있는 미스 클라인의 옷 가게를 지날 때마다 유리창에 전시된 섬세한 레이스 장식이 달린 노란색 드레스와 거기에 받쳐 입는 조끼 앞에서 발을 멈췄다. 그리고 어찌나 깊이 한숨을 내쉬는지, 패치도 결국 용기를 끌어내 엘리언 포인트에 데려가겠다고 말할 수밖에 없었다. 거기서 소년은 예상된 수순을 밟았고 소녀는 갈비뼈가 아플 만큼 소년을 꽉 끌어안았다.

패치는 최선을 다해 어머니를 보살피고, 빼먹지 않고 약을 받아 오고 아침과 저녁을 차려주고 미스티가 자기 집 문을 한 발자국도 넘지 못하게 철저히 차단했다. 광산에서 번 돈에서 미스티에게 기름값으로 떠안기는 돈, 집주인을 달래는 데 딱 필요한 만큼의 상환금을 빼고 나면 얼마 안 되는 남은 돈으로는 각종 서비스 요금을 다 감당할 수 없었다. 매달 한 번 이상은 어머니가 미술관에 찾아와 전기가 끊겼다고 말했고, 소년은 집에 돌아가 냉장고에서 뚝뚝 떨어지는 물을 보며 불안을 삼켰다.

이따금 소년은 마을에서 세인트와 마주쳤고, 소녀가 살짝 웃어 보이면 소년도 똑같이 했다. 세인트가 머지않아 자기를 다 잊어버릴 거라는 사실에서 위안을 느꼈다.

그렇게 소년은 정상이 아닌 상태로, 사는 것도 살지 않는 것도 아니고, 앞으로 나아가는 것도 제자리에 머무르는 것도 아닌 중간 지대에서 지냈다.

그 애를 찾으러 다니는 여정이 허공을 향해 내뱉는 비명이었다면, 그림은 길을 찾아가는 데 필요한 불변의 기준점이 되었다. 소년의 기술이 아찔할 만큼 빠르게 향상되어 새미는 이제 안내하지 않고 그저 물러서서 사색하며 지켜보았다.

소년은 캐럴 버치의 딸을 그리고 그다음으로 헌터스빌의 소녀를 그렸는데 둘 다 몇 달씩 걸렸다. 그림이 완성되자 새미는 운송료를 지불하여 그림을 소녀의 어머니들에게 보냈다. 일주일 뒤 캐럴 버치가 먼 거리를 달려 몬타 클레어까지 찾아와 미술관 앞에 차를 세우고는 패치를 끌어안고 흐느꼈다.

그런 뒤 소년은 캘리 몬트로즈를 그렸다.

아주 섬세하고 능숙한 기술로 그려진 그 그림을 보려고, 전시하는 종일 마을 사람들은 미술관 앞 유리창에 서 있었다. 누구보다 그 자리에 오래 머문 것은 닉스 서장으로, 그는 거기에 뿌리를 내린 듯했다. 머리는 전보다 조금 짧아졌으나 친절한 얼굴은 여전히 지독하게 괴로워 보였다.

그림은 마찬가지 방식으로 리치 몬트로즈에게 배달되었으나 그는 그림을 곧바로 돌려보냈다.

"그림은 어떻게 할 셈이냐?"

어느 오후 패치가 미술관 유리창을 청소하는데 닉스 서장이 말했다.

"새미 말로는 그 애를 발견할 때까지 여기 걸어둬도 된대요. 그 애 아버지는 왜 받지 않는다는 거죠?"

닉스는 캘리의 그림에서 시선을 떼지 않았다.

"너무 아플 때도 있지."

88

패치는 퍼레이드 힐에 있는 커다란 집에서 전보다 시간을 더 많이 보냈다. 한번은 미스티의 어머니가 둘을 레이크랜드 몰에 데려갔다. 어머니와 딸이 패치를 백화점으로 인도하더니 옥스퍼드 셔츠와 격자무늬 스웨터, 광이 나는 정장 구두를 함께 둘러보았다.

미스티는 물건을 한 아름 집어 들고 점원에게 내밀면서 패치한테 이른 크리스마스 선물이라고 했다. 패치가 똑 부러지게 거절하자, 미스티는 빈손으로 매장을 나서면서 눈물을 글썽였고 어머니는 패치가 받겠다고 동의한 적도 없는 시험에서 떨어진 사람인 것처럼 지켜보았다. 소년은 스스로를 모녀의 프로젝트로, 미스티 어머니의 자선사업의 일환으로 보지 않으려 했다.

1979년 봄, 세인트의 할머니가 마지막으로 버스 노선을 돌았다. 그녀는 계속하고 싶어 했으나, 차량관리국은 나이와 필요한 조건에 엄격한 규칙을 적용했다. 노마는 그들을 줄곧 씹어댔고, 매일 아침 자기 버스를 타는 패치도 마찬가지로 욕했다. 노마는 차량관리국을 상대로 소송을 걸겠다고 위협하며 재스퍼와 코츠의 법률사무소에서 상담도 받았지만, 그들은 그 사건이 가망이 없다고 말했다. 노마는 그들을 상대로도 소송하겠다고 위협했다.

패치는 미스티 마이어에 대한 모든 것을 알게 되었다. 소년이 납작한 모자를 썼을 때 웃는 방식이라든지. 다른 여자애들도 패치를 알아차리기 시작했고—아마도 추앙받는 사람과 친하게 지내기 때문이었을 텐데—중론에 따르면 패치는 소년들의 바다에 떠 있는 남자였다. 패치가 차는 안대, 혹은 누군가를 구하려고 목숨을 바쳤다는 사실 때문이라나. 이유가 무엇이었든 그 조합은 애나 블라이스, 크리스티 댈턴, 헤서 백스터가 서로 며칠 간격을 두고 속내를 드러내게 할 만큼 아찔한 것으로 판명되었다. 세 여자애가 차례차례 미술관에 나타났을 때 새미는 재밌어하며 구경했다. 미스티는 패치가 흠칫하게 만들 만큼 불경한 욕설로 그 애들을 쫓아버렸다.

"꿀오소리한테 까불면 안 되지."

헤서가 눈물을 꾹 참으며 돌아갈 때 미스티가 말했다.

"그럼 네가 꿀이 되는 거겠네."

새미가 패치에게 속닥거렸고, 패치의 눈에는 두려운 기색이 역력했다.

어떤 날이면 둘은 미스티의 오래된 빨간색 스팅레이를 타고 구불구불한 경사로를 따라 파이크 크리크로 나갔고, 석양이 예쁜 지평선에 닿을 때 소녀는 자전거 손잡이에 앉아 있었다.

둘은 호숫가에서 일광욕을 했고, 안대가 해어져서 거슬리는 탓에 패치가 용기를 내어 안대를 벗었더니 산들바람이 안대를 물로 굴려버렸다. 미스티는 드레스를 손으로 말아 올리고 호수를 헤치고 들어가 안대를 건져낸 뒤, 물을 뚝뚝 떨어뜨리며 소년의 머리에 다시 씌워주고 소년에게 입을 맞췄다.

둘은 그레이스 이야기를 종종 했지만, 미스티에게 위협을 줄 만한 방식으로는 절대 하지 않았다. 소년은 미스티가 유령이나 다름없는 소녀와 어떻게 경쟁해야 될지 알 수 없어 한다는 것을 알았다.

소년은 하나둘 줄어가는 단서를 또 한 번 쫓아갔다가 실패했다. 그럴 때마다 미스티는 손에 닿을 수 없는 심연으로 숨어버렸고, 미스티가 그 때문에 조바심을 낸다는 걸 알았지만 소년의 실패에 안심하기도 한다는 것도 알았다. 그렇게 해서 그 참담한 원이 완성되었다.

둘은 쌀쌀한 5월의 어느 오후에 처음으로 다퉜다. 미스티가 팰리스7에서 상영하는 영화표를 사 왔다. 러스 힐스에 사는 어떤 여자가 패치의 포스터를 보고 패치에게 연락했다. 패치는 마음속 깊이 그게 아무것도 아니라는 걸 알았지만 그래도 그 여자를 만나러 갔다. 미스티는 짜증을 냈고, 소년이 전혀 반응하지 않자 더더욱 화를 냈다. 버스가 멀어지는 중에 미스티가 버스를 쫓아가 버스 옆면을 얼마나 세게 걷어찼는지, 그 애 아버지가 시 교통국에 수표를 써줘야 할 정도였다.

"활활 타오르는 불이라니까요."

패치가 말했다.

새미가 유리잔을 들어 올렸다.

"제 어머니랑 똑같네."

둘은 중심가를 마주 보며 발코니에 앉아 있었다.

새미는 몸무게가 조금 빠졌는데 그게 세 여자를 한꺼번에 만나는 탓이라고 했다.

"그 마지막 여자가 왔는데 이미 체액이 다 빠져나간 뒤였지 뭐냐. 오르가슴을 느끼는 척해야 했다니까. 그런데도 인간들은 날더러 여성 혐오자라고 해."

패치는 또 다른 그림을 완성했고, 그 애가 말한 단어 하나하나에서 이미지를 만들어가며 그렸다.

"이게 그 집이냐?"

새미가 그림을 뚫어져라 보며 말했다. 부드러운 아침 햇살 속에 있는 하얀 집, 느슨하게 소용돌이치는 붓질이 서로 섞이지 않은 얼룩덜룩한 색들과 어우러졌다. 뒤편의 초지와 물결치듯 일렁이는 언덕의 초입을 표현한 노란 색조들. 현장감이 충격적일 정도였고, 그레이스 가족의 집을 그려낸 세부 묘사가 두드러졌다.

"네 그림들 보여줄 거야."

새미가 말했다.

"누구한테요?"

"텅 비어버린 내 불알망태에. 수집가들이지, 멍청아."

"그거 파는 거 아니에요."

새미가 잔을 털어 넘기더니 조금 더 마셨다.

"네가 나한테 진 빚이 얼마인지 상기시키게 하지 마라."

패치가 헛기침을 하더니 새미만 빼고 사방으로 시선을 주며 말했다.

"그, 세인트 루이스에 미술학교 있잖아요. 내가 충분히 잘 그리면 사람들이 그림 보러 더 많이 오지 않을까 싶은데요. 그럼 좋지 않으려나요?"

새미가 팔을 흔들다가 버번 위스키를 팔뚝에 흘렸다.

"좆같은 미술학교 따위 창작의 압제자라고. 차라리 그 100달러짜리 붓들을 가져다가 네 똥구멍을……."

패치가 졌다는 뜻으로 두 손을 들었다.

"금발머리 여자 친구는 어떠냐? 네가 갱도에서 일하는 거 상관 안 하디?"

새미가 마음을 가라앉히며 말했다.

"그 애는 학교를 마칠 거예요. 그러고 나면 대학에 갈 거고. 그러면 이것도 다 끝이 나겠죠."

"그때까지는?"

패치는 차가운 음료를 머리에 가져다대고 눈을 감았다.

"내가 씨발, 뭘 하고 있는 거죠, 새미? 평범한 척이나 하고. 여자 친구도 있고. 영화관도 가고 햄버거도 먹고, 그러면서 명백한 시간 낭비가 아닌 척하고 있잖아요. 일분일초를 그 애를 찾는 데 바쳐야 하는데. 그러는 대신……."

"일시 정지를 누른 거지, 자식아."

패치는 고개를 끄덕였으나, 일시 정지란 그 정의에 따라 일시적인 것이라는 사실을 알았다.

89

세인트는 〈사랑의 꿈〉 3번을 연주했다.

소녀의 작은 손이 건반 위로 흐르듯이 움직였고 빠른 카덴차 부분에 이르자 이마에 땀이 맺히면서, 할머니가 방에 들어오는 것도 알아채지 못할 만큼 집중해야만 했다.

봄비로 길거리가 거울이 되어, 고개 숙인 큰꽃연영초들을 만화경처럼 비추었다.

소녀가 곡의 중반부에 이르러 연속 옥타브와 연이은 아르페지오에 다다르자, 할머니가 바로 옆에 다가와 섰다. 소녀가 연습할 때는 한 번도 그런 적이 없었는데.

세인트는 곁눈질로 할머니가 들고 있는 커다란 봉투를 보았다.

"해노버 소인이 찍혀 있어."

노마가 말했다. 그녀는 안경을 끼기 시작했는데, 손녀의 것보다 가벼웠다.

세인트는 서스 코드 부분을 느리게 흐르듯이 연주하며 할머니한테 열어보라고 했다.

노마는 손이 떨렸다. 기대 때문이 아니라 떨림을 멈출 수가 없기 때문이었다.

은퇴하자 하룻밤 사이에 늙어버렸다.

“하느님. 너 붙었다, 세인트. 합격이야.”

세인트가 건반을 천둥처럼 내리쳤다.

노마는 끝날 때까지 기다렸다가 가볍게 손뼉을 쳤다.

“완벽했다.”

노마가 말했다.

“균형을 잃어버렸어요.”

세인트가, 오른손이 자기를 배반했다는 듯 손을 응시하며 말했다.

“너 다트머스에 합격했어, 세인트.”

“할머니 곁을 떠나고 싶지 않아요.”

노마가 세인트의 머리를 안았다.

“바보 같으니.”

“할머닌…… 늘 제 전부인걸요.”

“가자, 레이시스 다이너에서 축하할 겸 아이스크림 사주마.”

세인트는 피아노 쪽으로 돌아앉았다.

다시 시도할 생각이었다.

소녀는 포기하는 법을 몰랐다.

- 아이비리그 대학 중 하나로 뉴햄프셔주 해노버에 있다.

90

주말에 세인트는 패노라의 공공도서관에 가서 자전거를 검은색 난간에 기대두고 백조가 호수에 붙어 있듯 도서관 일에 붙어 있었다.

문의, 대출, 주문, 심지어 낡은 카드 시스템까지 다루었다. 중간중간 조용한 시간이 꽤 있어서 그때마다 소녀는 조사를 했다.

소녀는 여러 관할구역에 있는 백 명의 검시관에게 편지를 보내고, 일라이 애런 집에서 1600킬로미터 반경에 있는 병원 접수원 서른일곱 명과 대화했다. 그림 속 소녀의 인상착의를 말해주면서, 자기 마음속의 항변과 할머니의 변론을 꾹 삼켰다.

"그 애가 어떻게 생겼는지 녀석이 알 리가 없지."

어느 날 오후 노마가 레이시스 다이너에서 레몬 머핀을 먹으며 말했다.

세인트는 대꾸하지 않고 그저 거리를 내다보았다. 42번 버스가 다가오더니 패치가 내려 미스티의 양팔에 안겼다.

세인트는 패치도 나름대로 실종된 10대들의 부모를 찾아가고, 아침마다 세인트 프랜시스 광산으로 버스를 타고 가서 빨간색 폴더에 메모하고 있다는 걸 노마에게 들어서 알고 있었다. 세인트는 1년 동안 공공 기록과 주 정부 기록을 조사했다. 사망진

단서에 초점을 맞췄다. 그 일은 품이 많이 들고 까다로웠지만, 대부분은 나이만으로도 걸러낼 수 있었다. 소녀는 그레이스가 자기들보다 세 살은 더 많을지도 모른다는 사실무근의 가정에 따라 조사했는데 그래야 자기가 뭐라도 더 할 수 있었기 때문이었다. 소녀는 전문 자격증을 조사했다. 간호, 치료, 법, 의료. 가능성 있는 후보를 발견하면 소녀는 메모를 하고 그 사람의 삶을 파고들었다. 소녀는 거의 3백 명에 이르는 여성, 어머니와 아버지, 조부모에게 전화를 걸었다. 세인트는 접근 방법에도 공을 들였다. 초반에는 질문하기 전에 분위기부터 만들었지만, 얼마 지나지 않아 그냥 질문부터 던지는 식이 됐다. *패치라는 이름의 소년을 아시나요?* 어떤 경우는 사람들이 배경 설명을 한동안 들어주었으나, 어떤 경우는 그냥 소녀의 말을 끊어버렸다.

소녀는 연방 정부의 기록을 요청하려는 생각도 해봤지만, 성도 없이 이름밖에 몰랐기에 금세 포기했다.

세인트는 1년 동안 툼스 선생의 집을 지켜보다가 그에게 흥미를 잃었다. 그가 숨긴 게 무엇이든 소녀는 그게 그레이스는 아니라고 확신했다.

패치는 여전히 한밤중에 전화를 걸었고, 횡설수설하는 말로 테이프 세 개를 채웠다. 어떤 때 소년은 제정신이 아닌 듯 갈피를 못 잡고 혼란스러워했다. 어떤 때는 둘이 갇혀 있던 지하에서, 아마도 겨울 아침이었을 어느 때 그레이스에게 어떤 냄새가 났는지를 이야기했다. 피부에서는 레몬 향이 나고 숨결에서는 페퍼민트 향이 났다고 했다. 소년은 볼디 포인트에서 보는 하늘이 어떤지, 앨터스-루거트 호수가 어떻게 댐에서 흘러넘쳐 굽이치며 포크 레드강을 따라 흘러가는지 언급했다. 밤마다 세인트는 전

화기를 담요로 덮어놓아 전화벨 소리에 할머니가 깨지 않게 했
다. 그건 미친 짓이었다. 패치를 자기와 연결해주는 고리였다.

소녀는 학교에서도 대강 하지 않고 학급에서 정상에 올랐으
나, 주변에서 대학과 무도회 이야기로 흥분해도 반응하지 않았
다. 소녀는 이제 긴 머리를 땋지 않고 뒤로 묶었고 패션이니 유행
이니 하는 것을 거의 무시했다. 부풀려 층을 준 머리스타일, 백금
발. 소녀는 코듀로이 멜빵바지를 입고, 미스티가 망토처럼 넓은
칼라의 레이스 달린 옷으로 빛을 발하는 걸 그저 바라보았다.

어느 날 세인트가 일어나 보니 현관문 앞에 장미꽃이 일렬로
늘어서 있고 그 끝에 지미 월터스가 있었다. 지미는 커다란 부케
를 들고 있었다.

"널 무도회에 데려가고 싶어 하는구나."

노마가 옆에서 말했다.

"그건 알아요."

"패치는 미스티랑 간다던데."

그 말이 필요하기라도 한 듯 노마가 덧붙였다.

"그것도 알아요."

노마가 부드럽게 말했다.

"새미가 그 녀석 그림을 다음 주말에 전시한다더라."

"아."

"지미한테 기회를 줘보렴. 나를 위해서. 내가 약속하는데, 잘
안 되면 전적으로 책임지마."

91

세인트는 다음 주에 여기저기 전화를 건 다음 할머니를 먼 마을들까지 끌고 다녔다. 캠든 카운티에서 데이드까지, 재스퍼에서 오자크까지, 소녀는 부탁하고 역설하고 대놓고 애걸한 끝에 지역 신문기자 두어 명이 해적 소년을 보러 오게 만들었다—애초에 존재하지 않을지도 모를 소녀의 삶을 그림으로 그린 소년을. 긴가민가하는 사람들에게 소녀는 도서관에서 그림 복사본을 팩스로 보냈고, 그들은 소년의 재능에 사로잡힌 나머지 뭔가 써주겠다고 동의했다.

몬타 클레어 〈더 트리뷴〉의 작은 사무실에서 세인트는 데이지 크리슨 기자 앞에 앉았고, 데이지는 책상에 두 발을 올리고 연필을 씹으며 그림을 바라보았다.

"이게 그 여자애니?"

데이지가 말했다.

"그럴 수도 있어요."

데이지가 이마를 찡그렸다.

"이거 보도해주면, 해적 녀석이 귀찮게 굴지 않게 해드릴게요."

세인트가 거짓말했다.

데이지는 재빨리 동의하며 끄덕였다.

운명의 날 밤, 세인트는 한 시간 일찍 도착해 미술관 창문으로 패치가 바닥을 쓸고 새미가 임시로 설치한 바에 미스티가 랜턴을 거는 모습을 보았다. 그림들은 벽마다 걸려 있었고 전부 여섯 점이었는데, 다 똑같이 훌륭했다.

세인트는 성당 뜰에서 한 시간을 기다렸고 마침내 노마가 느릿느릿 걸어 나타나자 문으로 다가가 할머니와 함께 걸었다.

"그 녀석 어머니도 오나?"

노마가 물었다.

새미가 브랜디를 빤히 들여다보았다.

"누가 오든 아무 소용 없어요. 그 멍청한 녀석이 그림을 하나도 안 팔겠다고 작심을 해서. 도시에서 보러 올 사람도 있는데."

세인트가 미술관의 어두운 가장자리에 숨어 있는 동안 미술관이 마을 주민들로 차기 시작했고, 기자 두어 명과 소녀가 모르는 도시 사람들도 찾아왔다. 미스티의 부모는 중심을 장악하고 자신들의 딸이 그토록 촉망받는 예술가와 사귀기로 한 것에 그날 밤은 만족해했다.

소녀는 가볍고 산뜻한 오드콜로뉴 냄새를 맡고서야 지미 월터스가 온 것을 알아차렸다.

"나 흰담비 있다."

지미의 첫마디가 그것이었다.

"그리고 넌 그걸 내 비버에게 소개해주고 싶은 거겠지."

지미는 얼굴을 붉혔으나 어찌어찌 웃기는 했다. 소년은 가슴에 딱 붙는 새틴 셔츠를 입었다. 세인트는 이따금 소년이 낡은 철길 옆에서 뛰는 걸 보았다.

지미가 헛기침을 했다.

“흰담비는 심장이 1분에 250번 뛰어.”

소녀는 지미의 떨리는 목소리와 어둡게 젖은 겨드랑이 밑을 보니, 지미의 심장도 뒤지지 않겠구나 싶었다.

이따금 세인트는 카메라를 들고 숲에 들어갈 때 지미가 같이 걷게 해주었다. 소년은 대부분 알아서 조용히 있었지만 세인트는 소년의 열의에, 세인트가 알아볼 만한 뭔가가 되어야 한다는 소년의 열성에 갑갑함을 느꼈다. 세인트는 소년이 왜 마음을 쓰는지, 자기에게 있지도 않은 뭔가를 소년이 어떻게 보는 건지 알 수 없었다.

“세인트.”

지미가 말했다.

소녀가 돌아보았다.

“나도 네가 패치를 볼 때처럼 날 보지 않는 거 알아. 그래도 난 너한테 무도회 가자고 하려고 여기 왔지만, 그 녀석은 아니야.”

지미가 다시 웃음 짓더니 자기 어머니에게 갔다. 어머니는 캘리 몬트로즈 그림을 응시하고 있었다.

세인트는 두리번거리며 패치를 찾다가 뒷문이 열린 걸 보고 패치가 테라스에 혼자 앉아 있는 걸 발견했다. 밤하늘을 별들이 어찌나 밝게 수놓았는지 캔버스를 가득 채운 듯했다.

“이제 유명해졌네.”

소년이 고개를 들더니 그날 저녁 들어 처음으로 웃었다.

“왔냐, 세인트.”

“그래, 인마.”

소년이 일어서자 소녀는 순간 그 애가 자기를 끌어안으려고 한다고 생각했지만, 소년은 난간 앞에 머물 뿐이었다.

"새미가 나한테 빠졌어."

"그 인간은 술꾼 멍청이잖아."

"어떻게 지냈어, 세인트?"

세인트가 머리카락을 귀 뒤로 넘겼다. 소녀는 길고 긴 1년 반 동안 치아 교정기를 했었는데, 소녀가 웃을 때도 패치는 그 애의 치아가 바르게 된 걸 알아채지 못했다. 소녀는 여전히 작았고, 얼굴만 보면 훨씬 더 어리게 보였으며, 주근깨가 여전히 코를 덮었으나 안경테는 전보다 가벼웠다.

"난…… 난 여기 있었어."

패치가 웃었다. 세인트는 뱃속 깊은 곳에서, 아픈 가슴에서 그 웃음을 느끼지 않으려고 했다.

"너 광산에서 일하지."

"그림을 팔 수는 없어."

세인트가 하늘을 올려다보았다.

"네가 보는 걸 보는 사람이 더 많아질수록…… 그림을 여기 걸거나 아니면 다른 데로 보내면, 딱 맞는 순간에 딱 맞는 자리에 걸려서 무슨 일이 일어날지도 몰라."

패치가 몬타 클레어의 불빛을 둘러보았다.

"이건 실제가 아니야, 그치? 이게 내 인생일 리 없다고, 세인트."

세인트가 돌아서 창문으로 안을 들여다보자, 미스티가 대화하면서 눈으로는 소년을 찾고 있었다.

"그래도 여자 친구는 생겼잖아, 패치."

"어떤 날 밤에는 어둠 속에서 누워도 그 애를 찾을 수가 없어."

소녀는 자기가 아직 그 애를 찾고 있다고 말해주고 싶었다. 소년을 볼 때면 자기가 절대 포기하지 않으리라는 걸 안다고.

"내 어머니도 와 있어?"

"그럴지도 몰라. 사람이 엄청 많아, 알아?"

소년은 속뜻을 간파했다. 웃었다.

"내가 그림 팔아야 한다고 생각해?"

소년이 말했다.

"그 애 인생의 일부분을 떠나보내주면 어때. 그리고 뭐가 돌아오는지 보는 거야."

패치는 안에 들어가 바에서 새미를 발견했고, 둘 사이에 대화가 오갔다.

세인트는 노마가 흰색 집 그림 앞에 혼자 서 있는 걸 발견했다.

"너무 아름답구나."

노마가 말했다.

새미는 패치를 아일린이라는 이름의 여성에게 소개했다. 아일린은 〈그레이스의 중심가〉라는 그림에 담긴 거리를 거의 한 시간 동안 뚫어져라 보았다. 그녀는 그게 아름다운 작품이라면서 남편 사무실에 걸릴 거라고 했다. 근사한 어딘가로 데려가줄 창문처럼. 새미가 값을 제시하자 그녀는 새미와 가볍게 악수하고 대단히 고맙다고 말하더니 수표책을 꺼냈다. 첫 판매였다.

세인트는 잠시 밖으로 나갔다가 길 건너편에서 툼스 선생을 보았다.

"들어가세요?"

툼스는 웃으며 고개를 흔들었다.

"녀석은 잘 지내?"

툼스는 눈을 가늘게 뜨고 군중 속에서 패치를 알아보려 했다.

"아직도 그 애를 찾고 있어요."

툼스가 돌아보았다.

"툼스 선생님. 죄송해요. 그때요."

"친구를 지키려고 한 거잖아."

"그랬죠. 그래도 죄송해요."

"그림 속 여자애. 그레이스 말이야. 녀석이 그 애를 찾으면 좋겠어. 그게 마땅한 애야."

"다들 그래요."

세인트가 말했다.

소녀가 돌아보자 툼스가 캘리 몬트로즈 그림을 바라보고 있었다.

"아름답죠."

세인트가 말했으나, 고개를 돌렸을 때 툼스는 거리를 따라 성당 쪽으로 사라지고 없었다.

세인트는 자기 팔을 붙잡은 노마와 함께 그림을 한 점 한 점 오랫동안 들여다보았다. 이번에도 할머니는 흰색 집 앞에 서서 꼼짝도 하지 않았다.

"꼭 엄마가 자란 곳 같아요. 할머니가 갖고 있는 그 사진 속에서요."

세인트가 말했다.

"그보다야 훨씬 멋지지."

"그래도요, 엄마 생각이 나요."

"넌 녀석한테 좋은 일을 해줬어, 세인트."

한 시간 뒤 그림은 두 점을 빼고 모두 작은 빨간색 스티커가 붙어 있었다. 패치는 〈그레이스 No. 1〉 앞에서 보초를 섰다. 세인트 루이스에서 온 한 남자가 괜찮은 금액을 제안했고 새미도 끔

찍한 욕을 내뱉었지만 패치는 그 애를 팔지 않으려 했다.

다시 한 시간이 지나고 술도 거의 떨어졌다. 닉스는 늦게 나타나 캘리 몬트로즈를 응시했다.

"값이 얼마지?"

닉스가 물었다.

"값이 없어. 녀석이, 자기가 팔 그림이 아니래."

새미가 말했다.

닉스는 그 말에 웃음 짓고 패치에게 모자를 건드려 인사하더니 가버렸다.

"갚을게요."

세인트가 활짝 웃으며 말했다.

"넌 아무것도 해달라고 하지 않잖아."

노마가 말했다.

"예전에 한 번 꿀벌 사달라고 했잖아요, 할머니."

세인트가 노마의 뺨에 입을 맞추더니 꼭 끌어안았다.

이튿날 두 사람은 그림 한 점을 배달받을 터였다.

세인트는 흰 집 그림을 피아노 위에 걸고 연주하면서 바라볼 터였다.

미술관 밖에서 세인트는 새미가 시가에 불을 붙이는 걸 발견했다.

"녀석은 굉장해요."

세인트가 말했다.

새미가 창으로 〈그레이스 No. 1〉을 응시했다.

"아냐. 아직은. 손을 너무 많이 대. 녀석은 언제 그만둬야 하는지를 몰라."

92

늦은 오후 햇빛이 너무 눈부셨고, 몬타 클레어의 숲은 무자비하게 아름다웠다. 세인트는 멀리 떨어진 흰꼬리사슴에게 카메라를 조준하고, 사슴이 한 발을 들고 고개를 갸웃하는 순간 찍었다. 사슴은 잠시 기다렸다가 이동했는데, 꼭 알고 그러는 것 같았다. 위에서는 여름풍금조가 소녀를 굽어보았다. 언젠가 할머니는 이 새가 인내심의 상징이라고, 우리가 인도받고 있다는 것과 우리 길이 이미 오래전에 깔렸다는 것을 알게 해주는 신호라고 말했다.

소녀는 필름을 감고 다져진 오솔길을 따라 거닐면서 여름을 들이마시고, 아주 오랜만에 그나마 평온하다고 느꼈다. 소녀가 아무에게도 말하지 않은 나쁜 꿈들, 일라이 애런의 얼굴이 나타나는 꿈들도 천천히 희미해지기 시작했다.

소녀는 카메라에서 작은 필름을 꺼냈다.

필름을 맡기려고 드러그 스토어에 줄을 서 있는데, 반대편 통로에서 남자애 두 명이 초조해하며 서 있는 걸 발견했다.

"콘돔이야."

소녀가 돌아보자 아이비 머콜리가 뒤에 서 있었다. 아이비는 수척해 보였고 눈이 벌겠다.

"졸업반 무도회."

아이비가 소년들에게 눈을 굴리며 말했고, 소년들은 두려움이 어린 눈으로 선반을 훑어보았다.

"이렇게 만나니까 좋네요."

세인트가 말했다.

아이비가 손을 뻗어 부드럽게 소녀의 뺨을 건드렸다.

"넌…… 내가 아는 모습이랑 똑같구나. 내가 기억하는 어린아이 때랑 똑같아."

세인트가 웃었다.

"오늘 너도 가니?"

아이비가 물었다.

"네."

세인트는 지미 월터스를, 그 애가 대여섯 번이나 더 가자고 해서 마침내 지난 일요일에 성당을 가로질러 가서 알겠다고 대답한 일을 떠올렸다. 그 애 어머니도 아들만큼이나 활짝 웃었다.

"조셉은 가. 학교에서 그래도 된다더라."

세인트는 패치가 연하늘색 드레스 셔츠를 입은 모습을 떠올리고 거의 웃을 뻔했다. 그러다가 미스티와 팔짱을 끼고 있는 모습이 떠올랐다. 둘은 어울렸다. 무슨 조화인지, 가망이라고는 없는 한 쌍인데도 세인트는 둘이 얼마나 아름답게 어울리는지 생각할 때가 있었다. 이제 그렇게 생각할 수 있다고 스스로에게 말했다.

"내가 너한테 고맙다고 했는지 기억이 안 나네."

아이비가 말했다.

"하셨어요."

아이비는 소녀의 눈을 들여다보며 소녀의 마음을 읽는 듯했지만 그저 웃어넘겼다. 소녀가 무슨 말을 했든 혹은 하지 않았든 그것은 이미 너무 철저하게 묻혀버렸기 때문이었다.

"아이가 생기면, 깨달을 틈도 없이 자신의 세상이 너무 커져버려."

"걔 그림 보셨어요?"

세인트가 물었다.

"어디서 그런 게 나오는지 모르겠다. 가족 중 아무도 그런 사람이 없는데. 하느님께서 주신 거라고 생각하고 싶네."

"저도 그래요."

"어머니가 되는 데는 연습이 없어. 단지 어머니가 될 수 있다고 해서, 낳을 수 있다고 해서 좋은 어머니가 되는 건 아니야. 그리고 좋은 어머니가 못 되면, 자기 인생만이 아니라……."

둘은 소년들이 어떤 걸 고르더니, 그중 큰 아이가 둘 쪽을 건너다보고 아이비가 자기를 빤히 보는 걸 알아채고서 물건을 떨구는 상황을 지켜보았다. 두 소년은 꽁지가 빠져라 거리로 달아났다.

"오늘 밤 누군가 임신하겠네요."

세인트가 말했다.

아이비가 소리 내 웃더니 머리카락을 쓸었다. 이제 탈색한 금발머리는 뿌리 부분이 어둡고 기름져 있었다.

"사람들이 장례식이니 뭐니 그런 걸 하자고 했었어. 그때 말이야. 난 아직도 그 기억을 떨쳐낼 수가 없어. 애덤스 신부는 시신도 없이 내 아들을 묻으려고 했다니까. 땅속에 빈 관을 묻으려고 한 거야. 그래야 내가 앞으로 나아갈 수 있다고. 어쩌면 자기가 앞으로 나아가려고 한 건지 모르지. 그러면 매주 우리 이야기를 하지 않아도 되잖아. 가끔은 그게 실제고 이거, 지금이 꿈 같아. 어쩌면 난 죽은 거고 여기는 무슨 연옥인일 모르지.”

두어 사람이 둘을 힐끔거렸다.

“하지만 넌 진짜야, 세인트. 넌 내 아들을 집에 데려다줬어.”

“그래요, 아이비. 걔는 집에 돌아왔어요.”

세인트가 나직이 말했다.

“여긴 매번 이렇게 기다리네.”

아이비가 말하면서 손을 살짝 떨었다.

“아직도 약이 없으면 잠을 못 자. 빌어먹을 악몽 때문에.”

세인트가 옆으로 물러나 아이비가 먼저 가게 했다.

아이비가 카운터로 움직였고, 세인트는 점원이 아이비에게 더는 약을 줄 수 없다고 말하는 걸 듣지 않으려고 했다. 아이비가 가져온 처방전에 더는 리필이 남아 있지 않다는 얘기였다.

“툼스 선생한테 전화해서 물어봐요.”

아이비가 말했다.

점원은 죄송하다고 했다.

“난 사과가 필요한 게 아니야, 좆같은 잠이 필요하다고요.”

아이비가 점원의 손을 잡았다.

“제발요.”

점원이 손을 잡아 빼자, 아이비가 몸의 균형을 잡더니 다시 욕을 하며 거리로 돌아 나갔다.

세인트는 점원이 떨어뜨린 처방전들을 집어 들었다. 소녀는 위쪽에 인쇄된 이름을 슬쩍 보았다.

마틴 툼스. 개인 처방전이었다.

소녀는 그것이 그저 호기심인지, 아니면 자기를 결코 떠나지 않는 감인지 알 수 없었다. 세인트는 일어나 처방전들을 훑어보았고, 그사이 점원과 약사가 아이비가 괜찮은지 확인하러 따라나섰다. 광범위항생제. 진통제. 수면제.

소녀는 주변을 흘끗 돌아본 뒤 처방전들을 주머니에 슬쩍 넣고 그곳을 떠났다.

세인트는 집에 돌아가 계단을 오른 뒤 자기 방에 걸린, 끝단에 주름이 잡힌 하늘색 드레스를 보았다.

그러고는 주머니에서 처방전을 꺼내 침대에 앉은 다음, 숨을 죽이고 리필이 언제 시작되었는지 확인했다.

세인트는 두 번 확인했다.

피가 내달렸다.

9월 9일.

패치가 납치된 다음 날이었다.

93

프랭클린 마이어는 브랜디가 채워진 묵직한 크리스털 잔을 패치에게 건네고 자기도 한 잔 따른 다음, 패치와 함께 석조 테라스로 나갔다.

저 멀리에서 정원사 한 명이 부지를 보살피고 있었다. 나무들 사이로 난 목재 산책로가 가운데 커다란 분수가 있는 저수지로 이어졌다. 라벤더가 길게 늘어서서 향기를 발했고, 해가 막 떨어지기 시작하면서 숨겨진 랜턴들에 불이 들어오기 시작했다.

뒤쪽으로는 하얀 스투코를 바른 위압적인 건물이 푸른색 슬레이트 모임 지붕을 얹고, 열 네 개의 창문과 페디먼트마다 꽃 장식을 새겨 넣은 모습으로 서 있었다.

프랭클린은 길고 검은 유리 탁자로 소년을 데려갔고, 둘은 쿠션을 받친 고리버들 의자에 앉았다. 그리고 잠시 음료를 마시며 다가오는 저녁의 소리를 음미했다.

"그래, 오늘 밤이 그날인가?"

프랭클린이 다리를 꼬며 말했다. 그는 흰색 셔츠의 버튼을 세 개 풀어놓은 모습이었다.

"그렇습니다."

프랭클린은 패치가 새미에게서 빌려 입은 네이비색의 값비

싼 맞춤 정장을 쳐다보았다. 그건 살짝 크긴 했지만, 이곳에 오는 길에 본 프릴 달린 파란색과 크림색 옷들과는 차원이 달랐다.

리무진 한 대가 진입로에 서 있고 그 옆에 사진사 한 명이 자기 차에 앉아, 마을에서 가장 아름다운 소녀가 졸업반 무도회를 보내는 모습을 포착하라는 신호를 기다리고 있었다.

프랭클린이 웃었다.

"오늘은 영화가 아닌 다른 걸 하게 되겠군그래? 요즘은 얘가 누구를 좋아하는지 잊어버렸어…… 구레나룻이 있는 녀석인데."

패치는 대니와 티-버즈, 샌디와 핑크 레이디스*를 떠올렸다. 소년은 그 영화를 보느라 이제까지 다섯 번을 앉아 있어야 했다. 지난주 토요일에는 오후 재상영을 보러 갔다가, 미스티가 버거와 프라이를 먹는 내내 입을 삐죽거려서 결국 굴복하고 저녁에도 보러 가야 했다. 그냥 보기만 한 게 아니었다. 미스티는 노래를 전부 따라 불렀고, 언덕을 걸어 집으로 돌아가는 길에는 패치에게 가망이 없을 정도로 푹 빠졌다**고 선언하기에 이르렀는데, 목소리가 어찌나 째지는지 소녀의 다른 부분과는 끔찍하리만치 어울리지 않았다.

"일은 어떤가? 지금 벨 루이스에서 일하지."

"좋습니다."

지난번 근무때는 깊은 지하 바닥에서 천장까지가 170센티미터 정도여서 패치는 아홉 시간 동안 구부리고 있어야 했다. 일을

<hr>

* 1978년 미국에서 처음 상영된 뮤지컬 영화 〈그리스〉의 등장인물들이다.

** 〈그리스〉의 테마곡 중 'Hopelessly Devoted to You'라는 곡의 노랫말이다.

마치고 허리를 펴려고 하자 거의 눈물이 나올 지경이었다.

"정직한 일이야, 조셉. 중요한 일이지. 산업의 중심부……."

프랭클린은 말을 흐렸다.

"졸업반 무도회 말인데."

그는 다소 애석한 목소리로, 미스티의 어린 시절이 너무 빠르게 지나갔다는 듯 말했다.

"알겠지만 우리는 아이를 더 낳았으면 했네. 아들로. 남자들은 다들 이르든 늦든 그런 생각을 하는 것 같아. 우리에겐 허락되지 않은 일이었지. 그래서, 알겠지만 미스티는 우리에게 전부라네. 이 말은 그냥 가볍게 던지는 얘기가 아니네, 조셉. 미스티는 우리의 전부라고."

"특별한 아이입니다."

"걔가 만든 요리 먹어봤나?"

패치가 끄덕였다.

두 남자는 똑같이 찡그린 얼굴로 먼 산을 바라보았다.

"두 사람은 가까워졌어. 물론 미스티는 몇 달 뒤면 하버드로 가겠지."

"그렇습니다."

그 일은 암시되기는 하지만 직접 언급되지는 않는 주제로, 둘을 향해 달려오는 화물기차처럼 다가왔다. 패치는 피해가 막심할 거라는 점을 알았으나, 소녀가 쓰러진 참나무에 있던 패치 옆에 앉은 순간부터 예정된 일이었다는 것도 알았다. 미스티는 소년이 그 이야기를 꺼낼 때마다 말을 돌렸다. 소년은 미스티가 거기 있는 모습을, 맞춤 옷을 입은 채 자신과는 전혀 다른 남자애들 그리고 미스티와 비슷한 여자애들과 함께 있는 모습을 상상했다.

“그 앤 여기를 떠나고 싶지 않다고 하네.”

프랭클린이 말했다. 그는 커다란 시가를 꺼내 패치에게 권했으나 패치는 고개를 가로저었다. 프랭클린은 시가에 불을 붙이고 손으로 연기를 흩어버렸다.

“솔직히 말하면 금방 지나갈 줄 알았지.”

솔직히 패치도 같은 생각이었다.

“태생에 관해서는 나도 아네. 그 애와 자네 사이에는…… 낭만이 있지. 나도 그걸 못 볼 만큼 늙진 않았어. 별들에 새겨진 운명 같은 거.”

“다들 제가 미스티를 구했다고 생각합니다. 하지만 강한 쪽은 그 애죠.”

그 말에 프랭클린이 웃었다.

“하지만 자네도 알다시피 그 애는…….”

“의무감을 느끼죠.”

프랭클린이 한 손을 들어 진정시키려고 했지만 패치는 처음부터 차분했다.

“내 위치에 있으면, 가진 게 빌어먹게 많다 보면, 위선 떠는 이기주의이거나 독선적이고 거만하고, 음, 내 아버지에 대해 내가 생각하던 온갖 모습으로 묘사되기가 쉽지. 우리는 조상들에게 물려받은 돈을 관리하는 사람들이네. 내 주업은 그걸 잃지 않는 거고, 어쩌면 조금 늘리는 거지. 자리를 보존하는 것 말이야.”

패치는 집을 한 번 더 흘깃 돌아보았고 불빛들이 유리창으로 퍼져 나왔다. 굴뚝에서 천천히 피어오르는 연기가 잿빛으로 꾸물꾸물 움직이다 흩어졌다. 위층의 열린 창문에서 음악이 흘러나왔다. 편안한 기타 연주, 어린 시절의 삶과 야생마*.

그리고 소년은 거기 앉아서 언젠가는 오리라는 걸 알고 있던 일을 기다렸다.

"우리는 자식들이 우리보다 더 많이 이루기를 바라야 마땅하네, 조셉. 안 그러면 자식이 부모와 다를 바 없는 삶을 살도록 가두는 꼴이 될 테니. 발전은 그런 식으로 일어나는 게 아니지. 분투하는 걸세. 내 딸은 여러 면에서 대단하지만, 자기가 얻을 수 있는 모든 걸 얻으려는 욕심은 특히 더 그렇다네. 그 애 어머니와 내가 저지른 실수는 모조리 미스티가 바로잡을 거야."

패치는 자기 잔을 들여다보았다. 나무들 사이에 묻어놓은 랜턴 불빛에 잔을 들고 있으니 다채로운 색조로 빛이 반사되었다. 소년은 그걸 만든 사람도 그게 완벽한 물질이라는 걸 알았는지 궁금했다. 소년은 그들의 세상을 둘러보고 수많은 완벽한 것들을 보았다. 그리고 거기에 결코 속할 수 없는 유일한 것도.

"제가 그 애랑 얘기해보겠습니다."

소년이 조용하게 말했다.

프랭클린이 부드럽게 웃더니 마침내 소년을 바라보았다.

"이 시점에서 얘기는 충분하지 않은 것 같네. 그 애는 그날 아침에 총알 한 발을 피했어……. 난 그저 그 애가 다른 총알도 피하도록 도우려는 거네."

패치는 웃었다. 이해하지 못했기 때문이 아니라, 이해했기 때문에.

그 말을 하고 프랭클린은 주머니에 손을 넣어 수표를 꺼내더

* 롤링 스톤즈의 〈야생마Wild Horses〉를 가리킨다.

니 탁자에 놓았다.

"난 죽을 때까지 자네에게 고마울 거야, 조셉. 내가 자네에게 줄 수 있는 건 아주 많지만, 내 딸은 거기 들어가지 않네."

그는 일어나서 패치의 어깨에 손을 대더니 다시 집으로 들어갔다.

어스름의 빛깔들이 그 차분한 여름날에 내려앉았다.

그들이 웅장한 계단 밑에 서 있는데 미스티가 계단으로 내려왔다. 패치는 사진가의 조명을 들고 거기선, 플래시 때문이 아니라 감히 붙잡아둘 가망이 없는 여자애 때문에 눈이 부셨다. 바닥에 끌리는 가운은 머리띠와 같은 노란색이었다. 미스티는 소년에게 가서 그 손을 잡았다.

소녀의 부모가 나왔다.

패치는 미스티가 그렇게 환하게 웃는 걸 본 적이 없었다.

"너 정말 아름답네."

미스티가 말하며 소년의 머리카락을 쓸어 넘겼다.

"누가 할 소리."

둘은 어느 면으로도 어울리지 않았다. 어느 면으로도 맞지 않았다.

소녀는 소년을 전적으로, 절대적으로 사랑했다.

94

툼스의 집은 어둠에 잠겨 있고, 달은 하얀 띠에 불과했다.

세인트는 무도회 드레스 차림으로 그 앞에 섰다.

앞서 소녀는 미용실에 다녀와서 머리카락이 밤색 웨이브였다. 섬세하게 화장하고 향수를 가볍게 뿌린 뒤 메리 제인스 구두의 버클을 잘 잠갔다.

노마가 말했다.

"아름답구나, 세인트. 머리가."

"빗었어요."

"그리고 화장도."

"했어요."

노마는 칭찬을 계속해봐야 못 당한다는 걸 알고 그만두었다.

그리고 소녀가 떠난 지 10분 뒤에 지미 월터스가 문을 두드렸고, 지미는 웃는 얼굴로 코르사주를 안고 있었다.

세인트는 식물들을 가로지른 뒤 커다란 콘크리트 덩어리 위에 서서 100만 평이 넘는 땅을 둘러보았다.

소녀는 그 애를 떠올렸다. 그레이스.

그 애는 어딘가에 있을지 몰랐다. 어쩌면 살아서 숨 쉬고 있을지 몰랐고, 어쩌면 너무 깊이 파묻혀 개들도 찾지 못하는지 몰랐다.

툼스의 농가주택에서 소녀는 아래층 창문을 넘어간 뒤 어둠 속에서 이동했고, 드레스가 나무 바닥에 쓸렸다.

부엌에는 통조림통들이 있었다. 켐벨스 수프, 밴 캠프스 돼지고기와 콩, 연유, 헌츠 슬로피 조.

통조림 식품은 썩지 않았다.

다 있었지만 개 사료는 없었다.

소녀는 자기가 뭘 찾는지 몰랐으나 너무 지쳐서 찌르는 듯한 두려움을 느끼지도 못했다.

창밖으로 숲 너머 먼 곳에서 할머니 집의 불빛이 타올랐다.

소녀는 다락으로 올라가는 문을 보았다.

그리고 그때 들었다.

소녀는 체인을 당기고 계단이 아래로 내려지는 걸 지켜보았다.

"툼스 선생님."

소녀가 불렀다.

계단을 올라가는 소녀의 무릎이 떨렸다.

소녀는 먼지를 마시고 기침했다. 톱질한 서까래에 치마가 찢어졌다.

그리고 그때 다시 들었다. 뒤쪽 가까이에서.

소녀는 돌아보았고 근육이 바짝 긴장한 채 비명을 억눌렀다.

95

아이들은 알코올 섞은 펀치를, 졸업 무도회에 쓰려고 개조한 학교 강당에서 마셨다. 리본 달린 색 테이프들이 천장에 매달려 있었고, 미러볼이 가운데에 낮게 걸려서 댄스 플로어에서 천천히 움직이는 쌍쌍을 비추었다. 척과 그 일당은 같이 서서, 이제 다른 아이들보다 머리 하나는 큰 소년을 이따금 흘끗거렸다. 소녀들은 이제 자기들과 같은 부류가 아닌 소년을 빤히 보았다.

"자, 이제 나랑 춤춰야 돼."

미스티가 말했다.

"내가 춤 안 추는 거 알잖아."

때마침 음악이 끝났고 다음으로 이어진 곡에 소년은 심장이 내려앉으며 한숨 쉬었다. 소녀는 눈이 휘둥그레졌다.

소녀는 고개를 살짝 숙이고 입을 내밀었고 결국 소년은 소녀의 손을 잡고 가운데로 이끌었다. 아이들이 물러나자 소녀는 소년의 등을 붙잡고 몸을 가까이 붙였다.

소녀는 소년의 손을 높이 들어 천천히 한 바퀴 돌았고, 자기가 가슴이 무너진 첫 번째 사람이 아니라고˙ 노래했다.

 영화 〈그리스〉에 나오는 곡 〈가망이 없을 정도로 당신에게 푹 빠졌다Hopelessly Devoted to You〉에 나오는 노랫말이다.

소녀는 소년에게 끄덕이며 간청하고, 애걸했다.

소년은 뚱한 모습으로 자기가 두 눈에서 눈물이 흘러내린 첫 번째 사람이 아니라*고 했다.

"한 눈이지."

소녀가 바로잡았다.

소년이 찡그리자 소녀는 깔깔 웃었다.

소녀가 속삭이며 가망이 없을 정도로 소년에게 푹 빠졌다**고 하자 소년은 소녀를 번쩍 들어 빙글 돌렸고, 소녀의 두 손은 소년의 목을 꼭 감쌌다.

"사랑해."

소녀가 말했다.

소년의 주머니 속에서 수표가 무겁게 느껴졌다.

가슴에서는 더 무겁게 느껴졌다.

* 같은 곡의 노랫말.
** 같은 곡의 노랫말.

96

"이런 젠장할, 인마."

닉스가 총을 내리며 말했다.

그는 소녀를 내려주었다.

"불법 침입이라니."

닉스가 말했고, 커다란 체구가 창문으로 들어오는 빛에 드러났다.

"툼스예요."

"또 그 얘기냐."

소녀는 자신의 찢어진 드레스를 보았다. 지미 월터스를 떠올리고, 방에서 방으로 움직이며 옷장을 열어보고 옷가지를 끄집어냈다.

"그만 좀 해."

서장의 말에도 소녀는 그 옆을 휙 지나가 다른 방으로 들어갔다.

쿵쿵거리는 심장으로 소녀는 서랍들을 카펫에 쏟아놓았다.

소녀가 다시 서장 옆을 지나가려고 했으나 이번에는 서장이 두꺼운 팔로 소녀의 허리를 감았다.

"썅, 이거 놔요."

서장은 소녀를 꼭 잡고 아무 말도 없이 소녀의 욕설들에 반응하지 않았다.

소녀는 눈물을 참을 수 없었다.

지난 몇 년간의 좌절―친구를 잃어버린 일, 친구가 낯선 이가 되어 되돌아온 것. 친구가 웃지 않는 것. 거리에서 자기를 봐도 알아채지도 못하는 것. 미스티와 사귀는 것. 지미 월터스.

소녀는 흐느끼며 토해냈다.

닉스는 소녀를 안으며 괜찮아질 거라고 말하지 않았고, 잠시지만 소녀는 그런 그가 좋았다.

"미안하다."

그가 말했고, 소녀는 그게 진심이라는 걸 알았다.

밖에 나가자 달빛이 비추었다.

소녀는 숨을 쉬며 마음을 가라앉혔다.

"그 녀석 없어졌을 때 네가 성당에 있는 거 봤다. 너 이렇게 되길 기도했잖냐, 꼬마야. 성공을 받아들여."

소녀는 툼스의 집을 바라보았다.

그가 목을 가다듬었다.

"이 일을 하면서 자기 믿음을 지키는 거……. 난 한 번도 해보지 못한 일이야. 하느님은 우리가 가장 먼저 부르고 가장 마지막에 기대는 분이지. 세례 때부터 임종 때까지. 그 중간이 믿음을 시험받는 때야. 세속의 하루하루. 위기가 닥쳤을 때는 누구라도 무릎을 꿇을 수 있지만, 모든 게 괜찮을 때 그렇게 하는 건……."

"난 약속드렸어요. 그걸 매일 생각해요."

소녀가 말했고, 자기가 그걸 그날 밤 왜 서장에게 털어놓았는지 알 수 없었다.

서장은 소녀를 바라보았다.

“하느님께 죄 짓지 않겠다고 약속드렸어요. 패치를 돌려보내주시면요.”

닉스는 웃지도 조롱하지도 않았다.

“넌 최선을 다할 거야. 받아야 할 찬사를 받고, 앞으로 나아갈 거다. 노마가 그러던데 너 다트머스에 간다며.”

“어딘가에 그레이스가 있어요.”

세인트가 말했다.

“그리고 넌 여기 있지. 졸업반 무도회를 놓치고 있고. 가자, 데려다주마.”

소녀가 돌아서려는데 다른 순찰차가 다가와서 멈추더니 하크니스 부서장이 내렸다.

“아무것도 아니었네.”

닉스가 손을 흔들며 말했으나, 하크니스는 잠시 그대로 담배에 불을 붙였다.

소녀는 경찰들 앞에 멈춰서, 자기가 존재하는 그 미친 공간에 그들을 잡아두고 있었다.

“툼스는 뭔가 나쁜 짓을 한 게 틀림없어요. 제발요. 또 다른 여자애가 어딘가에 있다고 잠깐만이라도 상상해보시라고요. 그 애의 부모도요. 경찰들도 다들 일라이 애런에게 공범이 있을지도 모른다고 했잖아요.”

“이 마을 의사가?”

하크니스가 한쪽 눈썹을 추켜올리며 말했다.

“내가 부탁한다고 해서 하지도 말고, 패치가 아직도 온전히 돌아온 게 아니라고 해서 하지도 마세요. 아저씨들이 경찰이라는 이유로 하지도 말고요. 그 애가 지금 어딘가에 있을지도 모르니까, 무도회 차림으로 카메라를 보고 웃고 있을지도 모르니까 하세요. 그리고……."

"집은 이미 수색했어."

닉스가 말했다.

하크니스가 자갈밭을 가로지르더니 장작더미 앞에 섰다.

"왜 그러나?"

닉스가 말하며 그쪽으로 다가갔다.

하크니스가 얼굴을 찡그렸다.

"내가 어릴 적에 여기까지 종종 왔었거든요. 애들러네 집 뒤뜰로 이어지는 오솔길이 있어서, 애들이랑 옥수수밭 사이로 경주하면서 길을 잃어버려 무서워하고 그랬죠."

하크니스가 장작을 옮기기 시작했다.

세인트도 수그려서 도왔다.

"저장고가 있었어요. 바로 여기에. 틀림없어요."

자동차 전조등이 산처럼 쌓인 장작과 나뭇잎과 썩어가는 풀이며 잎 따위를 비추었다. 제일 밑부분이 드러났을 즈음 셋은 땀을 뻘뻘 흘렸고 소녀의 드레스는 흙으로 얼룩덜룩했다.

"우리 영장 없는데."

닉스가 말했다.

그 말에 하크니스가 멈췄다.

세인트가 간청하며 뭔가 있을 수도 있다고 말했으나 두 남자의 눈에서 끝을, 자신이 가망 없는 최후의 시도에 매달리고 있다는 것을 읽었다.

닉스가 소녀를 자기 차에 데려가 앞좌석에 타게 하는 동안 하크니스도 자기 차에 시동을 걸었다.

순찰차 두 대가 길을 따라 천천히 움직였다.

세인트는 닉스가 옳다고, 친구가 집에 돌아왔다고 자신을 설득했다. 아무리 멀게 느껴져도, 아무리 예전과 달라졌다고 해도, 그 애는 몬타 클레어에 돌아와 있었다. 그리고 소녀는 밤마다 하느님께 감사했다.

"옷 갈아입을래? 무도회에 데려다주마."

닉스가 말했다.

무도회. 세인트는 그레이스를 떠올렸다. 캘리 몬트로즈를 떠올렸다. 어쩌면 그 애들한테는 자기 같은 사람이, 자기처럼 끝까지 싸우려는 사람이 없었을지 몰랐다.

세인트가 문을 벌컥 열자 닉스가 브레이크를 지르밟았다.

소녀는 그가 욕하는 소리를 들으며 장작 쪽으로 질주했다.

소녀는 무릎을 꿇고 덮개처럼 깔린, 썩은 목재가 쌓인 시트를 땅에서 끌어당겼다.

"이런 염병할, 인마."

닉스가 소리쳤다.

경찰차 두 대가 되돌아가 V 모양으로 정차하자, 상향등이 서로 겹치며 소녀를 비추었다.

그리고 소녀가 드러낸 낡은 나무 문을 비추었다.

세인트가 쌍여닫이문을 힘껏 열었다.

계단이 더 깊은 어둠 속으로 이어졌다.

세인트는 두 경찰이 다가오기 전에 아래로 내려갔다.

계단이 살짝 흔들렸고, 목재가 단단하지 않아 구부러지며 삐걱거렸다.

하크니스가 플래시를 아래로 향했다.

꼭 필요한 만큼 보였다.

그때 세인트가 비명을 질렀다. 손을 입에 대고.

하크니스는 계단을 내려가는 위험을 무릅쓰지 않고 엎드렸다.

그는 현장에 플래시를 비췄다.

"세상에."

하나뿐인 매트리스.

그리고 엄청난 피.

패치와 미스티는 언덕을 따라 다시 올라갔고, 미스티는 신발을 벗어 손에 들고 발이 아프다고 칭얼거리다 소년이 살짝 몸을 기울이자 그 등에 올라탔다.

둘은 소녀의 집에 도착하자 집 앞에서 멈춰 몬타 클레어를 내다보았다. 경사가 얼마나 가파른지, 꼭 마을이 천국에서 떨어져 그곳에 분화구처럼 파고든 것 같았다.

미스티는 패치의 손을 잡고 어깨에 머리를 기댔다.

"정말 아름답다."

"그래. 하지만 더 넓은 세상이 있어, 미스티. 적어도 사람들 말로는 그렇대."

"그건 그렇지만 사람들은 이미 자기한테 있는 걸 찾아서 멀리 떠나기도 해."

"보스턴. 도시와 그 많은 똑똑한 사람들. 프리덤 트레일을 걸을 수도 있어…… 뭐, 마지막 1마일은 누군가한테 업어달라고 해야 할지도 모르지만 그게 어디야."

소녀는 웃지 않았다.

"패널 홀도 근사하잖아. 스완 보트도 탈 수 있고. 그거 봤어? 거기엔 올드 노스 교회도 있고, 강도 있고, 코플리 광장도 있지.

그리고 있지, 거기 미술관에 〈건초더미〉*가 있대. 새미 말로는 볼 만하다던데. 게다가 그건 아직 하버드 광장에 가기도 전일 뿐이고.”

“지금 뭐 하는 거야?”

소녀가 말했다.

“도서관에서 책 봤거든. 궁금해서, 네가 가는 데가 어떤지.”

소녀가 자기 코르사주를 내려다보았다.

“나 안 가. 이미 정했어.”

“말도 안 되는 소리.”

소녀가 고개를 들어 바라보는데 당장이라도 활활 타오를 것 같았다. 소년이 손을 뻗어 소녀의 뺨을 만지려 했지만 소녀는 고개를 돌려버렸다.

“이런 기회를 그냥 날려버릴 순 없잖아.”

소년이 말했다.

“내 부모님 같은 소리를 하네.”

“그분들이 맞을지도 몰라.”

소녀가 소리 내 웃었다.

“넌 내 부모님 싫어하잖아.”

소년이 두 손을 주머니에 넣었다.

“아냐, 우린 그저…… 너무 다를 뿐이야.”

“너 뭐가 문젠데? 왜 이러는 건데?”

“그냥……. 우리 사이가 어떻게 잘될 수 있을지 모르겠어.”

“내가 널 사랑하고 너도 날 사랑하니까 잘될 거야.”

* 클로드 모네의 연작 그림을 가리킨다.

그리고 그때 소녀는 포착했다. 마치 전에는 몰랐던 것처럼, 음악과 춤에 가려져서 안 보인 것처럼.

소년이 몸을 돌렸고, 뒤쪽으로 너무 무거운 달과 달갑지 않은 별빛이 떠 있었다.

"넌 그 애랑은 비교가 안 돼."

소년이 말했다.

소년은 소녀의 손이 자기 어깨에 닿는 걸 느꼈다.

"진심으로 하는 말도 아니면서. 넌 그냥 나를 하버드에 보내려고 그러는 거잖아."

소년은 가슴 깊은 곳에서 둔한 아픔을 느꼈다.

"네가 진심이라면. 정말 그렇다면. 그럼 왜 날 똑바로 못 보는데?"

"그 앤 내가 필요해. 넌 아니고. 보스턴에 가서 진짜 네 모습으로 살아. 더는 멍청한 척 연기할 필요 없을 거야."

"난 그런 적……."

"난 그 말을 안 했어."

소년이 이를 갈았다.

"네가 나한테 사랑한다고 했을 때. 난 한 번도 그 말을 너한테 돌려준 적이 없다고. 왜냐하면 난……."

소녀가 소년을 밀쳤다. 소년이 다가섰다. 소녀는 다시 밀쳤고, 소년은 다시 돌아섰다. 소녀는 소년의 뺨을 쳤다.

"넌 나랑 헤어지지 않아."

한 번 더 밀치자 소년이 흙바닥에 쓰러졌다.

"내가 그 애랑 비교될 수 없는 건 그 애가 진짜가 아니라서야. 그 앤 씨발, 유령이라고. 다들 알아. 그레이스는 진짜가 아니야."

소년의 바지 무릎 부분이 찢어졌다.

"끝인지 아닌진 내가 결정해. 너 같은 사람은 나 같은 사람을 떠나지 않아."

소녀는 말을 멈췄다. 소녀는 자신의 말에 기가 막히고 자신의 말에 무너졌다.

"솔직하구나, 미스트. 솔직한 걸 잘못이라고 생각할 필요는 없어."

소녀의 부모가 진입로로 나왔다. 어머니는 딸을 꼭 안고 집으로 데려가려고 했지만, 미스티는 흙바닥에 앉은 패치를 돌아보더니 어머니를 뿌리치고 소년에게 달려갔다.

소년이 일어서는데 소녀가 품에 달려들어 셔츠에 매달렸다.

프랭클린이 딸을 소년에게서 떼어냈다.

패치는 일어나서 그들의 인생에서 멀어졌다.

소년은 뒤돌아보지 않았다.

경찰들과 도둑들

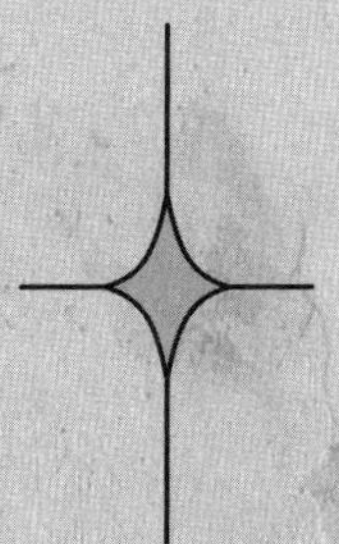

1982

경찰들과 도둑들

98

그들은 9번 도로를 가로질러 차를 몰았다.

어느 쪽으로든 몇 킬로미터는 허허벌판뿐인 한 주유소에서 세인트는 주유기를 조작하는 늙은 남자에게 진술서를 받고 보안 테이프를 틀었다. 그러나 테이프 화질이 너무 나빠 흐릿한 무언가가 총을 꺼내 100달러가 조금 못 미치는 돈을 가지고 달아나는 것 외에는 아무것도 알아볼 수 없었다.

닉스는 빈 부지들과 짓다 만 집들을 빤히 보았다.

"침체에서 벗어났다고들 하는데. 실직자가 200만이야. 내가 보기에는 그 사람들 아직도 일을 못 구했어. 그때 석유니 브레턴 우즈 얘기를 그렇게들 해대더니."

둘은 한 다이너에 들어갔고, 빨간색 부스석들의 가죽은 찢어지고 쿠션이 튀어나와 있었다. 선풍기가 돌아가고 밀크셰이크 기계가 달그락거리는 와중에, 트럭 운전기사들이 끝도 없이 리필 음료를 마시며 늘 한 발자국 늦는 사람처럼 하루 묵은 신문들을 들여다보고 있었다.

"잘했어."

닉스가 말했다.

세인트는 네이비색 제복을 입었고, 가장 작은 치수의 셔츠를 입었는데도 여전히 소매가 팔목과 팔꿈치 중간까지 왔다.

"진술서를 받는 게 무슨……."

"기본이지."

닉스가 말하더니 구운 치즈를 베어 물었다.

"세상에 이보다 나은 식사는 없다니까."

세인트는 음료수를 홀짝였다.

닉스가 냅킨으로 콧수염을 톡톡 두드렸다.

"할머니는 좀 어떠셔?"

"똑같아요."

"배지를 차는 게 부끄러워할 일은 아니지."

"저도 알아요."

닉스가 커피에 설탕을 더 탔다.

"그 녀석한테서는 소식 없었고?"

"없어요."

"녀석은 아직도 찾고 있는 건가?"

패치는 1970년대가 끝나갈 무렵 세 들어 살던 집을 매입해 어머니가 평생을 갈망하던 안정감을 안겨주었다. 세인트는 그 돈이 어디서 나왔는지 묻지 않았다.

고교 졸업반 무도회가 끝나고 세인트는 패치가 하루 일을 마치고 42번 버스에서 내리는 걸 지켜보았다. 작업복을 허리춤에 묶고, 긴 머리는 반다나로 묶은 채, 턱선이 강해 보이는 모습으로. 이따금 세인트는 여자애들이 패치를 바라보며, 으레 그러듯이 속닥거리고 낄낄거리는 것을 발견하기도 했다. 그리고 한동안은 미스티가, 그런 게 가능한지 모르지만, 더 아름다워진 모습으로 무리들에서 떨어져 서 있는 것과, 자신의 목숨을 구했으나 자기 마음을 무너뜨린 남자애를 가끔 훔쳐보는 걸 보기도 했다. 들기로 미스티는 졸업 후 1년 동안 여행하면서 몬타 클레어와 그곳에 연관된 기억들에서 거리를 두고 지냈다고 했다. 할머니 노마는 첫사랑이 최악의 불치병이라고 했다.

"툼스를 방문하게 해달라고 한 번 더 요청을 넣었어요."

세인트가 말했다.

"그 친구는 아무도 만나지 않을 거야."

"하지만 서장님은 주말마다 가시잖아요."

닉스가 어깨를 으쓱했다.

"난 그냥 봐야 해서 가는 거야. 그 눈을 들여다봐야 해서."

"어쩜 우리는 이유를 절대 알아내지 못할지도 몰라요."

그해 가을 마틴 제임스 툼스는 캘리 몬트로즈 살해 혐의에 무죄를 주장하여 1년간의 재판 준비에 종지부를 찍었는데, 그 기간에 지방검사장의 압박으로 툼스의 저축은 바닥났다. 툼스는 농장을 잃었으나, 그 모든 상황 동안 존엄이라고는 찾아보기 힘든 침묵을 유지했고 그 때문에 세인트는 일요일마다 그가 사망하기를 기도했다.

세인트는 닉스와 지방검사장이 시시콜콜한 세부 사항을 논의하는 동안 닉스의 옆에 앉아 있었고, 둘은 머콜리가의 아들이 단검을 차고 교도소 정문에 나타나 그 소녀가 어디 있는지 말해주지 않으면 툼스를 찔러버리겠다고 위협하지 못하게 하겠다고 약속했다. 이 약속을 지키지 못한 것이 한두 번이 아니게 되자, 엘리스 카운티 경찰들은 하는 수 없이 패치를 체포해서 하룻밤 가둬놓은 다음 동이 트면 풀어주어야 했다.

패치는 마티 툼스에게 거의 60번이나 편지를 썼고, 세인트는 매번 그걸 읽어본 뒤 전달했다. 이따금 패치는 자기 인생에 대해, 사람들이 말하는 그의 앞날에 대해 몇 쪽씩 횡설수설했다. 또 이따금은 빌고, 애원하고, 하이너먼 판사에게 찾아가 판결이 나오기 전에 툼스를 구제해달라고 청원하겠다고 제안하기도 했다. 그리고 마음이 어두운 날이면 그를 저주하면서 그에게 어떤 지옥이 기다리고 있을지 예측하기도 하고, 그가 어떤 식으로 일라이 애런과 공범이 되어 그런 끔찍하고 무시무시한 일을 벌였을지 짐작하기도 했다.

그들은 피해자 영향 진술서를 작성했다. 세인트는 패치가 매일 밤 자기 자신을 잠 못 들게 하는 공허한 공포에 관해 말하는 것을 받아 적었다—그레이스에 대해 궁금해하고, 그 애가 실제가 아니기를 신께 빌며 깨어 있는 시간에 대해. 세인트는 그 말을 비틀지도 않았고 상처에 소금을 뿌리지도 않았다. 세 쪽에 걸쳐서 그저 패치에게 일어난 일을 상술했다—이전의 삶, 현재의 삶, 앞으로 일어날지 모를 일들. 평생 치료를 받고, 어둠 속에서 바닥에 누워 자야 하는 인생. 그림자와 같은 소녀를 쫓는 삶. 혹시 실제로 있다고 해도 아마도 죽었거나 아니면 죽었기를 바라는 소녀.

툼스는 입을 열지 않았고, 그는 심지어 자기 변호사들에게도 말하지 않았다. 변호사들은 바로 그 이유로 그를 정신 이상이라 선고하고 발의했지만 판사는 그가 사전에 계획했다고 지적하며 곧바로 물리쳤다.

사건이 힘을 받은 것은 일라이 애런의 집 잔해에서 발견한 머리카락 샘플이 마티 툼스의 머리카락과 일치했을 때였다. 세인트와 지방검사장은 그다지 힘들이지 않고 점들을 연결했다. 그리고 그때 피가 나왔다.

툼스의 집 지하 저장고에 있던 매트리스에서 여덟 개의 샘플이 채취되었다.

여덟 개 모두 캘리 몬트로즈와 일치했다.

세인트가 왼편을 바라봤을 때 닉스는 절망해서 고개를 흔들더니 그 모든 것에 눈을 감아버렸다.

뒤쪽의 방청석에서 캘리 몬트로즈의 아버지가 고함을 지르고 욕을 하고 발을 버둥거리다가, 그의 옆에서 일하던 그 경찰들 손에 법정에서 끌려 나갔다.

툼스가 유일하게 감정을 드러낸 때는 원고 측에서 캘리의 시신이 어디 있는지 물으며, 부족하나마 소녀의 아버지에게 적어도 딸을 제대로 쉬게 해주는 위안이라도 주자고 했을 때였다.

툼스는 눈물을 흘리면서도 입을 열지 않았다.

여러 기록이 수집되었고, 마티 툼스가 자신에게 상당량의 진통제와 수면제를 처방해서 그걸 일라이 애런에게 제공했고 일라이 애런이 그걸 다시 목표물로 삼은 피해자들에게 이용했으리라는 것이 배심원에게 제시되었다. 세인트는 열두 명의 남녀가 눈에서 눈물을 닦아내는 걸 지켜보았다.

판결 전날 밤 패치는 하이너먼 판사를 따라 엘리언 카운티에 있는 식민지풍 사택까지 갔다. 판사는 경찰을 불렀다. 패치는 끌려가기 전까지 집 앞 문에 기댄 채 그레이스를 언급하며, 그 애가 어떤 애였는지 또 그 애가 어떤 인생을 살았어야 마땅했는지 이야기했다. 패치는 판사나 판사의 두 딸이 자기 말을 들었는지는 알지 못했고 그저 이튿날 마티 툼스가 사형 판결을 받았다는 것만 알았다. 하이너먼은 늘 진보적인 쪽이었기에, 이 판결로 주 전체에 파문이 일었다. 세인트는 기자들이 이를 계략이라고 추측

하면서, 툼스가 캘리 몬트로즈 시신과 소문이 파다한 실종 소녀의 소재를 털어놓는다면 종신형으로 감형될 거라고들 하는 걸 들었다. 세인트는 패치에게 경탄했다. 그는 약속을 지켰다.

자기 앞길에 있는 것들을 모조리 불살라버릴 것이었다.

99

"노마는 네가 아이비리그 대학을 거절했을 때 그게 그냥 일시적인 거라고 생각했지."

닉스가 말했다.

"서장님도 그랬잖아요."

세인트가 말했다.

"먼저 1년 동안 데스크에 앉아 있어야 교육도 시작할 수 있는 건데. 그래봐야 네가 내 말을 듣지도 않았지만."

"그래도 절 파트너로 삼으셨잖아요."

세인트가 말했다.

닉스가 얼굴을 찌푸렸다.

"파트너라고? 넌 내 감독하에 있는 신참이야, 심지어 아직 배지도 없지. 네 할머니한테 널 돌봐주겠다고 약속했단 말이야."

근무 첫날 세인트는 마티 톰스의 삶을 파헤치기 시작했다. 그리고 이듬해 겨울, 어느 서리 내린 오후에 레이건이 취임 선서를 하고 이란에서 미대사관 인질 사건이 마무리되는 걸 지켜보는데, 패치가 아주 미약한 단서를 추적하기 위해 페어레인을 끌고 주 반대편으로 달려가며 세인트에게 자세한 얘기도 하지 않고 그저 자기 어머니를 챙겨달라고만 했을 때까지도 멈추지 않았다. 세상이 돌아가는 동안 패치의 어머니는 뭔가 일어날 것 같은 정지 상태에 그대로 머물러 있었다.

세인트는 그 집 문을 두드리고 잠시 서 있다가 유리창을 살짝 건드렸으나 안에 아무도 보이지 않았다.

세인트가 집을 빙 돌아 뜰에 가본 것은 본능 때문이었는지 몰랐다. 그녀는 집 뒤쪽 데크로 걸어가 프랑스식 유리문으로 안을 들여다보고, 아이비 머콜리가 부엌 바닥에 널브러져 있는 것을 발견했다.

아이비는 현장에서 사망한 것으로 선고되었다.

패치는 그 소식을 차분하게 받아들였다.

그는 장례식에서 울지 않았다. 어머니는 벌써 오래전에 죽었다.

이튿날 패치는 몬타 클레어 마을을 뒤로했다.

세인트가 말했다.

"툼스와 일라이 애런이 어떻게 협력하게 된 건지 생각해보신 적 있어요? 전 할 수 있는 만큼 추적해봤어요. 툼스는 평생 몬타 클레어에서 살았어요. 미주리 주립대 의대에서 공부했고요. 어쩌면 거기서 만났을지도 모르지만 애런이 교육받은 사람이라는 느낌은 안 드네요."

닉스는 자기 두 손을, 자기 삶이 그려진 선들을 응시했다.

세인트는 포크로 음료수에서 얼음을 건져내려다가, 자기가 어디 있는지 떠올리고 포크를 내려놓았다.

"악인들은 어떻게든 서로 발견하게 마련인가 봐요. 그건 그렇고 시신도 없는데 사형이라니요."

"누구나 결국에는 죽어."

닉스가 말했다.

"그럼 그레이스는 어떻게 되죠?"

"너도 사건 파일 읽어봤잖아. 그 정신과 의사 보고서도 봤을 거고. 네 생각을 말해봐."

닉스가 웨이트리스에게 손짓하자 웨이트리스가 다가와 그의 커피를 채워주며 웃음을 건넸다.

세인트가 소금통을 만지작거렸다.

"그 녀석 친구로서요, 아니면 경찰로서요?"

닉스가 그걸 물어봐야 하냐는 듯 세인트를 쳐다봤다.

세인트가 숨을 들이쉬었다.

"녀석은 마음속에서, 녀석이 웬 괴물과 한 공간에 잡혀 있는 열세 살 난 소년이고 마음의 그 어두운 곳에서 괴물에게 아무도 모를 온갖 짓을 당했다고 말하는 애를 만들어냈어요. 녀석은 이런 평가를 받아들이지 않을 거예요. 전부는요."

"넌 그걸 알면서도 졸업 무도회를 내던지고 동네 의사를 추적했어. 네 자리를, 네가 노력해서 이 빌어먹을 나라에서 가장 좋은 대학들 중 하나에 자리를 얻었는데 그걸 버렸고. 그러면서 그 여자애를 찾으려고 이러는 게 아니라고 말하는 거야?"

세인트는 계산대 앞에 서 있는 커플을 바라보았다.

닉스가 말했다.

"너도 인터뷰 테이프들 들었지. 천 번은 들었잖아."

세인트는 주 경찰들, 닉스, 심리학자가 함께 만든 인터뷰 테이프들을 떠올렸다. 그들의 목적은 그 소녀에게 다가가게 해줄지 모를 또렷한 기억을 되살리게 해 어떤 상을 만들어내는 것이었다. 세인트는 자기가 그것들을 복사했다는 것을, 패치의 말들 때문에 매일 밤 잠을 설친다는 것을 닉스에게 말하지 않았다.

“세세한 부분들도.”

닉스가 말했다.

“녀석이 세세한 부분을 많이 얘기한 건 녀석 마음속에 남은 대화 하나하나가 아직도 생생하기 때문이에요. 그리고 새로운 기억이 떠오르면 녀석은 제 집에 전화해서 자동응답기에 이야기를 남겨요. 전 그 테이프들도 갖고 있어요. 모든 걸 보관해두죠.”

“그런데 그 세세한 내용들이 달라진단 말이지. 한번은 그 여자애가 말을 늘어뜨린다고 하고, 그다음에는 브롱크스 말씨였다고 하고. 그 애가 텍사스주 출신 금발머리라고 하는가 하면, 또 언제는 웨스트 버지니아 출신의 빨강머리라고 해. 언제는 자기보다 나이가 많다고 하고. 또 언제는 또래라고 하고. 또 터프하지만……..”

“그 앤 항상 터프해요. 그건 한 번도 변한 적 없어요.”

“그 애가 터프한 건 녀석이 자기는 그렇지 않다고 생각해서야. 해리성 정체감 장애. 그게 일어나는 건……..”

“그러니까 이젠 녀석이 곧 그 여자애라는 말씀인가요?”

한 가족이 주차장으로 들어왔다. 여자가 아기를 안고 있었는데, 세인트는 그들이 들어오는 내내 지켜보았다.

“그런 차원의 트라우마. 그렇다고 녀석이 지어낸 거라는 뜻은 아니에요.”

“아니라고 해보자. 우리가 할 수 있는 게 뭐가 있는지 말해봐. 사건은 엄청나게 많고, 나쁜 짓을 저지르는 인간도 엄청나게 많아. 그런 자들이 우리를 100만 대 1로 압도하지. 게다가 그것도 우리가 다 좋은 쪽이라고 가정했을 때야. 사람한테 배지랑 총을 준다고 그걸 올바르게 쓸 도덕률까지 주는 건 아니니까. 마스크야, 세인트. 정장과 타이. 실험실 가운과 면봉. 그건 그냥 의상일 뿐이지."

"그러니까 우리 모두 결함이 있다 이거죠."

세인트가 말할 때 닉스가 10달러 지폐와 넉넉한 팁을 남겼다.

"어떤 사람들은 그 결함에 더 큰 비중을 두지. 우리의 10퍼센트가 나쁘다면, 그럼 우리는 좋은 사람이 되나?"

햇빛 속으로 나가 세인트는 순찰차 후드에 손을 얹었다.

"그 10퍼센트가 얼마나 나쁘냐에 달려 있지 않으려나요?"

"내가 한순간 열이 받아서 도박 빚 때문에 어떤 남자를 총으로 쐈다고 하자. 그럼 매주 아내를 괴롭히는 남자보다 내가 나쁜 건가? 법은 그렇다고 하지."

"법은 개소리니까요."

닉스가 껄껄 웃었다.

"이제 좀 경찰 같은 소리를 하네."

다이너 옆 문을 닫은 상점 두 개 중 하얗게 칠한 유리창에 벌써 오래전에 빛이 바랜 포스터가 붙어 있었다.

실종 소녀

"앞으로 나가, 세인트. 뒷일을 다루는 건 우리 일이 아니야."

"그 애가 어딘가에 있다면요?"

산들바람이 구름을 끌고 갔고 그늘이 둘을 가려주었다.

"그렇다면 그 앤 죽은 거야."

닉스가 말했다.

"그건 모르는 거죠."

"하지만 어떻게 해도 녀석이 그걸 안 믿을 거라는 건 알지."

닉스가 말했다.

"고귀한 일이에요."

"그래. 고귀한 행동…… 그게 꼭 좋은 결말로 이어지지는 않아. 하지만 녀석이 지금 어디에 있든, 자신을 더 구렁텅이에 빠뜨리는 짓은 제발 좀 안 했으면 좋겠다."

100

패치는 퍼스트 유니언 은행에 줄을 섰다.

은행 건물은 웅장하고 낡았다. 짙은 색 물줄기 같은 무늬가 잔뜩 나 있는 대리석 기둥들이 페인트가 떨어져 나간 천장을 받치고, 물결처럼 주름진 아주 얄팍한 회색 카펫을 깔고 서 있었다. 늘어선 빈랑야자 나무들의 반질반질한 잎이 먼지로 갈색이 되어 있었다.

패치 뒤에는 한 여자와 딸이 서 있었고, 앞에는 수표책과 20달러 지폐 두어 장을 든 늙은 남자가 서 있었다. 커다란 유리창 너머로는 저 멀리 로키산맥 위로 열기가 소용돌이쳤고, 눈 덮인 산맥은 내뱉을 때를 기다리는 연기 같은 도시의 숨결로 뿌옜다. 패치는 명백하게 아름다운 것을 보면서도 뭔가를 더 찾으려고 하게 된 게 그림 그리기 때문인지, 새미가 그의 뇌를 건드린 탓인지 궁금했다.

패치의 차 72년식 셀리카는 세 블록 떨어진 곳에 서 있었다.

그는 얼마 안 되는 물건을 챙겨 해 뜨기 한 시간 전에 몬타 클레어에서 출발했고, 차창을 열고 희미한 비행기 소음을 들으며 그때까지 살아본 유일한 동네에서 벗어났다.

아이오와의 데모인에 가서야 차가 많아졌고, 패치는 변해가는 빛과 캔자스 들판에서 물결처럼 일렁이는 호박빛을 보며 시간의 흐름을 헤아렸다. 미스티를 생각하며 주간 고속도로를 벗어나 2차로에 접어들었고, 콘크리트를 떠나 플린트 힐스와 키가 큰 풀이 무성한 초원으로 진입했다. 그는 코튼우드 폴스에 차를 세우고, 목장주들과 그들의 가족들과 함께 느긋하게 걸어서 빨간 벽돌 건물들이 늘어선 시내로 들어간 뒤, 세상에서 격리된 갤러리들의 유리창을 들여다보았다.

몇 킬로미터 더 가서 그는 체이스호 주립 낚시터에 들러 물가를 따라 개펄 쪽으로 걸으며 소그아이와 블루길을 잡는 낚시꾼들을 보았다. 패치는 드루와 샐리라는 이름의 부부를 만나 악수를 하고 북쪽 연안에 놓인 벤치에 앉았고, 부부는 자기 딸 애나 메이의 사진을 보여주었다. 애나는 거의 8년 전에 어딘가로 사라져버렸다. 그레이스일 수가 없었다.

패치는 부부에게 약속을 했고, 그들은 딸의 사진을 그에게 남겼다. 너무 귀한 물건이라 샐리는 그걸 건네면서 잠시라도 더 붙잡고 있으려 했다.

샛길로 약 50킬로미터를 달려, 패치는 적당한 장소를 발견해서 이젤과 캔버스를 펴고 1000년 동안 변하지 않은 땅을 배경으로 애나 메이를 그렸다. 칸자 부족과 오세이지 부족의 영혼이 땅에 아로새겨진 그곳을 배경으로, 패치는 천천히 북쪽 빛을 따라가며 그렸다.

그는 미치, 샐리 부부와 이야기를 나누었고, 그들은 그림을 달라고 하는 대신 어딘가에 전시해줄 수 있는지 물었다. 사람들이 볼 수 있는 곳에. 자기들의 딸이 잊히지 않을 곳에.

한 달 뒤에 패치는 세이크리드 하트 트레일에서 벗어나 작은 우체국에 들어간 뒤 캔버스를 조심스럽게 포장하고 애나 메이라는 이름과 그 소녀가 마지막으로 목격된 날짜를 뒤에 갈겨썼다. 사진은 부모에게 되돌려보내며, 그림이 몬타 클레어 미술관에 있을 테고 소녀가 주목받을 수 있도록 새미가 손을 쓸 거라는 메모도 동봉했다.

그는 35번 주간 고속도로로만 달리며 오클라호마시의 불빛에 마음이 흔들리지 않았다. 차에서 자면서, 차창을 열어 텍사스의 밤하늘을 맞이하고 별들을 담요 삼았다. 도로변 다이너에서 옥수수죽을 하루 한 번만 먹었는데, 얼마 안 되는 돈은 기름에 썼기 때문이었다. 그는 다이너의 화장실에서 씻고 물통에 수돗물을 채웠다.

광막한 텍사스에서 일주일을 보내며 패치는 끝없이 느껴지는 길을 따라 1킬로미터, 1킬로미터를 기어가다가, 신문 자료에서 추적한 두 가족을 만날 때만 멈췄다. 그는 코퍼스 크리스티에서 난생처음으로 바다를 만났고, 일어났다 드러눕는 물결을 바라보고 무척 건조하고 완벽한 짠 공기를 들이마시며 하루를 보내다가, 새미에게 전화를 걸어 아무도 없는 해변가를 발견해서 옷을 벗고 바닷물을 헤치며 깊이 들어갔을 때 몸에 닿는 느낌이 정확히 어땠는지 말해주었다.

"전화 좀 그만해."

새미가 말했으나, 그것이 처음 건 전화였다.

바로 그 해변에서 패치는 8주를 머무르며 루시 윌리엄스와 엘런 허난데스를 그렸다. 자동차들이 거의 도로변까지 세워져 있었고, 픽업트럭의 짐칸 문을 열어둔 채 가족들은 차양을 치고 아주 꾸밈없는 호화로움 속에서 하루를 보냈다.

패치는 실종된 소녀들을 숙달된 붓질로 되살려냈고 다 마친 뒤에는 캔버스를 돌돌 말아 시내로 들어갔다.

"당신 해적이에요?"

패치가 그림을 새미에게 보내려고 우체국으로 가는데, 길에서 마주친 작은 소년이 물었다.

"한때는 그랬지."

패치가 말했고, 목소리에서도 웃음이 느껴졌다.

그날 저녁 그는 해가 떨어지며 바다 위로 색을 뿌릴 때 북적북적한 항구를 지나갔다. 그리고 그때 보트들을 보았다.

그날 밤 내내 패치는 반질반질 윤이 나는 갑판들에, 보우라이더와 쌍동선과 캐빈 크루저 들에 사로잡혀 있었다. 잔교들이 섬처럼 떠 있는 부교들로 이어졌고, 선장들이 자기 배를 정박하려고 몰고 가는 동안 패치는 장애물을 하나 뛰어넘었다—양손을 주머니에 넣고, 활짝 웃는 얼굴로.

무거운 엔진 소리가 울리고, 유리로 된 감시탑은 신비로운 거울 같았다. 쌍동선의 선체가 너무나도 우아하게 미끄러지는 모습을 눈으로 좇으며, 그는 미스티를 떠올렸다. 그는 천천히 그쪽으로 다가가, 자기 또래밖에 안 되어 보이는 남자애가 맨발로 나무 부교에 뛰어내려 밧줄로 배를 묶어 계류하는 모습을 지켜보았다.

패치는 그를 빤히 살펴보며, 자기가 이때까지 본 중 최고로 운 좋은 사내애일지 모른다고 확신했다.

해가 물에 잠기자 정박지는 자기 보트의 갑판에 앉아 음료를 손에 들고 있는 사람들로 시끌시끌해졌다. 패치는 물 때문인지 아니면 부드러운 흔들림 때문인지 모르지만, 머리칼 색이 적당해 보이는 한 여자가 우뚝 솟은 범선의 선체에 물을 뿌리는 모습을 바라보며 둔한 아픔을 느꼈다. 통증이라고는 할 수 없는, 어떤 감각—죽을 때까지 그 애를 쫓을 거라는, 그리고 그 애가 잘 지내는지 모르는 한 언제나 어딘가 모자라다고 느낄 거라는 감각을.

열 달 동안 패치는 하나의 주에서 다른 주로 핀볼 공처럼 왔다 갔다 하며, 가능성 있는 뭔가를 추적하는 아주 작은 낌새나 지극히 사소한 연결고리까지 쫓아 움직였다. 가방 하나에 꼭 필요하다고 여기는 것만 담아 가지고 하루하루를 보냈다. 달릴 수 있는 곳에서는 달리기도 하고, 아침마다 팔굽혀펴기도 기어이 200개씩 해냈다.

버스 좌석 그물망에 남겨진 신문을 읽으며, 세계 지도에서 짚어내지도 못할 곳으로 보내지기에는 너무 어린 병사들의 사진을 보았다. 그들은 완전히 낯선 태양 아래에서, 이해하지 않도록 철저하게 훈련받은 적들에 맞서 싸웠다. 죽음은 승리였다. 패치는 그 사내애들을 자기 아버지를 아는 만큼 알 수 있었다—역사는 되풀이될 운명이라기보다 그냥 망할 운명이었다.

그는 여남은 실종된 소녀를 찾고 있는 여남은 가족을 만났는데, 때로는 이미 애도했고 다시 애도하고 싶지 않아서 적대적으로 구는 사람들도 보았고, 또 때로는 사진과 장신구를 부여잡고 있는 텅 비어버린 어머니들과 함께 앉아 그레이스가 바로 그 소녀였으면 하고 함께 바라고 또 두려워했다.

캔자스의 한 작은 마을에서 패치는 어떤 아버지와 작은 농가에서 일주일을 보냈다. 몇 시간이 지나지 않아 두 남자는 서로 같은 소녀를 찾고 있는 게 아니라는 걸 알게 되었지만, 소녀의 아버지는 가까운 사람들이 딸 이야기를 할 만큼 마음이 강하지 못해 패치에게 무척이나 의지했다. 둘은 버번 위스키를 마시며 뜰의 그네에 앉아 황혼이 내린 대초원을 바라보았다. 가끔 세상에는 아픔이 겨우 누그러질 만큼의 아름다움이 있었다.

패치는 루이지애나의 한 농가에서 한 달 동안 일했다. 계절이 끝나갈 무렵이었는데 구름이 아주 낮고 무겁게 깔려 있어 거의 만질 수 있을 것 같았다. 그리고 일요일이면 마틴호 주위를 돌아다녔다—한 기록에서 그레이스일지도 모를 어떤 소녀의 사진을 발견했는데 그 애 아버지가 낚시하는 사이에 소녀가 사라졌다고 해서였다. 소녀의 아버지는 죽은 지 오래되었지만, 패치는 뭔가 느낌이 올지도 모른다고 생각하며 습지대를 헤매고, 수풀을 뚫고 지나가고, 왜가리와 황소개구리와 따오기를 지켜보았다.

한 달 뒤에 패치는 텍사스 해안에 바싹 붙어 이동하다, 갤버스턴의 스트랜드에서 한 남자를 만나 함께 방파제를 걸었다. 무디 가든스의 그늘에서 남자가 그에게 사진을 보여주는 동안, 패치는 자신의 정신 상태를 곰곰 생각했다. 알아볼 수도 없는, 너무도 먼 과거의 소녀를 찾아다니느라 그저 극도로 필사적인 사람들만 그와 만나려 했다.

그러다가 패치는 돈이 떨어져 새미에게 전화했고, 새미는 경기 침체의 상처에 대해 욕을 해대고 스태그플레이션을 저주하더니 꼬부라진 말투로 한 부부가 실종된 소녀의 그림을 사고 싶다고 하며 너무 터무니없는 금액을 불러서, 모욕감을 봉합하려고 지팡이로 그들을 미술관에서 쫓아버렸다고 중얼거렸다. 닉스가 와서 새미를 체포하겠다고 위협하자, 새미는 결투를 하자고 대꾸했다고 했다.

그리하여 투손의 그 은행에서, 패치는 늙은 남자가 지나가기를 기다렸다가 마호가니 카운터로 느릿느릿 다가가, 벨트에서 총을 꺼낸 뒤 은행원에게 똑바로 조준했다.

잠시 지나서야 은행원이 사태를 파악하더니 웃었으나 이내 웃음이 사라지고 두려움이 엄습했다. 무거운 선풍기들이 후텁지근한 공기를 날렸고 은행원의 코에서 땀이 터져 흘러내렸다.

"가방을 채워요."

패치가 말했다. 그는 청바지와 어두운 색 티셔츠를 입고 선글라스를 끼었고, 머리카락은 반다나로 뒤에서 묶었다.

은행원은 졸고 있는 경비원과 눈을 마주치려고 흘끔거리다가 자기 목숨이 더 중요하다고 결론지었다.

작은 딸과 같이 있던 엄마는 딱 맞게 떨어져 있었고, 패치는 돌아보다가 여자아이와 눈이 마주쳐 미소를 지었다. 어머니도 마주 웃었다.

"이렇게 돼서 미안합니다."

패치가 은행원에게 말했다.

남자는 땀을 훔쳤다. 그는 짧은 팔 셔츠를 입고 네이비색 타이에는 금색 클립을 끼웠으며 디지털 시계를 찼다.

"난 아내와 두 아이가 있다고요."

"이 총은 장전이 안 됐어요."

패치는 가방을 들고 거리로 걸어 나가 차에 올라타고는 가버렸다.

그의 뒤를 따라오는 경보음도 없었고 경찰도 없었다.

다음 날 〈더 포스트〉에서 은행원은 패치가 자신의 목숨은 물론 자기 아내와 두 아이들의 목숨까지 위협했다고 말할 터였다. 그 무렵 패치는 유타의 뻥 뚫린 하늘 아래에서 한 소녀에 관해 조사하면서도, 마음속 깊은 곳에서 그 소녀가 그 애가 아니라는 걸 되새겼다. 가는 길에 패치는 200달러쯤 되는 돈만 빼고는 모두 데스티니 실종자 자선단체에 기부할 것이었다.

101

둘은 노마와 함께 저녁을 들었고, 노마는 손녀는 거의 무시하고 지미 월터스에게 미소를 띠며 돼지고기 스테이크와 볶은 감자와 찐 채소를 지미의 접시에 듬뿍 담아주었다.

"그렇게 열심히 공부하니 분명히 배가 고플 거다."

노마가 말하며 롤빵에 버터를 발라 소년의 옆 접시에 놓았다.

세인트가 감자를 이리저리 굴리는 동안 지미는 노마에게 학업에 관해 그리고 컬페퍼 동물원에서 주말에 보조로 일하는 것에 관해 이야기했다.

지미는 개홍역에 걸린 늑대 이야기며, 수두 바이러스에 감염된 거북 이야기, 이를 뽑아야 하는 하마 이야기를 늘어놓았다.

"힘든 일 같구나."

노마가 말했다.

지미가 고개를 저었다.

"힘든 건 겨울잠쥐의 성별을 알아내는 거죠."

"장담하는데 그걸로 널 체포할 수도 있을걸."

세인트가 말했다.

지미는 세인트에게 웃음 지었지만 노마는 웃지 않았다.

셋은 버터케이크로 식사를 마무리했고, 노마는 적어도 세인트 것의 두 배는 되는 크기로 지미의 조각을 잘라주었다. 다 마치고 노마가 지미에게 식전 감사 기도를 아주 훌륭하게 해줘서 고맙다고 말한 뒤, 세인트는 지미를 따라 밖으로 나갔고 둘은 중심가로 걸어갔다.

둘이 몬타 클레어 골동품점 앞에서 구경하는데 지미가 호두나무 벽시계와 17세기 영국 찰스 왕 시대의 윙백 의자, 3파인트짜리 칵테일 셰이커를 가리켰다.

"한 시간 안에 급여를 다 써버릴 수도 있겠다."

지미가 칙칙해진 코스텔로 지구본을 바라보며 말했는데, 얼마나 낡았는지 자잘한 글자를 읽을 수도 없었다.

오래 걸리지 않을 거라고, 세인트는 생각하다가 혀를 깨물었다. 수의학 공부를 하면서 주말에 일까지 하는 게 힘겹다는 걸 알기 때문이었다. 게다가 지미가 수의사 자격을 얻고 나면 괜찮은 소득을 올리리라는 것도 알았으니까.

몬타 클레어 공구점의 차양 아래에서 지미가 세인트의 손을 잡았다.

"더 편해질 거야. 네 할머니가 계시면."

"내가 배지를 반납하고 학교에 돌아가면 말이지."

세인트가 말했다.

"그게 그렇게 나쁜 일일까?"

지미는 상점들의 진열창에, 지나가는 연인에게, 성당의 높은 종탑에 눈길을 고정하고 있었다.

"아니, 언젠가 우리가 가정을 꾸리고 나면 그만둬야 할 거 아냐."

지미가 말했다. 그는 베이지색 스웨터에 흰색 바지를 입고, 세인트가 보지 않으려고 하는 네모난 신을 신었다. 보통날 저녁이면 둘은 지미의 어머니와 함께 지미의 사진들로 도배된 벽 앞에서 저녁을 먹었다. 지미가 유치원 때부터 거의 변하지 않았다는 걸 낱낱이 드러내는 사진들이었다. 덩치도 있고 잘생기기는 했지만 지미는 세인트보다 고작 5센티미터 정도밖에 크지 않았다. 성당 사람들은 둘이 귀여운 한 쌍이라고들 했다.

"어머니가 이번 주 토요일 밤에 같이 저녁 하지 않을 거냐고 물어보셨어. 그 유명한 슬로피 조를 만드신대."

세인트는 적어도 여남은 번은 그걸 먹어봤지만 아직도 그게 그렇게 유명한 이유를 찾아내지 못했다.

"좋지, 지미."

지미는 세인트의 손을 꽉 쥐었다가 뺨에 가볍게 입맞춤했다.

"사랑해."

지미가 말했다.

"나도."

세인트가 말했다.

"내가 사준 그 초록색 드레스 입으면 되겠다."

세인트는 그 드레스가 발목에 닿을 정도로 길고 목 위쪽까지 단추가 있다는 것을 떠올렸다.

"화장은 너무 많이 하지 말고. 어머니가 어떤지 너도 알지."

지미가 말하며 눈을 굴렸다.

세인트가 깔깔 웃었다.

지미가 세인트를 집에 바래다준 뒤 세인트는 다락방에 올라가 조셉 머콜리 사건 파일 사본을 가지고 앉아 멍하니 페이지를 넘겼다. 그러다가 일라이 애런과 묵주 구슬들에서 멈췄다. 세인트는 160킬로미터 반경에 있는 성당이라면 모조리 찾아가고, 중국 슈퍼마켓, 작은 선물 가게와 보석상과 가톨릭 서점도 전부 들르며 여남은 명의 사제를 만났다. 사제들은 머리를 긁적이며 묵주에는 백만 가지 유형이 있고 각각이 서로 조금씩 다르지만 의미의 무게는 똑같다고 말했다. 세인트는 그때까지 수집된 정보를 한 번 더 되새겼다. 여섯 명의 소녀들 사진. 그중 하나는 미스티 마이어였다. 또 하나는 캘리 몬트로즈. 세인트는 일라이 애런을 추적해 10여 주를 가로지르며 그가 사진을 찍은 바 있는 20여 곳의 학교에 찾아갔다. 세인트는 다른 여자애들의 이름을 찾지 못했다. 마티 툼스는 그와 협력했다. 어떤 때는 툼스가 그 애들을 꾀어냈을지 몰랐다. 어떤 때는 애런이 그 애들을 잡아가고. 뒤죽박죽에 매우 불규칙적이었다.

세인트는 가슴에 파일을 얹어놓은 채 잠들었다.

매일 밤.

102

그의 이름은 월터 스트라이크였다. 그는 지팡이를 짚으며 절룩였고 패치에게 자기 조상들 이야기를 해주었다. 그들이 독립 전쟁의 애국자들이고 분리주의 정부의 지지자들로 독립을 격렬하게 원한 사람들이었다고.

두 남자의 뒤편 산들이 버지니아 쪽으로 물결치듯 오르내렸고 그 산세가 얼마나 고약한지 패치는 월터에게서 그 산들과 비슷한 투혼을 느끼며 그와 함께 양배추 야자나무들의 그늘 아래를 걸었다.

"예전에는 다른 누구도 필요하지 않다고 생각했네."

월터가 말했다.

패치는 모자 밑으로 손을 넣어 머리를 넘기고서 양손을 주머니에 깊이 찔러 넣었다.

"경찰들은 제대로 일을 못해. 내 엘로이즈는 열다섯이었는데, 그자들은 그 애가 성인이 된 것처럼 굴었다니까. 그 애가 전혀 어리지 않은 것처럼 말이네."

두 남자는 어떤 여자가 아이 넷에게 둘러싸여 빠르고 크고 달콤한 언어로 말하는 걸 보았다.

"걸러어*군."

월터가 말하며 그 여자에게 고개를 끄덕이고 아이들에게 웃음을 건넸다.

"그 애 친구들은 걔가 친구 중 한 녀석이랑 도망쳤다고 하지만, 난 그 애가 그럴 애가 아니라는 걸 알아."

패치는 이런 이야기들에 주의를 집중하며 들었고, 이들의 이야기에서 그레이스를 형상화하려고 하면서도 매번 필요한 재료가 부족하다고 느꼈다.

"아내는 아직도 밤에 차가 멈추는 소리가 들리면 침대에서 벌떡 일어난다네. 그 애가 좀 취한 채로 집에 기어 들어와서 예전처럼 샌드위치를 만드느라고 덜그럭거릴까 기대하는 것처럼 말이야. 조니 캐시 레코드를 틀어놓고 엉엉 울기 시작할 것처럼."

월터가 웃었다.

두 남자는 애슐리강의 플렌테이션인 미들턴 플레이스에서 오후 시간을 보냈다. 그곳 정원이 너무 우아했기에 패치는 거기서 어떻게 나쁜 일이 벌어질 수 있었을지 의아했다. 월터는 딸이 사라진 날 이야기를 하며, 경찰들이 아주 멀리까지 흔적을 쫓아 흑수 하천 늪까지 갔다고 말했다.

두 남자는 정자 옆에서 걸음을 늦추고, 한 신혼부부가 사진을 찍으려고 자세를 잡는 동안 멀찍이 떨어져 있었다. 신부는 소박한 흰색 가운을 쓰고 얼굴에 홍조를 띠고 있었다.

둘 중 누구도 말하지 않았다. 월터의 딸 엘로이즈가 아마도 죽었으리라는 것을. 월터는 딸의 결혼식에서 딸이 웃는 모습을 바라보지도, 누군가에게 딸아이의 손을 건네주지도, 아내의 눈물을 보지도 못할 터였다.

"나한테는 아들이 있네, 쿠프라고. 녀석은 엘로이즈가 그…… 그 후에 길을 잃었어. 지금은 도서관에서 일하네. 조용히 살지. 녀석한테는 소리도 맛도 사라졌거든. 힘든 일이야."

낮이 희미해지며 마지막 캐롤라이나 굴뚝새가 노래했다.

"뭐가 말씀이시죠?"

패치가 두려운 듯 나직이 말했다.

"작별인사 말이네. 자네 딱 나 같은 사람을 얼마나 만나봤나?"

패치는 옛 지하실에 있던 게시판을 떠올렸다. 얼굴들. 와일드 베이슨, 킷 피크, 체사피크 등등에 점을 찍어놓은 지도. 그는 실종자를 찾는 데 인생을 바친 자선사업가 수십 명의 이름을 알았다.

"너무 많겠지."

월터가 말했다.

"아직 부족합니다."

월터가 손을 내밀더니 패치의 손을 오래 잡고 있다가 가까이 끌어당겼다.

"전에도 들어봤을 테고 아마 또다시 듣게 될 테지. 기회는 한 번뿐이네…… 불공평하게 느껴지지만, 잘 조준하면 그걸로도 충분해. 자네가 날 만나러 온 걸 절대 잊지 않을 걸세. 잠시나마 누군가가 그 애 이름을 불러주는 걸 듣는 것만으로 정말 귀한 시간이었어. 잘못한 순간에서 뭔가 배운다면, 잘못하지 않았을 때를 만끽할 수 있을 걸세."

103

다음 날 아침 패치는 사우스 애틀랜틱 은행으로 들어가, 자기보다 그다지 나이가 들어 보이지 않는 남자애의 얼굴에 총구를 대고 가방을 채웠다. 그가 95번 주간 고속도로로 접어드는데 경찰 하나가 거의 5킬로미터를 쫓아오다가 지나가버렸다. 패치는 경찰이 그를 붙잡는다면 자신에게는 오로지 한 가지 후회만이 남을 거라고 짐작했다. 그 정도면 대다수보다는 낫겠거니 했다.

그는 거의 한 푼도 빼지 않고 하비 로빈 재단에 보냈다. 그곳은 남부의 몇몇 주를 포괄하는 단체로, 지치지 않고 꼭 필요한 일들을 수행했다.

다른 두 가족을 만나고 나서 패치는 그 사람들의 딸들을 그려 캔버스를 새미에게 보냈고, 그에게 전화도 별로 걸지 않고 집 생각도 하지 않았다. 이제는 어디가 집인지도 알 수 없었기 때문이었다. 패치는 여전히 몬타 클레어에 있는 집을 소유하고 있었고, 그곳을 팔까 하는 생각도 해보았지만 그것만이 자기를 묶어주는 것이라는 점을, 이 모든 일이 시작된 마을과 자기를 이어주는 지극히 가느다란 끈이라는 점을 알았다.

한 달 뒤에 패치는 콜로라도의 실버턴에서 레드 마운틴 패스로 이동한 뒤 유타의 캐프 크리크 폴스를 지나 브라이스 캐니언에 이르렀다. 두 발은 먼지를 일으키고 붓은 거의 캔버스를 떠나지 않으면서, 그는 끝까지 희망을 놓지 못하는 부모들과 조부모들과 친구들을 만났다. 그는 텅 빈 휴게실 소파에 앉아 거친 화면의 홈 비디오를 보며 그 사람들 딸의 목소리를 들으려고 애를 썼고, 그 애를 알아보지 못할 때마다 가슴이 무너져 내렸다.

새벽이면 세인트에게 전화를 걸어 삐 소리가 날 때까지 기다렸다가, 너무 날카로워 그의 의심을 베어 가버리는 기억을 회상했다.

"세상 모든 사람에게는 자기만의 목소리가 있어."

그레이스가 패치 옆에 거꾸로, 자기 머리가 패치의 발쪽으로 오도록 누워 말했다. 어둠 속에서 자신의 목소리가 가깝게 들려왔다.

"지문처럼?"

소년이 말했다.

"성대의 길이와 탄력. 폐의 깊이. 울림통."

"가끔 네가 너무 많이 아는 것 같아."

"난 거기서 위로를 받아."

"뭐에서?"

"나한테 들리는 비명들에서. 이 세상에서 마지막으로 지르는 그 소리. 너무 사적이어서 다시는 들릴 일이 없는 그 소리에서."

패치는 콜로라도강에서 세도나 쪽으로, 아주 건조한 지역에서 무성한 지역으로, 모래사막에서 소나무 숲으로 방향을 잡았다. 그리고 피닉스에서 아파치 트레일로 들어섰다.

그는 일출을 바라보며 로키산맥을 구불구불 나아갔고, 밀리언 달러 하이웨이는 하늘로 솟아오르는 듯했으며, 메이사 버데이 국립공원에서는 작은 성당에 들러 아침 미사를 보며 고개를 숙이고 사죄드렸다. 헌금 접시가 돌 때 그는 100달러를 구겨 넣었는데, 옆에 앉은 여자가 그의 팔을 잡더니 감사함을 표했다—강도 짓과 지폐 하나하나에 묻은 흠결에 대해 전혀 모르는 듯이.

성당 옆에서 한 여자가 흔들의자에 앉아 마크라메 벽걸이 장식을 만들고 있었다. 여자의 바구니에는 그런 장식이 여남은 개 더 있었고, 그 옆에 놓인 탁자에는 장신구들과 묵주 구슬들이 있었다.

패치는 재빨리 그걸 훑어보았다.

"장미 목걸이라네."

여자가 말했다. 피부는 어두웠고 하얀 머리칼이 스카프 밑으로 삐져나와 있었다. 앞치마는 색이 바랬고 두 눈은 푹 꺼져, 세상을 보는 시야도 좁아져 있었다.

"기도 횟수를 세는 거죠."

그가 말했다.

"그리고 역사가 가르쳐줄 수 없는 세 가지 신비를 되새기게 해주지. 환희의 신비부터 영광의 신비까지. 그리스도의 탄생부터 부활까지. 내 아들도 묵주랑 같이 묻혔네."

"왜요?"

그가 말하고서, 실수를 깨닫고 조의를 표했다.

"우리는 시신 위에 묵주를 올려놓고 줄을 끊어서 또 다른 죽음이 따라오지 못하게 하네."

"환희와 영광 말이에요. 그건 두 개뿐인데요. 세 가지 신비가 있다고 하셨잖아요."

그가 말했다.

여자가 해 때문에 눈을 가늘게 뜨고 올려다보았다.

“고통. 수난과 죽음이지.”

“죽은 사람들이요. 묵주를 끊지 않은 채 묻으면 어떻게 되죠?”

그가 말했다.

여자는 천천히 성호를 긋더니 하던 일을 계속했다.

104

세인트가 전화를 받았다.

세인트루이스 거리의 창녀로, 젊은 목소리였지만 세인트는 경계심을 늦추지 않았다. 여자는 이름을 말해주지는 않고, 그냥 요즘 들볶이고 있는 새로운 여자애가 있는데 열여섯이 넘었을 리는 없고 앨리스 스프링스를 지나가다가 본 희미한 포스터 속 여자애랑 조금 닮은 것도 같다고만 했다. 여자는 그날 밤 자기가 일할 길거리를 말해줬고 그 자체가 일반적인 일이 아니었지만 세인트는 시계를 확인하며 저녁을 같이하려고 기다리고 있는 지미와 그의 어머니를 생각했다. 세인트는 열쇠를 들고 서둘러 나갔다.

한 시간을 달리자 고층 건물들이 나타나고, 게이트웨이 아치, 헤럴드가街를 따라 늘어선 하얀 랜턴들이 눈에 들어왔다. 사람들이 바에서 쏟아져 나오며 시끄럽고 왁자지껄하게 떠들었다.

노스가街에는 가로등이 꺼져 있었다. 차들이 도로를 향해 나란히 서 있었고, 뒤편의 흰색 건물들이 무척 황폐했다. 지붕에서 떨어져 내려온 전선들이 마치 묶어놓은 창자들 같았다. 남자들 한 무리가 모여 서서 세인트가 지나가는 걸 지켜보았는데, 그녀가 부서진 가로등 아래에 주차하는 동안 다들 그녀에게 눈을 고정하고 있었다.

세인트는 총을 점검했고, 늘 그렇듯이, 남자들이 흥미를 잃고 아까 하던 게임으로 관심을 돌리는 순간 한 여자가 어둠 속에서 움직였다. 화장은 진하게 했어도 10대 후반이었다. 치마가 엉덩이를 겨우 가렸다. 어려 보이는 눈이었으나 세인트는 그 눈이 지금껏 뭘 보았을지 상상만 할 수 있을 따름이었다.

세인트가 차창을 내리자 여자가 차에 종잇조각을 하나 던졌다. 여자는 계속 걸어가다 철문 안으로 사라졌는데, 문이 얼마나 휘어졌는지 제대로 닫히지도 않았다.

세인트는 종이에 적힌 주소를 발견했다. 시내에서 1킬로미터 넘게 떨어진 곳.

바로 그때 세인트는 페어쇼와 브루클린의 모퉁이에 있는 오래된 집을 지켜보다가 강렬한 느낌에 사로잡혀 떨리는 무릎으로 차에서 내렸다.

세인트는 무전을 쳐서 상세한 정보를 전달했다.

세인트는 위층 불빛이 꺼지는 것을 알아채거나, 젊은 여자의 형체 뒤로 커다란 남자가 따라가는 모습을 보고 싶지 않았다.

음악이 시끄러웠다.

거리 뒤쪽에서 파란 불빛이 비추었다.

지역 경찰들이 상황을 장악하고 체포하는 동안 세인트는 자기 자리에서 몸을 파묻고 있었다.

경찰들이 여자를 데리고 나왔다.

세인트는 세인트루이스 경찰서까지 따라갔다.

그 소녀, 미아는 열여섯이었고 어떤 무리와 엮이게 되었으나 빠져나올 수가 없었다.

세인트는 새벽까지 주차장에 앉아 있다가 소녀의 부모가 도착해 소녀를 품에 안고 흐느끼는 걸 보았다.

그녀는 햇빛 속에서 집으로 차를 몰았다.

그것은 패치가 첫 번째로 실종 소녀를 구한 일이 될 터였다.

105

조짐이 너무 불길한 금속성의 하늘 아래에서, 패치는 머천츠 내셔널 은행으로 느긋하게 걸어 들어가면서, 옆문 쪽에 추가로 배치된 경비가 신문을 들고 의자에 기대앉아 있는 것을 알아차리지 못했다. 그리고 그가 총을 꺼냈을 때 경비도 총을 뽑는 걸 보지 못했다.

은행원은 지폐를 봉투에 욱여넣은 뒤 슬쩍 눈길을 들어 패치의 오른쪽 어깨 너머를 흘깃 보고는 패치에게 돈을 건넸다.

총성은 꼭 장난감 총이나 폭죽처럼 들렸다.

유리 칸막이가 산산이 부서졌다.

비명에 패치도 다른 사람들과 마찬가지로 바닥에 엎드렸다.

패치는 지옥이 펼쳐지는 동안 기어서 카펫을 가로질렀다. 경보음이 울렸고, 스프링클러가 내뿜는 물에 그의 공황이 씻겨 내려갔다. 패치는 책상 뒤에 자리를 잡고 심호흡했다.

고함이 들리더니 경비가 앞으로 움직이며 떨리는 총을 뻗고 방아쇠를 당겼다.

패치는 경비의 이력은 몰라도 모델 36리볼버가 여섯 발이 들어간다는 것은 알았고, 이제까지 다섯 발을 세었다.

그래서 여섯 번째 탄환이 뒤편의 책상에 쿵 하고 박혔을 때 그는 일어나서 문을 향해 내달렸다.

이제까지 그것은 게임이었다. 부를, 그것이 가장 필요한 곳으로 재배치하는 일.

그는 포레버 유나이티드 자선단체에 돈을 보냈다. 지폐는 그가 포장할 때에도 여전히 젖어 있었다.

106

패치는 사흘 뒤 워싱턴 DC의 시원한 공기를 접할 때까지 숨 죽인 채 지냈다.

두 남자는 도심의 스테이크 하우스에서 이른 저녁을 들었고, 패치는 그곳이 너무 상상 속의 음식점 같아 안심 스테이크 옆에 휘갈겨진 77라는 숫자가 가격을 뜻하는지 아니면 숙성된 기간을 뜻하는지 알 수 없었다.

패치는 웨이터를 불러 코카콜라와 12인치짜리 샌드위치를 주문하려고 했다.

"내가 괜찮은 식당에 데려올 때마다 이러는 이유가 뭐냐?"

새미가 말하자 패치가 아랫입술을 깨물었다.

새미는 샤토 팔머 두 병을 주문하고 웨이터에게 코르크 마개들을 달라고 한 뒤 하나를 패치에게 주고 하나는 자기가 챙겼다.

"30년 뒤에 넌 어딘가에서 이걸 발견하고 그걸 마신 날이 어떤 멍청한 워싱턴 로비스트가 네 실종된 소녀들 그림 중 하나에 만 달러를 지불한 날이었다는 걸 기억할 거다."

"돈은……."

"반은 가족에게, 반은 이름 없는 실종자 자선단체에 보내라고. 알아, 인마."

패치는 브래드 스틱을 하나 들고 치아로 꽉 문 다음 새미에게 불을 좀 달라고 했다.

새미가 한숨지었다.

"다들 너에 대해 알고 싶어 해. 수집가들 말이야. 난 조금만…… 딱 양념이 될 정도만 말해주지. 잃어버린 사랑을 애도하는 해적 영웅이라고. 염병, 훨씬, 훨씬 나은 그림이었으면 나라도 살까 했을 거다."

패치는 잔을 들고 검은 과일들의 맛을, 타닌을 감지할 수 있는 척했다.

"여운이 길지."

새미가 말하며 입술을 핥았다.

"그런 식으로 마시면 안 그럴걸요."

품종 닭, 대파, 감자 콩피를 먹으며 둘은 미술에 관해, 패치의 성장에 관해 말하며, 그가 보내는 작품마다 이제 가치가 매우 높아져 새미가 포장하고 수거해 오라고 배달업체를 고용해야 한다는 이야기를 나누었다.

"전시를 한 번 더 해야 돼. 사람들이 그 여자애들을 봐야 한다고."

새미가 말하면서 셰프가 프랑스식 커리에 너무 많이 의존한다고 욕을 해댔다.

패치는 검은색 셔츠 차림에 단추를 세 개 풀었고, 제일 말쑥한 스니커즈를 신었지만 그것도 그다지 멀끔하지는 않았다. 그는 웨이트리스의 눈을 포착했는데, 여자의 턱선과 쇄골의 곡선과 머리칼의 희미한 붉은 기운에 흥미를 보였다.

"뉴욕에 친구가 한 명 있는데 그 여자가……."

"난 뉴잉글랜드로 가요."

패치가 말했다.

새미는 다시 한숨 쉬더니 와인을 한 병 더 시켰다. 뺨이 빨갰다.

"그럼 돈은 어디서 얻을 셈이고? 살지도 않는 집에 세금도 내면서. 〈그레이스 No. 1〉을 팔아서……."

"그 집을 소유하는 게 어머니의 꿈이었으니까요."

새미는 패치도 이미 아는 것들에 관해 말해줄 수도 있었지만 그만두고 자기 접시로 관심을 돌렸다.

"세인트 종종 본다."

"그 애가 경찰이라는 게 아직도 안 믿겨요?"

"우리가 지금 게임이라도 하는 거냐? 네가 모르쇠를 잡는 게임?"

새미는 깔끔하게 가르마를 탔고, 피부는 짙은 색으로 그을었고, 치아는 하얬다.

패치는 그를 무시하고 웨이트리스에게 집중했다.

"걔 남자 친구 생겼어."

패치가 그 말에 웃음 지었다.

"지미 월터스요."

"골수 신자 마마보이에 약해 빠진 계집애 같은 좆만 한 새끼지."

패치가 한숨 쉬었다.

"그 자식 캘리 몬트로즈를 비평했다니까. 그림 속에서 그 애 블라우스가 너무 패었다나. 아마 상스럽다는 말을 썼지."

"하지만 세인트를 사랑하죠."

"거기에 사랑이 무슨 상관이야? 그건 그렇고, 나 트리샤 메이슨이랑 박았다."

새미가 후회하는 눈으로 잔을 들여다보았다.

"유제품 가게 여자요?"

“아무래도 앞으로는 다른 가게에서 그뤼에르 치즈를 사야 할 거 같아…….”

새미가 자기 잘못이 아니라는 듯 고개를 젓더니, 워싱턴에 있는 한 치즈 공급자 이야기로 넘어갔고 패치는 귀를 닫았다.

패치는 개방형 장작 오븐 너머를, 갈색 앞치마를 한 셰프들과 그 주변에 있는 정장 차림의 남자들을 보았다.

“좆같은 자식이 나한테 오래 묵은 드라이 잭 치즈를 팔려고 하는 거야. 내가 pH도 모르는 것처럼. 베요타 햄에 녹여 먹으려고 한다고 내가 얘기하지 않은 것처럼.”

웨이트리스가 지나가는데 패치가 손을 뻗어 여자의 손을 잡았다. 여자는 돌아서며 또 손버릇이 안 좋은 정계의 실력자가 나타났나 하며 욕을 해주려다가, 패치의 얼굴을 보고 웃었다.

“이름이 어떻게 돼요?”

패치가 물었다.

“멀리사요.”

또 그 웃음. 패치는 그녀의 치아를 보고, 그녀가 단어를 발음하는 방식을 보더니 낯익음이 사라졌고 동시에 흥미도 식어버렸다.

“그런 식으로 여자들한테 손대다가는 체포된다.”

새미가 말했다.

“경험자의 말씀이군요.”

“네 녀석은 내 화장실에서 쉬나 닦던 때가 나았어.”

새미가 네 번째 와인을 주문했고 패치는 의자에 기대 그 장소의 온기를 받아들였다.

“디저트 할래?”

새미가 말했다.

"꿀이 든 거면 뭐든요."

새미는 자기가 먹을 걸로 리코타 브릴레를 주문했다.

"그리고 위니 더 개부랄 푸에게는 마누카꿀 한 단지를."

"미스티 마이어 본 적 있어요?"

"걔 어머니는 보지."

"어떻게들 지내요?"

새미가 술에 취한 얼굴로 웃었다.

"안타깝게 놓쳐버린 연인. 미스티는 하버드에 있어."

"다 잘됐네요."

"다는 아니지. 걔 요즘 바텐더 하거든."

패치가 한쪽 눈썹을 치켜올렸다.

"걔 부모님도 분명 좋아하시겠네요. 걔가 돈이 필요한 건 아니지만."

"보트맨이라는 술집이야. 걔 어머니가 언젠지도 모를 옛날에 술을 마시던 바로 그 가게지. 너그럽게도 너랑 어울려준 게 그 애의 세계를 넓혀준 거 같은데. 그 가족 다."

"그 사람들 잘 아세요?"

새미가 손을 흔들었다.

"다른 사람을 잘 아는 사람은 없어, 인마."

마지막 손님들이 계산을 마치고 새미가 음식 값을 패치에게 치르게 해 노예 기간을 늘리겠다고 위협할 무렵, 웨이트리스가 지나가며 자기 번호를 패치의 주머니에 넣었다.

"그거 써먹을 거라고 말해주라."

새미가 말했다.

밖으로 나간 패치는 메모를 쓰레기통에 던져버렸다.

패치가 차에서 자려고 그쪽으로 방향을 틀려는데 새미가 그를 택시에 밀어 넣었다. 패치는 흐릿하게 지나쳐가는 거리를 바라보다 택시가 보자르식 건물 앞에 멈추자, 너무 웅장한 건물의 아치형 창문들을 올려다보며 어질어질해했다.

문지기가 앞을 가로막으려다가 새미를 보더니 옆으로 물러난 뒤 패치를 향해 모자를 건드렸고, 패치는 꾸벅 절을 했다.

"염병 절하지 마."

새미가 씩씩거렸다.

패치는 엘리베이터 쪽으로 휘청거리며 걸어가는 새미의 팔을 붙잡았다. 둘은 꼭대기 층으로 올라갔고, 거기에는 새미의 펜트하우스가 있었다.

패치는 새미가 침대에 올라가게 도왔다. 새미가 드러누워 방이 빙글빙글 돌게 내버려뒀고 패치는 호화로운 방을 둘러보았다.

"어떻게 그렇게 돈이 많아요?"

"그림이지."

새미가 늘어지게 말했다.

"그림 그렸어요?"

"그림을 샀지. 지금 너보다 조금 어렸을 거야. 로스코 그림이었어. 다른 사람들은 색깔밖에 안 봤지만 난 그의 마음 상태를 봤지."

"마크 로스코 그림을 샀다고요?"

패치가 말했다.

"난 가난했어. 너 같은 가난뱅이였다고."

"새미는 가난한 아이였던 것처럼 행동하지 않는데요. 하버드에도 갔잖아요."

"내가 하버드에 간 건 여자애를 만나기 위해서였어. 그 병신 새끼들 어차피 나한테 가르쳐줄 것도 없었고."

"그렇죠. 그리고 새미는 너무 가난해서 예술품을 살 돈이 있었고요."

패치는 유리창에 이마를 대고 기념비에 감탄했다.

"난 어떤 부자한테 내 영혼을 팔았어. 잃어버린 사랑, 그보다 강렬한 아픔은 없지."

패치가 고개를 돌려 새미를 보았다.

"이해가 안 가는데요."

새미가 숨을 내쉬며 말했다.

"부자들은 문제가 생기면 거기에 돈을 던져서 문제가 사라지게 만들지."

"그건 완벽하게 이해하죠."

"저기 미니바 있다."

패치는 작은 조니 워커를 골랐고, 그걸 가지고 침대로 다가갔을 즈음 새미는 큰 소리로 코를 골고 있었다.

패치는 창가로 가서 도시의 불빛들이 그 너머로 퍼져 나가는 걸 내다보았다.

그리고 자기 세상이 얼마나 넓어졌는지 생각했다.

∘ ∘ ∘

그는 도시 위로 보름달이 비추는 것을 바라보다, 기억에 숨이 막혀와 눈을 감았다. 세인트에게 전화를 걸어, 삐 소리가 나기를

기다렸다가 구름 꼭대기에 대해, 미스티 문과 열 밤*에 대해 이야
기했다. 전혀 말이 되지 않았다.

그는 그 애를 찾아낼 것이었다.

죽기 전에는 그만두지 않을 것이었다.

* 그레이스가 패치에게 '열 밤ten sleeps'이 지났다고 한 대목에서 나온
  말이다.

107

세인트는 할머니 집 포치에서 지미가 그녀에 널브러져 재킷을 담요 삼아 덮고 자기를 기다리는 걸 발견했다. 그날 그녀는 늦게까지 근무하며 하크니스와 함께 무전을 받고 옛 이스턴로에 있는 다 타버린 자동차로 달려갔다. 패치가 옛날에 잡혀갔던 곳과 가까웠다. 세인트는 아직도 패치의 피가 스며드는 게 보이기라도 하는 듯 흙 위로 플래시를 비추었다.

그녀는 거기 서서 지미가 자는 걸 바라보았다.

세인트는 졸업반 무도회를 놓친 다음 날 지미를 만나러 갔고, 그의 어머니에게 뭣 같은 소리를 들으며 그 집에 들어갔다가 지미의 정장이 다시 대여용 가방에 들어가 있는 모습을 보았다—여전히 가끔 목이 메는 장면이었다.

지미는 그녀보다 여섯 달 일찍 태어났고, 동물에 대해서라면 대부분 알았다. 아버지가 공화당을 찍었기에 자기도 공화당을 찍었고, 어머니가 교회에 나갔기에 그리고 세인트의 할머니조차 감탄할 만큼 신앙이 대단했기에 교회에 나갔다.

그날 세인트는 어릴 적 지미의 방에 앉아 빨래가 가지런히 개어 있고 침대 시트가 새로 깔려 있는 것에 주목했다. 그의 어머니가 오트밀 쿠키를 가지고 와 문을 두드렸다. 그는 보살핌이 필요한 남자로 성장하게 될 부류의 소년이었다.

"다른 류의 남자는 없어."

어느 날 저녁 세인트 프랜시스에 내리는 일몰 앞에서 바비큐 치킨을 먹으며 노마가 말했다.

세인트는 패치는 다르다고 생각하며 셔츠에 바비큐 소스를 흘렸다.

"조셉이 다른 건 그 애를 위해 이것저것 해줄 여자가 없었기 때문이야."

노마가 소녀의 마음을 읽은 듯 말하며 냅킨으로 소녀의 셔츠를 닦아주었다.

"그래서 녀석은 보살필 줄도 모르지. 우정을 어떻게 꾸려나가야 하는지도 모르고. 남자가 되는 법도 마찬가지."

"여자들이 남자들한테 어떻게 남자가 되는지 가르친다고요?"

세인트가 말했다.

"당연하지. 넌 남자들이 그걸 어디서 배운다고 생각하냐?"

그때 지미는 세인트에게 키스했지만 그게 전부였다. 더구나 그건 미스티와 패치가 하는 것처럼 입을 열고 하는, 영화에서 본 부류의 섹스로 이어지는 키스도 아니었다. 한때는 그걸 보면 얼굴이 빨개졌으나 이제는 자기가 하느님과 무슨 거래를 했는지 의아해하게 되는 부류의 섹스. 그걸 그 어느 때보다 의아해한 것은 드레스를 입고 와인을 두 잔 마신 뒤 손바닥을 지미의 근육질 가슴에 대고, 자기가 자는 침대 쪽으로 그를 슬쩍 밀었을 때였다. 지미는 입술을 떼더니 거친 숨을 내쉬면서 바람을 쐬러 나갔다.

그다음 주 금요일에 지미는 세인트를 펠리스7에 데려가 영화를 보여주었다. 네이비색 정장 차림의 남자 주인공이 너무 잘생겨서 세인트는 지미가 문턱을 다 넘기도 전에 저도 모르게 지미를 더듬었다. 그는 그녀를 앉혀놓고 혼전 성관계를 믿지 않는다고 말했다.

"어젯밤에 들러서 너랑 결혼하게 해달라고 하더라."

노마가 말했다.

세인트는 잠시 뜸을 들였다.

"하지만 난 고작……."

"너희들 사귄 지 좀 됐잖아. 너도 지미가 어떤 사람인지, 널 얼마나 애지중지하는지 알지."

세인트는 커피를 홀짝이며, 그때 본 어린 창녀를 떠올렸다.

"죄악은 실제로 있는 걸까요?"

노마가 그녀 맞은편에 앉았다.

"엊그제 어떤 여자애를 봤는데 개가 이런저런 일을 했거든요……. 하느님이 보복하는 분이 아니시라는 건 알지만, 설마 그 애가 심판받지는 않겠죠."

노마는 잠시 뜸을 들였다.

"그 애가 조셉이 찾는 여자애냐?"

세인트가 고개를 저었다.

"우리는 다들 뭔가를 이루려고 애를 써, 세인트. 어떤 이는 남들을 밟고 올라서지. 어떤 이는 도움이 필요할 때 받침이 되어주고. 넌 지미가 어느 쪽인지 아니?"

세인트가 다시 고개를 저었다.

"평범한 걸로도 충분하고 남을 때가 있어."

노마가 말했다.

"그 애는 자기 부모님처럼 살고 싶어 해요."

"그 사람들 행복해 보이기만 하던데."

"그 애한테 뭐라고 하셨어요?"

"결혼은 내가 승낙할 일도 아니고 그 애가 요구할 일도 아니라고 했지. 너만 합의할 수 있는 거라고."

"나 대학에 안 간 거 미안하지 않아요."

세인트가 도전하는 눈빛으로 말했다.

노마가 세인트 뒤로 가서 손녀의 어깨에 손을 얹었다.

세인트는 머리를 옆으로 기대고 할머니의 몸에서 따스함을 느꼈다.

"나 어떡해야 되죠?"

"네 심장을 따라가라고 하고 싶지만, 그 길에는 혼돈이 따라오지. 넌 운명을 믿냐?"

세인트가 잠시 생각하더니 끄덕였다.

"그날, 네가 할아버지의 총을 가지고 숲으로 들어갔을 때……."

할머니의 얼굴에서 아직도 고통이 보였다.

"죄송해요……."

"지미가 닉스 서장한테 네가 어디로 가는지 말해주지 않았으면, 걔가 그럴 만큼 마음을 쓰지 않았더라면, 난 어쩌면 널 다시 보지 못했을지도 몰라. 아이비는 아들을 되찾지 못했을 테고."

"그래서 내가 그 애한테 빚이 있다구요?"

세인트가 말했다.

노마가 고개를 저었다.

"아니. 다만 어떤 사람한테든 커다란 계획이 준비되어 있고, 지미 월터스가 널 위한 계획의 일부라고는 말해두마."

“내가 지미를 사랑하는지는 어떻게 알 수 있어요?”

세인트가 말했다.

“결혼을 생각하면 사랑은 긴 인생에서 잠시 왔다 가는 방문자일 뿐이야. 존중과 친절, 그게 진정한 토대지. 솔직히 말하자면 네가 그 애랑 결혼해야 한다고 생각한다.”

“지미는 좋은 사람이에요.”

세인트가 말하더니 침을 삼켰고, 눈에는 눈물이 고여 있었다.

“하지만 갠……..”

“나도 안다.”

108

머천츠 내셔널 은행에서 난장을 겪은 후 패치는 차를 팔고 한 달 동안 화물을 날랐다. 새벽 4시면 모자 달린 운동복을 걸치고, 전국으로 냉동육을 운반해줄 트럭에 고기를 실었다.

그가 걸어갈 때, 새벽이 그를 뒤따르며 조만간 시간에 떠밀려 가게 될 것을 상기시켰다. 그는 한 오래된 집의 가장 높은 층에 방을 잡고, 집주인인 늙은 여자가 그와 같은 부류를 안다는 눈으로 쳐다보는 통에 선불로 방세를 지불해야만 했다.

하루하루가 길어지고 힘겨워졌고 그는 진정으로 어두워질 때만, 덕트 테이프로 가로등 불빛이 스며드는 걸 막고 유리창에 신문을 다섯 겹으로 붙인 뒤에야, 작은방에서 모든 물건을 치워 버리고 바닥에서 카펫을 걷어내고 수선화 그림들을 벽에서 떼어 낸 뒤에야, 바닥에 매트리스를 깔고 두 눈을 감고 잠들었다. 그는 어느 날 밤에 그 애를 발견할지 알지 못했지만, 그런 밤은 점점 줄어들었다.

그는 머리카락이 그레이스처럼 보이는 여자애를 두어 명 발견했는데, 말하는 방식도 거의 맞아떨어졌다. 저명한 학교의 계단에서 내려와, 대학 바에서 술을 마시고, 곧 같은 부류의 대학생 남자애들에게 싫증이 나버리는 여자애들. 그들은 그를 흘끔 보고 그 눈에 어린 빛이 자신들에게도 뭔가를 비춰줄 거라고 착각했다. 그는 그녀들의 과거를 파보았지만 무엇 하나 어긋나는 점을 발견하지 못했고, 여명이 밝기 전에 그녀들의 기숙사 방에서 빠져나갔다.

어느 날 길고 긴 하루를 마치고 방에 돌아가자 계단참에 그의 가방이 놓여 있었다. 집주인 노파는 그가 방을 리모델링한 게 마음에 들지 않았던 것이다.

그는 한 달 동안 사냥을 미루었다. 남은 운이 얼마나 되든 너무 쥐어짜면 안 된다는 생각 때문이었다. 그래서 글로스터 정박지에서 트롤선마다 다가가, 랍스터 가격이 올라간 만큼 사람 쓸 만한 일 있으면 자기한테 맡겨달라고 물었다.

그는 강철 밧줄에서 조류를 씻어내고, 피와 내장과 힘줄을 닦아냈다. 덫을 놓고, 미끼를 자르고, 랍스터를 눈에서 꼬리까지 측정했다. 잡은 것들을 골라내며 껍질이 무른 새로운 녀석들은 따로 떼어놓고, 알을 밴 녀석들에는 표시를 해두고, 운이 나쁜 녀석들은 집게발에 밴드를 감아놓았다.

"떨지 마, 녀석아."

배가 큰 너울을 탈 때 선장이 말했다. 패치는 중앙 제어실 옆에 서서 타륜을 쥐고, 선장의 일꾼들이 해저에서 노란색 미끼를 건져 올리는 모습을 바라보았다. 저녁 안개가 너울을 타고 출렁였다. 뒤편으로 뉴잉글랜드의 해안선에 흰 모래사장과 도시와 산들이 멀어져갔다.

일꾼 두어 명이 그의 안대를 보고 해적 놀이라도 하냐는 듯 개소리를 했다. 처음 뱃전에 앉았을 때는 바닷바람에 목이 말라붙고 웃느라 얼굴이 얼얼했다. 나중에 정박지로 돌아가서 그가 짐을 내려놓으며 청소를 시작하는 동안 선장이 냉장 박스에서 맥주를 꺼내 나눠주었다.

패치는 배에 남아 혼자 맥주를 마시며 저무는 해를 바라보았다.

밤에는 낮은 절벽에 가려진 모래사장에서 셔츠를 돌돌 말아 베개를 만든 뒤 부드러운 모래에 두고 잠을 잤다. 낮의 노동의 여파인지 음식이 고프지 않았고 다만 선장이 준 얼마 안 되는 돈은 가지고 있었다. 머지않아 그 애를 찾아 움직이리라는 것을 알았기 때문이었다.

109

2주가 지나자 젊은 일꾼 둘이 그를 밖으로 끌어냈다. 운전석은 싸구려 오드콜로뉴와 절망의 냄새를 풍겼고, 일꾼들은 짐 빔을 주거니 받거니 하며 여대생들이 진짜 남자들한테 끌리는 이유가 뭘지 추측했다. 낡은 캠핑카를 타고 약 80킬로미터, 두 시간쯤 달리자 보스턴의 불빛이 다가오는 게 보였다.

그들은 JFK가街에서 기어가듯 달렸다. 패치는 낡은 청바지에 가죽 부츠 차림이었는데, 색이 너무 바래 원래 어떤 색이었는지도 기억할 수 없었다. 처음 들어간 아일랜드 바에서 여자 두 명이 그를 보고 웃더니, 한 명이 다가와 그의 가슴에 손을 대고 한담을 하며 그가 한 말인지 기억도 나지 않는 얘기에 머리카락을 뒤로 넘기며 깔깔거렸다.

"젠장, 나도 안대나 하나 해야겠다."

다 같이 거리로 나가 다른 가게로 이동할 때 일꾼 중 한 명이 말했다.

보트맨이라는 바에서 패치는 안에 있는 여자들의 얼굴을 모조리 훑어보며, 혹시 누군가 그 애가 서 있었을지 모르는 방식으로 서 있거나 그 애가 웃음 지었을지 모르는 방식으로 웃는 것은 아닌지 생각했다. 그는 대화의 일부분을 포착하고 그 애가 발음하는 방식으로 말하는 소리를 듣거나, 그 애와 같은 높이로 웃는 소리를 듣기도 했다. 그레이스는 어디에나 있고 어디에도 없었다.

패치는 혼자 바 의자에 앉아 경찰 두 명이 지나가는 걸 보고 두려움을 느꼈고, 그럴 만했으나 그럴 필요는 없었다. 그의 세상은 작았다. 조금이라도 그를 아는 사람은 아무도 없었다.

그가 사람들 틈으로 비집고 지나가는데 다소 큰 목소리가 들렸고, 여자가 곤경에 빠진 게 분명했다. 그는 그쪽을 흘끗 넘겨보고, 남녀 한 쌍이 사랑 싸움 같은 걸 하는 모습을 보았다. 여자는 키가 크고 금발에 패치에게 등을 돌린 채였고, 같이 선 남자는 여자의 엉덩이에 손을 대고 있었다.

여자가 남자의 가슴을 세게 밀쳤지만 남자는 웃어넘기며 여자를 더 가까이 끌어당겼고, 여자는 남자의 손아귀에서 빠져나오려고 했다.

패치는 남자의 친구 둘이 그 사태를 구경하며 웃는 걸 보았다.

남자는 키가 크고 체격이 좋았고, 밝은 머리칼이 한쪽으로 대충 넘어가 있었다. 패치는 인장이 새겨진 반지와 금제 손목시계를 주목했다. 패치가 둘에게 다가갔을 때 여자가 다시 뒤로 물러나며 남자에게서 빠져나왔다. 패치는 강한 펀치를 날렸다.

금세 끝나버렸다.

커다란 남자가 바닥에 널브러지고 패치가 아직 뒤뚱거리는 여자를 향해 몸을 숙여 그녀를 팔에 안았다.

그제서야 그는 여자를 보았다.

여자는 그를 올려다보았고, 입이 살짝 벌어져 있었다.

남자의 친구들이 모여들었다.

패치는 옆에서 자기 일행인 선원들이 주먹을 쥐고 웃고 있는 걸 보았다.

술병 하나가 그의 머리 옆으로 날아가 옆 테이블에 부닥치며 부서졌다.

금요일 밤의 술집 싸움이라는 혼돈을 뚫고, 패치는 미스티 마이어를 번쩍 들어 올린 뒤 완벽한 보스턴 밤의 아늑함 속으로 나갔다.

110

미스티는 그의 손을 꼭 잡고 그와 함께 패방牌坊•을 통과했고, 사자들이 비치와 서피스 거리를 주시하고 있었다.

"천하 만물이 인민을 위한 거야."

그녀가 어깨 너머로 말했다.

"그럼 하늘 위는?"

그가 차이나타운의 소음에, 냄새와 빛과 북적임에 빠져서 말했다. 그는 벽화들을, 천 갈래로 얽힌 가닥을 응시했다.

공원 맞은편의 골목길에서 둘은 뒤집어진 상자에 앉아 나무 컵에 담긴 따뜻한 사케를 마셨고, 미스티는 뺨이 발그레해진 채 패치의 부어오른 손등을 매만졌다.

미스티는 그의 납작한 모자를 들어서 자기 머리에 얹고 그를 올려다보며 싱긋 웃었는데 그 눈은 그에게 여전히 너무 벅찼다. 그녀는 전과 달라 보였으나 패치로서는 어떻게 다른지 알 수 없었다—여전히 모든 면에서 대다수와는 달랐고, 어쩌면 몬타 클레어를 빠져나와서 더 그렇게 보였는지 몰랐다. 미스티는 세상 경험이 많은 듯 보였고, 그런 게 가능하다면, 전보다 더 손에 넣

<hr>

• 중화권에서 마을 입구 등에 세우는 문을 가리킨다. 패루라고도 하고, 차이나타운 입구에서 흔히 볼 수 있다.

을 수 없을 듯 보였다.

"넌 아직도 1975년에 사는 것처럼 보여."

그녀가 말했다.

패치는 탈색된 그녀의 청바지와 실크 셔츠, 힐, 가벼운 화장을 알아챘다.

"그래도 근육이 좀 붙었네."

그녀가 그의 팔을 찔러보았다.

"배에서 일하거든."

그녀가 눈을 반짝였다.

"해적선이야?"

"캐스코만에서 랍스터를 노략질하지."

미스티가 소리 내 웃자, 그는 한순간에 먼 옛날로 돌아갔다.

두 사람 옆에서 네온사인이 빛을 발했다. 철제 비상계단 아래로 지하 미용실이 있었고, 점점 진해지는 가로등 불빛 속에 쓰레기가 쌓여 있었다.

둘은 그가 떠난 이유인 그레이스 이야기와 미스티의 부모 이야기, 둘이 함께 짊어졌던 온갖 무거운 짐에 관한 이야기는 피했다. 짧은 지복의 순간 그들은 한계를 모르고 밝게 빛나는 도시에서 상대의 가장 빛나는 부분만을 알아가는 두 청춘일 뿐이었다.

술을 마시면서 미스티는 목소리가 조금 커졌고, 좀 더 열성적인 어조로 자기 학과목과 강의들과 교수들에 대해 이야기했다.

"그러니까 내 아버지 같은 사람들은 내가 일자리를 구하느라 애를 쓸 일은 없다는 걸 알기 때문에 그 사람을 뽑은 거야. 그런 보호층이 있어야 더 몸집을 키울 수 있으니까. 내가 바에서 일한다고 했을 때, 나 스스로 돈을 벌고 싶다고 했을 때 아버지 얼굴을 네가 봤어야 하는 건데. 네가 학교 그만두고 일했을 때처럼 말야. 뉴라이트는 그다지 새롭지 않아, 패치. 아니, 그 사람은 우리를 빚더미의 수렁에 더 깊이 빠뜨려서 침체에서 끌어냈잖아. 트리클 다운 경제가 통하려면 진정한 전환이 일어나야 한다고, 안 그래?”

그는 사케를 마시며 그녀가 그에게서 대꾸 같은 게 나오기를 바라는 것이 아니길 기도했다.

“나 좀 똑똑하게 들렸어? 책에서 읽은 거야.”

그녀가 말했다.

“너 지금 하버드생이야, 미스트. 굳이 쉬운 말로 할 필요가 있나 싶은데. 아무리 상대가 나라고 해도.”

걸을 수 있는 동안 미스티는 그를 데리고 여러 거리를 돌아다니며 볼만한 데를 알려주었다.

패치는 그녀를 다시 베이 빌리지로 끌고 갔고, 그곳에 있던 거리의 연주자가 기타와 소울이 담긴 목소리로 밤을 따스하게 해주었다.

도시의 흐름이 느려졌고, 그는 손을 뻗어 미스티의 허리에 얹었다.

그는 그녀의 다른 쪽 손을 잡았고, 둘은 서로 마주 보고 섰다.

“너 춤 안 추는 줄 알았는데?”

그녀가 말하며 가까이 다가왔다. 연주자가 웃음 짓더니 노래했고, 그녀는 자기 손에서 세상이 움직이는 걸 느꼈다.

미스티가 숨을 최대한 깊이 들이쉬었다 —익사에 대비하는 것처럼, 그러나 끝까지 의식을 유지하고 싶다는 듯.

둘은 함께 움직였고, 그녀는 그의 가슴에 뺨을 댔다.

“넌 단순히 내 마음을 무너뜨린 게 아니야.”

“미안.”

“넌 내가 아니라 그 앨 택했어.”

“다들 널 택할 거야. 모두 다.”

“하지만 넌 아니지.”

그는 몸을 숙여 그녀의 머리에 자기 머리를 맞대었다.

“우릴 좀 봐, 패치. 세상에 나와 있어.”

둘의 위에서 별들이 마치 운명을 새겨놓은 듯 반짝였다.

그리고 주변 사람들은 발걸음을 멈추고 둘을 바라보았다. 음악이 아름다웠기 때문이었을 수도, 아니면 같이 춤추던 두 아이가 한 비극적인 역사에서 빠져나온 존재라는 걸 알기 때문이었을 수도 있었다.

패치는 부드럽게 미스티를 들어 올렸고, 그가 천천히 그녀를 빙그르르 돌릴 때 그녀의 손이 그의 목을 감쌌다. 멀리에서 사이렌 소리가 들려왔고, 그는 우리가 이렇게 끝나는 건가 생각했다.

“널 어떻게 잊어야 할지 모르겠어.”

그녀가 그의 귀에 대고 속삭였고, 그 말은 그의 머릿속에 구멍을 뚫고 들어가 머물 자리를 만들어서, 의심이 드는 순간에, 그가 약해지는 순간에 말해줄 터였다―그가 괜찮은 사람일지 모른다고, 그가 한 일과 앞으로 할 일, 그 모든 것에도 불구하고 그가 충분히 괜찮은 사람일지 모른다고.

“눈을 감는 거야, 미스트. 그리고 다시 눈을 뜨면 난 가고 없을 거야. 그리고 넌 이…… 이 좆같이 경이로운 인생을 사는 거지. 강의도 들으러 갈 거고, 지껄일 게 있는 녀석들, 견해도 있고 사상도 있는 녀석들하고 대화도 할 거야. 얼마 안 있으면 넌 내 얼굴을 잊을 거고, 내 목소리도 잊을 거야. 나란 놈에겐 애초에 얘기할 만한 게 없었다는 걸 깨달을 테니까. 진짜로는 없었다는 걸."

미스티가 격하게 고개를 흔들었다.

그는 그녀가 우는 게 정말 싫었다.

그 후에 미스티는 어두운 찰스강을 따라 그를 이끌었고, 엘리엇 하우스에 이르자 너무 웅장해서 그는 고상한 흰 창문들을 빤히 보았다. 그녀가 마침내 그를 끌고 바둑판 모양의 바닥을 가로지른 뒤 우아한 계단을 올라 기숙사 방으로 데려갔을 때, 그는 그녀가 그런 곳에 살게 되었다는 생각에 어질어질했다.

그녀가 키스하자 그도 키스했다.

그녀는 그의 티셔츠를 벗기고 물러나서 그를 빤히 보았고, 두 눈은 그의 야윈 몸을 훑어보았다. 자기 때문에 난 흉터도. 그는 뒤쪽에, 옷장 그늘에 서 있었다—마치 어디가 됐든 그녀의 세상에서 자기가 차지하는 공간이 안타깝다는 듯.

그는 아침이 오기 몇 시간 전에 일어나서 그녀가 자는 침대에서 몰래 빠져나가 유리창 너머로 타오르는 하늘을 바라보았다. 그는 작은 책상에서 연필과 종이를 꺼내, 결코 잊지 못할 것이 분명한 그녀의 형상을 세세하게 스케치했다.

자기 이름을 휘갈긴 다음 그림을 놓아두는 순간 창밖으로 솟아오른 돔형 지붕이, 그 너머로 JFK 공원이 보였다.

미스티의 인생에서 슬그머니 달아나면서 그는 그 광경을 따라가다가, 한때 그레이스가 서 있었을 그곳에 섰다. 그 애가 디뎠

던 바로 그곳에 발을 딛고.•

그때 그는 자신이 선장에게 돌아가지 않으리라는 걸 알았다.

그때 그는 상황이 더 나빠질 테고, 어쩌면 결코 나아지지 않으리라는 걸 알았다.

• 그레이스가 패치에게 '찰스강을 보는 대신 커다란 차고들을 보고 있었다'고 한 대목을 가리킨다. JFK 공원이 지어지기 전에 그곳에는 커다란 차고들이 있었다.

112

아침에 세인트는 로브를 입고 피아노 앞에 앉았고, 상판에는 안경이 놓여 있고 열린 건반 뚜껑에는 단순한 금색 글자가 박혀 있었다. 밖에서는 바람이 거세게 불어 울긋불긋한 잎사귀의 잎꼭지를 흔들며 잎들을 떨어뜨렸고, 세인트는 그보다 더 아름다운 죽음이 있을까 생각했다.

"이게 무슨 곡이지?"

노마가 말했다.

세인트는 돌아보지 않고도 할머니가 네이비색 드레스를 입고 가시금작화 모자를 썼다는 것을 알았다. 마치 축하해야 할지 애도해야 할지 모른다는 듯이.

"내성적인 영혼의 어떤 개구리가 부르는 노래예요."

세인트가 말했고, 그 계절이 자신의 마지막 계절인 것처럼, 이제 다시 그렇게 바라볼 만한 계절은 없을 것처럼 바라보았다.

"슬프구나."

노마가 말했다.

"안 슬퍼요. 사랑하는 사람들과 꿈꾸는 사람들˙을 위한 곡이거

- 영화 〈더 머펫 무비The Muppet Movie〉에 등장하는 '커밋 더 프로그'라
  는 개구리가 부르는 〈레인보 커넥션Rainbow Connection〉의 노랫말이다.

든요."

세인트는 연주하면서 하얀 집 그림을 응시했고, 패치가 조심스레 붓을 잡던 방식과 그가 숨을 쉬며 그녀의 세상에 색을 불어 넣던 방식을 떠올렸다. 전날 밤 세인트는 복도에 앉아 전화벨이 울리는 소리에 귀를 기울이며 전화를 받고 싶은 마음을 억누르고, 대신 그가 기계에 대고 골드러시와 어느 여름철 콜로라도의 왕국에 관해 이야기하는 걸 들었다. 세인트는 할머니를 깨워, 자기가 이사하고 나서도 녹음한 것들을 보관해두겠다고 약속하라고 했다.

세인트와 노마는 마지막으로 아침을 함께 들었다. 세인트가 알렉산더로에 있는 작은 집으로 이사하기로 결정되었다. 그 집은 지미의 부모가 은퇴하여 몬타 클레어를 떠나 따뜻한 플로리다로 가면서 지미의 어머니가 지미에게 준 선물이었다. 무엇이건 옛날을 떠오르게 하는 것들로 가득해서 세인트가 자기 리듬을 잃어버리는 집이었다. 지미는 같이 집을 꾸밀 거라고 했다. 그는 몬타 클레어 철물점에 가서 그녀 마음에 드는 색을 고르고 함께 낡은 화장실과 부엌을 뜯어낼 거라고 말했다.

세인트는 간결하고 과하지 않은 레이스 보디스가 달린 아이보리색 가운을 입었으나, 삐걱거리는 계단을 내려가면서 할머니의 웃음을 보니 자신이 지미를 위해, 성당을 위해, 그리고 신참 경찰이 신참 수의사와 결혼하는 걸 목격하려고 성당을 채울 마을 사람들을 위해 할 도리를 했다는 걸 깨달았다.

"프렌치 스타일로 머리를 땋을 줄 알았는데."

노마가 말했다.

"오늘은 아니에요."

세인트는 차를 대절하고 싶어 했지만 지미는 비용 생각에 머뭇거렸고, 그래서 할머니와 손녀는 함께 성당 쪽으로 천천히 걸으며 이미 움직이기 시작한 아침을 음미했다.

이웃 몇몇이 밖에 나와 웃음 지었고 한 어린 소녀가 손을 흔들더니 손뼉을 쳤다. 그리고 로즈우드로로 이어지는 교차로에 다다르자, 세인트는 숨을 깊이 들이쉬었다.

성당은 얼룩덜룩한 회색에 첨탑들이 솟아 있었다. 그 앞에서 세인트는 노마의 손을 잡았다―그 전에도 천 번은 걸어갔을 구불구불한 길의 끝에서, 기대와 두려움을 느끼며, 그리고 무엇보다 안심하여.

"기쁨의 눈물이냐?"

노마가 말하며 조심스레 세인트의 뺨을 두드렸다. 그러더니 무릎을 꿇고 눈물을 닦아준 바로 그 손수건으로 세인트의 단화에서 진흙과 잔디를 닦아냈다. 노마는 그 자세로, 무릎을 축축한 바닥에 댄 채로, 성당을 배경으로 서 있는 손녀를 올려다보았다. 괜찮았던 날도 최악으로 나빴던 날도 찾아가 기대던 성당.

"그 앤 너한테 다정할 거다. 내 장담하마."

노마가 말했다.

113

성당 안에는 마을의 절반이 와 있었고 때가 되자 할머니가 세인트를 데리고 사람들 앞에서 걸어갔다. 세인트와 마주 선 그는 단추 두 개에 새틴 옷깃이 달린 정장을 입고 세이지색 페이즐리 타이를 했다.

그녀는 최선을 다해 웃음 짓고, 서약을 하고, 제한된 시야로 저 멀리까지 영향을 미칠 약속을 했다. 그리고 할 것을 거의 다 마친 뒤에야 신랑神廊 뒤쪽을 힐끔 쳐다보는 치명적인 실수를 저질렀다.

패치가 홀로 앉아 있었고, 세인트는 한순간 그와 눈을 맞췄다.

그녀는 지미의 손을 잡았다. 박수 소리가 울려 퍼지고 지미가 그녀와 함께 통로를 걸어갈 때, 그녀는 다시 패치를 찾아보고 그가 사라진 것을 알았다.

바깥에 비가 잦아들자 사진사가 준비를 했고 주민들이 모여 색종이를 던지는 동안 세인트는 남편의 손에서 빠져나가 성당 진입로를 따라 걸어갔다.

"야."

그녀가 불렀다.

그리고 숨을 들이쉬는데 그가 돌아섰다.

“너 어떻게……”

패치가 웃었다.

“새미구나.”

“그래.”

“파티는 참석 안 하는구나.”

패치가 고개를 저었다.

얼마 안 가 그의 머리가 빗방울에 젖었지만 둘은 한참 그곳에 서 있었다—너무 익숙하면서 낯선 곳.

“그 녀석……”

“수의사 될 거야.”

세인트가 말했다.

“넌 항상 동물을 좋아했지.”

세인트는 웃었고, 여전히 패치 눈에는 이가 삐뚤빼뚤하고 양쪽 무릎이 다 뚫어진 멜빵바지를 입은 소녀가 보이는지 궁금했다.

“녀석 너한테 잘해?”

패치가 말했다.

그녀는 지미가 그녀의 피아노를 놓을 자리가 없다고 했다는 걸 얘기하고 싶었다. 때로 자기가 저녁을 차려주면 그가 고맙다고 하는 걸 잊는다는 것을. 좋은 쪽으로 바보 같은 면이 하나도 없다는 것을. 자기가 경찰인 걸 지미가 좋아하지 않는다는 것을 패치에게 얘기하고 싶었다. 지미가 곧장 아이를 낳고 싶어 한다는 것, 아이가 생기면 그녀가 자기 인생을 내던지고 어머니의 삶을 살기를 바란다는 것을. 무엇보다도 그녀는 무섭다는 걸 얘기하고 싶었다. 그녀는 용감한 일을 수도 없이 한 경찰이었다. 그러나 무서웠다.

"잘해."

패치가 그녀를 품에 안았고 그녀는 그의 힘을 느꼈다. 그가 그녀의 허리를 당겨 가슴이 그의 가슴에 닿았을 때 그의 열기를 느꼈다.

"네가 그리워."

그녀가 그의 귀에 속삭였다.

"날마다."

그가 말했다.

"할 말이 너무 많아, 패치."

"하지만 그런다고 바뀌는 건 별로 없지."

그가 그녀의 눈물을 닦아주었다.

"착하게 살아, 인마."

그녀가 말했다.

그녀가 성당으로 돌아가자, 노마가 그녀를 발견하고 대기실로 데려가 몸을 말려주고, 머리카락을 단장해주고, 아주 엷게 한 화장을 고쳐주었다.

"아름다워 보인다."

지미가 말했다.

"고마워."

"난 네가 어릴 때 하던 것처럼 머리를 땋을까 봐 걱정했는데."

그가 덧붙이며 하하 웃었다.

"아깐 어디 갔었어?"

"누구한테 인사 좀 하느라고."

세인트는 사진 찍는 동안 어떻게든 웃었고, 저녁때까지 홀을 채운 손님 모두와 어떻게든 악수하고 키스하고 이야기를 나눴다.

그리고 댄스 플로어가 텅 비고 스포트라이트가 떨어져 지미가 그녀를 품에 안았을 때에야 그녀는 패치가 연회 전에 떠난 데서 그나마 위안을 느꼈다.

작은 군중이 무대 가장자리에 모여 웃음 짓고 있었고, 스피커에서 지직거리며 첫 소절이 흘러나왔다.

"왜 이 곡을 고른 거야?"

둘이 부드럽게 춤추는데 지미가 물었다.

"그냥 맘에 들어서."

세인트는 그와 함께 움직였으나 그와 눈을 마주치지 않고 눈을 꼭 감고 있었다.

그녀는 속삭이는 목소리로, 모나리자들과 미친 모자 장수들 이야기, 그리고 뉴욕시에서는 장미 나무가 결코 자라지 않는다는 가사를 노래했다.

114

닉스는 물에 낚싯줄을 드리우고 얼굴을 낚시 모자로 가린 채 앉아 있었다. 메기와 월아이를 낚았고, 어롱이 꽉 차서 두어 마리를 방류하고는 차가운 맥주를 음미했다.

"만나고 싶으시다고요."

세인트가 말했다.

"여기까지 왔네. 신혼여행 갔어야 할 사람이."

"메시지 받았어요. 여기로 왔죠."

캘더 카운티와 윈턴 양쪽에 걸쳐져 있는 글렉 후크 저수지 위로 석양이 낮게 걸려 있었다. 세인트는 잔챙이들이 수면으로 올라왔다 들어가는 걸 지켜보며 갈대들 사이로 미끼를 던졌고, 블랙 배스가 청어를 사냥하는 걸 보았다.

"너 여행에서 돌아올 때까지 기다려도 된다고 노마한테 말했는데."

닉스가 말했다.

"전 절대……. 우린 아무 데도 안 갔어요. 집 고치려고 돈 모으고 있거든요. 게다가 지미 시험도 다가오고 있고."

앞서 닉스는 RV를 몰고 나가 크룩시 제방길 인근 캠핑장에 차를 세워두었다.

"그래서 뭐가 필요하신데요?"

세인트가 말할 때 그가 맥주를 건네려 했으나 그녀는 고개를 저었다.

닉스는 맥주를 다시 냉장 박스에 넣었다.

"잠깐 얘기 좀 하자."

지난 몇 년 동안 세인트는 일주일 내내 일했다. 시간의 흐름을 오직 계절의 변화로만 막연하게 느낄 뿐이었다. 그녀는 겨울의 날카로운 이빨을 보면서도 추위를 느끼지는 않았다. 봄에는 맨지르르한 초록 숲을 짓밟고 다니며 일상적인 일들에 자신을 내던졌다. 순찰을 돌고, 무단 침입과 주차 단속과 경범죄를 처리하며.

그녀는 손가락에 낀 단순한 금반지를 내려다보고 결혼식 날 밤을 떠올렸다. 그녀가 그의 바지를 벗기기도 전에 지미가 사정한 일을. 그리고 그가 화를 내며 싸구려 모텔 방에서 걸어 나가 차에서 담배를 태운 일을. 돌아와서 그는 잠을 잤고, 그녀는 천장을 바라보며 자신의 인생과 헛디딘 발걸음들의 윤곽을 상상해 보았다. 동이 트자 지미는 그녀 위로 올라가더니 귀에 대고 끙 소리를 냈다. 거의 마찬가지로 금세 끝나버렸다. 그 전까지 그녀는 아플지도 모른다고 생각했다. 적어도 뭔가는 느끼겠거니 했다.

"결혼하니까 좋아?"

닉스가 말했다.

세인트가 가녀린 손가락에 끼운, 한 치수 큰 반지를 빙글 돌렸다.

"좋아요, 서장님."

"틀림없이 노마가 기뻐하겠군."

세인트가 웃었다.

"할머니는 제가 지미랑 결혼하길 바라셨어요. 그 애가 좋은 남자라고 믿으세요.”

“그것 때문이라고만 생각해?”

세인트가 그를 돌아보았다.

닉스가 콧수염을 매만졌다.

“네가 지미랑 결혼하면, 어쩌면 노마가 조셉을 그렇게 무서워
하지 않아도 된다는 얘기 아닐까.”

“무슨 말씀이세요?”

“네가 무모한 일을 벌일 때마다, 네가 길에서 이탈할 때마다,
녀석 때문이었어.”

닉스가 웃었다.

“할머니는 저를 지키시려는 거예요.”

“넌 할머니에게 전부니까. 게다가 넌 지킬 가치가 있어, 세인트.”

그녀가 살짝 얼굴을 붉혔다.

“그 친구 사랑해?”

그가 물었으나 그녀의 눈을 보지 않았다. 그가 물어보기 편안
한 질문은 아니었던 것이다.

“사랑은 지나가는 손님이에요.”

그가 소리 내 웃었으나 기분 나쁜 웃음은 아니었다.

“음, 그럼 곧 찾아오기를 바라.”

“서장님은 결혼 안 하셨잖아요.”

그가 맥주를 홀짝였다.

“사람들은 삶이 한 번뿐이라고, 기회도 한 번뿐이라고들 해.
하지만 난 한 번의 삶에 10여 개, 아니면 그보다 많은 역할과 책
임이 있다고 봐. 여러 모습의 나 자신을 헤아릴 수도 있어, 어떤
건 친구 같고 어떤 건 적 같지. 실수란 참다운 길을 되새기게 해

주는 우회로야, 세인트. 사랑하고 사랑받는 건 사람이 기대할 수 있는 그 무엇보다 큰 일이고, 평범한 인생을 천 번을 산다 해도 그 한 번의 경험으로 충분하고도 남는 거야."

"정말 그런지 잘 모르겠어요."

"언젠가는 알게 되면 좋겠네."

세인트가 먹파리를 찰싹찰싹 쳤다.

"아이를 바란 적은 없으세요?"

"그 책임. 난 그걸 받아들이는 사람들이 경이로워. 다른 누군가를 이 세상에 불러오기로 계획하다니."

"다 계획한 건 아니죠."

"작년에만 150만이 중절을 받았지. 병원마다 자신의 생각을 플래카드에 적어 가지고 와서 죽치고 있는 망할 인간들이 있어."

세인트가 물을 바라보았다.

"맞는 방향으로 가고 있어요."

"어떤 사람한텐 너무 느리고 이미 늦었어."

"세상에 이보다 심한 신혼여행은 없을지 모르겠네요."

그가 뱃속에서 우러나는 소리로 웃었다.

"나 어릴 때 개를 한 마리 키웠어. 녀석이 사람인 것처럼 아꼈지. 어쩌면 그보다 더 아꼈을지 몰라. 이상하게 들리나?"

그녀가 끄덕였다.

그가 껄껄 웃었다.

"마을에 서장님하고 데이트하고 싶어 하는 여자들이 있어요."

세인트가 말했다.

"나라는 인간의 이미지겠지. 진짜 나는, 음, 그 녀석은 30년 전에 마음을 빼앗겨버렸어."

그녀가 웃었다.

"무슨 일이 있었는데요?"

"항상 있는 일이지 뭐. 한 사람이 다른 사람을 남겨두고 떠나는 거지."

닉스가 물가를 향해 맥주를 들었고, 세인트는 어떤 여자가 그를 두고 떠나버릴지 상상이 가지 않았다.

"이제 어디로 가실 거예요?"

닉스가 릴을 감았다가 다시 줄을 던지더니 앉아 맥주를 마셨다.

"한참 달려서 세버리시까지 가려고. 카약 타고 낚시나 할까 싶어. 납작한 민물고기 녀석들한테 눈독을 들였거든."

"제 할아버지는 배스 낚시꾼이셨어요."

닉스가 휘파람을 불더니 활짝 웃었다.

"앨라배마강. 그 북쪽에서 봄 내내 있었는데, 아마 내가 잡은 것 중 최고로 근사한 블랙 배스를 거기서 잡았을 거야."

세인트는 닉스가 그날 이후로 더 슬퍼 보인다는 말을 하지 않았다. 그녀는 이유를 알 수 없었고, 조셉이 사라진 날, 아니면 마티 툼스가 남은 생을 잃어버린 날, 지울 수 없는 무언가가 그에게 새겨졌다는 것밖에는 몰랐다. 전에는 의심해보지 않은 것들을 도무지 이해할 수 없는 것처럼. 자기 마을에 어떻게 살인범이 살 수 있었는지.

"가끔 생각하면 우리 참 먼 길을 온 것 같아요."

세인트가 말했다.

"때로는 한 발자국도 떼지 못한 것 같고."

"전 캘리 몬트로즈 생각을 해요. 그 애 아버지가 조기 은퇴를 했다더라고요. 그 사람이 엊그제 밤에 사소한 문제를 일으켰다고도 하고요.”

닉스가 술병을 이마에 가져다 댔다.

“어쩌면 우리 모두 그 후에 그만뒀어야 했는지도 몰라. 그냥 그만두고 집에 갔어야 했는지도. 리치 몬트로즈는 남은 날들을 위스키 병 바닥이나 들여다보며 살 거야. 그게 잘못이라고는 못 하겠네.”

공기가 선선해지자 그는 뒤로 몸을 기대고 빛이 약해지는 걸 보았다.

“FBI가 널 원해. 하임즈라는 남자한테서 전화받았다. 이그제큐티브 뭐시기인지 그렇다던데. 너더러 캔자스시로 날아와서 좀 만나자더라.”

“알았어요.”

그가 시가에 불을 붙였다.

둘은 하늘이 물을 연보라색으로 물들일 때까지 앉아 있었다.

차에서 세인트는 그를 꼭 안았다. 닉스 서장보다 나은 남자는 알지 못했다.

115

세인트가 구운 닭고기를 지미가 깨작거렸다.

"몬타 클레어에서 네 걱정하느라 잠 못 자는 걸로도 이미 충분히 나쁘다고."

그의 눈 밑이 시커멨다. 그는 주말이면 면도도 하지 않아서 뺨과 목에 검푸른 수염이 점점이 돋아났다. 밤이면 대개 늦게까지 공부했는데, 자신의 한계에 놀라서였다. 그는 학교에서 성적이 좋았다. 그는 자기 미래를, 능력을, 자신감을, 그리고 모든 게 그저 잘될 거라는 사실을 의심한 적이 없었다. 그건 세인트가 그를 보며 무엇보다 대단하다고 여긴 점이었다.

"내 걱정은 안 해도 돼."

"넌 내 아내야."

"이건 내 경력이야, 지미. 나한텐 중요하다고."

지미가 물을 홀짝였다.

"넌 네가 왜 그러는지 내가 모르는 줄 알지."

"난 뭔가 도움이 되고 싶어."

세인트가 말하고 닭고기를 한 입 먹었지만 넘길 수가 없었다. 그의 뒤쪽으로 벽지가 젖어 뜯긴 채 그대로 쌓여 있었다.

세인트가 일어나서 설거지를 하려고 했다.

그가 그녀를 자기 무릎에 앉혔고 그녀는 웃었다.

"우리한테는 서로가 있잖아. 믿음도 있고. 난 널 위해서라면 뭐든 할 거야."

그가 말했다.

"나도 알아. 나도 뭐든 할 거야, 지미."

"졸업 무도회에 오는 것만 빼고."

그가 그녀의 옆구리를 찔렀고, 그녀가 웃자 그도 웃었다.

그가 그녀에게 키스했다.

"캔자스에 가지 마. 경찰관이랑 결혼한 거 이제 겨우 익숙해 졌다고."

"지미, 난……."

그가 그녀의 가슴에 손을 뻗었다.

"다시 해보자…… 오늘 밤. 지금."

"설거지……."

"나중에 하면 되지."

그는 그녀의 손을 끌고 위층으로 올라갔다.

116

세인트는 창에 얼굴을 댔고 보잉720의 엔진과 함께 그녀의 위장도 내려앉았다.

그녀는 그때까지 비행을 해본 적이 없었는데, 음료를 예의 바르게 거절하고, 옆에 앉은 남자가 세인트의 시야를 뿌옇게 만드는 데 진심인 듯 담배 10여 개비를 피워댄 탓에 연기가 자욱하게 뿜어져 나왔어도 호들갑을 떨지 않았다.

다행히 한 시간도 안 되어 비행기가 착륙했고 그녀는 계단을 내려가 캔자스시로 들어섰다.

그녀는 차를 타고 연방 건물에 도착했고 안에 들어가자 FBI 미주리주 서부와 캔자스주 전체를 담당하는 연방 수사원 일흔세 명과 지원 인력 마흔세 명이 그녀를 맞았다. 그녀는 보안 검색을 받고 엘리베이터를 탄 뒤 북적거리는 소음 속으로 들어갔다. 사람들이 회색 펠트 벽으로 사방이 둘러싸인 좁은 방에서 전화기를 붙들고 있었는데, 풍경이란 뭐든 임무와 하등 상관없다는 듯한 공간이었다.

게시판에는 얼굴들, 이름들, 살인에서 마약, 탈옥까지 다양한 범죄들이 기록되어 있었다. 상금은 수백만 달러까지 올라갔다. 세인트는 닉스와 몬타 클레어 경찰서를 떠올렸고, 유리벽으로 구분된 사무실로 인도되면서 위장이 긴장한 듯 뒤집어졌다.

그녀는 하임즈와 만났다. 하임즈는 그녀보다 스무 살은 많고 직함이 너무 길어 ‘이그제큐티브’ 이후로는 그녀도 잊어버렸다. 벽에는 상패들이 즐비했고, 그녀는 모르는 다양한 고관들과 찍은 사진들이 걸려 있었다. 하임즈는 에버스타인에서 보니 파커와 클라이드 배로*로 이어지는 역사를 짤막하게 들려주었다. 세인트는 그가 그 말을 얼마나 많이 읊었을지, 얼마나 많은 신참이 휘둥그레진 눈과 타오르는 열망으로 그 자리에 앉았다가 갔을지 궁금했다.

하임즈는 1933년 대학살로 화제를 옮겨서, 프랭크 내시가 레번워스 교도소로 이송되던 중 애덤 리체티와 찰스 플로이드가 경찰관 넷을 죽인 일을 정리했다. 그런 다음 올리 엠브리로 넘어가 셔츠에 냅킨을 끼우더니 베이글을 둘로 갈라 작은 쪽을 그녀에게 권했다.

그녀는 고개를 저었다.

“이 일은 말이지, 먹을 수 있을 때 먹어야 하네. 언제 호출될지 절대 알 수 없거든.”

“외람된 말씀입니다만, 아직 제가 여기서 뭘 하는 건지 모르겠습니다. 수사원이 되는 이야기를 하고 계신데 저는 연차가 2년 부족합니다.”

<hr>

* 미주리 서부와 캔자스를 총괄하는 FBI 지부의 초기 역사에 등장하는 인물들이다. 에버스타인은 1920년대에 그곳을 관리하는 요원이었고, 보니 파커와 클라이드 배로는 1932년부터 1934년까지 은행 강도, 자동차 절도, 납치, 살인 사건을 여러 차례 벌여 공공의 적이 되었는데, 미주리주에서도 경찰관을 살해하는 등 사건을 벌였고 FBI에서도 이들을 잡는 데 동참했다.

"우린 어디서든 모집할 수……."

"그러니까 저한테 자리를 제안하시는 겁니까? 제 생각에는 실수하시는 것 같습니다. 아시겠지만 저는 신참……."

그는 베이글을 내려놓고 일어서서 바지에서 빵 부스러기를 털어냈다.

"우린 실수하지 않네. 이건 자리가 아니네……. 일종의 임무지. 자네는 바로 시작……."

"제가 그걸 원한다고 가정하고 계십니다."

그 말에 그가 웃었다.

"자네 기록을 봤네. 상당한 이력이더군. 일라이 애런 사건 말이네. 사진을 봤지."

세인트도 알았다. 〈더 포스트〉의 표지 사진이었다. 그녀는 애런의 집을 태우던 불길 앞에서 작은 몸으로 서 있었고, 뺨은 검댕으로 시커멨다. 몇 시간 뒤 그녀는 패치를 발견했고 그의 목숨을 구했다.

"그리고 졸업생 대표였지. 아이비리그 대학을 거절했고."

"저에 대해 모르시는 게 있습니까?"

"자네 결혼했지."

"그렇습니다."

세인트는 지미를 생각하고, 그가 그녀보다 먼저 집을 나서면서 행운을 빌어주지 않은 것을 떠올렸다. 그녀가 가지 않기를 바랐기에.

하임즈는 다시 베이글을 집어 들고 베어 물었고, 상추 쪼가리가 입가에 삐져나왔다.

"여기 사람들도 한때는 결혼한 상태였지. 자네 아직 학업 중이군. 통신 강의로. 심리학 전공에 행동 과학 부전공이군.”

그녀는 지미 외에는 누구에게도 공부하고 있다는 걸 말하지 않았고, 그에게 말한 것도 그가 그녀의 과제물을 발견한 탓이었다.

“왜지?”

그가 말했다.

“바로 그 이유입니다. 저는 ‘왜냐’에 관심이 있습니다.”

“실종된 소녀와는 관련이 없다. 그레이스라는 이름의.”

그는 파일을 책상에 툭 던졌고 그녀는 그걸 펼치고 시신을, 아니 시신이라기보다 그냥 뼈를 보았다.

“텐슬립 크리크에서 발견됐네. 미스티 문 호수 위쪽에서.”

“하지만……”

하임즈가 페이지를 넘겨 그녀에게 보여주었다. 세인트는 눈으로 그걸 훑어보다 한 사진에서 멈췄다. 폐에서 공기가 빠져나가며 피가 식는 게 느껴졌다.

묵주 구슬이었다.

“앤절라 로시네. 사망 일자는 정확하게 알 수 없고. 자네가 찾던 여자들 중 하나 맞지?”

세인트는 일라이 애런을 생각했다.

하임즈가 손등으로 입을 닦았다.

“우리가 도와줄 수 있네. 그리고 자네는 팀에 보탬이 될 거 같군.”

“정확히 뭘 하는 거죠?”

그가 다른 파일을 책상에 던졌다.

볼드체로 쓰인 검은색 글씨.

"이해가 안 갑니다만."

그녀가 말했다. 첫 페이지. 사진이 뿌옜다. 남자가 야구 모자를 쓰고 선글라스를 끼고 있었다.

"얼마나 가져갔습니까?"

그녀가 말했다.

"2000달러."

하임즈가 세 페이지를 더 건넸다.

"이제까지 은행만 여섯 군데네. 로턴에서 오스틴을 지나 킹스빌까지. 머천츠 내셔널에서는 거의 총에 맞을 뻔했지."

세인트는 은행원들 인터뷰를 넘겨 봤는데, 다들 같은 이야기를 했다. 범인이 차분하고 예의 발랐다고.

"같은 남자가 아닐지도 모릅니다."

그녀가 말했다. 범행 지역이 너무 떨어져 있었다.

"같은 남자네."

"어째섭니까?"

"같은 총을 들었어."

그녀가 찡그렸다.

"죄송합니다만, 아직도 상황 파악이 안 됩니다. 굳이 왜 저를 비행기에 태워 여기까지 부르셨는지, 실례지만 저는 새파란 신참인데요. 여기도 사람들이 있지 않습니까, 은행 강도에 대해 아무것도 모르는 것보다는 아는 게 많은 사람들 말입니다. 게다가……."

"놈은 단발 화승총을 들었네."

하임즈가 말하고 의자에 기대 세인트를 빤히 들여다보았다.

"아마 복제품일 걸세. 아주 드물지."

세인트의 호흡이 좀 빨라졌다.

해적의 총.

추적

1983

추적

세인트는 도시를 깊이 호흡하고, 극장에 가서 햄릿이 살해되는 걸 관람한 뒤 바비큐 가게에 들러 바비큐 치킨을 먹었다. 그녀는 주말마다 고향으로 날아가 지미를 보았지만, 그는 시험에 실패한 뒤 말수가 없어졌다.

그녀가 주중에 그리고 가끔 주말에도 캔자스에서 보내게 될 거라고 하자 그는 항변했다. 그녀가 이유를 설명해도 그는 냉장고를 주먹으로 쳤다. 세인트는 그의 손에 붕대를 감아주었다.

"걔가 화를 내요."

세인트가 말했다.

"화는 두려움이 엉뚱하게 표현된 거다."

노마가 말했다.

"그러니까 걔가 냉장고를 무서워한다는 거예요? 할머니는 걔가 셔츠 벗은 모습을 못 봐서 그러시는 거예요. 걔 이제 나보다 젖이 크다고요."

노마는 입술을 깨물고는 돌아서버렸다.

세인트는 운동하는 습관을 들였다. 동이 트면 달리기를 시작해 아침의 길거리를 쿵쿵거리며 점점 속도를 올리고 점점 멀리 뛰었다. 시내 동쪽에서 어떤 미용실을 발견해 갈색 머리칼에 금색 톤을 살짝 보탰다. 변해가는 패션을, 커다란 머리 모양과 커다란 어깨와 파라슈트 팬츠 따위를 지켜보았다. 형광색과 스포츠 웨어를 보며, 자기가 10년 전에 멈춰버렸다는 걸 새삼 느꼈다.

일요일에는 농산물 직판장이 블리커 공원 한쪽 구석에서 열렸는데, 세인트는 거기서 녹색 채소들을 골라내느라 잎을 뒤집어 보았고 색이 마음에 안 든다는 듯 쯧쯧 혀를 차며 할머니가 기뻐할 만한 행동을 했다. 오크라를 두 손으로 들어보고 수박을 찔러 과육의 상태를 가늠했고, 살균된 분위기이던 그녀의 아파트도 곧 집에서 났던 것 같은 풍부한 냄새로 가득해졌다. 세인트는 한 달 분을 요리해서 둥근 탁자에 혼자 앉아서 먹었고, 다 먹고 나면 한참을 치웠다. 자기 공간이 있는 것에서 조용한 위안을 느꼈고, 고통스러울 만큼 솔직해질 때면 그것이 주로 지미가 없기 때문이라는 것을 알아차렸다. 이따금 그녀가 전화하면 자동응답기가 받았고, 이따금 그녀가 지미에게 어떻게 보냈는지 물으면 그는 거의 말을 안 했고 그녀에게 어떻게 지냈느냐고 묻지도 않았다.

저녁이면 그녀는 새로 산 소파에 자리를 잡고 블라인드를 닫아 불을 끈 뒤 테이프를 스테레오에 넣었다.

그녀는 인터뷰 테이프에서 흘러나오는 어린 패치의 목소리에 귀를 기울였다.

"그 애가 보고 싶어요."

그의 목소리가 그녀의 집에 메아리쳤다.

거래는 아주 단순했다. 세인트는 그를 찾을 터였다. 아무도 그를 찾지 못했을 때 그녀가 한 번 그를 찾아내지 않았느냐고 하임즈가 말했기 때문이었다. 그 대가로 그녀는 그레이스를 찾는 일에 FBI의 방대한 자원을 이용할 수 있었다.

그녀는 하임즈의 팀과 함께 교육받기로 했다.

"은행 강도는 심각한 일이라고."

하임즈가 아침마다 말하며 웃음기 없는 얼굴로 밀기울 머핀을 먹었다.

점심시간에 세인트는 드디어 하임즈에게, 그다지 많이 훔쳐가지도 않은 남자를 찾는 데 왜 그렇게 혈안이냐고 물어보았다.

"사람마다 와닿는 사건이 있게 마련이지. 난 딸이 있네. 그 애가 문제에 빠지면 그 앨 도와줄 조셉 머콜리 같은 녀석이 있었으면 하거든."

세인트가 샌드위치에서 고개를 들고 그를 보았다.

"그리고요?"

하임즈가 바비큐 소스에 감자튀김을 찍었다.

"우리가 그 친구 지금 잡으면, 아직은 기회가 있는 셈이지. 그 친구 이제까진 운이 좋았어. 자네가 그 친구를 잡아넣지 않으면 다른 누군가가 편히 쉬게 해줄 걸세."

　세인트는 177번 고속도로를 타고 135킬로미터를 달려가, 키 큰 초원을 하이킹하는 사람들을 지나치며 빨간 지붕의 석회석 건물인 체이스 카운티 법정으로 향했다. 그녀는 퍼스트 캔자스 은행 앞에 자기 세단을 주차하고, 코튼우드 폴스의 마을 주민들이 그녀 쪽을 흘끔거리는 걸 보았다.

　그녀는 안내를 받아 안쪽 사무실로 들어간 뒤, 열아홉 살이 넘지 않아 보이는 여자애와 만났다. 이를 드러내고 웃는, 두꺼운 갈색 머리칼의 그녀는 명찰에 돈이라고 쓰여 있었고 손톱을 입술처럼 새빨갛게 칠한 모습이었다.

　"얘기하는 동안 점심 먹어도 될까요?"

　돈이 말하며 너무 얇아서 안에 든 것도 별로 없을 게 틀림없는 샌드위치 포장을 벗겼다. 그녀는 한 입을 물더니 얼굴을 찌푸렸다.

　"입천장에 들러붙어서 먹는 동안은 좀 혀짤배기소리할 수도 있어요."

　키가 큰 어떤 남자가 테이프를 가지고 돌아와서 세인트에게 건네더니, 돈을 흘끔 쳐다보고 밖으로 나갔다.

　"저 남자는 저랑 데이트하고 싶어 해요. 가족이 농장을 소유하고 있는데 자기가 물려받을 거래요. 그 소들 썩어 문드러질 냄새란."
돈이 말했다.
"어떻게 된 건지 말해볼래요?"
세인트가 그녀와 눈을 맞추며 시선을 놓치지 않으려고 했다.
돈이 샌드위치를 내려놓고 웃었다.
"그 남자라면 데이트할 수 있죠."
"은행 강도하고요?"
돈이 가슴을 부여잡으며 연극을 했다.
"그 남자는 제 아픈 심장 말고는 아무것도 훔치지 않았는걸요."
세인트가 눈알을 굴렸다.
"아니, 좀 지난 일이지만 저는 날이면 날마다 생각한다고요. 그 남자가 들어왔을 때 전 혼자 있었어요. 수요일 오전에는 딱히 드문 일도 아니죠. 그러더니 그 남자가 카운터로 다가와서 웃는 거예요⋯⋯. 근데 그게 평범한 웃음이 아니었다니까요. 아니, 은행 전체가 다 환해지더라니까요. 그 남자는 그 모자, 좀 납작한 종류의 모자, 모래색 비슷한 걸 썼어요."
"그래서 그 남자가 뭐라고 했죠?"
"은행을 털 거라고 했어요."
돈이 활짝 웃으며 말했다.
"무섭지 않았어요?"
"점잖은 남자라는 걸 알 수 있었어요, 어떻게 들릴지는 저도 알지만요. 그 남자는 심지어 총도 안 뽑고, 그냥 재킷을 슬쩍 벌리기만 했어요. 게다가 그 총은⋯⋯ 아름답다고 할까요. 그리고 청바지는 꼭 끼고, 그리고 또⋯⋯."
세인트가 한 손을 들었다.

“그 남자가 또 뭐라고 했죠?”

“제가 금전출납기를 열었는데 지폐가 얼마 없었어요. 그래서 다른 출납기 열쇠를 찾으려고 더듬거리는데 그 남자가 제 뒤쪽 벽에 붙은 사진을 본 거예요. 보이세요? 제가 어릴 적에 부모님이랑 같이 찍은 거예요. 부모님이 할머니한테서 은행을 물려받은 날이었죠. 그런데 그 남자가 물어보기 시작하는 거예요.”

“뭘 물어봐요?”

“저는 사정이 힘들다고 했어요, 아시죠. 우리는 가족 은행이라서 지역 주민들 돈만 받아요. 근데 농업 종사자들이, 그러니까 도축장이랑 사육장들이 생산은 하는데 사는 사람이 없어요. 밀 가격이니 뭐니 그런 것들 때문에. 캔자스 농부들은 이제 온 세상을 먹이지 않아요.”

세인트는 화려한 치장과 바보스러운 모습 이면에서 처음으로 슬픔을 감지했다.

“그 남자는 제가 얘기하는 걸 그냥 들었어요. 그리고…… 아시죠, 남자들이 여자들 젖꼭지만 쳐다보는 거…….”

돈이 세인트의 가슴을 흘끔 보더니 살짝 인상을 썼다.

세인트가 한숨을 쉬었다.

“아무튼 이 남자는 제 말을 잘 들었어요. 그리고 피부가, 뭐랄까 금빛이라고 할까요, 그랬고 머리카락은 약간 금발이었는데 좀 짙었어요. 그리고 그 검은 안경 안쪽의 두 눈은 분명…….”

“그래서 그에게 돈을 건네고 911에 연락했나요?”

또다시 웃음. 이번에는 안다는 듯 웃었다.

“바로 그거예요. 그 남자 뭣도 안 가져갔어요. 그냥 지폐를 카운터에 두고 걸어 나갔다니까요.”

"돈을 두고 갔다고요?"

"저도 두고요."

다시 한숨.

"신고도 안 할 거였는데, 나 참, 사람들이 테이프를 확인하니 말이에요."

세인트는 돈을 따라 작은 안쪽 사무실로 들어갔고, 전의 큰 남자가 보안 테이프를 기계에 넣었다.

"여러분은 이제부터 사랑 이야기의 시작을 보시게 될 거예요."

돈이 말했다.

그를 봤을 때 세인트는 웃지 않을 수 없었다. 그녀는 손을 뻗어 화면을 만질 뻔했다. 사실을 깨닫자 가슴이 무거웠고, 입이 말랐다. 알고는 있었지만 그런 모습을 직접 보고 나니.

"뭔 놈의 좆같은 짓을 한 거냐, 이 자식아?"

세인트가 나직이, 혼잣말을 했다.

119

세인트는 33번 고속도로변에 있는 한 모텔에서 잤다. 페인 카운티, 그리고 몇 킬로미터씩 이어지는 초지에는 흰색 돔 모양의 원유 저장고뿐이었고, 교차로 모양으로 얽힌 송유관들 위에서 그녀는 입김이 날 만큼 뜨거운 욕조에 드러누워 있었다.

바깥에서는 그녀의 세단에서 열기가 식으며 틱틱 소리를 냈다. 이미 그녀는 안전이라는 환영을 행상하는 판매원이 된 기분이었다.

코드를 길게 늘어뜨린 전화기가 그녀 옆에 놓여 있었고, 그녀는 전화를 걸었다.

"안녕."

그녀가 말했다.

"안녕."

지미가 말했다.

"어떻게 지내?"

"그냥 지내."

"재시험 치면 돼."

그는 대답하지 않았고 그녀는 그가 안락의자에 앉아 있는 것이 눈에 선했다. 그녀는 동물들과 그의 부모님에 대해 묻고, 그에게 식사를 했느냐고 물었다. 세인트는 〈스포츠센터〉가 방영되는 소리와 맥주 마개가 열리는 소리를 들었다.

"보고 싶다."

그녀가 말했다.

"그럼 집에 와."

"집이랑 우리. 네가 생각했던 대로야?"

"성당은 찾았어, 세인트?"

"아직 찾고 있어."

그녀는 캔자스에서 다닐 성당을 아직 찾아보지 않았다.

그가 코로 숨을 쉬었다.

"널 너무 사랑해. 그리고 내가 널 실망시킨 거 알아. 내 부모님도, 네 할머니도. 하지만 난……."

"넌 아무도 실망시키지 않았어. 괜찮아질 거야, 지미. 넌 집중해서……."

"내가 충분히 열심히 공부하지 않는다고 생각해? 아니, 어쩌면 밤에 안 자고 아내 걱정하느라고, 아내가 왜 집에 오지 않는지 생각하느라고 그랬는지 모르지."

"지미."

한동안 세인트는 귀를 기울이며 기다렸다. 이내 차가운 발신음이 들려왔다.

1분 뒤에 전화벨이 울렸다.

그녀가 어디로 가든 전화가 그녀에게 오게 되어 있었다. 할머니가 그녀에게 전화할 수 있도록 해둔 것이었다. 일전에 노마가 넘어졌는데 말로는 아무렇지 않다고 했지만 세인트는 지미가 가보려고 하지 않자 닉스에게 가봐달라고 부탁했다. 닉스와 노마는 포치에 앉아 브랜디를 잔뜩 마셨고, 그 바람에 노마가 또 넘어졌다.

"지미?"

그녀가 말했다.

"프랑수아 롤로네이라는 해적이 있었어."

세인트가 일어나 앉았다.

"그게, 이 남자는 나쁜 놈이었다니까. 거의 미칠 정도로 스페인 사람을 미워했어. 미친 게 뭔지는 내가 좀 알지."

세인트가 웃음을 참았다.

"어느 날 그 남자가 한 스페인 선단을 포획해서 아직도 펄떡거리는 심장을 선장한테서 뽑아내더니, 그걸 먹어버렸어. 그러고는 선원 중 한 명을 살려 보내 그자가 본 걸 퍼뜨리게 했지. 그 남자는 한 10년쯤 더 항해하다가 쿠나족에게 사로잡혔어. 그 사람들이 그 남자를 갈기갈기 찢어버렸지. 듣기론 어떤 부분은 먹었다던데."

"아름답네."

"카르마에는 시적 아름다움이 있어, 그치?"

물방울이 똑똑 떨어지고, 그녀는 눈을 감았다.

"어떻게 지내냐, 인마?"

"나 그 애한테 가까워지고 있는 거 같다, 세인트."

세인트가 심호흡했다. 가슴이 아팠다.

"너 지금 어디야? 노란색 글씨 쓰인 방탄조끼 입고 야구 모자 쓰고 다녀? 아니면 그건 영화에선가?"

"새미가 말해줬구나."

"네가 올바른 편에서 그러고 있으니까 마음이 좀 낫다, 세인트. 지미는 너한테 어떻게 하고 있어?”

“걔는……. 좋아.”

“넌 세상 모든 걸 누려도 되는 녀석이야, 알지? 아니라고 하는 놈이 있으면 누구든 내가 주둥이를 때려줄 거야.”

세인트는 웃음 지었고 거의 눈물이 났다.

수도꼭지에서 물이 떨어졌다.

“오늘 코튼우드 폴스에 갔었어. 퍼스트 캔자스 은행에.”

오랫동안 그저 지직거리는 소리만 들렸다.

“그렇구나.”

그가 말했고 그녀는 그가 세상 끄트머리에 있는 공중전화 부스에서 차가운 유리에 이마를 대고, 너무 광막해서 자기가 표류하고 있는지 아니면 그냥 추락하고 있는지도 알 수 없는 텅 빈 공간을 빤히 내다보고 있는 모습을 상상했다.

“돈이 좀 웃겨주던?”

그가 말했다.

“너 그만둬야 돼.”

“그래.”

“영원히 달아날 순 없어, 패치.”

“난 달아나는 게 아냐. 찾는 거지. 사람들한테도 찾을 수단을 주고. 그럴 때마다 그물이 넓어져. 그 애뿐만이 아니야. 잃어버린 모든 그레이스에게 그렇다고.”

“밥은 먹는 거야?”

세인트는 그가 눈알을 굴리는 걸 상상했다.

“네, 엄마. 지난주엔 돼지를 한 마리 먹었어요.”

세인트는 일어나 앉았고, 흘러내린 물줄기들이 뭉치는 동안 그 공터를, 생에 그토록 결연하게 매달리던 패치의 작은 몸을 떠올렸다. 할머니라면 이제 그에게 새로운 목적이 생겼다고 말할 터였다.

"나 미스티 만났어."

그가 말했다.

"걘 어때?"

"그 앤…… 완벽해, 알잖아."

"기억나."

"네가 나랑 얘기하고 싶어 한다고 걔가 그러더라."

그가 말했다.

"걔 어머니한테 물어봤어……. 그분은 미스티가 널 오래전에 잊었다고 하셨지만, 혹시 모르니까 약속해달라고 했지."

"하나하나 짚어나가는구나."

"나 너 좀 봐야겠어. 직접 만나서 얘기해야겠어."

"당연히 그러시겠지, 페드*."

침묵.

그런 뒤 그가 이번에는 더 조용하게, 더 자신 없게, 둘이 아이였을 때 오직 그녀만이 볼 수 있었던 패치처럼 말했다.

"그래, 그런 거구나. 네가…… 네가 날 찾는 거야."

그녀는 목소리가 어떻게 나올지 믿을 수 없어 수화기를 얼굴에서 떼어냈다.

"내가 너 만날 수 없는 거 알잖아, 세인트."

"이유가 뭔데?"

---

* 연방 수사관을 편하게 부르는 말이다.

“사람들이 나더러 해적이래. 그런데 넌 경찰이잖아.”

그녀는 오랫동안 그와 동시에 숨을 들이쉬고 내뱉었고, 마침내 입을 열었을 때 눈물이 고인 눈을 감아야 했다.

“때가 되면 내가 널 잡을 거야.”

“나도 알아.”

“그게 날 죽일 거야.”

“그것도 알아.”

120

1600킬로미터가 넘게 떨어진 곳에서 패치는 찰스턴*의 호화 저택들을 지나가며 하나하나 세세히 들여다보고, 보다 잘 맞는 색이었더라면 어땠을지, 바뀌기 전의 색이었더라면 어땠을지 상상했다. 그는 초인종을 누르고 가로수가 늘어선 진입로를 느긋하게 걸으며, 낙원의 향을 들이쉬었다. 그를 맞은 가정부가 복 많은 그 가문이 거의 100년째 그 집에 살고 있다고 말해주었다.

"제가 몇 년 전에 여기서 보낸 편지를 받은 적이 있어요. 미야 레베인이라는 여자애의 부모님이 쓰신 거였죠."

가정부가 그를 거리로 떠밀더니 자기도 밖으로 나와 문을 닫았다. 그리고 패치에게 미야의 시신이 여섯 달 전에 발견되었다고 말했다.

"그 애한테 무슨 일이 있었나요?"

가정부는 좀 누그러지더니 웃으며 그의 팔에 손을 얹었다.

"네가 알고 싶어 할 만한 일이 아니야, 애야."

그는 그레이스에 대해 조금 이야기했고, 가정부는 그의 말을 중단시키더니 그가 찾는 소녀가 미야는 아니라고, 당시에 미야

* 사우스캐롤라이나의 동남쪽 해변에 있는 도시. 역사적인 저택들이 많이 있다.

는 멕시코 국경을 넘어가 있었다고 말했다.

한 시간 뒤에 그는 사우스캐롤라이나 은행에 걸어 들어갔다. 그는 1000달러를 가지고 나와 200달러를 뺀 전부를 애슐리강 부근에 사는 노숙자들에게 주었다. 열넷이 채 안 된 여자애가 한참이나 그를 끌어안고 있었다.

그는 밤새 버스를 타고 달렸고, 블루 리지 산맥 너머로 석양이 불타오르는 풍광을 지나 초목이 무성한 언덕들에서 생명의 흔적이란 흔적을 모조리 지워버리는 밤하늘을 만났다.

그는 자지 않았고 그저 흉터에 손을 댄 채, 한 생에서 다른 생으로 표류했다. 그의 눈은 지나가는 외로운 트럭들의 전조등을 받으면 열다섯 살 소년의 렌즈로 바라보았다―마치 오랜 추적의 무게를 짊어지지 않은 것처럼, 헛되이 찾아다닌 100만 시간의 굶주린 듯 찌르는 아픔이 느껴지지 않는 것처럼. 그는 어떻게 끝날지 궁금했다. 그의 마지막 선택이 뭐가 될지―막이 내리고 관심 있던 사람들이 오래전에 떠나고 없을 때. 그의 마음이 엘로이즈 스트라이크와 그녀의 아버지 월터에게 머물렀다. 그 남자의 어떤 면이, 어쩌면 그의 강인함이 패치에게 그들이 같은 여자애를 찾고 있었을지도 모른다고 말했다. 그것은 그저 감이었다. 그에게는 그게 전부였다.

121

묵직한 문의 자물쇠가 풀리고, 다음 자물쇠가 나오기 전까지의 공간은 두 사람이 있을 수 있는 정도의 넓이였다.

창살들에 갈라진 햇살이 비쳐 들었고 세인트는 왁스칠을 한 바닥에 서서, 그런 곳에서 가능하리라 상상하지 않은 고요함을 느끼며 기다렸다. 그녀는 살짝 떨리는 마음을 다잡았고, 얼마 후 탁자 하나와 의자 두 개뿐인 길고 좁은 공간으로 안내되었다.

툼스가 양손과 양발에 족쇄를 차고 기다리고 있었다.

그래도 그는 웃었다.

"날 만나고 싶다면서요?"

세인트가 말했다. 할머니의 키 큰 집에 편지가 와 있었다. 노마는 곧장 세인트에게 연락했다.

툼스는 몸무게가 아주 많이 줄었다. 피부도 칙칙했다. 세인트는 그의 눈을 들여다봤으나, 어린 그녀가 자전거에서 떨어졌을 때 그녀를 획 안아 올렸던 남자는 보이지 않았다.

"네 편지들 받았어."

그가 말했다.

"여태 무시했잖아요."

"미래는 오늘 시작하는 거잖아."

위를 보니 빛이 너무 강했고 전구가 검은색 철사 안에 갇혀 있었다. 그녀는 땀과 세제와 식초 냄새 아래에서 감금의 냄새를 맡았다.

"넌 경찰관이네."

그가 말하더니 어찌어찌 웃음 지었다.

"난 항상 네가 좋은 의사가 될지 모른다고 생각했는데."

"왜요?"

그녀는 그가 말할 때 그의 입을 응시했다. 윗입술에 작게 찢어진 상처가 있고, 목에 부푼 자국이 나 있었다.

"나 네가 지미 월터스랑 결혼하는 거 봤어. 네가 참나무 밑에서 점심 먹던 거 기억난다. 항상 웃으면서. 마치 다른 인생이었던 것 같네. 내 집은……."

"사라졌어요."

그녀가 말했다.

그는 분명 알았을 테지만 여전히 흠칫하는 게 그녀의 눈에 포착되었다.

"기억은 장소나 물건이 아니라 사람들한테 남으니까."

"나 만나고 싶다고 했다면서요."

그녀가 다시 말했다.

"조셉이 나한테 편지를 써."

"녀석 어디 있는지 알아요?"

그가 고개를 젓더니 눈을 감았다. 그가 다시 눈을 떴을 때, 그녀는 뭔가를 보았다.

"말해봐요."

그녀가 마치 둘만 아는 이야기가 될 거라는 듯 나직이 말했다.

“소인을 봤어. 그 녀석 이동하고 있어. 마지막에는 배턴 루지*에서 보냈더라. 녀석 지금 남부에 있어.”

어떤 밤이면 세인트는 두 눈을 감고 해변에 있는 패치를 보았다. 자기 또래의 애들과 팔에 여자를 끼고.

“녀석 그 애를 찾고 있어요.”

세인트가 그의 눈을 놓치지 않고 말했다.

“그냥 찾는 게 아니라…… 그 애가 없어서 죽어가고 있죠.”

“녀석이 잘 지내기를 바랐는데.”

그가 말했다.

“그게 어떻게 들리는지 알아요?”

“다른 누군가의 인생을 살고 있다고 느낀 적 없어? 저질렀는지 기억도 나지 않는 잘못의 대가를 치르면서?”

“실종된 소녀. 그레이스요.”

“그때 녀석의 진료 보고서는 가족 주치의이던 내게 전부 왔어. 녀석 어머니는 어쩌면 녀석을 보살피기에 맞지 않았을지 몰라. 난 그걸 신고할 의무가 있었지. 난 그때 내가 어떤 결정을 내려야 했을지 헤아려봐. 잠이 안 오는 밤마다.”

“녀석은 그걸 알기 전에는 앞으로 나아갈 수 없어요. 녀석한테 삶을 돌려줘요. 이미 충분히 뺏어갔잖아요.”

툼스가 애원하는 눈빛과 목소리로 그녀를 보았다.

“내 손에서 피를 씻어낼 수가 없어.”

“그 애가 어디 있는지 말해줘요. 패치를 위해. 녀석을 이제 풀어달라고요. 할머니는 우리 모두 연민을 느낄 수 있다고 했어요.

<hr>

* 루이지애나의 주도다.

툼스도 아직 안 늦었어요.”

“녀석이 그만둘 가능성은 없는 걸까?”

그녀는 그의 말에서 지독한 절망을, 지독한 고통을 듣고 고개를 저었다.

그가 심호흡을 하더니 말했다.

알았더라면 세인트는 마음을 다잡고, 숨을 참고, 이를 갈며 버텼을지 몰랐다. 패치를 위해 무너지지 않고, 그곳에서 뛰쳐나가 교도소장과 교도관들을 지나친 뒤 겨우겨우 교도소 밖으로 나가 흙바닥에 토하지 않았을지 몰랐다.

122

약동하는 늦여름부터 불꽃처럼 타오르는 가을까지, 세인트는 그가 그로서는 도무지 이해할 수 없는 게임의 졸이라도 되는 것처럼 그의 움직임을 추적했다.

그녀는 음침한 상자 같은, 캔자스의 자기 사무실과 황폐한 모텔방, 길에서 여남은 번쯤 때운 끼니의 포장지와 캔으로 어수선한 네이비색 세단에서 시간을 쪼개가며 보냈다. 닉스가 그녀에게 건강을 챙기라고 했고, 그래서 그녀는 매일 새벽 5시에 일어나 어디에 있든 달렸다. 몬타 클레어를 연상시키는 위치타의 숲에서, 지상의 지옥 도지시市의 철길 깔린 시내에서. 총을 한 번도 떼어놓지 않고 뛰었다.

지난번 통화 이후 패치는 완전히 종적을 감춰버렸다. 세인트는 하임즈의 팀원들과 협력하면서 실력도 위상도 향상되었고, 그녀의 날카로운 감을 본 하임즈는 그녀를 더 밀어붙였다.

그녀는 시에서 약 50킬로미터 떨어진 한 칙칙한 아파트 단지 밖에서 위장 순찰차에 앉아 있었다. 그녀는 미주리 출신의 어떤 남자를 쫓아 리스 서밋에서 캔자스시를 지나 오데사까지 왔다. 미키 휴버트는 서밋 리지 신용조합에 걸어 들어가 은행원의 얼굴에 스미스 앤드 웨슨 9밀리미터를 들이대고, 3000달러가 조금 넘는 돈을 챙겨서 나왔다. 그는 나머지를 모두 떨어뜨리고 700달러만 겨우 챙겨서 기다리던 미니밴에 올라탔는데, 길 건너편 미용실에 있던 한 여자가 번호판을 기억했다. 그는 미드웨스트 센트럴 은행에서는 5000달러를, 오데사 은행에서는 2000달러를 털었다.

그녀는 번호판을 추적해 아파트까지 간 뒤 이틀 동안 교대로 지켜보며, 휴버트 그리고 그와 함께 미니밴에 올라타는 남자처럼 다른 사건들도 다 그만큼 단순할지 생각했다.

그녀는 한 세단이 일당을 가로막는 것을 지켜보다, 총을 뽑은 뒤 휴버트에게 차에서 내려 땅바닥에 엎드리라고 명령하는 동안 심장도 펄떡이지 않았다. 휴버트는 목욕 가운을 입었고, 주머니에서는 일련번호를 미리 기록해둔 미끼용 지폐 한 뭉치가 나왔다. 그는 은행 강도 건으로 이미 중범죄 선고를 받은 뒤 연방 감독 조건부 석방 상태였다.

"그놈이 달리 무슨 좆같은 짓을 하려고 했겠어요?"

세인트가 하임즈에게 말했고, 하임즈는 그녀의 고상한 말투에 고개를 저으면서도 의견에는 동감했다.

그녀는 본인이 경비원으로 일하던 은행을 턴 사우스헤이븐 출신의 남자도 조사했으나, 연방 주류 · 담배 · 화기 및 폭발물 단속국이 세븐일레븐 앞 주차장에서 하루 일찍 그자를 붙잡는 바람에 직접 체포하지는 못했다.

"그 씨발 새끼들은 주류 밀매하는 놈들 안 쫓고 뭐 한대요?"

세인트가 말하자 하임즈가 크루아상으로 그녀를 달래려 했다.

그녀는 몬타 클레어에서, 사람들이 그녀에게 기대하던 삶에서, 지미에게서 더 멀리 흘러갔다. 이따금 둘은 며칠이나 말 한마디 없이 지냈다. 지미의 어머니가 그녀에게 전화해, 아들이 걱정된다고 말했다. 자기 아들 지미가 성당에도 안 왔다고, 무엇에든 실패하는 데 익숙하지 않다면서 조금은 세인트 때문인지도 모른다고, 아내가 신혼집에서 살지 않아서 집중할 수 없었기 때문인지 모른다고 말했다. 그녀가 집에 돌아가면 지미는 관심을 쏟다가 부루퉁해하고, 정열을 불태우다가 냉담하게 굴기를 반복했다. 그녀는 그럴 때마다 자기를 사랑하던 소년과 아직 자신을 찾아가는 중인 여자에게 점점 지쳐가는 남자를 언뜻언뜻 보았다.

세인트는 수사대의 리듬에 적응했고, 침대 발치에 파일을 두고 잠들었으며, 매 사건을 아주 사적으로 받아들여 도난당한 돈 1달러, 1달러를 자기 당좌예금 계좌에서 털린 것처럼 느꼈다. 그녀는 아래층에 잡혀 있던 한 마약상을 압박해서 인디펜던스시의 스탠더드 스테이트 은행을 털려고 계획 중인 다른 일곱 명의 이름을 받아냈다. 그녀는 힘과 예산을 이용했고, 하임즈의 감독하에 감시용 밴 두 대를 준비하고 사우스웨스트 대로의 한 바 사무실에 도청 장치를 했다. 일이 벌어지기 전날 밤 그녀는 잠을 안 잤고, 뱃속에서는 그녀가 찾던 그 차가운 아픔이 느껴졌다. 일곱 명 모두 체포되었고, 그녀는 〈캔자스시 스타〉의 2면에 실렸다.

"50만 달러나 구했는데, 그 자식들은 1면을 니미럴 골프에 줬네요."

세인트가 말했다.

"이만 한 접전을 마지막으로 본 게……."

세인트가 그를 쏘아보았다.

하임즈는 먹던 버거로 주의를 돌렸다.

123

세인트는 추수감사절에 이틀 동안 고향집에 가 있으면서, 할머니와 함께 미사에 참석해 뒤쪽에 앉았다.

지미가 할머니 집에서 미식축구를 보는 동안 그녀는 칠면조를 굽고, 매시 포테이토와 참마 조림, 껍질 콩 캐서롤, 구운 옥수수, 롤빵을 준비하고, 마스코바도 설탕과 오렌지 주스를 넣은 크렌베리를 곁들였다. 그녀는 식탁을 차렸고, 세 사람은 산에 둘러싸여 함께 먹었다.

"버터 바른 비스킷 드려요?"

세인트가 말했다.

"난 여기 있는 것 중에 10분의 1만 먹어도 아마 죽을 거다."

노마가 말하고는 지미에게 눈길을 주었는데, 그는 점심 전에 맥주을 두어 병 마시고 식사 중에 보드카를 두어 병 마신 남자처럼 눈이 벌겠다. 그는 몸무게가 늘었고, 식사를 준비해줄 세인트가 없어서 밤마다 배달 음식을 먹어야 했기 때문이라고 했다.

노마는 뉴스가 방영되기 전에 라디오의 플러그를 휙 뽑아버리고 브랜디를 들고 뒤뜰 포치로 나갔고, 세인트는 담요를 뒤집어쓰고 할머니 옆에 앉아 할머니 어깨에 머리를 기댔다. 노마는 둥둥 떠가는 시가 연기와 빙글빙글 돌아가는 술잔으로 찬 공기를 데웠다.

"너 전화를 안 하더구나."

노마가 말했다.

"더 잘할게요."

"언제 주말에 오면 레이시스 다이너에서 아이스크림 사주마."

"아이스크림 먹기엔 너무 컸다고요."

"네가 걱정이다."

노마가 말했다.

"나 총 있다니까요, 할머니."

"지미한테 무슨 일이 일어나고 있는지 걱정이야. 남자의 자존심은……."

"연약하죠."

"병이야. 자기들한테 있는 좋은 점들, 품위나 존중 같은 걸 찾아낼 줄은 알지만 가끔 방향을 잃어버리거든."

"사랑은 방문객이에요."

노마가 세인트의 손을 잡았다.

"넌 내가 하라고 해서 그 애랑 결혼한 거냐?"

세인트는 할머니와 눈을 맞추지 않았다.

"난 할머니가 하라는 거 하나도 안 하는걸요."

그녀는 별빛 속에서 벌집의 윤곽을 보았다. 그녀가 기억하는 그 시절은 매 순간이 진주 같은 여름이어서 완벽하고 흠 하나 없으며, 아주 늦게까지, 또한 아주 일찍부터 밝아져 어둠이 설 자리가 거의 없는 듯 느껴졌다.

"저 어렸을 때는 밤이 거의 없었어요."

노마가 웃음 지었다.

"틀림없이 아주 힘들겠지, 온갖 나쁜 것들에 둘러싸여 있으면. 널 위해 기도한다. 너도 알지."

"알아요."

"그분께서는 우리가 더 나아질 수 있도록, 더 나은 세상을 만들 수 있도록 도구를 주셔. 그런데 만약 우리가 돌아서서 그 도구로 남을 해치고, 이미 이룩한 좋은 것을 망가뜨리면, 다시 뒤돌아서서 그분께서 우리 대신 만들어주지 않으셨다고 탓하게 될 수도 있어."

세인트는 노마의 잔을 받아 들고 온기와 향을 들이쉬었다.

"난 조셉을 위해서도 기도한다."

노마가 말했다. 그 얼굴에 난 주름 하나하나에 너무 많은 것이, 너무 많은 아픔과 슬픔이 새겨져 있었으나, 그것들은 세인트가 이제까지 본 가장 멋진 웃음에 완벽하게 감춰져 있었다.

"나 녀석을 만나야 해요."

세인트가 말했다.

노마는 예전에 세인트가 떠준 오래된 자주색 스웨터를 입고 있었다.

"그때 옛날에 신문에서 녀석을 패치라고 부르지 않았으면 좋았을 텐데. 내가 그 기사들 아직 갖고 있어. 네가 영웅이라고들 했지."

"영웅 아니었어요."

"조용히 해."

노마가 다시 잔을 가져갔다.

"옛날에 네가 벌 쳤을 때, 난 네가 일어나기 전에 일찍 밖에 나가서 죽은 벌들이 없나 확인하고 녀석들을 치웠어. 죽은 녀석들 친구들이 모여서 날 쐈댔지."

세인트가 웃었다.

"너 내가 왜 그랬는지 알아? 안 그럼 네 하루를 망쳐버릴 테니까. 네가 문제를…… 설계상의 결함을 너무 자신의 문제로 받아들이니까."

"녀석은 아직 애예요."

"그렇게 말하는 너는 뭐고? 녀석도 옳고 그름은 알아. 게다가……."

"게다가요?"

"게다가 그림도 그릴 줄 알고. 하느님, 그 녀석 아름다움이 뭔지 안다니까."

세인트가 고개를 들었다.

"너 아직 안 본 거야?"

124

둘은 지미가 소파에서 자게 내버려두었다. 세인트는 오래된, 털 달린 등산화를 신었다.

둘은 식민지 시대풍 건물들이 늘어선 거리를 지났고, 세인트는 창문마다 보이는 성탄 카드에서 빠져나온 것 같은 크리스마스 장면을 마주했다. 둘이서 얼어붙은 중심가를 올라가는 동안 커다란 트리와 나뭇가지 모양의 촛대와 꼬마전구의 은은한 불빛이 보였다.

딱 한 건물만 장식이 필요하지 않아 아무것도 하지 않았는데, 세인트는 유리창에 붙은 그의 새로운 그림을 보고 미소 지었다.

세인트는 그림 속 소녀만큼이나 길을 잃은 듯, 그 자리를 떠나지 못하고 오랫동안 서 있었다.

새미가 문 앞으로 나왔다. 그는 턱시도를 입고 타이를 느슨하게 푼 채였다.

"세인트 브라운 수사관."

"어떻게 지내세요, 샘?"

"따뜻하고 부유하게."

노마는 가던 길을 천천히 걸어갔다.

새미와 세인트는 한동안 말없이 그림 속의 색들을 바라보았다.

“녀석 좀 그냥 내버려두면 안 되겠냐?”

새미가 말했고, 한순간 눈이 맑아진 것이, 마치 그 질문의 무게를 아는 듯 보였다.

“그 자식 어디 있는지 아세요, 새미?”

새미는 아무 말도 하지 않았다.

“어쩌면 사람을 보내 새미의 세금 내역을 좀 살펴보라고 해야 할지도 모르겠네요, 그러면 뭔가 기억이 나실지 어떨지.”

그가 실망해서 고개를 저었다.

“오줌 싸기 시합에 똥을 가져오는 거냐?”

“걔 어디 있는지 아시냐고요?”

새미가 묵직한 금색 액자 속의 소녀 쪽으로 고개를 끄덕였다.

“얘 이름은 엘로이즈 스트라이크야. 밤에 자려고 누워서 눈을 감자마자 쟤 얼굴이 떠오르는 날이 대부분이지. 넌 저 애가 어디 있는지 알아, 세인트?”

세인트는 소녀에게 시선을 고정하고 있었다.

새미가 나직이, 따지는 기색 없이 말했다.

“애나 메이. 서머 레이놀즈. 엘런 허난데스. 넌 그 애들 중 누구 하나라도 어디 있는지 아냐?”

“아뇨, 새미. 아무도 어디 있는지 몰라요.”

“그럼 너랑 또 다른 수사관들은 먼저 그 애들부터 찾는 게 어떨까. 그 애들을 찾은 다음에, 그 애들을 납치한 그 영혼도 없는 악귀들을 찾아보는 거야. 그러고도 뭔가 남은 게 있으면, 그때 녀석을 찾으러 가. 하지만 그러기 한참 전에 내가 죽으면 좋겠다.”

“녀석 어디 있는지 아세요, 새미?”

새미는 캔버스를 바라보았다. 그는 디어뱅크의 한 수집가가 그저 그 그림만을 보려고 국토의 반을 가로질러 와서 3만 달러를 불렀는데도 거절했다.

"몰라."

그녀도 그림에 시선을 유지했다.

"하지만 알았다면…… 만약 안다면…… 나한테는 끝까지 말하지 말아야 할 거예요."

새미는 고개를 끄덕였고 세인트의 아픔을 이해한다고 말했을 수도 있었으나, 그녀는 그의 연민이 필요하지 않았다. 그래서 그녀는 할머니를 따라 성 라파엘 성당으로 간 다음, 성당 묘지에 있는 아이비 머콜리 무덤 옆에 잠시 서 있다가 차가운 성당으로 들어서서 초를 켜고는 앞쪽에 앉은 노마 옆에 앉았다.

"너 지난번에 여기서 기도했지."

노마가 말했다.

"그때도 지금만큼 절박했어요."

"넌 절대 그렇게 느낄 필요가 없어."

세인트가 눈을 감았다.

"하지만 여기 앉아 있으면 두려움밖에 느껴지지 않아요. 침묵밖에 들리지 않아요."

"나쁜 자는 수가 적지만, 다수보다 더 큰 목소리를 낼 때가 많아. 침묵을 약함으로 착각하지 마라."

할머니 옆에 앉아 세인트는 자신을 내맡겼다.

세인트는 두 눈을 감고 조셉 머콜리를 잡지 않게 해달라고 하느님께 기도했다.

그리고 두 눈을 떠 할머니를 바라보았다.

"나 임신했어요."

사람들이 타고 내렸다. 히치하이커들이 노선과 어울리지 않는 친절한 버스 기사의 차를 얻어 탔다. 한 늙은 부부가 침입자들을 보고 부글부글 끓으며, 나직이 욕을 했다. 패치는 해밀턴 카운티를 지날 때 눈을 감았고, 자정 즈음 눈을 떠 테네시의 한 외륜선에서 불빛을 보았다. 새 하루가 밝아올 때 그는 말을 탄 여자가 등으로 해를 맞고 있는 모습을 바라보았다.

그는 다른 버스로 갈아타고 스틸워터로 갔고 승객이 너무 많이 타자, 뱃속에서 자라는 생명을 감당할 만큼의 나이가 차지 않은 여자애에게 자기 자리를 내주었다.

그는 닷새 동안 세 개의 주와 여남은 개의 카운티를 건너갔다. 오클라호마시에서는 버스 정류장에서 밤을 꼬박 새우다, 공중전화를 발견하고 전화를 걸었다.

"캘리 몬트로즈 생각을 하고 있었어."

그가 말했다.

"그래."

세인트가 말했다.

패치는 유리에 등을 대고 셔츠로 스미는 시원한 기운을 느꼈다.

"그 애 우리랑 비슷했잖아. 나이도 같고. 그 애한테 나 같은 친구가 있었을 수도 있어. 그리고 둘이 밖에 나가서 사냥도 하고 하얀 숲에서 장난감 총을 쐈을 수도 있지.”

“제발 부탁이니 이제 그만해. 너 점점 무모해지고 있어, 인마.”

“그런데 마티 툼스는 그냥 그 앨 죽였어. 뭣 때문에?”

“나도 몰라.”

“그리고 일라이 애런. 그 수많은 여자애들, 꼭 너 같은, 꼭 그레이스 같은.”

“나 좀 만나. 네 얼굴 보고 얘기해야겠어. 할 말이 있어.”

“좋은 얘기야?”

그가 말했다.

“그건…….”

“너 임신했어? 넌 최고의 어머니가 될 거야, 세인트. 내 엄마보다 나은 엄마 말야. 넌 좋은 아이로 키워낼 거야.”

“넌 좋은 애야.”

“그렇지 않아, 세인트. 네가 어떻게 되돌아보든, 그 전이든 그 후든 난 항상 어딘가에 걸터앉아 있었어. 항상 굴러떨어지기 직전이었다고. 네가 날 붙들어줬지, 그래. 너랑 미스티가. 하지만 난 언제든 떨어질 거였어.”

“넌 내 친구야, 패치.”

“새미는 나더러 꾼이래. 그렇다고 나쁜 의미로 하는 말은 아니고. 그냥 주변 사람들이 자기가 이용당하는 걸 알기가 어렵다는 얘기지.”

“너 지금 나 이용하는 거야?”

“미스티랑은 그랬던 것 같아. 기분 좋아서 그냥 내버려뒀거든. 그 애가 보는 걸 나도 보는 게 좋았어. 적어도 한동안은. 묵주 구슬에 대해서는 뭐 좀 알아냈어?"

"아직이야. 아직 찾고 있어. 보고 있어."

"고맙다, 세인트."

"나한테는 절대 그런 말 안 해도 돼."

패치는 눈을 감았고, 세인트의 목소리에서 다른 뭔가를, 어쩌면 갈망이나 경고 같은 걸 느꼈지만 그녀의 이야기에 잠시 귀를 기울였다. 그녀는 몬타 클레어와 노마와 닉스 서장에 대해 이야기했다. 그는 잘 자라고 인사했다. 그리고 그녀는 되돌려줄 말을 찾을 수 없었다.

그는 반대편에서 세인트가 자기 위치를 추적했다는 것을 몰랐다.

그는 마을 경계를 걸어서 건너갔다.

그는 휘갈겨 쓴 글자로 빼곡한 지도를 들고, 성 요셉 대성당 앞의 벤치에 앉았다.

"댁은 해적이신가?"

그가 왼쪽을 보니 아흔이 되어가는 한 노파가 선캡을 낮게 쓰고 앉아 있었다.

"전엔 그랬죠. 이젠 아내가 생겼어요. 그레이스라고."

노파가 또 웃었다.

"서쪽에 살죠. 집은 작지만 땅은 넓어요."

"누군가 있다니 다행이구려."

"저한테는 아내만 있으면 돼요. 처음부터 알아봤죠."

"알 때는 아는 법이지."

"그리고 해적들이 안대를 하는 건 습격할 때 갑판 위아래로 움직이면서 빛과 어둠에 적응하기 위해서라는 것도 알죠."

노파가 그의 손에 자기 손을 얹더니 부드럽게 쥐었다.

"그러니까 댁은 지금 빛 속에 있지만, 예전에는 어둠 속에 있었구려."

그날 오후 그는 미드퍼스트 은행을 털었다.

세인트는 고작 15분 뒤에 도착했다.

그물이 조여들고 있었다.

126

데리 영거 센터. 아무런 특징이 없으나, 뭘 하는 곳인지 숨기는 데는 거의 도움이 안 되는 이름이었다.

2층 건물은 분홍색으로 칠했고 지붕은 얼룩덜룩한 초록색이었다. 다른 날 같았으면 세인트는 플래카드도 보고, 여자와 여자의 몸이 자신들의 것이라고 말하는 남자들도 두어 명쯤 봤을지 몰랐다. 고상한 명분에 뛰어들려고 몸이 달아오른, 강간범 같은 남자들. 네 몸, 선택은 내 몫.* 세인트는 안으로 들어가서 자기 이름을 말한 뒤 자리에 앉았고, 고개를 들어 사람들을 보지 않았다.

몬타 클레어, 지미와 그의 부은 몸, 지친 두 눈과 실망감을 담은 끝없는 토로에서 300킬로미터 떨어진 곳. 이따금 세인트가 그 작은 집을 청소하면 지미는 청소기가 지나가도 다리를 들어 올리지 않았다.

그녀는 지미가 닥터 콜드웰을 만나도록 예약을 잡아두었다. 그가 시험에 떨어진 후 깨진 균형을 회복하는 데 약이 필요할지도 모른다고 생각해서였다. 지미는 가지 않았다.

"아픈가요?"

• My Body, My Choice(내 몸, 내 선택)이란 문장을 뒤집은 말이다.

그녀는 옆에 앉은 10대를 바라보았다.

세인트는 아마 그럴 거라고 말하고 싶었다―미래의 어느 예상치 못한 순간에, 지금과는 다른 관점에서 이때를 볼 수 있게 되고, 지금처럼 자길 묶고 있는 끈이 팽팽하다고 느끼지 않게 되었을 때. 그녀를 그와 묶고 있는 끈, 그녀가 주연도 아니고 심지어 단역조차 안 되는 인생과 그녀를 묶고 있는 끈. 어쩌면 크리스마스가 오면 아플 수도 있었다. 아니면 한 친구가 임신했을 때.

"문제없을 거예요."

세인트가 말했다.

작은 흑백 화면에서 채널9 뉴스가 흘러나왔고, 경찰들이 메클렌버그 교도소를 탈출한 제임스와 린우드 브라일리와 다른 여섯 명의 사형수를 추적하는 모습이 보도되었다.

"탈옥은 좀 로맨틱한 부분이 있어요."

옆자리의 여자애가 말했다.

"달아난 연속 살인범들이라, 심장아 나대지 말아라."

여자애가 웃음을 터뜨렸고, 세인트는 그 애의 삶이 궁금했다.

"어쩌다 여길 온 건지 모르겠어요."

소녀가 말했다.

세인트는 웃으면서 아마 그 애가 알고 있으리라 짐작했다. 모두 알 듯이.

"실수와 후회는 뭔가 다른 게 있을까요?"

소녀가 말했다.

"실수에서 뭔가 배운다면, 덜 후회하겠죠."

"전 다시는 섹스 안 할 거예요."

"바로 그거죠."

세인트는 자기 이름이 호명되는 걸 들었다.

그녀는 데스크에 서류를 제출했다. 지친 접수원 뒤쪽으로 사진이 하나 보였는데, 병원 개원식에 사람들이 한 줄로 서 있는 장면이었다. 닥터 툼스가 다른 사람들과 조금 떨어져서 서 있었다. 그는 웃지 않았다.

세인트는 안내받아 들어가면서 그에게서 눈을 떼지 않았다.

127

세인트는 소파에서 자고 있는 지미를 발견했다.

텔레비전에서 하키 경기가 중계되고 있었으나 무음이었다.

유리로 만든 커피 테이블에 빈 병이 세 개 놓여 있었다. 그는 그녀가 없을 때 청소를 안 했고, 그래서 그녀는 함께 보내는 첫날은 거의 집을 돌보는 데 할애했다. 화장실 리놀륨에서 소변을 닦아냈다. 겨드랑이 아래쪽이 누렇게 찌든 셔츠를 빨았다. 그녀는 사람을 써서 일주일에 한 번 빨래도 하고 다림질도 하게 하면 어떠냐고 제안했으나, 그는 들은 체도 하지 않았다.

세인트는 한 손으로 위장을 부여잡고, 지미의 가슴이 오르락내리락하는 걸 지켜보았다.

그녀는 테이크아웃 상자들을 봉투에 넣으며, 냄새와 엉겨 붙은 찌꺼기에도 멈칫하지 않았다. 재떨이를 비우고, 그가 다시 담배를 태우기 시작한 게 언제인지 생각하지 않았다. 가을꽃이 인쇄된 크림색 커튼. 목재 TV 스탠드에는 그녀의 책 몇 권과 잡지가 가득했다. VCR과 스테레오, 그녀가 산 기억이 없는 램프.

부엌에는 크림색 서랍장과 합판 손잡이가 붙어 있었다. 그녀는 흰색으로 하고 싶어 했으나 지미는 크림색이 자기 어머니를 떠올리게 한다고 했다.

그녀는 등에 손이 닿자 놀라서 펄쩍 뛰었다.

"자는 줄 알았어."

그녀가 말했다.

그는 운동복 차림이었고 술꾼처럼 눈이 번들번들했다.

"네가 집에 오니까 좋다."

그녀는 늦은 시간이었지만 샌드위치를 만들었다.

그는 식탁에 앉아 그녀를 지켜보다가 그녀가 그의 앞에 접시를 내려놓을 때 아무 말도 하지 않았다.

석고보드는 그가 바빴기에 페인트칠도 안 된 채 방치되었지만, 그녀는 그가 뭣 때문에 바쁜지 알 수 없었다. 그녀는 그에게 어떻게 보냈냐고 물었고, 그는 학생 한 무리가 동물원에 방문했는데 한 애가 너무 많이 토해서 양동이를 두 개나 가져와야 했다고 했다. 그녀는 자기 샌드위치를 밀어냈다.

"남자 친구는 잡았어?"

그가 말했다.

그녀가 주스를 홀짝였다.

"녀석은 내……."

그가 손을 들었다.

"장난이야."

"할머니한테는 가봤어?"

"가볼게."

그렇게 흘러갔다. 그러다가 문 두드리는 소리가 들렸고, 그녀는 닉스를 집 안으로 들이는 대신 밖으로 나가기로 했다. 둘은 현관 앞 계단에 나란히 앉았다.

"네 차가 보이길래."

그가 말했다.

"오셔서 기뻐요."

그가 웃었고, 그녀는 그게 그리웠다. 그의 눈에서 그녀는 자부심과 함께 지난 세월의 부담도 엿보았다. 그가 무슨 말을 하든, 필요한 만큼만 신경 쓰고 그런 뒤에는 신경을 꺼버려야 한다고 그렇게 역설하려 했는데도, 머콜리 사건의 무언가가 그를 깊이 끌어들였다.

"FBI 말이야."

그가 말하더니 나직이 휘파람을 불었다.

"머콜리 녀석에 관해 뭔가 알아냈나?"

그녀가 고개를 저었고, 한순간 숨이 빠져나가는 걸 느꼈고 여전히 아팠다.

"데이지가 미술관에 걸린 그림, 유리창에 붙은 새로운 여자애 그림을 기사로 냈어요. 그렇게 나쁜 일에서도 뭔가 좋은 게 나올 수 있다고 생각하세요?"

그녀가 물었다.

"음, 아름다운 거라면 모르겠다. 각성. 깨달음. 하지만 좋은 건 아니야, 꼬마야. 대가가 너무 커."

가로등이 켜지고 멀리에서 성당 종이 울렸다. 세인트는 밤마다 따뜻한 이불처럼 만족감이 자기를 감싸주던 때가 떠올랐다.

"노마한테 가봤다."

세인트가 그의 팔을 건드렸다.

"마음이 편치 않은가 보더라. 네가 떨어져 있는 게."

닉스가 말했다.

"알아요."

"여자 FBI 수사관은 서른이 되기 전에 스트레스로 불모가 되어버릴 거라더라."

"불모요?"

"모하비 사막처럼. 알을 깔 가능성이 없어지는 거지."

"알이요? 제가 무슨 망할 동물인 거 같네요."

그가 담배에 불을 붙이려고 하는데, 손이 살짝 떨리는 게 보였다. 예전에는 보지 못한 것이었다.

"저 좆됐어요, 서장님."

"다들 그래, 세인트."

그가 이해할 수 없었기에 그녀는 고개를 흔들었고, 그가 물으려 하지 않는 게 정말 좋았다.

"어떻게 하면 바로잡을 수 있죠?"

"항상 바로잡을 수 있는 건 아니지. 하지만 잠시 시간을 내서 자기 중심이 어디인지 되새기면 되는 거야. 넌 이미 알고 있는 것 같다만."

둘은 그의 순찰차 옆에 섰다.

"왜 들르신 거예요?"

그녀가 물었다.

"네가 가까이 없어서 아쉬운 게 늙은 할머니만은 아니야."

그가 그녀를 안았다.

"툼스 만나러 갔었어요."

그녀가 말했다.

"그런데?"

그녀는 그와 눈을 맞추고 웃은 뒤 고개를 가로저었다.

닉스에게서 시가와 오드콜로뉴, 그리고 어쩌면 예전 모든 것의 냄새가 났다.

“전 어떡하죠?”

“의미 있는 일을 해. 아니면 모든 일에 진심을 담든지.”

128

"나 임신했어."

잠시 지나서야 지미가 반응했고, 그녀는 더는 마주 볼 수가 없어서 텔레비전에 시선을 두고 있었다.

그가 일어나 거실을 가로지르려는데, 웃음으로 얼굴이 환해졌다.

"시내에 있는 병원 다녀왔어."

그러자 그가 멈췄다. 그녀 조금 앞에서.

"애 지우려고 갔어. 미안해. 하지만 나 솔직해져야 돼. 우리가 서로 솔직하지 않으면, 그러면……."

그녀는 주먹질에 대비가 되어 있지 않았다.

세인트는 교육받는 동안 표준범죄보고•에서, 그리고 피해자 지원 쪽에서 실습했다. 데이나 카월이라는 수사관을 따라다니며 그 어느 때보다 참혹한 3주를 보냈다. 밤에는 응급실에서 머무르며, 끝없는 충격 상태에서 벗어나지 못하는 껍질만 남은 여자들을 지켜보았다. 이따금은 시커멓게 멍든 눈두덩이와 부풀어 오른 입술, 울긋불긋한 손자국이 보였다. 때로는 약물과 알코올 문

• UCRUniform Crime Reporting 프로그램, FBI에서 주관하는 전국 단위의 범죄 통계 프로그램이다.

제였고, 대개는 성폭력이 개입되었다. 인간 이하의 남자들, 자기가 남겨주는 게 얼마나 적은지도 모르는 채 잔뜩 가져가기만 하는 남자들도 보았다. 그리고 세인트는 그 일이 데이나에게 어떤 부담이 되는지 보았다. 언젠가 데이나는 모든 남자들이 범죄를 저지르기도 전에 미리 죄책감을 해소해야 한다고 말했다. 할 수 있다는 것만으로 충분했다. 신뢰는 그 무엇보다 얻기 힘들었다.

지미가 분노에 눈이 멀어 그녀를 바닥에 쓰러뜨리자 그녀는 몸을 둥글게 말았다.

지미는 한바탕 주먹질을 한 뒤 발길질을 시작했다.

세인트는 눈을 감고 패치의 얼굴을 보았다.

그리고 눈물을 흘리며 도와달라고 외쳤다.

어렸을 적에 그가 그녀를 도와주었던 것처럼.

패치는 식은땀을 흘리며 어둠 속에서 외쳐 부르다 깨어났다. 그녀가 자기를 그려달라고 했다.

자기가 북쪽 해안에 서 있다고.

그는 수화기에 손을 뻗어 전화를 걸었다.

패치는 자동응답기를 기다리며 호흡을 가다듬으려고 했다.

"여보세요."

그는 수화기를 빤히 봤고, 반대편에서 들려오는 목소리를 너무 잘 알았지만 너무 부끄러워 말을 할 수 없었다.

"조셉이냐?"

"안녕하세요, 노마."

그는 노마의 한숨 소리를 들었고, 마을 전체가 잠들어 있는데 깨어 있는 노마를 상상했다. 그는 여전히 노마의 얼굴을 아주 또렷하게 그릴 수 있었고, 그 웃음, 그리고 무엇보다 찡그린 표정을 선명히 기억했다.

"제발, 조셉. 자수하렴."

"그럴 순 없어요."

그가 말했고, 노마도 자기 목소리에서 아픔을 들었을 거라는 걸 알았다.

"넌 좋은 애야."

그리고 그도 노마의 목소리에서 아픔을 들었다.

"제가 노마에게 바란 건……."

"말해봐라, 조셉. 네가 바란 게 뭐냐?"

그가 침을 삼켰다.

"전 노마가 제 가족이 되었으면 했어요. 노마와 세인트요. 전……."

"아직 그렇게 늦지 않았어. 너 돌아오면 내가 레이시스 다이너에 데려가서 아이스크림 사주마."

그가 웃었다.

"두 사람 다 보고 싶어요."

"넌 내 손녀의 가슴을 무너뜨리고 있어."

그는 목소리가 나오지 않았다. 전화선을 손가락으로 꼬고, 눈물이 흐르지 않도록 눈을 꼭 감고, 자기도 아는 그 말에 대꾸하려 했으나 하지 못했다.

"죄송해요."

그가 말했다.

"이제 그만 개를 보내주려무나, 조셉. 세인트에게는 이제 네가 필요하지 않아."

130

세인트는 작은 아파트에 앉아 지도를 응시했다.

지도는 커서 바닥 절반을 차지했고, 그녀는 맨발로 그 주변을 조심스레 돌아다녔다. 그녀는 자지도 먹지도 않고, 그저 차에 올라타 캔자스로 돌아온 다음 따뜻한 물로 샤워하고 감히 거울을 쳐다보지 않았다.

"나한테 안 왔다 간 거냐?"

할머니가 그날 저녁 통화하면서 말했다.

노마는 그녀의 부어오른 눈언저리도, 찢어진 입술도, 찢어진 귓가도 볼 수 없었다. 앉기도 말하기도 고통스러운 것이, 그녀를 구성하는 것들을 지미가 안쪽에서 하나하나 끄집어낸 듯했다.

아직 피 맛이 났다.

"일하러 와야 해서요."

"목소리가 이상한데."

"감기가 오려나 봐요."

"넌 일을 너무 많이 해."

"알아요, 할머니."

세인트는 짧고 실용적인 자신의 손톱을 보았다. 가방에는 작년에 생일 선물로 산 가벼운 향수와 립글로스, 마스카라를 넣어

다녔다.

그녀는 노마의 뜰에 있는 자기 나무를 떠올리며, 해지고 올이 나간 덮개 밑에 앉아 빗방울이 코트에 점점이 떨어지게 내버려두었던 때를 생각했다. 한때 꿀을 단지에 담고, 학교 숙제를 마치고, 다른 아이들이 찾아오면 벌 관련한 사실들로 깜짝 놀래켜주기를 꿈꾸었던 곳. 그녀는 그때를 마음속으로 그려보고 싶었지만 이제 그 무엇도 똑같지 않으리라는 걸 알았다. 걸어온 길이 집에서는 너무 멀리 떨어져버렸기에, 어떤 기억도 순수하지 않을 터였다.

그녀는 인지부조화가 무엇인지 알았다. 학습된 부정적 연상 작용을 잊고 연결을 끊을 수도 있다는 걸 알았다. 그녀는 아는 게 무척 많았다.

"너 괜찮냐?"

노마가 말했다.

"그래요."

"집에 오면 레이시스 다이너에 데려가 아이스크림 사주마."

세인트는 웃으려다가 턱에서 예리한 통증을 느꼈다. 이가 아직도 흔들거렸다.

"아이스크림 먹기엔 너무 컸다고요."

131

세인트는 2주 동안 아파트를 나서지 않았다. 하임즈에게 연락해서 해적을 추적하고 있다고 말했다. 그녀는 몇 시간씩 되는 인터뷰에 귀를 기울이고, 글로 옮겨놓은 인터뷰 기록과 할머니의 자동응답기에 녹음된 테이프를 세세히 관찰하고, 광란의 움직임 속에도 뭔가 체계가 있는 것처럼 그의 동선을 표시했다. 거의 먹지 않고 소파에서 자면서, 불을 모조리 끄고 텔레비전 옆에 놓인 작은 스테레오 볼륨을 확 키워놓고, 패치의 목소리에서 위안을 얻었다.

"그 애는 볼디 포인트에서 보는 하늘이 어떤지, 앨터스-루거트 호수가 어떻게 댐에서 흘러넘쳐 굽이치며 포크 레드강을 따라 흘러가는지 말해줬어."

"걔가 그쪽 출신이라고 생각하는 거야?"

"난 그냥 그 애가 거기 가봤다는 것밖에 몰라. 그 앤 내가 들어본 적도 없는 곳들을 알았어. 그 애가 진짜가 아니라면 내가 이런 것들을 어떻게 알 수 있었겠어?"

세인트는 무릎을 가슴까지 당기고 펜을 들어 오클라호마의 그 위치에 표시했다.

"그 앤 석양이 섬터 요새로 내려앉다가 찰스턴항으로 떨어지는 모습을 얘기해줬어. 화이트 포인트 가든*에서는 복숭아와 제비꽃 냄새를 맡을 수 있대. *거기 유령 나오는 거 알지? 그 옆의 늪지에서 해적 서른 명을 목매달았잖아. 스티드 보닛**도. 그 앤 심지어 나보다 해적에 대해 더 잘 알았다니까.*"

세인트는 사우스캐롤라이나의 그 위치에 표시했다.

그녀는 통조림 수프를 먹었다. 해가 전혀 들지 않게 해두었다. 자신에게서 분리되어 그의 세계로 들어갔다―자신의 세계를 마주 보지 않아도 되도록.

마흔 시간. 그녀는 그곳으로, 몬타 클레어로 돌아가 패치가 열네 살이던 시절에 안착해 있었다.

"*그 앤 내가 광산 마을들을 보고, 그 우아한 빅토리아풍 건물들을 볼 수 있게 해줬어. 내가 들소들이 쇄도하는 소리를 듣고, 1609미터 높이에 있는 주의회 건물 계단에서 바라보는 광경을 볼 수 있게 해줬어.*"

세인트는 덴버에 표시했다.

이후 닷새 동안 그녀는 조셉 머콜리의 기억 조각들을 하나하나 더듬으면서, 코튼우드 폴스에서 뉴욕시까지, 뉴잉글랜드에서 몬태나까지 이어지는 이야기에 귀를 기울였다. 그녀는 지도에 표시하고 자기 나름의 동선을 그렸다.

시작한 지 13일이 지났을 때 마지막 테이프를 듣고, 패치가 마지막으로 소녀의 그림을 부친 곳과 대비해본 뒤 굵은 빨간색

---

* 섬터 요새, 찰스턴항, 화이트 포인트 가든 모두 사우스캐롤라이나 찰스턴의 장소들이다.

** 영국 해적으로, '신사 해적'으로 알려져 있다. 1718년 찰스턴에서 교수형되었다.

으로 원을 그렸다.

"그 앤 투손에 가면 우주를 더 많이 볼 수 있다고 했어. 피마 카운티의 밤하늘 법*이 있으니까…… 키트 피크 천문대에 가면 자신이 더 작게 느껴진댔어, 알지. 넌 모를 거야. 좆도 모를 거야. 내가 무슨 미친놈인 것처럼 날 보고 있으니까. 나가서 그 앨 찾지는 않고!"

그들은 패치의 움직임이 무작위라고 생각했다.

그녀는 잠시 서성거리다가 전화기를 들어 하임즈에게 연락했다.

"해적 말이에요. 녀석 그 여자애가 갔던 곳에 가보고 있어요. 녀석이 다음에 어디로 갈지 알 것 같아요."

* 사막이라는 독특한 환경에서 어두운 밤하늘을 지키기 위해 야외 조명을 규제하는 법이다.

132

일주일 뒤, 아름다운 선교 성당 산 하비에르 델 바크의 그림자에서 시작된 자취를 따라 세인트는 단단한 모래언덕, 좁거나 넓은 탁자 모양의 침식 지형, 사와로 선인장의 오렌지와 회색 빛깔을 지나갔다.

그녀는 멍 자국과 피에서 그때를 보고, 비명과 울음에서 그때를 듣고, 지미의 오드콜로뉴 냄새를 날려버리려고 차창을 열었다.

그녀는 은이 묻혀 있는 땅 위로 세단을 몰았다. 학교에서 배운 은광과 떠들썩한 개척지의 삶, 광부들과 농부들이 있었고 솔트 강이 흐르는 곳으로. 그녀는 샌 칼로스의 시내에서 체이스 은행 맞은편 작은 호텔에 들었다. 사흘간, 빛 바랜 차양 덕에 약해진 해를 맞으며 창가에 앉아 있었다. 그녀는 이를 악물고, 낡은 안락의자에서 잠깐씩 졸고, 이따금 지미 얼굴이 너무 현실처럼 눈앞에 보여 형체가 흐려질 때까지 눈을 비볐다. 노마에게 연락해 잘 지내나 확인했으나 노마는 잡담 사이로 낌새를 맡고 무슨 일이냐고 캐물었다.

그러다가 한 고요한 화요일 아침, 뿌연 화장실에서 걸어 나오는데 무전기가 크게 울렸다. 그녀는 계단을 달려 내려가 거리로 나갔다.

세인트는 지역 경찰들보다 훨씬 먼저 도착해 충격을 받은 은행원과 이야기했고, 은행원은 이제까지 그녀가 들은 것과 거의 똑같은 이야기를 전했다. 다만 녀석을 따라 밖으로 나갔다가, 녀석이 낡은 쉐보레에 올라탄 다음 아파치 트레일 쪽으로 떠난 게 5분이 채 안 됐다고 했다.

그녀는 세단에 올라타고 엔진에 불을 뿜으며 기어를 고단으로 바꿨고, 차창을 열어 전설 같은 슈퍼스티션 산맥을 느꼈다. 세인트는 운전대를 꽉 쥐고, 구불구불한 도로를 따라 위장이 뒤집어질 만큼 가파른 경사면을 올랐다.

그녀가 캐니언호에 떠 있는 기선을 지나칠 때 무전기가 치칙하고 울렸으나 무시하고, 길에 시선을 고정했다. 토르티야 플랫과 무법자들의 정신을 지나 피시 크리크 힐에서 부드러운 도로가 끝났고, 그녀는 울퉁불퉁한 길을 달리며 순전한 벼랑에, 난간도 없는 곳에서 속도도 거의 늦추지 않았다.

그리고 어디서든 15킬로미터는 떨어져 있는 외딴곳에서 그녀는 길을 벗어났고, 흙 위에 서 있는 픽업 트럭 뒤에 차를 세웠다.

그는 햇빛 속에서, 펼쳐지는 세상을 앞에 두고 그녀를 등진 채 서 있었고 그녀는 충분히 떨어진 곳에 머물렀다.

"저 앞에 난 길은 300미터 낭떠러지야. 지그재그로 된 굽잇길도 두어 군데 있고."

그가 말하고는 돌아섰다. 그리고 아주 오랜만에, 세인트는 그녀가 모든 것을 바쳤던 소년의 잘생긴 얼굴을 들여다보았다.

그는 더 크고 그을어 보였고, 머리칼은 금빛에 가까웠다. 그리고 그가 웃음 지었을 때, 그녀는 온 힘을 다해야만 겨우 마주 웃지 않을 수 있었다. 모든 힘을 다 쏟아서야만.

"왔구나, 세인트."

그녀는 총을 차분하게 뽑으며, 교육받던 때를 생각했다.

"왔다, 자식아."

그가 총구를 응시했고, 그의 웃음이 깊은 슬픔으로 바뀌는 모습에 그녀는 또 한 번 무너질 뻔했다.

"네가 자식이라고 부르니까 좋다. 아직도 시간이 있다는 느낌이야."

"아직 있어."

"나 거의 다 왔어. 엘로이즈 스트라이크. 그 애가 그레이스일지 몰라. 이름도 그렇고, 그 애 눈에서 묻어나는 느낌이나. 걔 아버지도 조니 캐시 팬이고."

"캘리 몬트로즈의 아버지도 그랬지. 그런 사람이 백만 명은 더 있을 테고."

그녀가 자신의 말에서 냉랭함을 느꼈으나, 그래도 그는 웃었다.

저 멀리 초록 언덕들이 오렌지빛 암석 지형 사이로 솟아 있고, 하늘이 폭발하듯 환하고 맑아 그녀는 경외심에 숨이 막힐 지경이었다.

"저기 호수에 있는 가족들 보여, 세인트?"

"그럼."

"꼬마들이 보물 지도를 가지고, 전설 속 네덜란드인의 금광을 찾아가는 거야. 녀석들 웃음이 보여. 어쩌면 전에는 보지 못했는지 몰라. 나 그레이스가 웃는 걸 봐야 해. 한 번만. 그러면 앞으로 나아갈 거고, 눈에 띄지 않게 지내면서 아무도 곤란하게 만들지 않을 거야. 예전에 귀로 듣던 그 웃음을 꼭 봐야 해. 그 애가 웃음 지을 수 있다면, 한 번만이라도 날 위해 웃을 수 있다면, 그럼 알 테니까.”

“나 널 연행해야 돼, 패치.”

그가 그녀의 뒤편을 바라보았다.

“난 딱히 해되지 않을 만큼만 가져갔어. 자선단체들 말이야, 세인트. 그 사람들 돈이 부족해. 돈이 부족하면 그 애를 발견하지 못할 거야.”

“그런 식으로 돌아가는 게 아니잖아, 자식아.”

해가 그에게 금빛을 입혔다.

“몇 킬로미터 전에 널 봤어…… 이 길에서.”

그가 말하며 머리를 긁적이느라 셔츠가 당겨 올라갔고, 탄탄한 배의 근육이 보였다. 그는 파란색 안대를 했다.

그녀는 어린 시절의 그를 보지 않으려고, 둘이서 종일 뛰어다녔던 날 그가 자기에게 흰꼬리사슴의 흔적을 쫓는 법을 알려주던 때를 떠올리지 않으려고 온 힘을 다했다. 배지가 뜨겁게 달아올랐다.

그가 그녀에게 한 걸음 다가왔다.

“제발.”

그녀가 말했다.

그때 그가 그녀의 얼굴을 제대로 응시했다.

“맙소사.”

그의 말에 깊은 염려와 걱정이 실려 있었다.

그녀는 그에게 거짓말할 수 없다는 걸 알았다.

“지미한테 아이를 지웠다고 했거든.”

그는 그녀를 보았다―멍들고 부은 부분이 너무 심해서 아무리 얼음으로 찜질해도 소용이 없었다. 피부가 너무 연약한 것처럼.

“그렇다고 널 이렇게 만들었다 이거야?”

그녀가 그의 내면에서 들끓는 어둠을 보고 진정시키려 손을 들었다.

“그래도 싸지. 책임 분담. 그게 세상을 돌아가게 하는 거니까.”

“세인트…….”

그의 손이 그녀의 목 뒤에 부드럽게 얹혔다. 그녀는 따스함 외에는 아무것도 느끼지 않았다.

그녀는 그에게 다가가 두 눈을 감았고, 아주 오랜만에 처음으로 무언가와 이어진 것처럼, 집에 온 것처럼 느꼈다.

둘은 그곳에 함께 서 있었고, 그녀는 그가 자기를 안게 내버려둔 채 자기가 했던 일을 떠올리며 그의 가슴에 대고 흐느꼈다. 위쪽에서 붉은꼬리 말똥가리가 선회하다 울자, 그녀가 그를 밀어냈다.

“너 돌아서서 두 손을 등 뒤로 돌려야 돼.”

그녀가 떨리지 않는 목소리로 말했다.

“길이 험해. 차를 빨리 몰면 안 돼, 목숨이 쥐똥만큼이라도 아깝다면. 넌 좋은 것들을 다 누려도 된다고, 세인트.”

“돌아서서 두 손을 뒤로 돌려.”

“그럴 수는 없어.”

“그 앤 죽었어.”

그가 그녀를 바라보았다.

“툼스가 죽였어. 나한테 털어놨어. 설리 주립공원에 묻었어. 그 이상은 말을 안 해.”

“거짓말.”

그녀의 눈물이 떨어졌다.

"거짓말 아니라는 거 너도 알잖아. 툼스의 형량이 늘어날 거야. 어차피 죽은 목숨이지만."

그가 고개를 흔들었다.

"거짓말."

"제발, 패치."

"또 그 앨 버릴 순 없어. 그러진 않을 거야."

"제발."

그녀가 속삭이듯 나직이 말했다.

"내가 아니면 다른 누군가가 널 잡을 거야. 너를 보려고 하지 않는 누군가가. 네가 한 일과 앞으로 할지 모르는 일만 보는 누군가가."

"넌 충분히 강해. 해야 할 일을 해."

그가 다시 웃었고, 이번에는 아까보다 못한 웃음이었다. 그녀는 그의 얼굴에서 그가 잃은 숱한 것들을 보았다. 미스티를, 그리고 같은 반이었던 아이들을, 대학에 가고 일자리를 잡고 가정을 꾸리고 그 외에 그가 누려 마땅한 것들을 누리는 아이들을 떠올렸다.

그녀가 속삭였다.

"제발 하느님, 제가 이걸 하지 않게 해주세요."

그때 그가 돌아서서 차를 향해 뛰었다.

세인트는 숨을 참았다.

그리고 방아쇠를 당겼다.

어둠의 색조 1

초판 1쇄 인쇄 2026년 4월 15일
초판 1쇄 발행 2026년 4월 24일

지은이 크리스 휘타커
옮긴이 김해온
펴낸이 최순영

출판2 본부장 박태근
스토리 팀장 김소연
편집 김다인
디자인 함지현

펴낸곳 ㈜위즈덤하우스   **출판등록** 2000년 5월 23일 제13-1071호
주소 서울특별시 마포구 양화로 19 합정오피스빌딩 17층
전화 02) 2179-5600   **홈페이지** www.wisdomhouse.co.kr

ⓒ 크리스 휘타커, 2026

ISBN 979-11-7591-065-2 04840
979-11-7591-064-5 (세트)